VINCENT MESSAGE

LA FOLIE OCÉAN

ÉDITIONS DU SEUIL
57, rue Gaston-Tessier, Paris XIXe

L'auteur remercie le Centre national du livre
d'avoir soutenu l'écriture de ce roman.

ISBN 978-2-02-157210-0

www.seuil.com

1. LA LÉGENDE DE LA MORT

Le premier signe de mort a provoqué Quentin un jour de la fin juin, au seuil de sa maison, alors qu'il remontait de la plage sous le soleil de midi, que le sel tirait dur sur la peau de son visage et que la chaleur délicieuse de l'effort accompli se propageait dans son corps, en une série de vagues aussi vives que l'eau de la mer était froide. L'esprit léger, vidé par le bonheur de la nage, ses palmes battant la mesure dans son dos, il a regardé son ombre s'engager avant lui dans l'allée de graviers, a déposé son attirail contre le mur de la remise, puis a saisi la clé dans la poche de son jean, et c'est à ce moment-là, en relevant la tête, qu'il a aperçu le fou de Bassan dont les ailes d'un blanc aveuglant débordaient de part et d'autre le cadre de la porte où on était venu le clouer.

D'abord il est resté figé, avec le sentiment qu'il ne pouvait pas entrer, que cette maison qu'il fréquentait depuis l'enfance, et où il habitait depuis trois ans, ce n'était soudain plus chez lui. Pris d'une agitation affreuse, il a contourné le bâtiment, a fouillé du regard le jardin et sa ceinture de haies, a écouté le bruissement confus des arbres, puis est revenu vers l'allée : rien d'anormal de ce côté, l'intrus qui était venu n'avait laissé aucune autre trace de son passage. Lentement il s'est approché, pour essayer de comprendre. Le plumage était presque intact, l'oiseau n'était pas mort de maladie, pas plus qu'il ne s'était retrouvé emprisonné dans un filet, comme cela leur arrive lorsqu'ils suivent les chalutiers en espérant leur disputer leurs prises. La taille était celle d'un adulte, au sexe comme toujours difficile à déterminer, même si le jaune très vif de la tête plaidait en faveur d'un mâle. L'horreur, c'était ce cou tordu, qui semblait révéler une strangulation. Quentin a effleuré du dos de la main le ventre au plumage si serré, d'une douceur inconcevable, sur lequel le soleil faisait jouer de légers reflets de nacre. Au-dessus du long bec bleuté, les yeux cerclés d'un bleu plus sombre étaient restés ouverts et le fixaient d'un regard plus dur encore que celui des oiseaux vivants, un regard qui transperçait et le faisait se sentir étrangement coupable.

Quentin s'est affalé sur le fauteuil de jardin, près des massifs d'agapanthes qu'il avait connus si éblouissants du temps de sa grand-mère, mais qui souffraient déjà de la vague de chaleur. Histoire de s'occuper les mains, il a marché jusqu'au tonneau où il récupérait la pluie, a rempli le grand arrosoir et est revenu leur donner de l'eau. Qui avait pu s'abaisser à ce degré de cruauté ? Les fous ne manquaient pas dans le coin, puisque de janvier à septembre ils nichaient aux Sept-Îles par dizaines de milliers et survolaient de leur ballet incessant tout l'ouest de la Manche, traquant les bancs de maquereaux, les harengs, les calmars, puis revenant vers la colonie de Rouzic nourrir leurs poussins – mais on en voyait peu s'aventurer sur le littoral et quasiment aucun à l'intérieur des terres. Quelqu'un s'était donc donné la peine d'aller chercher l'oiseau près de l'archipel, puis de le transporter jusqu'au village de Locquémeau afin de réserver à Quentin la surprise de ce cadavre.

Même s'il valait mieux avoir de l'expérience pour ne pas se faire blesser par un coup de bec intempestif, la capture de l'animal n'avait pas dû être trop difficile : les fous se laissaient aisément approcher par les hommes. C'était même pour cette raison que les marins français les avaient baptisés de ce nom, pour célébrer leur naturel peu farouche, et parce qu'ils n'arrêtaient pas de les voir piquer dans l'eau à pleine vitesse, repliant leurs ailes effilées juste avant de percer la surface, descendant tranquillement jusqu'à trente mètres de fond – et qu'il fallait être fou, la chose était incontestable, pour plonger dans la mer avec cette audace-là. En fait, s'est dit Quentin reposant l'arrosoir, les animaux se portent mieux s'ils se méfient de nous. Lui ne voulait pas le moindre mal aux oiseaux quand il débarquait sur Rouzic pour en baguer certains, comme il allait être amené à le faire régulièrement maintenant qu'il travaillait aux Sept-Îles, mais le fou étranglé avait eu une tout autre expérience de la société des hommes, assez représentative aussi de ce dont ils étaient capables.

Quentin s'est approché de nouveau. Les quatre clous étaient fichés en dessous du radius et du métacarpe pour que les ailes ne s'affaissent pas, dans une mise en scène si soignée que cela lui a soulevé le cœur. Il était peu probable que les voisins se soient aperçus de l'intrusion : la maison du chemin de Kirio était trop isolée pour cela, et des coups de marteau dans le coin n'avaient de toute façon rien d'alarmant. Il a soulevé le corps par les pattes et inspecté l'arrière des ailes pour voir s'il ne s'accompagnait pas d'un mot d'explication, ou au moins d'un croquis de cercueil, comme le veulent les usages du monde. Mais non. Il n'y avait que l'oiseau. L'acte n'était pas signé, mais le message était clair. Le fou était là pour dire, on est capables de tuer. Et sur la liste des personnes qu'on a de bonnes raisons de vouloir éliminer, ton nom est écrit en toutes lettres, cher Quentin Lorssery.

Trois kilomètres de nage dans le ventre : il commençait à avoir faim mais n'osait toujours pas entrer. Son pouls battait trop vite et il s'est allongé dans l'herbe, à l'ombre du tilleul, pour pratiquer cette respiration profonde que l'apnée lui avait rendu familière. Ce n'était pas la première fois qu'il avait peur dans la maison de Kirio. Cela lui était souvent arrivé quand il était jeune et que ses grands-parents l'invitaient à y rester dormir. La nuit, vers la pointe du Dourven, était plus noire qu'au centre du village où vivaient ses parents. Et puis sa grand-mère avait pris le pli de lui lire ce qu'elle appelait des contes d'effroi, avec un ton d'autant plus convaincu qu'elle était elle-même persuadée qu'il existait une autre vie, derrière la nôtre ou en dessous de la nôtre, et que la réalité était bien plus insaisissable qu'on ne l'admettait en plein jour ou que ne le reconnaissait la science. Nicole croyait à l'Ankou comme une très vieille Bretonne : elle avait entendu, enfant, au crépuscule, grincer les roues de sa charrette aux essieux mal graissés, écouté hennir les chevaux qui la tiraient sur des chemins de fortune – elle avait vu de ses yeux le squelette si svelte de la mort, dont le crâne virait comme une girouette en haut de sa colonne vertébrale pour repérer d'un coup toutes celles et ceux dont l'heure était venue.

Sauf que cette fois-ci, il ne s'agissait plus de mots semant dans son esprit les graines de ses prochains cauchemars : l'oiseau était de chair et d'os.

Qui appelle-t-on, quand on reçoit pareille menace ? Police, gendarmerie, s'est d'abord dit Quentin. Le problème, c'est qu'il n'avait aucune envie d'avoir affaire à eux après ce qui s'était produit en avril à Lorient. L'expérience lui était restée en travers de la gorge. Et ce qu'il entendait par là, ce n'était pas d'avoir passé une nuit en garde à vue, le dos cassé par la banquette, à chuchoter avec les autres manifestants, mais le fait que les marins de Néréos, pourtant tout aussi responsables de la manière dont les choses avaient dégénéré, avaient quant à eux tranquillement regagné leurs pénates. On aurait dit qu'en déboulant toutes sirènes hurlantes dans le vaste enclos du port de pêche, les CRS savaient déjà très bien qui il convenait d'arrêter et qui ne devait pas l'être, comme si l'armement des Jarnoux ne faisait embarquer à bord de ses bateaux que des employés modèles. Les policiers et les gendarmes n'étaient pas du monde de Quentin : il en connaissait dans les environs de parfaitement sympathiques, hommes et femmes, avec qui on pouvait aller boire un verre lorsque tout allait bien, mais dès qu'une colère plus vaste cherchait à s'exprimer, ils se tenaient de l'autre côté de la barrière et défendaient l'ordre public, sans jamais paraître se demander s'ils ne servaient pas par là même, au lieu de l'intérêt général, les intérêts particuliers d'une classe ou d'un camp. Alors très peu pour lui, merci, il se passerait de leurs services, pour l'instant en tout cas.

L'autre recours, c'était d'appeler Étienne Feyereisen, le conservateur de la réserve, qui devait déjeuner dans son bureau de la station ornithologique située à trente minutes au nord-est de Locquémeau, près des carrières de granit désaffectées de l'Île-Grande. Étienne serait heurté et saurait le rassurer, c'était quelqu'un de connu pour son sens de l'écoute. L'ennui, c'est qu'il n'était pas au courant du grabuge de Lorient, et qu'il n'avait aucune idée de l'inflexion plus radicale que Quentin espérait donner au combat qu'il menait avec ses amis d'Atlantis. Sans doute était-il préférable que cette ignorance perdure : Quentin n'était salarié de la Ligue pour la protection des oiseaux que depuis l'automne, et Feyereisen avait pris soin de lui rappeler, dès son embauche, que le militantisme coup de poing n'y avait pas sa place.

Depuis que le projet d'extension des Sept-Îles était de nouveau sur la table, le devoir de neutralité auquel était tenue la LPO en tant que gestionnaire de la réserve s'appliquait de manière encore plus impérative. Étienne consacrait beaucoup d'énergie aux pourparlers avec la préfecture et les élus locaux, il ne voulait surtout pas que ce travail soit compromis parce que tel ou tel membre de l'équipe se verrait coller sur le front, comme un sparadrap qui ne part pas, une étiquette d'activiste. Ses détracteurs choisiraient toujours de croire que sa politique de conservation relevait de l'idéologie, mais il était hors de question de leur donner du grain à moudre. Et bien évidemment, cela mettait Quentin en tension, parce qu'à défaut d'avoir fait des études, il avait réussi à se construire un profil de militant compétent – au point que c'était devenu un aspect décisif de son identité. Ça fait partie de moi, pensait-il. Or le combat écologique n'était pas une affaire privée : s'il aspirait à être tant soit peu efficace, il fallait qu'il accepte de temps à autre de monter au front, quitte à se retrouver avec un cadavre à sa porte. Alerter Étienne là-dessus, quoi qu'il en soit, équivaudrait à lui glisser dans un coin de la tête qu'avoir intégré Lorssery dans l'équipe, c'était courir au-devant d'un certain nombre d'ennuis.

Repoussant aussi cette option, Quentin s'est contenté d'envoyer un message à Maya, en lui demandant s'ils pourraient s'appeler dans la soirée. Depuis qu'elle était arrivée à Genève, quatre jours auparavant, ils n'avaient échangé que par textos, et cela le réconforterait d'entendre un peu sa voix.

Sortant de sa veste ses feuilles et son tabac, il s'est roulé une clope. Il n'était pas fier de détruire la sensation précieuse qu'avait fait naître dans ses poumons sa longue séance de nage. C'était à croire que nuire à son corps dès qu'il venait de réussir à lui faire un peu de bien était une sorte de cycle infernal auquel il était condamné. Une fois son mégot écrasé, il a déverrouillé la porte, a rentré le ventre pour se glisser dans l'embrasure sans abîmer l'oiseau et a inspecté une à une les pièces de la maison. À l'intérieur, tout allait bien. Il est allé chercher son appareil photo à l'étage, puis est ressorti pour prendre plusieurs clichés du fou de Bassan, de loin et en gros plan. À un moment donné, peut-être en se regardant faire, un rire léger l'a pris, et il s'est rendu compte que ce fou lui rappelait la Gouaille, irrésistiblement.

La Gouaille, c'était le surnom de la femelle goéland argentée qui avait pris ses habitudes chez leurs voisins de la rue des Pêcheurs, quand il était petit. La goéland venait toquer à la fenêtre de leur cuisine quasiment tous les jours et se faisait nourrir à l'œil. Quand madame Robic était morte, la Gouaille s'était rabattue sur leur maison à eux. Quentin se souvenait que son père ne l'aimait pas beaucoup : les goélands lui donnaient suffisamment maille à partir en mer en lui cassant la tête de leurs cris. En revanche, cela amusait Quentin et sa grande sœur Agathe de la nourrir. Ils l'approvisionnaient en bouts de pain ou de pizza, en crocodiles en gélatine, ils lui faisaient goûter toutes sortes de saloperies.

En fait, la Gouaille boitait et n'était plus capable de pêcher. Leur père la chassait sans scrupule quand elle se posait près de la maison, mais elle était tolérée aux alentours de leur cabane de jardin, devant laquelle François avait installé une table en bois et des rondins en guise de tabourets. Tout en s'imaginant échoués sur un récif, Agathe et Quentin pouvaient écouter de longues minutes ses cris auxquels ils ne comprenaient rien, alors qu'elle leur révélait de son mieux l'itinéraire menant à la cache du trésor. Ils essayaient aussi de se convaincre que ce bec acéré et ce regard en apparence tellement indifférent n'étaient en aucun cas des signes de méchanceté – que d'une certaine manière, ne tapons pas sur le physique, la goéland n'y pouvait rien.

Et puis un jour, la Gouaille n'était plus revenue. Quentin ne l'avait pas remarqué tout de suite. Il lui avait fallu quelques semaines pour prendre conscience du vide que cette absence laissait dans sa vie. Dans l'ouvrage sur les oiseaux marins que Quentin avait acquis lors d'une brocante, ce volume qui avait, en y repensant, joué dans sa vocation un rôle tellement crucial, Dieter Lukanow expliquait que les goélands fréquentant la façade atlantique étaient des sédentaires, qui ne s'éloignaient en général que de quelques dizaines de kilomètres de leur lieu de reproduction. Même si on était en hiver, donc, la Gouaille n'avait pas pu migrer, elle ne l'avait d'ailleurs pas fait les années précédentes. Le plus probable restait qu'elle ait péri, loin de tout regard, de nouveau ignorée des humains qui l'avaient baptisée.

Eh bien, le fou de Bassan d'aujourd'hui, c'était l'inverse : il ne faisait pas partie des oiseaux que l'équipe de la réserve suivait, Quentin n'aurait aucun moyen d'en apprendre plus sur sa vie, mais on avait souhaité qu'il constate sa mort, ce 27 juin 2019. Or, depuis quelque temps, son travail consistait à faire tout son possible pour que les fous ne meurent pas.

Sortant de la sidération, il est allé chercher une pince dans la remise où il stockait son matériel de plongée, et il s'est approché pour décrocher l'oiseau. Sauf qu'au moment d'extraire le premier clou, l'hésitation l'a repris. Il sentait qu'il était important qu'il y ait un témoin, et il s'est résolu à appeler Dieter. Il ne lui a pas dit de quoi il retournait, seulement que c'était urgent et qu'il fallait qu'il vienne.

Dieter était né en Bavière, mais il avait déménagé dans son enfance près de Lannion, là où son père avait servi pendant la guerre, et était devenu ce qu'il fallait bien appeler un Allemand de Bretagne. Ayant dévoré son ouvrage sur les oiseaux nicheurs, Quentin avait demandé pour un anniversaire le livre de photographies qu'il avait consacré à la Bretagne sauvage, et habitant une maison dont la bibliothèque était très peu fournie, il avait lu et relu ce livre, jusqu'à en casser la reliure. Aux environs de 2009, il avait été surpris d'apprendre que Lukanow, après avoir fait sa carrière à l'université de Brest, prenait sa retraite sur l'Île-Grande. Quentin s'était mis à le croiser au centre de soins où Dieter venait traîner, à la fois pour examiner les volatiles blessés, par amitié pour le directeur de l'époque et parce qu'il était membre du conseil scientifique de la réserve des Sept-Îles.

Ils avaient noué connaissance plus tard, lorsque Quentin avait intégré Atlantis, le collectif de défense du littoral que Lukanow avait fondé avec quelques autres passionnés. Au fil des réunions, où Dieter se présentait comme « un naturaliste à tout faire », parce qu'il connaissait aussi bien les invertébrés que les oiseaux et les coraux que les lichens, Quentin avait senti que Lukanow le traitait comme un partenaire avec lequel on se réjouit de faire équipe. Et réciproquement, il s'était mis à le considérer, non seulement comme un mentor et un père de substitution, plus facile d'abord que ne l'était François, mais aussi tout bêtement, même s'il avait quarante ans de plus que lui, comme un ami.

L'ami, d'ailleurs, n'a pas tardé à se garer dans l'allée et à s'extraire de sa voiture. À soixante et onze ans, il tenait la forme, après avoir passé des décennies à faire de la varappe dans les falaises du Finistère, vers les pointes du Vent et du Raz, pour observer les colonies de mouettes tridactyles, de fulmars ou de sternes, et les baguer à la naissance afin de pouvoir retracer, lorsque de loin en loin il les recapturait, quelques linéaments de leur mystérieuse biographie. De chutes malencontreuses, Dieter avait gardé des cicatrices dont les traits blêmes rayaient son visage et ses bras, et de son travail de terrain, un teint hâlé par le grand air, ainsi qu'un entrelacs de rides étonnamment douces.

« Ah ouais, quand même », a-t-il sifflé en découvrant le fou. En s'approchant, il lui a confirmé que c'était bien un mâle, qui devait avoir autour de dix ans. « Première fois que je vois ça, a-t-il repris. Qui est-ce que tu as énervé ? » Beaucoup trop de gens, sûrement, a pensé Quentin sans répondre. Dans la région, tout le monde connaissait les menaces auxquelles s'exposaient celles et ceux qui alertaient sur les pollutions de l'eau liées aux rejets des élevages, ou sur les autres méfaits de l'agro-industrie, mais côté pêche les militants étaient moins attaqués. En commentaire des posts d'Atlantis, des anonymes rappelaient toujours que ceux qui critiquaient les ravages de la pêche étaient susceptibles, une nuit pluvieuse, de glisser sur un quai et de se retrouver au fond d'un port, mais personne jusque-là n'avait jugé utile de découvrir leur identité ou de les prendre au sérieux.

« Tu devrais faire gaffe », a poursuivi Dieter avec une solennité inhabituelle, avant d'ôter ses lunettes rondes et de les dégraisser du revers de son t-shirt. Peut-être certains avaient-ils deviné, pour ne prendre qu'un exemple, que Quentin se cachait derrière Poséidon, un pseudo sous lequel il se permettait, quand il avait besoin de se défouler, de distribuer des coups de trident rageurs. « Les gens ont l'impression que tu critiques tous les pêcheurs, pas juste les industriels. » Quentin a réfléchi : dans son esprit, sa ligne était très claire, il attaquait les gros pour mieux défendre les petits, il fallait vraiment aller mal ou avoir des œillères pour ne pas s'en rendre compte. « Pas sûr que ce soit ça, de toute façon », a-t-il repris : il n'avait pas fermé le profil, mais ne s'en servait quasiment plus depuis qu'il était aux Sept-Îles.

Pendant que les deux hommes discutaient, une mouche s'était posée sur l'un des yeux du fou pour en aspirer le suc. « Peut-être qu'ils se doutent que je vais pas les lâcher », a fini par souffler Quentin en observant l'insecte. À ce stade, le *ils* ne se référait dans sa tête à personne de précis. C'était l'effet que cherchaient à produire les menaces : aucun visage ni aucun nom auquel se raccrocher, et les ennemis se multipliaient, virtuellement, jusqu'à ce qu'on n'ose plus bouger le petit doigt.

Dieter a lui aussi varié les angles pour photographier le fou, tout en répétant à Quentin qu'il serait plus prudent de signaler l'incident à la gendarmerie. « Non, s'est obstiné celui-ci. Qu'est-ce que tu veux qu'ils fassent, de toute façon ? » Est-ce qu'il croyait vraiment qu'ils lanceraient une enquête ou lui donneraient une protection ? « Fais comme tu veux », a soupiré Dieter.

Ensemble, ils ont décloué le fou avec délicatesse, puis ils lui ont creusé une tombe dans le jardin, piochant assez profond pour que les chats du voisinage, mais aussi les renards que Quentin soupçonnait de fréquenter le coin la nuit, ne sentent pas sous la terre la présence d'une proie.

Le soir, lorsque Quentin a voulu joindre Maya, l'appel a sonné dans le vide. *Donne-moi une heure encore*, a-t-elle répondu. Finalement elle l'a rappelé trente minutes plus tard. Sa journée avait été longue, pas moins de dix heures enfermée avec ses collègues spécialistes du plancton, et Quentin a pensé qu'il serait un peu salaud de lui refiler son angoisse pour s'en soulager lui.

De manière générale, il hésitait à lui parler de ce qui le tourmentait. Ce n'était pas l'image qu'il avait envie de lui donner. Et puis ce n'était pas facile de se sentir soutenu quand, la majeure partie du temps, des centaines de kilomètres les séparaient. À cet égard, il n'aimait pas tellement le téléphone : pour se confier, il avait besoin de lire sur le visage de ses interlocuteurs des signes d'encouragement. On ne savait jamais, qui plus est, dans quel état d'esprit on allait trouver l'autre, dans quelle activité on risquait de l'interrompre. Depuis sa rencontre avec Maya deux ans auparavant, il avait cela étant mis de l'eau dans son vin : sans leurs appels, de fait, leur histoire serait restée contenue dans les limites décevantes de quelques semaines d'été.

« Tu n'as pas une bonne voix », a-t-elle dit assez vite. La perche était tendue, mais Quentin ne l'a pas saisie. Il a préféré lui parler de quelque chose de beau, voire d'extraordinaire, plutôt que de quelque chose de sordide et de déjà enterré. « Il y a trois jours, quand j'ai été plonger avec Joséphine et Armen, il m'est arrivé un truc... » Ils étaient partis aux Sept-Îles, juste tous les trois pour une fois, Joséphine sous l'eau avec lui, Armen en surveillance surface. À quinze mètres de fond environ, il s'attardait à prendre des photos de cliones, ces éponges massives et lobées, d'un jaune poussin splendide, qui encroûtaient beaucoup de tombants, lorsqu'il a nettement senti qu'on le tirait par les palmes. Ça ne pouvait pas être Joséphine, qui palmait devant lui deux secondes auparavant. Alors il s'est retourné.

D'abord il n'a rien vu, puis une ombre est passée au-dessus de sa tête, un phoque gris magnifique qui nageait sur le dos, vraiment tout près de lui. Au museau rectiligne, il a reconnu une femelle, qui le regardait droit dans les yeux. Et pour le coup, les phoques avaient le regard facile, humide à souhait, mobile, il était bien plus évident de s'identifier à eux qu'à un goéland ou un fou. En remontant à l'Éocène, on leur trouvait d'ailleurs des ancêtres communs avec les carnivores dont descendaient les chiens. Quentin en avait plaisanté une fois avec Étienne : il suffirait peut-être de laisser passer quelques dizaines de millions d'années, et ils apprendraient comme les canidés à imiter les nourrissons et la tristesse humaine pour faire de nous ce qu'ils voudraient.

« Elle est restée comme ça… je sais pas trop… ça m'a paru durer longtemps ! » La lumière du soleil diaprait sa peau tachetée d'ébauches d'arc-en-ciel. Ses coups de nageoire donnaient à ses mouvements une fluidité si pure que n'importe quel humain aurait eu l'air pataud à côté d'elle. Il s'est efforcé de la décrire à Maya, sans lui dire qu'en l'observant, quelques mots lui étaient venus, du genre de ceux qu'il notait dans ses cahiers, en assumant depuis quelque temps qu'il s'agissait de vers : *on aimerait glisser dans la vie – comme les phoques dans l'eau – masse énorme mais masse légère – à la fois flâneuse et torpille.* De fait, de son corps épargné par la force de gravité, elle a enchaîné les roulades avant d'aller se cacher dans la forêt des algues laminaires. Joséphine ne s'était aperçue de rien ; Quentin a fait tinter la baguette de son percuteur contre le métal de sa bouteille pour attirer son attention, mais le son s'est perdu dans l'épaisseur de l'eau et elle ne s'est pas retournée. Cela arrivait souvent que deux membres de la même palanquée remontent à la surface en se racontant l'un à l'autre, lors de ces débriefings qu'on accompagnait de thé brûlant tout en mettant cap vers la côte, les spectacles qu'ils avaient ratés.

« Ce qui était dingue, a repris Quentin, c'est que ça s'est pas arrêté là. » Évidemment, il n'a pas pu s'empêcher de la suivre, et lorsqu'elle en a pris conscience, elle est revenue vers lui, accompagnée d'un juvénile au pelage gris clair, qui devait être son fils. Le regard interrogateur, les vibrisses scintillantes, à son tour le phoque a voulu jouer, et s'est lancé dans un ballet de vrilles autour de Quentin qui n'osait même pas approcher de son visage le caisson de son appareil photo de peur de rompre la magie. C'était une vision étrange que cette mère accompagnée de son fils, a-t-il expliqué à Maya : si elle avait mis bas en décembre, le petit avait sept mois. Or les mères délaissaient leurs enfants après trois semaines à peine, tant l'allaitement les épuisait. S'il avait déjà quelquefois croisé des phoques sous l'eau, jamais le moment ne s'était prolongé ainsi, au-delà de toute espérance : « On aurait vraiment dit, tu vois, qu'ils voulaient faire ma connaissance. » Quentin s'est remis à palmer avec vigueur pour rattraper Joséphine, mais avant cela, il a filmé les phoques puis a levé la main pour leur dire au revoir, dans son langage un peu conventionnel de mammifère terrestre.

De retour au port de Ploumanac'h, ils ont croisé Charles Guermeur, un gars haut comme une tour, qui se penchait toujours vers les gens pour parler et qui gérait un des clubs de plongée de la Côte de Granit rose. Quentin lui a fait part de ce qu'il avait vu, sans indiquer d'endroit précis ; il avait envie de garder ce coin à phoques pour lui, comme les caseyeurs gardent secrets leurs coins à crustacés. Néanmoins il savait que Guermeur plongeait beaucoup depuis la cale dans l'anse de Pors Kamor, et avait développé un lien particulier avec un phoque qui vivait là, et qu'on voyait souvent à condition de le laisser venir. Charles s'en amusait : « Je connais des plongeurs qui ont essayé cinquante fois de lui mettre le grappin dessus ! Moi je le connais depuis qu'il est blanchon, et je le croise une fois sur deux... » Quoi qu'il en soit, Guermeur n'était pas moins étonné que lui : les phoques solitaires, mal intégrés, qui recherchaient le contact avec les humains, on n'en trouvait quasiment jamais aux Sept-Îles. Et, oui, Quentin avait raison, si ce juvénile restait comme cela dans les nageoires de sa mère, il y avait de fortes chances qu'il soit mal barré.

Lorsqu'il a conclu son récit, Maya lui a soufflé qu'elle aurait aimé vivre cela à ses côtés. « Je les ai à peine aperçus, moi, tes phoques, et c'était en surface ! » Quentin lui a promis qu'ils essaieraient de les retrouver une fois qu'elle serait là, même si, lorsque la saison touristique commençait, faisant bondir la fréquentation de l'archipel, ils avaient naturellement tendance à se planquer. « Mais à part ça, tu es sûr que ça va ? » est-elle revenue à la charge. Sans entrer dans le détail, Quentin a fini par reconnaître qu'il ne se sentait pas bien. « J'ai de gros coups de cafard... Et envie de te voir... Tu crois que tu arriverais à me rejoindre plus tôt ? » À l'autre bout des ondes, un silence s'est mis à régner, le genre de silence précisément qui le désemparait. « Je sais pas trop, a concédé Maya. C'est tellement la course, là... Mais moi aussi, tu me manques fort. »

Avant de s'endormir, Quentin a recherché, dans le coin de la bibliothèque où il avait regroupé les livres hérités de ses grands-parents, le volume jauni de *La Légende de la mort* que lui lisait Nicole. Dans ce recueil paru en 1922, Anatole Le Braz avait réuni toute la matière orale qu'il avait collectée, des décennies durant, auprès des paysans et des marins bretons. Sa grand-mère avait corné de nombreuses pages du livre. Quentin s'est contenté d'en relire l'ouverture, en se rendant compte qu'il n'était pas loin de la connaître par cœur, et que ce n'était pas un hasard si le souvenir en remontait au terme de cette journée.

Le livre parlait des signes qui annoncent la mort, et que dans la tradition on appelait des intersignes. La personne à qui se manifeste l'intersigne, écrivait Le Braz, est rarement celle que la mort menace. Personne en revanche ne meurt sans qu'un proche, un ami, quelqu'un de son entourage en ait été prévenu par un présage. Les intersignes, a encore lu Quentin, sont comme l'ombre projetée en avant de ce qui doit arriver – et éteignant son chevet d'une main un peu tremblante, il a pensé que se remémorer cette croyance ancrée ici pendant des siècles n'avait rien de rassurant, et qu'il allait devoir ouvrir l'œil, et certainement se battre, pour échapper à la légende.

2. LES INVISIBLES

« Tu es tout de même très raisonnable », lui a fait remarquer Ruben Merckx alors qu'après avoir dîné sur les rives du Léman, ils étaient rentrés à l'hôtel et s'attardaient dans le couloir, devant la porte de Maya. Elle aurait pu juger le commentaire complexant, mais le ton de Ruben était si chaleureux et ses dents du bonheur donnaient à son sourire un aspect tellement enfantin qu'elle ne l'a pas pris en mauvaise part. Si seulement tu savais, a-t-elle répliqué dans son for intérieur.

Au cours de la soirée, il l'avait regardée avec assez d'intensité pour qu'elle soit sûre que si elle l'invitait, il viendrait dans sa chambre et ne tarderait pas à l'embrasser. Elle n'avait besoin pour cela que de prononcer un mot. Ou plutôt, non, un regard suffirait, ils n'avaient plus vingt ans, leurs corps savaient envoyer les signaux adéquats. C'était tentant, bien sûr, mais sans doute pas une bonne idée. Elle avait promis à Quentin de le rappeler et ne voulait pas lui faire faux bond. Relire ses notes avant d'éteindre ne serait pas du luxe non plus. Et puis il leur restait deux journées à tenir, et une partie de son corps criait pour qu'elle privilégie le sommeil.

Pourtant, à voir Ruben qui souriait toujours, n'insistant pas mais ne renonçant pas, elle devait admettre que l'envie d'être caressée s'éveillait dans son ventre. Elle avait déjà vécu cette scène, avec d'autres hommes, dans différentes villes, et cela l'intriguait de savoir ce qui faisait pencher la balance dans un sens ou dans l'autre. Parce qu'au-delà des bonnes résolutions et de la situation sentimentale de chacun, la décision tenait à des facteurs d'ordre subliminal, des odeurs circulant dans l'air entre deux animaux, une variation d'humeur subite, l'issue incertaine du combat que se livraient la fatigue et le désir.

C'était la première fois que Maya venait à Genève, où elle était arrivée tard, le dimanche précédent. Le lendemain vers 8 heures, elle avait quitté son hôtel pour se rendre d'un bon pas au palais des Nations qui abritait le siège de l'ONU. Passant près de l'allée où les drapeaux des États Membres flamboyaient au sommet de leurs mâts, l'orgueil et le stress l'avaient saisie à l'idée de représenter la France à cette réunion. Ce chemin qu'elle avait fait, tout de même… Elle avait retiré à l'accueil le badge qui stipulait qu'elle s'appelait Maya Ferrer et bossait à Paris pour le CNRS, puis elle s'était laissé guider, le long des couloirs de marbre, jusqu'à la salle où allait se tenir cette première réunion des auteurs de l'évaluation en cours.

« Ce n'est pas seulement que t'y seras à ta place : c'est que c'est fait pour toi, l'IPBES ! » Voilà ce qu'avait répondu Christian Daniélou, l'œil frétillant au-dessus de la moustache qui lui donnait la tête d'un critique culinaire, quand elle lui avait dit avoir été sollicitée pour contribuer à cette évaluation sur l'état de l'océan au temps du changement climatique. On était en 2018, l'IPBES était inconnue au-delà du milieu de la recherche, et elle avait dû expliquer à sa famille, à ses amis, et même à ses contacts dans les réseaux écologistes, que cette plateforme intergouvernementale avait été créée pour élaborer des rapports sur la biodiversité, comme le faisait le GIEC du côté du climat.

Même si elle avait pris dix jours de réflexion, elle avait vite été convaincue de la réponse qu'elle donnerait. Daniélou avait dirigé sa thèse, il la connaissait bien : cette interface science-décision, c'était l'endroit où elle avait envie de se positionner désormais, entre autres parce qu'être dans l'action était le meilleur moyen de soigner l'angoisse intermittente que lui causait l'état de la biosphère. Comme cet engagement viendrait en plus de son travail habituel, elle se doutait qu'elle allait y passer pendant trois ans une partie de ses soirées et de ses week-ends – ce qui ne la changerait pas de sa dernière année de thèse ou des phases de dépôt de ses projets de recherche. Sa mère avait secoué la tête en disant que Maya devait prendre soin d'elle : « Surtout avec ta petite santé. » Mais Djamila avait beau jeu de répéter ce conseil, elle qui ne se l'était jamais appliqué et qui continuait à faire des ménages pour arrondir sa retraite, parce qu'elle refusait catégoriquement que Maya et ses frères les aident. Les enfants ne font pas ce qu'on leur dit de faire, avait-elle blagué en réponse à sa mère : ils reproduisent ce que leurs parents font.

La première rencontre entre les auteurs principaux de l'évaluation allait durer six jours. En compagnie de Ruben Merckx, qui venait de l'université de Leyde, aux Pays-Bas, et de Patricia Andrade, originaire, elle, de Quito, Maya coordonnait le chapitre sur les micro-organismes du plancton et était responsable du travail de sa vingtaine d'auteurs. Comme ils se concentraient sur les espèces d'une taille inférieure à deux cents microns, les groupes qui s'occupaient des poissons, des arthropodes ou des mollusques les avaient vite surnommés *les Invisibles*. Ils avaient résolu de retourner le stigmate en revendiquant ce nom. « Rendre visibles les invisibles, c'est une grande cause d'époque », avait lancé Maya.

L'avantage de cette semaine, c'était qu'elle lui permettait de rencontrer des gens qu'elle n'avait jusqu'alors fréquentés qu'en visio. Le collègue néo-zélandais, qui avait manqué un paquet de réunions en brandissant l'excuse inévitable du décalage horaire, s'avérait un lecteur acharné de la littérature scientifique. La déléguée de Harvard s'était immédiatement excusée auprès d'eux pour le climato-négationnisme dans lequel se vautrait le président américain. Quant à Patricia Andrade, dont le terrain aux îles Galapagos faisait rêver Maya, elle n'avait obtenu de son université qu'un budget étriqué, la contraignant à se loger dans un hôtel minable à une heure de transports en commun, mais elle plaisantait de cela et du reste avec un entrain contagieux.

Si le travail avançait à peu près comme Maya le souhaitait, cette sociabilité intense la mettait à l'épreuve. Le mercredi, elle avait faussé compagnie au groupe et était allée déjeuner d'un sandwich sur les rives du Léman, regardant les bateaux qui sillonnaient le lac avant de fermer les yeux. Marcher la reposait, comme un peu de solitude, comme dormir un instant, stratagèmes dérisoires mais utiles pour ne pas céder à l'effroi devant la situation qu'ils devaient affronter.

Comme l'avait pressenti Daniélou, l'IPBES avait brusquement gagné en notoriété en publiant début mai une évaluation globale sur l'état du vivant. Le rapport chiffrait à huit millions les espèces vivant sur terre, dont cinq millions d'insectes et deux millions seulement d'espèces inventoriées. À cause de l'usage humain trop intense des terres et des mers, de l'exploitation des animaux par la chasse et la pêche, du changement climatique, des perturbations engendrées par les espèces invasives et de la gamme infinie des formes de pollution, un million de ces espèces étaient menacées de disparaître dans les décennies à venir. La sixième extinction de masse qu'on suspectait depuis un moment se confirmait : à ce rythme, il ne faudrait aux hommes que quelques siècles pour obtenir le même résultat que les cinq extinctions précédentes, qui avaient plutôt, elles, duré de quelques milliers à quelques millions d'années. Le rapport avait occupé une semaine les gros titres des médias, avant de se trouver éclipsé – à tout seigneur, tout honneur – par le mariage du prince Harry Mountbatten-Windsor avec Meghan Markle.

Compulsant ce pavé le soir, parce que le lire ne relevait pas à strictement parler de son travail en cours, Maya s'était mise à penser que les *sapiens* étaient des animaux décidément très singuliers, capables de baptiser avec soin deux millions d'espèces autour d'eux tout en œuvrant avec la plus grande énergie à en faire disparaître moitié autant. Comme elle avait grandi scotchée devant des documentaires animaliers, cela lui faisait drôle de se dire que depuis sa naissance en 1978, tandis que les limites planétaires se trouvaient franchies une à une et que l'humanité s'accroissait de trois milliards d'individus, les populations de vertébrés sauvages s'étaient effondrées des deux tiers. Sa carrière de biologiste coïncidait avec une destruction affolante du vivant sous l'effet des actions humaines : lorsqu'on réussissait à prendre conscience de ce que cela impliquait, il y avait de quoi sentir monter un vertige qui méritait de temps à autre une sieste de dix minutes.

Dans son discours d'accueil, le président de la plateforme avait eu des mots saisissants : puisque la biodiversité était huit fois moins couverte par les médias que les problèmes climatiques, leur rôle était de faire comprendre que la richesse des écosystèmes n'était pas qu'une question d'experts, mais le tissu de relations qui rendait la terre habitable et qui fournissait aux humains leur eau, leur nourriture, leur énergie. L'humanité était en train de saper les conditions de son existence, et leur but devait être d'enrayer cette dégradation générale : « Un changement pareil se heurte forcément à la résistance de ceux qui profitent le plus du *statu quo*. Seulement, si nous voulons survivre, il est temps de venir à bout de cette opposition. »

Au fil de leurs débats, les Invisibles avaient tenté de relier cette mission aux enjeux de leur domaine. L'évaluation de mai parlait de huit millions d'espèces, avait relevé Maya, mais ce chiffre ne prétendait même pas comptabiliser le plancton. S'ils étaient devenus des spécialistes du sujet, c'était, pour la plupart, excités par le fait que l'océan était le milieu le plus méconnu de la biosphère. Quand on y prélevait des échantillons, seuls dix pour cent des génomes détectés correspondaient à des espèces déjà inventoriées : tout le reste était à découvrir et constituait ce qu'on appelait de la matière noire. « Le plancton est indispensable, a déploré Patricia Andrade rajustant son chignon, mais les gens n'y connaissent rien. Comment tu t'y prends pour sauver quelque chose qui n'intéresse personne ? »

Maya s'était résignée depuis longtemps : elle savait que pour défendre les organismes planctoniques, rappeler ce qu'ils nous apportaient était un passage obligé. Il était impossible, sans cela, de susciter l'empathie. Contrairement aux dauphins ou aux manchots, les copépodes, les diatomées, les dinoflagellés attendraient pour devenir les héros de dessins animés, tandis que la majorité des gens pensaient que les virus et les bactéries étaient tous pathogènes, parce qu'ils n'entendaient parler que de ceux qui l'étaient. Même si, à titre personnel, eux étaient convaincus que la vie avait sa valeur propre, et qu'on ne pouvait pas la faire entrer dans un calcul coûts-bénéfices centré sur l'intérêt humain, ils allaient donc devoir consacrer une large partie de leur chapitre aux services écosystémiques que rendait le microplancton. Il y avait de quoi faire, puisqu'il produisait la moitié de l'oxygène contenu dans l'atmosphère, régulait le climat en stockant le CO_2 au fond des océans et constituait la base de toutes les chaînes alimentaires.

L'impact que la catastrophe allait avoir sur cette foule d'espèces n'était pas facile à prédire. Si on prenait la spécialité de Maya, par exemple, il était avéré que le réchauffement faisait proliférer les coccolithophores au nord de l'Atlantique depuis les années 1990. Mais cela n'en faisait pas forcément des espèces bénéficiaires du changement amorcé : l'acidification des eaux pouvait représenter pour elles une menace de long terme, en contrariant le développement de leurs coquilles calcaires. Si on passait un point de bascule qui les empêchait de se reproduire et de séquestrer le carbone, les conséquences sur le milieu marin seraient absolument dramatiques.

Le jeudi, le groupe a fini plus tôt, et Maya est sortie aux environs de 19 heures. Au cours de la journée, le mercure était monté jusqu'à 37 °, température quasiment record pour Genève, et les pierres de taille du palais commençaient à peine à relâcher l'épouvantable chaleur. Renonçant à marcher, elle s'est engouffrée dans un taxi pour honorer le rendez-vous intrigant qu'elle avait pris quelques semaines plus tôt. Bientôt, elle s'est présentée au quatrième étage d'un immeuble situé au cœur de la vieille ville protestante. À côté de la sonnette, la plaque était gravée du nom de *Deluermoz*, sans autre indication.

On a mis un peu de temps à venir lui ouvrir. Le maître des lieux, un septuagénaire en costume trois-pièces, lui a souhaité la bienvenue avant de la laisser déambuler en silence dans les deux immenses salles aux murs couverts de livres rares. En consultant son catalogue, elle avait vu qu'il possédait un fonds important des dessins qu'Ernst Haeckel avait consacré à partir des années 1860 aux formes artistiques qu'on trouve dans la nature. Bruno était un amateur de planches naturalistes, mais il n'aurait certainement pas osé s'en acheter d'aussi belles, et Maya s'était dit que ce serait le cadeau parfait, puisque dans une semaine ils fêtaient son anniversaire.

Jacques Deluermoz était un puits de science, et tout en laissant papillonner ses doigts fins de livre en livre, il lui a évoqué avec enthousiasme le travail de Haeckel, qui avait diffusé en Allemagne les idées de Darwin. Maya savait qu'il avait inventé le concept d'écologie et contribué à la découverte du plancton, mais elle connaissait mal sa biographie. Parmi ses planches les plus célèbres, celles qui figuraient des radiolaires, avec leurs étonnants squelettes de silice, dataient pour la plupart de son séjour à Naples, où il avait mené une existence bohème. « Il était capable de dessiner en gardant l'œil vissé à son microscope... Vous avez déjà essayé de faire ça ? Et même si la photographie existait à l'époque, il était persuadé qu'elle ne remplacerait pas le dessin. »

S'absorbant dans les planches de l'édition originale que le libraire possédait, Maya a songé qu'il allait être difficile de choisir : on était dans la beauté pure, loin des services rendus par la nature aux intérêts humains. À trente ans, continuait Deluermoz, Haeckel avait vu mourir son épouse Anna, qu'il aimait passionnément, et il ne s'était remis de sa dépression qu'en se jetant avec frénésie dans le travail. « Bon, ce n'était pas un saint non plus... Il croyait à la hiérarchie des races, comme un Européen de son temps. Mais il plaçait les Juifs au sommet, à côté des Indo-Germains. » Moins pire que certains, alors, s'est dit Maya tout en pensant que le libraire devait la croire séfarade. Sur certains dessins, qui avaient inspiré les créateurs de l'Art nouveau, les organismes planctoniques s'alignaient sur un fond très noir, étincelants comme des bijoux dans les vitrines d'un orfèvre. Maya s'est décidée pour une planche où des méduses entrecroisaient leurs filaments dans un jeu de couleurs pastel. Quand elle est ressortie de l'immeuble, le carton sous le bras, elle s'était allégée de deux semaines de salaire, mais elle était surtout très excitée de voir quelle serait la réaction de l'homme dont elle partageait la vie, et dont elle n'arrivait pas à croire, d'ailleurs, qu'il allait avoir soixante ans.

Les arbres récupéraient de cette journée extrême, on respirait enfin. Au sud du lac, le massif du Chablais émergeait peu à peu du voile grisâtre de la brume sèche. Ruben et Maya ont commandé des filets de perche du Léman, sauce gingembre et citron vert. Ruben s'exprimait dans un français presque impeccable, et comme son propre niveau d'anglais n'avait jamais cessé de complexer Maya, revenir à sa langue était un vrai repos.

Ils ont eu beau essayer de ne pas parler travail, le sujet flottait dans l'air. Chaque jour de leur vie, cent décisions pouvaient se lire sous l'angle de leurs conséquences en matière d'écologie. Ruben, par exemple, s'était enquillé onze heures de train pour venir, avec des correspondances à Rotterdam puis à Paris, mais mi-juillet il s'envolait moins héroïquement avec ses deux ados pour découvrir l'Ouest américain. « Je vais leur montrer les effets en cascade qu'a eus le retour des loups à Yellowstone. Ils sont à fond, je peux te dire… »

Maya a pensé qu'avoir des enfants, c'était cela aussi : ne pas avoir envie de leur refuser des plaisirs qu'on s'était soi-même permis jeune et auxquels leurs copains avaient droit. En ce qui la concernait, elle essayait de réserver l'avion à ses missions de boulot et aux rares visites qu'elle faisait à la partie de sa famille qui vivait au Maroc. De toute façon, a-t-elle raconté à Ruben, elle n'avait pas grandi dans un milieu où voyager était une habitude ; ses parents ne partaient en vacances que pour retourner dans leurs régions d'origine, en Aragon pour Pablo, près de Marrakech pour Djamila, et en règle générale ils y descendaient en voiture.

Dans l'esprit de Ruben, la cohérence parfaite était une quête impossible. « Je suis trop faible : je me laisse tenter. » Il craignait que leurs contemporains deviennent des moralistes à la petite semaine, quantifiant leurs impacts carbone, médisant de ceux qui faisaient moins d'efforts tout en les enviant secrètement : « Ça risque d'être moche à voir. » Maya a balayé d'un revers de la main : est-ce que ce serait vraiment plus triste que le consumérisme délirant de ces dernières décennies ?

Forant avec sa paille entre deux glaçons encore solides, elle a sifflé la dernière gorgée de son Spritz et a pensé qu'il serait idiot de ne pas en commander un autre. « Les interdictions et les taxes sont jugées punitives, a-t-elle repris. S'entendre faire la morale est très désagréable, et devoir faire la morale n'est franchement pas agréable non plus. Tu tiens un discours alarmiste ? Les gens se bouchent les oreilles. Tu leur parles des merveilles du monde ? Ils sont comme toi et moi, ils prennent l'avion pour aller voir. Alors, il reste quoi, comme levier ? » Ce qui était certain, c'est que tant qu'il n'y aurait pas de pression plus forte de la société civile, les décideurs n'accéléreraient pas le tempo. Ils ne proposeraient jamais de réformes qu'ils savaient peu soutenues au sein de leur population. « Il va falloir qu'on réfléchisse à ça, aux relais de nos constats dans l'opinion, si on veut que notre boulot soit utile… »

Alors qu'ils revenaient à pied vers l'hôtel, Maya a reçu un appel de Quentin. *Donne-moi une heure encore*, a-t-elle répondu en hâte. Dix minutes plus tard, pourtant, elle fermait derrière elle la porte de sa chambre. Sous la douche, se frottant au savon noir puis avec un gant de crin pour exfolier sa peau collante de sueur, la phrase de Ruben a retenti dans sa tête : « Tu es tout de même très raisonnable. » Ce n'était pas la première fois qu'on lui faisait ce genre de remarque, et une partie d'elle-même s'en voulait d'avoir décliné ses avances. Pourtant, dès qu'elle s'est allongée, elle a compris qu'elle avait fait le bon choix. Elle allait devoir bosser avec Ruben pendant trois ans, elle ne voulait pas mettre en péril leur travail, déjà délicat par nature. Surtout, sa vie était assez compliquée comme cela : elle avait la chance ou le dilemme d'être amoureuse de deux hommes, sans que ce soit un secret et sans que ce soit la guerre, elle ne voulait pas en rajouter.

Au téléphone, certaines intonations de Quentin ont mis son cerveau en alerte. Il était rare qu'il soit sentimental comme cela, aussi peu ironique. Elle s'est demandé s'il l'avait trouvée sèche dans ses réponses ou trop peu disponible. Lorsqu'il a commencé à raconter sa rencontre avec les deux phoques, elle s'est glissée sous les draps, et tout en se laissant bercer par le son de sa voix, elle s'est rendu compte que c'est de lui dont elle avait envie – de lui, et aussi de plonger de nouveau à ses côtés.

Cela allait faire deux ans qu'ils s'étaient rencontrés. Après une sortie en rade de Marseille sur l'épave d'un cargo, dont elle n'avait pas pu voir la poupe et l'hélice, elle en avait eu marre d'être limitée à vingt mètres de profondeur et avait décidé de passer son niveau deux. Des collègues lui ont parlé du Centre Activités Plongée de Trébeurden. Maya a hésité, ne se voyant pas poursuivre son apprentissage dans des eaux aussi froides. Puis elle s'est dit qu'elle aurait plus souvent l'occasion de plonger sur ce littoral-là qu'en Méditerranée, étant donné que Bruno avait une maison à Roscoff, et elle a loué à Trébeurden pour sa semaine de stage. Le rythme demandait de l'endurance, puisqu'elle plongeait deux fois par jour et assistait en fin d'après-midi, la chevelure encore mouillée, à une heure de cours théorique, à potasser les règles de sécurité pour éviter les accidents que pouvait engendrer une mauvaise gestion de la pression ou du temps de plongée. Le matin vers 8 heures, elle descendait se garer au port de Trébeurden d'où partaient les bateaux. En une série de gestes dont aucun ne devait être négligé, elle gréait son bloc, fixant le gilet stabilisateur à la bouteille de douze litres, consultant le manomètre pour vérifier qu'elle était bien gonflée à deux cents bars, prenant une respiration dans chacun des deux détendeurs pour s'assurer qu'ils fonctionnaient. Elle nouait ensuite les flexibles pour qu'ils ne traînent pas par terre et chargeait le bloc à l'arrière de la camionnette qui leur épargnait l'effort de le porter jusqu'au bateau. Une fois en combi, masque déjà autour du cou et palmes sous le bras, elle descendait aussi, en prenant garde de ne pas se blesser sur les centaines de coquillages qui s'accrochaient au béton de la cale.

Selon les marées et les courants, le directeur de plongée – le plus souvent Armen Dirou, un type bâti comme une armoire à glace mais d'un abord facile – mettait le cap sur l'anse de l'île Milliau, le rocher Ar Veskleg ou un mouillage situé à l'ouest du banc de sable de Molène, que l'érosion grignotait et qui était voué à disparaître avant la fin du siècle. Pendant une semaine, Maya a écouté les conseils, fait des erreurs de débutante, appris tout ce qu'elle pouvait. Tu mets tes palmes avant tes plombs, car si tu tombes à l'eau avec tes plombs mais sans tes palmes, tu vas te galérer. Si t'enfiles ton gilet alors que t'as pas encore dénoué tes flexibles, tu risques pas de les attraper. Regarde comment est faite la stab de ton binôme, hein, où sont les purges, au cas où tu devrais intervenir dessus.

Le voyage commençait sous l'eau. Ce n'était pas la Méditerranée, une eau à 16 ° c'était déjà beaucoup, et à 18 ° les locaux s'inquiétaient d'une mer en surchauffe. De la même façon, dans ces flots très brassés, une visibilité supérieure à sept mètres était exceptionnelle. Rien de tout cela n'empêchait Maya de se sentir aux premières loges d'un spectacle qui la captivait depuis qu'elle était petite, et qui dorénavant ne défilait plus sur un écran, mais à portée de ses mains. Les rochers émergeaient de la brume émeraude que créait la masse des nutriments et des algues microscopiques flottant en suspension. Sitôt qu'on longeait les tombants, le cache-cache commençait, on repérait des failles qu'on sondait d'un coup de phare pour voir si elles n'abritaient pas une araignée, ou un homard, ou une créature à laquelle on ne s'attendait pas.

Sous l'eau, il n'y avait pas de grands discours, Maya ne pensait à rien d'autre qu'à ce qu'elle avait sous les yeux, elle ne cogitait plus à l'infini comme elle avait tendance à le faire sur terre. Lorsqu'elle revenait à la surface, elle éprouvait toujours un peu de soulagement que la plongée se soit bien passée, et en même temps, en posant ses palmes sur l'échelle et en se tractant sur le bateau, une immense déception : c'était déjà fini, elle était de retour dans son élément naturel, le poids de son propre corps redevenait un fardeau.

En début de semaine, elle a été encadrée par un moniteur un peu viriliste à son goût, qui charriait les niveaux deux dès qu'ils perdaient un parachute de signalisation, ou avaient du mal à le gonfler au moment adéquat, ou ne retrouvaient pas le mouillage et faisaient surface à deux cents mètres du bateau. Aussi a-t-elle été rassurée de voir que ce ne serait pas lui, mais un certain Quentin qui allait lui faire travailler les remontées assistées. Lors du briefing, elle s'est surprise à regarder sa bouche, dont les lèvres rose pâle tranchaient sur un visage presque aussi mat que le sien. Une fois qu'ils s'étaient stabilisés au fond, il lui adressait un signe de détresse et elle devait l'agripper par le gilet et le ramener à la surface. Les premières fois elle s'est plantée : elle remontait trop vite, surtout dans les dix derniers mètres, où il était facile, avec une pression qui en quelques secondes diminuait de moitié, de se retrouver aspirée vers le haut et de partir comme un bouchon de bouteille. Le problème, c'est que c'était comme cela que se produisaient les désaturations. Sans attendre qu'ils atteignent la surface, il lui a demandé de redescendre et de recommencer. Au troisième échec, il en est même venu à coincer ses jambes entre les siennes pour l'empêcher de palmer, et a tourné l'ordinateur qu'elle portait au poignet pour qu'elle arrête de surveiller sa profondeur. Maya n'avait plus de repères, le stress l'a envahie et elle est retombée au fond. Elle en voulait à ce type de la rudoyer comme cela, mais la colère n'est pas un sentiment qui s'exprime bien sous l'eau.

De retour en surface, il lui a fait remarquer qu'elle n'avait pas dû l'écouter avec suffisamment d'attention : il ne servait à rien de palmer. Et elle ne devait pas non plus dépendre de la technologie, car que se passerait-il si l'ordi la lâchait ? Il suffisait de gonfler d'un pschitt l'un de leurs gilets pour amorcer l'ascension, puis d'observer l'air qu'ils expiraient. « Si les bulles autour de toi sont de la taille de lentilles, tu es en train de remonter trop vite. S'il n'y a plus de bulles du tout, qu'elles t'ont toutes dépassée, c'est que tu vas trop lentement. » À la tentative suivante, elle a gardé les mains posées près des boutons de leurs stabs, mais c'est l'eau qu'elle a regardée, les cohortes de bulles qui parfois fusionnaient et poursuivaient leur ascension avec la grâce translucide de méduses. À cinq mètres, elle a purgé les gilets de tout leur air et a marqué un arrêt franc pour vérifier que faire surface ne présentait pas de risque. Elle se rappelait encore le sourire de Quentin, enlevant de sa bouche son détendeur, une fois la manœuvre finie : « Bon bah, si je voulais pinailler, je pourrais dire que tu as un peu tirebouchonné entre cinq et trois mètres, mais globalement, tu peux être fière, nickel ! »

L'histoire a débuté comme cela, sous des tonnes d'eau, avec des signes et des regards plutôt que des paroles. À la fête de fin de stage, ils se sont éloignés des barbecues où fumaient les grillades et se sont embrassés. Ils ont eu le temps de parler ensuite, parfois tard dans la nuit, allongés sur le clic-clac du studio que Maya avait conservé, et aussi lors de ces balades dans lesquelles il l'a entraînée sur les sentiers du littoral, les demi-journées où le centre était assez staffé pour qu'Armen le dispense d'encadrer des plongeurs.

Au lit, les premières fois, Quentin s'est mis trop de pression. Comme ses gestes étaient moins sûrs que trente mètres sous l'eau, Maya s'est à son tour retrouvée à donner des consignes, un peu plus haut, plus lentement, oui, comme ça, garde ce rythme – et dès lors que Quentin a réussi à la faire jouir, avec cette patience d'oreille qui écoute et de langue qui frôle, il s'est détendu et a peu à peu retrouvé ses moyens.

Une fois, ils ont profité de la marée basse, à Trégastel, pour marcher jusqu'à l'île de Seigle, le plus souvent coupée par un bras de mer de la Grève rose. Tout au bout de cet îlot où les bruyères et les ajoncs leur griffaient les mollets, ils ont découvert un rocher assez massif et incurvé pour que l'herbe en dessous soit haute, très verte, piquetée par les fleurs blanches de la silène maritime, plus accueillante que le reste de cette végétation brûlée par les embruns, et la même idée leur est venue. Elle s'est débarrassée de ses sandales à coups de talon et a relevé sa robe pendant qu'il s'allongeait. Il en a fait glisser à moitié les bretelles pour attraper ses seins à pleines paumes. À califourchon au-dessus de lui, elle apercevait les voiliers cinglant vers l'Angleterre et une bande de véliplanchistes voltigeant sur les vagues. Le froid fouettait son plaisir, et elle a eu la certitude que c'était un moment dont elle se souviendrait longtemps, une joie affolante qui ne disparaîtrait pas dans le brouhaha des habitudes.

Au départ elle s'est dit qu'elle s'offrait un caprice en sortant avec un mec de quatorze ans de moins qu'elle, par qui il était gratifiant de se sentir désirée. Et de fait elle adore le corps de Quentin, qu'il se tienne droit, qu'il n'ait pas de ventre, ou que la nage ait développé chez lui ces muscles longs et profonds. Pourtant l'essentiel n'est pas là. C'est aussi un jeune homme dont les fragilités la touchent. Elle reconnaît en lui la personne qu'elle aurait pu être si elle avait grandi dans un coin de province ou si elle n'avait pas été aussi forte à l'école.

Au cours de leur première année, il bossait comme scaphandrier et enchaînait les contrats d'intérim, roulant d'un bout de la France à l'autre pour réparer la pile d'un pont, inspecter les prises d'eau d'une centrale ou changer le moteur d'une station d'épuration. Il plongeait dans des eaux tellement sales qu'il devait faire ses manips en distinguant à peine ses mains, et après ce genre de journées, comme il préférait se taire que se plaindre, les silences se faisaient longs, au téléphone, et elle s'est dit vingt fois que leur relation s'enlisait et courait vers sa fin.

Depuis qu'il a été recruté aux Sept-Îles, l'écart entre eux a diminué. Il reste l'homme de terrain et elle l'intellectuelle, lui au grand vent, elle au labo, mais le travail qu'il fournit contribue aux avancées de la science, et comme il s'estime plus, il a aussi appris à se laisser plus facilement aimer. Il ne se passe plus de jour sans qu'elle ait besoin de partager avec lui les états qu'elle traverse et celles des bizarreries du monde qui la font le plus rire ou qui l'indignent le plus. Leurs rencontres ont beau rester rares et avoir toujours l'air de retrouvailles qui n'étaient pas gagnées d'avance, il est devenu l'une des personnes dont elle est le plus proche et qui la connaît le mieux. Chaque fois qu'elle l'a senti rongé par l'anxiété, elle a enragé d'être loin et aussi impuissante, de ne même pas pouvoir tenter de le réconforter en le prenant dans ses bras.

Aussi, quand elle a raccroché, ce 27 juin, elle s'est promis de faire de son mieux pour le rejoindre dès que possible à Locquémeau. Il faudrait qu'elle trouve les mots justes pour ne pas inquiéter Bruno, et qu'il la regarde partir à peu près de bon gré. C'était une chance inouïe de vivre une passion, s'est dit Maya à la fenêtre, face à la nuit poisseuse qui étouffait Genève, mais ce ne devait pas être une raison pour foutre sa vie en l'air.

3. *MODUS VIVENDI*

Lorsque Bruno Sibir s'est réveillé, le jour de ses soixante ans, peu après que le soleil a commencé à inonder la chambre, Maya dormait dans le désordre de ses boucles brunes : il a regardé l'arc si dessiné et si fin de ses sourcils, il s'est laissé bercer par le ronflement qu'elle émet de temps à autre quand elle dort sur le dos, et la pensée l'a traversé qu'il aimait la vie qu'il menait, et que ce qu'il pouvait se souhaiter de mieux, c'était qu'elle continue. Il appréciait depuis toujours que son anniversaire soit placé au début de l'été, alors qu'il ne restait plus que deux ou trois semaines avant que s'ouvrent les vacances. Si sa mère avait été vivante, elle l'aurait appelé et lui aurait raconté que le 2 juillet 1959, il avait fait une météo radieuse, et qu'elle s'était rendue à la maternité avec sa robe de grossesse favorite. Son père, pour sa part, lui aurait répété que même si vieillir n'était pas tellement agréable, c'était tout de même la meilleure solution qu'on ait trouvée pour ne pas mourir jeune. Ils ne sont plus là, ses parents, mais ils parlent encore en lui. C'est toujours leur enfant, c'est encore leur petit garçon qui a soixante ans ce jour-là.

Bruno devrait se réjouir : avec Maya, ils ont pu poser leur mardi et ils vont fêter ça en grand. Mais depuis qu'elle est revenue de Genève, il la trouve fuyante, perturbée, et il ne pense pas que cela s'explique seulement par le surmenage. Il doit y avoir autre chose, dont il attend qu'elle parle. À moins que ce ne soit cette chaleur qui la rende malade ? Il faut reconnaître que la canicule n'aide pas, car en frappant si tôt, elle est venue détraquer ce qu'ils appellent avec un peu d'ironie leur *modus vivendi*, et en particulier le système bien rodé des deux appartements.

La majeure partie du temps, Maya habite chez Bruno, dans son trois pièces de la rue Scipion, une perpendiculaire du boulevard Saint-Marcel si discrète que leurs amis, même vivant de longue date à Paris, ne savent pas où elle se trouve, et depuis laquelle ils sont à un quart d'heure du campus de Jussieu et de leur laboratoire d'océanographie. Quand elle lui écrit *On se retrouve à la maison ?*, c'est de la rue Scipion qu'elle parle, et elle y a rangé au fil des ans une partie de sa garde-robe, de ses livres et de ses affaires, mais si Bruno lui dit avoir envie d'être seul, ou s'il invite quelqu'un qu'il préfère voir en tête à tête, elle traverse la Seine et retrouve le trente mètres carrés qu'elle loue rue Rossini, à l'est de l'Opéra. Le propriétaire de son immeuble a beau être si riche qu'il augmente à peine le loyer quand le bail se renouvelle, elle se refuse à calculer quelle somme faramineuse ce choix lui a coûtée depuis douze ans qu'elle est avec Bruno : de toute façon, c'est le prix de l'indépendance et de la liberté.

Ils font le même métier, dans le même laboratoire, leurs bureaux à la fac sont à cent mètres l'un de l'autre, elle est contente au moins de ne pas le retrouver le soir par défaut, mais parce qu'ils ont tous deux envie de passer du temps ensemble. Et elle a besoin aussi de cette possibilité de repli. Lorsqu'elle doit bosser le soir, lorsqu'elle a la migraine et ne souhaite que du silence, ou encore quand ses règles approchent, c'est un soulagement de ne pas se forcer à faire bonne figure, que personne ne lui demande de l'énergie ou de l'attention. Les fois où, dans ce genre de moments, elle a cru qu'il serait préférable de rester rue Scipion, ils se sont retrouvés embarqués dans des disputes absurdes, qui finissaient de la vider de ses forces. Donc non, que chacun ait son chez-soi, c'est beaucoup mieux, vraiment. Reste que lorsque le mercure grimpe, il fait sous les toits de zinc de la rue Rossini une chaleur étouffante, qui ne laisse d'autre choix à Maya que de demander l'asile permanent chez Bruno. Son refuge n'en est un que par climat tempéré – et donc, à bien y réfléchir, ce n'en est plus un pour longtemps.

Bien sûr, le système des deux appartements ne serait pas jouable s'ils avaient des enfants. Ils se sont posé la question, sans jamais que le désir ne devienne irrépressible. Bruno a sa fille June, qui va avoir trente ans et qu'il n'a pas élevée. Maya se dit qu'elle s'y serait mise plus tôt, si cela avait fait partie de ses priorités. D'un autre côté, elle n'a jamais affirmé qu'elle ne voulait pas en avoir, et s'est même coltiné les tests pour congeler ses ovocytes. Ces derniers temps, sans doute parce qu'elle sait que sa fertilité baisse à grande vitesse, elle y pense d'ailleurs plus que d'ordinaire. Dans le train de retour de Genève, par exemple, observant la fillette gracieuse qui dessinait en face d'elle, elle s'est prise à rêver de voir s'affirmer à ses côtés le caractère d'une petite personne chaque jour plus autonome, et il y avait dans cette rêverie beaucoup de force et de douceur.

Quand elle retourne voir ses parents dans leur cité d'Aulnay-sous-Bois, il est rare que sa mère la laisse échapper au sujet. Loin d'elle l'idée de vouloir faire ingérence, mais tout de même… Elle lui dit qu'elle regrettera, plus tard ; que si elle aime la vie, c'est un choix étrange de ne pas la transmettre. Il faut voir d'où elle parle : à vingt-cinq ans, Djamila avait déjà ses trois enfants, Ilyes et Karim coup sur coup, Maya petite dernière venue quatre ans après. Sa mère assume d'avoir consacré sa vie à cela, chérir des enfants, les élever du mieux qu'elle a pu. Les boulots d'intérim et les ménages dégotés pendant que Pablo faisait les trois-huit à l'usine Peugeot de la ville, c'était purement alimentaire. Djamila balaye l'objection selon laquelle Bruno commence à se faire vieux : « Vous vous aimez, le reste ça compte pas. » Elle avance cela avec son bon sens enjôleur, évitant tout ce qui pourrait sonner comme un reproche. « Et puis tu sais que je dis pas ça pour moi », conclut-elle, implacable. Effectivement, elle connaît à peine Bruno, et elle doit se douter qu'une naissance ne changerait pas la donne. Maya vient seule pour fêter l'Aïd, la fin du ramadan et Noël, et lorsque ses parents mettent les pieds à Paris, ils se retrouvent au café ou dans les magasins.

C'est un fait que Maya aime compartimenter. La distance qu'elle a parcourue a beau ne requérir qu'une heure de transports en commun, elle sépare des mondes entre lesquels elle ne souhaite pas s'épuiser à jouer les intermédiaires. Bruno serait à l'aise, elle n'en doute pas, et Djamila aussi avec son franc-parler, mais ce n'est pas la question, elle n'en a pas envie. Au passage, sa mère ignore l'existence de Quentin, comme celle des autres hommes avec lesquels Maya a pu entretenir des liaisons. Dans le fond de son cœur, Djamila comprendrait, mais elle se sentirait aussi tenue de prononcer des mots de réprobation dont Maya se passe bien. Lorsqu'elle se prend à penser que sa mère, de toute sa vie, n'a sans doute connu que son père, cela la terrifie.

Quoi qu'il en soit, elle ne peut pas parler à ses parents de son rapport à la maternité, pas plus que de son choix d'une relation libre. À force de voir les couples autour d'eux exploser, ou s'asphyxier en ne restant ensemble que par inertie, ils se sont juré, avec Bruno, de ne pas laisser leur amour devenir un vernis qui masquerait un besoin de confort ou une dépendance affective. Ils sont conscients des privilèges qui leur ont permis de prendre ce risque : on ne le fait pas sans être costaud, suffisamment en paix avec soi-même pour ne pas craindre l'abandon. Et de ce point de vue, ils doivent beaucoup au fait d'avoir grandi dans des familles qui les ont entourés d'un amour évident. Du reste, ils ne tirent pas d'orgueil à naviguer à l'écart des routes plus frayées : ils savent que la visibilité sur la carte de l'amour n'est pas meilleure qu'en mer, et que la météo ne s'y prévoit pas avec plus de quelques jours d'avance.

Au fil des étapes de cette journée d'anniversaire, alors qu'ils se promènent dans le Quartier latin, parcourent l'exposition sur Berthe Morisot qui se tient au musée d'Orsay ou prennent un pot dans le jardin des Tuileries, Maya sent que leur équilibre est sur le point de se rompre. Elle a beau sourire à Bruno, l'embrasser, bavarder, elle n'est pas avec lui autant qu'elle le voudrait. Flottant dans ses pensées, elle se demande si elle ne s'est pas voilé la face, ces derniers mois. Peut-être devrait-elle assumer que son histoire avec Quentin bouleverse la façon dont sa vie s'est construite, au lieu de ne la laisser exister qu'en filigrane ou dans des interstices.

Un souffle dans l'air murmure à son oreille qu'elle est à la croisée des chemins : d'ici la fin de l'été, ce serait bien qu'elle décide si elle veut être mère, et si ce désir-là s'affirme – quand bien même cela impliquera de faire du mal autour d'elle –, auquel de ses deux compagnons elle préfère proposer d'essayer d'avoir un enfant.

Le lendemain soir, le cœur de Bruno bat fort quand Maya lui annonce qu'elle a besoin de fuir l'atmosphère étouffante de Paris et de passer du temps avec Quentin.

Ils sont assis à la table du salon, elle a pris ses mains dans les siennes et elle fait son possible pour ne pas détourner les yeux. Bruno l'écoute d'abord longtemps, sans dire grand-chose. Puis il répond qu'il s'attendait à quelque chose de ce genre, et il ne la retient pas. Leurs principes ne vaudraient rien s'il flanchait dès qu'il est douloureux de devoir les mettre en œuvre. Inventer des obstacles reviendrait à jouer un rôle auquel il se refuse. Même si le ton un peu solennel que Maya a adopté ne lui dit rien de bon, il ne s'est pas senti menacé les quelques fois où elle lui a parlé de Quentin. Il lui est arrivé, à lui aussi, d'avoir des histoires avec des femmes qui l'affolaient, avant de prendre conscience qu'il ne se serait pas pour autant vu partager leur existence. Peut-être que Maya doit faire ce genre d'expériences à son tour, explorer ce qu'elle a à vivre avec Quentin pour se rendre compte que leur amour à eux convient mieux à son caractère et à la vie qu'elle entend mener.

Les méduses de Haeckel sont posées sur le canapé, éblouissantes dans l'entortillement de leurs filaments en spirale, témoins muettes de cette scène. Chaque fois que le regard de Bruno tombe sur ces discoméduses *Desmonema annasethe*, que Haeckel a baptisées en mémoire de la femme qu'il a perdue si tôt, il se dit que le cadeau n'aurait pas pu être mieux choisi, et bizarrement, cela lui donne confiance, à la fois en Maya et dans le couple qu'ils forment.

D'ailleurs, June arrive de Boston d'ici la fin de la semaine, et de ce point de vue, que Maya parte, cela l'arrange plutôt. Il regrette si fort de n'avoir pas vu sa fille grandir et les occasions de la retrouver sont si rares qu'il se réjouit de passer du temps seul à seul avec elle.

« Donne de tes nouvelles, mon amour », demande-t-il à Maya. Il faudra qu'elle lui dise, surtout, à quel moment elle compte le rejoindre à Roscoff. De son côté, le temps de boucler ce qui lui reste à faire au labo, et il y sera d'ici quinze jours. « J'emporterai la litho, ajoute-t-il en pointant le Haeckel. Elles seront plus heureuses, ces méduses, si on les rapproche de la mer. »

4. QUAND TU CHANGES D'ÉLÉMENT

Quelques semaines plus tard, au déclin de l'été, Maya se souviendrait de ce début juillet à Locquémeau comme d'une suite de journées sans fin, baignées d'une lumière bénie, et comme d'un moment de sa vie où elle y voyait encore clair, avant de se trouver engloutie par un cauchemar sans issue.

Dès qu'elle l'avait découvert, elle avait aimé ce village lové sur la côte est de la baie de Lannion. La maison que Quentin avait héritée de ses grands-parents se situait en retrait de la pointe du Dourven, au bout de laquelle une forêt de pins maritimes et de cyprès surplombait de ses frondaisons d'un vert intense l'estran de granit gris. Par des chemins qui cessaient vite d'être carrossables, on arrivait en cinq minutes à pied à la plage de Kirio, une plage de sable blanc elle aussi bordée de grands arbres, et assez abritée pour qu'il soit possible d'y nager que la mer monte ou descende. En tournant au contraire vers l'ouest, on débouchait d'abord sur la corniche de Notigou, qui surplombait une plage plus exposée, puis sur la route qui menait au petit port de pêche. Le long du quai s'alignaient une halle aux poissons conçue pour le stockage et la vente directe, un café où Quentin avait ses habitudes, un restaurant plus chic et un magasin d'antiquités dans le bric-à-brac duquel Maya aimait flâner, le regard dérivant sur des tableaux désuets, des figurines de plâtre, de la vaisselle ornée de motifs floraux et des maquettes de navires.

Autour de cette poignée de constructions qui paraissaient se serrer les coudes pour lutter contre le froid, la pointe de Séhar découvrait son désert de roches gris-noir, tout en dalles volcaniques hérissées vers le ciel, s'étendant assez loin à marée basse, et qui par mauvais temps donnait au paysage une sauvagerie et aux façades des bâtiments le profil inquiétant de manoirs gothiques. Entre deux cordons de galets, une lagune où venaient se poser les oiseaux permettait d'absorber l'eau des grandes marées et la pluie des tempêtes. Quentin lui avait expliqué que la commune avait utilisé le dédommagement perçu suite au procès de l'*Amoco Cadiz* pour restaurer cette zone humide, alors qu'il avait été envisagé de l'assécher pour y construire un énième parking. Bruno avait parfois évoqué devant Maya cette gigantesque marée noire qui avait ravagé la côte en 1978, puisque cette catastrophe avait conforté son désir d'œuvrer pour la protection de l'océan.

Même si Locquémeau n'était qu'à un quart d'heure de Lannion, le village restait à l'écart de l'agitation touristique : la plupart des visiteurs séjournaient le long de la Côte de Granit rose, dont la géologie était plus douce et plus spectaculaire, et ceux qui voulaient découvrir l'ensemble de la région filaient en général par la suite plus à l'ouest, vers la baie de Morlaix ou les pointes du Finistère.

Comme c'était son premier été à la réserve des Sept-Îles, Quentin n'avait pas de congés, donc pas autant de temps à lui consacrer qu'il l'aurait voulu, mais les retrouvailles étaient malgré tout à la hauteur de leur attente.

Pendant la journée, Maya travaillait à la table de la terrasse ouvrant sur le jardin, en épiant les envols bruyants du couple de ramiers qui nichaient dans la haie et les allées et venues plus timides d'un rouge-gorge. En fin d'après-midi ils se promenaient, reprenant parfois la voiture jusqu'à des plages qu'elle ne connaissait pas. Le soir ils bavardaient et ils faisaient l'amour, avec un si bon appétit et si tard dans la nuit qu'elle s'endormait sitôt après, sans même avoir la force de se doucher ou d'enfiler un pyjama, et qu'elle n'entendait pas Quentin se lever le matin.

Lorsqu'il était absent, elle se faisait la réflexion qu'il était plus grave que d'habitude, assez souvent perdu dans des pensées auxquelles il ne lui donnait pas accès. Sa console de jeux ne trônait plus au salon. Des livres plus nombreux qu'avant encombraient son chevet. Pourtant, sous d'autres aspects, Quentin ne changeait pas. Il s'accrochait avec obstination à son fidèle Nokia, qui n'avait pas d'accès à internet, et refusait de se doter d'une carte bancaire. Maya lui répétait que ce parti pris d'archaïsme finirait par lui jouer des tours, par exemple le jour où elle voudrait lui envoyer des photos d'elle toute nue, ou le jour où sa maison se ferait cambrioler, mais Quentin se montrait intraitable. Le but n'était pas seulement de ne pas se faire fliquer : il avait besoin que l'argent reste concret, et de le sentir s'écouler. La seule période où il avait eu une carte, il avait dépensé à tort et à travers. Quant au refus du smartphone, elle se demandait si ce n'était pas lui, en fait, qui avait adopté le positionnement le plus juste : lorsqu'il était à la maison, il passait beaucoup de temps à lire la presse et à poster pour le compte d'Atlantis. Dès qu'il était dehors, les réseaux redevenaient abstraits, il se concentrait sur son environnement et pouvait laisser le vent du large lui nettoyer la tête.

Lors de son dernier séjour, le week-end de la Pentecôte, Quentin n'avait pas pu lui faire visiter la station ornithologique de l'Île-Grande : ils se sont rattrapés cette fois dès le lendemain de son arrivée. Répartie sur deux étages, l'exposition donnait un aperçu de la faune et de la flore de l'archipel. Cela faisait partie des attributions de Quentin que d'y répondre aux questions du public. Il apprenait par exemple aux visiteurs que les pingouins torda de la réserve, hauts de quarante centimètres et capables de voler, étaient les derniers représentants de leur famille, puisque les grands pingouins de l'Atlantique Nord avaient été exterminés par l'homme au milieu du XIXe siècle, et que les manchots de l'hémisphère Sud, avec lesquels on les confondait trop souvent, parce qu'en anglais manchot se disait *penguin*, appartenaient à un groupe distinct dans l'histoire de l'évolution.

Il donnait aussi un coup de main, dès que nécessaire, à l'équipe du centre de soins vers lequel étaient acheminés les animaux en détresse. On y recueillait des amphibiens, beaucoup de hérissons, et naturellement des oiseaux, atteints de maladies, blessés par des chats domestiques, victimes de collisions ou tout simplement épuisés. Un oiseau sur dix arrivait englué de mazout : c'était surtout le cas en hiver, lorsque les navires escomptaient qu'avec le mauvais temps, la surveillance se relâcherait, et économisaient sur les coûts de nettoyage en dégazant au large. L'épave du *Tanio*, qui reposait au large de Roscoff, relarguait aussi par intermittence les résidus de sa cargaison, même s'il avait coulé près de quarante ans avant : « Il faudrait faire des travaux de grande ampleur pour colmater les fuites… » Les pingouins, les guillemots ou les macareux, qui pêchaient en surface, étaient les victimes toutes désignées de ces nappes d'hydrocarbures. Il fallait maîtriser des gestes délicats pour les laver sans compromettre l'étanchéité de leur plumage. Quentin s'était formé il y a quelques années déjà, lors d'un premier boulot à la station en tant que bénévole. À l'époque, le pourcentage d'animaux qui devaient être euthanasiés lui avait plombé le moral. Et même s'il s'était endurci, il n'aurait pas échangé son travail en mer pour un poste à plein temps entre les murs du centre.

À l'étage de la station, les images de la colonie de fous de Bassan enregistrées par les caméras de la cabane d'observation étaient retransmises en direct sur un écran géant. Quentin a expliqué à Maya que l'équipe suivait un échantillon d'une centaine de nids : depuis le retour des oiseaux en janvier, ce repérage suffisait à se rendre compte que la colonie, malgré ses vingt mille couples, aurait pu être beaucoup plus dense : « Avant, on comptait plus ou moins un nid tous les deux mètres carrés, et là, tu vois, dans chaque intervalle, il pourrait y en avoir un de plus : même dans le cœur de la colonie, la place libre est énorme… »

Côté plongée, l'embauche de Quentin allait permettre de consolider le suivi des phoques, des forêts d'algues et des herbiers. La réserve était devenue site-pilote pour le suivi des poissons à long terme, ce qui supposait de faire des comptages subaquatiques à intervalles réguliers sur une liste précise de spots. Le programme avait débuté en 2014, mais il allait falloir accumuler dix ans de données pour que les cohortes soient vraiment intéressantes.

Le premier dimanche, ils ont profité du beau temps pour aller plonger aux Sept-Îles avec une petite bande. Étienne Feyereisen et Loïc Guidal, les collègues de Quentin, ont décidé de se joindre à eux. Quentin avait fait connaissance avec David Sadler car ils s'étaient formés au CAP à peu près en même temps, et avec Armen Dirou lorsque ce dernier y avait créé la formation scaphandriers. La seule autre femme était Joséphine Rozan, une amie d'enfance de Quentin devenue paysagiste dans le coin : au début de sa trentaine, c'était une fille longiligne, aux joues et au nez facilement rougis par le vent, avec de beaux yeux bleus qu'on aurait dit toujours mouillés, et pour qui Maya avait éprouvé une sympathie immédiate.

Embarquant sur le semi-rigide, Maya s'est installée aux côtés d'Armen qui barrait, et elle lui a demandé des nouvelles du CAP. Le club prenait beaucoup d'ampleur, ces dernières années. L'activité de plongée loisir faisait le plein en juillet-août, mais ne représentait plus le cœur du métier. Le centre formait avant tout des professionnels, qu'ils viennent des douanes, de la société des sauveteurs en mer, des parcs marins ou d'institutions de recherche.

« Mes élèves sont pas tous aussi carrés que Quentin, a commenté Armen. Les jeunes pensent qu'être plongeur pro, c'est aller draguer les minettes ou mettre des lunettes de soleil et conduire un bateau. Bien sûr que ça fait partie intégrante du métier. Je n'y manquerais pour rien au monde. Mais ils se rendent pas compte qu'en fait, même en plongée loisir, on passe moins d'un quart de notre temps en sorties… Le reste c'est de la logistique, de la gestion du matériel, de l'administratif, et c'est lourd à gérer… »

Une fois sur place, ils ont choisi un spot près de l'île Malban. Maya n'avait plus plongé depuis avril et elle appréhendait, mais en moins d'une minute, elle a retrouvé de bonnes sensations. Dans la palanquée qu'elle formait avec Quentin et Loïc, elle a été la première à repérer une raie torpille, que son camouflage confondait avec le fonds sableux et dont elle a regardé longtemps les ailes palpiter. Sur les gorgones rouges accrochées aux roches du tombant, Loïc a pointé le ruban délicat que formaient les œufs de nudibranche. Un peu plus loin, ils ont trouvé deux de ces petits gastéropodes, dont un coup de torche est venu rehausser les couleurs chatoyantes. Si Maya se rappelait bien son manuel d'identification, ce devait être des éolidiens, qui respiraient par leurs papilles dorsales et qui pouvaient même y stocker des cellules urticantes prélevées sur leurs proies afin de retourner ces armes contre leurs prédateurs.

À quinze mètres de profondeur, des étoiles de mer et des oursins-ballons constellaient certains blocs. Elle s'est stabilisée près d'eux, tout en se faisant la réflexion qu'eux aussi la voyaient, non avec des yeux, mais les étoiles avec le bout de leurs bras, et les oursins avec leur corps entier. Ils avaient beau ne percevoir ni couleurs ni détails, ils pouvaient détecter les formes et les mouvements : ils voyaient, en somme, ce qu'ils avaient besoin de voir. Dès qu'on s'éloignait des humains dans l'arbre de l'évolution, a songé Maya, les animaux se révélaient être non seulement d'autres peuples habitués à tirer le meilleur parti des ressources de la terre, mais plus encore des créatures qui percevaient un autre monde, à travers des stimuli que notre système sensoriel ne pouvait pas capter, mais qu'eux recevaient et savaient convertir en autant d'informations utiles. On pouvait même pousser plus loin : c'étaient des mondes multiples qui se côtoyaient dans l'océan, des mondes qui se recoupaient en partie, mais qui dépendaient avant tout des sens dont chaque espèce disposait pour en faire l'expérience.

Le midi ils ont pique-niqué sur l'île aux Moines, la seule des cinq grandes îles de l'archipel sur laquelle le débarquement était autorisé. Pieds nus dans le sable, frissonnant malgré le sweat qu'elle avait enfilé au-dessus de son maillot, Maya s'est retrouvée à manger assise près d'Étienne, qui se montrait toujours curieux du dialogue avec les chercheurs et qui l'a longuement interrogée sur le début de son travail pour l'IPBES.

Né comme elle loin de l'océan, il n'était pas prédestiné à s'occuper de conservation marine, puisque sa famille possédait dans un coin paumé de Lorraine un petit élevage de vaches à viande où ses parents avaient trimé jusqu'à leur mort. Étienne avait trouvé un poste au parc des Ballons des Vosges, où on l'avait chargé du suivi des tourbières, et côté ornithologie, d'un projet de réintroduction du grand tétras qu'il avait jugé assez irréaliste pour finir par démissionner. Malgré ce bilan en demi-teinte, l'expérience avait eu le mérite de le préparer à ce qu'il faisait aux Sept-Îles : « C'est un terrain de jeu génial… Tu as presque toutes les espèces d'oiseaux marins de France métropolitaine qui sont représentées. »

À défaut d'avoir rencontré les phoques sous l'eau, ils ont pu en observer deux se reposant vers l'anse du Cerf, l'îlot le plus à l'ouest de l'archipel. Il fallait en réalité un peu de chance pour les voir, même en surface, puisqu'ils passaient les trois quarts de leur temps dans l'eau et pouvaient rester immergés une demi-heure facile avant de reprendre leur souffle. « En fait, a raconté Étienne, les phoques gris sont à peine de retour. » Il y avait toutes les raisons de croire qu'ils fréquentaient ce littoral depuis des milliers d'années et que les hommes les y avaient chassés dès le néolithique. Mais au début du siècle dernier, la chasse s'était intensifiée, elle était le fait d'humains bien plus nombreux, mieux équipés et plus mobiles, et les phoques avaient été exterminés. « Si on n'avait pas réagi, ils auraient disparu. » Depuis qu'ils avaient été classés au rang des espèces protégées, en 1979, les populations des îles Britanniques avaient repris de la vigueur, et c'était à partir de ces colonies-là qu'ils étaient timidement revenus fréquenter la Bretagne. Comme il n'y avait dans le coin ni orques, ni requins-tigres, ni requins blancs, les phoques n'y connaissaient pas d'autre prédateur que les hommes, et ils pouvaient redevenir des habitués de ce littoral, si tout du moins on les laissait y prospérer tranquilles.

« Aux Sept-Îles on a des naissances, a poursuivi Loïc, ça fait plaisir tout de même. » La survie des blanchons n'était pas évidente, puisque les mères les abandonnaient vite et que les pères n'avaient, c'était le moins qu'on puisse dire, pas le moindre instinct parental. Il y avait en mer du Nord des cas répertoriés où on avait pu voir les mâles pourchasser les petits, leur arracher des lambeaux de graisse, voire les traquer à terre et les écraser de tout leur poids jusqu'à ce que mort s'ensuive. Rien de tel, cela étant, n'avait été observé aux Sept-Îles. « Quand on trouve des blanchons échoués, après les tempêtes notamment, a expliqué Loïc frottant son crâne rasé, on fait le signalement à Brest, et l'équipe d'Océanopolis vient les prendre en charge. En hiver ils recueillent plein de monde, ça ne peut se faire que dans la limite de leurs capacités d'accueil, mais bon, on fait ce qu'on peut pour les sauver… »

Le chenal qui menait vers le village de Ploumanac'h passait entre une multitude d'îlots de granit rose qui contribuaient à en protéger l'anse. Leur bateau a franchi le seuil submersible du port presque en même temps qu'un voilier dont n'ont pas tardé à descendre une femme d'un certain âge, à la mise élégante, un homme corpulent aux cheveux gris, et un quadragénaire qui lui ressemblait beaucoup. Quentin s'est brusquement raidi, et Maya s'est demandé ce qui se passait. Étienne a jeté à Quentin un regard d'excuse, puis s'est avancé vers le trio et s'est lancé dans une conversation dont Maya n'arrivait à capter que des bribes. Après avoir hésité une seconde à le suivre, Quentin a préféré se consacrer à décharger leurs blocs tandis qu'Armen manœuvrait pour approcher sa camionnette.

Lorsqu'elle a pu le faire discrètement, Maya a demandé à l'oreille de Quentin de qui il s'agissait. « Le Moal père et fils, a-t-il murmuré, et Colette Bourhis. Les gens de Frankiz, tu sais ? » Il lui avait touché un mot de cette association qui s'était constituée une vingtaine d'années avant pour lutter contre une extension de la réserve. À l'époque ils avaient réussi à enterrer le projet, mais depuis peu l'État le relançait : c'était l'un des principaux objectifs du mandat d'Étienne que la réserve couvre bientôt une aire beaucoup plus étendue. Maya savait que les pêcheurs et les plaisanciers craignaient que cela ne débouche sur de nouvelles restrictions, mais elle ne comprenait pas pourquoi le simple fait de croiser les meneurs de cette opposition mettait Quentin dans un état pareil. Le fils Le Moal, figé dans une attitude défensive, avait un visage buté, mais les deux autres ressemblaient à des retraités assez inoffensifs.

Au bout de cinq minutes, Étienne et Loïc sont revenus, et une fois que les dirigeants de Frankiz ont disparu du champ, ont esquissé un sourire contrit. « Alors ? » a questionné Joséphine. « Ils nous ont refait le coup des phoques, a commenté Loïc. Ils nous ont dit que s'ils ne prenaient plus de bars, c'était à cause d'eux – et tiens, à cause des requins-taupes, aussi. » Joséphine s'est tournée vers Maya : « Tu sais ce que ça signifie, en breton, Frankiz ? » Celle-ci a fait non de la tête. « Ça veut dire *liberté*. Je sais pas de quelle liberté fondamentale ils pensent qu'on va les priver, à part celle de pêcher plus qu'ils n'ont droit, mais bon… »

À chacune de leurs rencontres, Étienne essayait d'expliquer que le problème des ressources était beaucoup plus large que celui de la déprédation que les phoques causaient sur les filets, mais cela tombait dans des oreilles bien sourdes. « À les entendre, a dit Loïc, on croirait que le phoque, il mange chaque jour du bar et du homard servis sur un plateau d'argent. Or nous on analyse leur bol alimentaire et on trouve trente proies différentes… » Quoi qu'il en soit, l'équipe allait devoir trouver le moyen de les convaincre : ils fédéraient des centaines d'adhérents et avaient établi des relais efficaces auprès des comités des pêches et des élus. « J'aimerais bien comprendre ce qui se passe dans leur tête », a poursuivi Étienne.

Quentin, lui, se taisait. Et quand ils sont remontés dans sa voiture et que Maya lui a demandé pourquoi il n'était pas allé leur parler également, il s'est contenté de répondre, le genou tremblant sur la pédale de frein, qu'Étienne faisait preuve en toutes circonstances d'un tact dont pour sa part il ne se sentait pas capable : « Je trouve ça très difficile, en ce qui me concerne, de rester aimable avec les cons… »

Le soir, alors que Loïc et Étienne étaient rentrés chez eux, les cinq plongeurs ont décidé de dîner à La Voile, l'un des restaurants de Trébeurden dont la terrasse donnait sur le port de plaisance. Ils ont pris l'apéro dehors avant que Maya et David, qui commençaient à avoir froid, ne convainquent les autres de se rapatrier à l'intérieur.

À un moment donné, comme souvent entre plongeurs, la conversation a roulé sur les sorties les plus dangereuses qu'ils avaient été amenés à faire. En vingt ans, David avait connu deux accidents graves. Le premier lorsqu'il était ado, à une époque où il plongeait souvent seul, et était descendu explorer l'épave de *L'Isère*, sur la côte sauvage de Belle-Île. À son retour en surface, la houle l'avait drossé contre la falaise, il s'était cassé le bras et avait eu toutes les peines du monde à remonter. Beaucoup plus récemment, alors qu'il était employé par une ferme de saumons bio, dans l'Aber-Wrac'h, il avait failli y rester : il était en train de ramender des filets lorsqu'une cage avait lâché, lui écrasant la tête. « Quand je suis sorti, y avait comme des fourmis qui défilaient en ligne, de mon menton à mon nez. Et mes cheveux partaient, je pouvais les prendre par poignées. Je m'étais fêlé une cervicale, en fait, et je suis pas passé loin de finir tétraplégique... »

Armen avait aussi connu quelques frayeurs. Après quinze ans à bosser pour le GIGN comme plongeur démineur et nageur de combat, une période dont il parlait peu, mais qui lui avait donné ce qu'il appelait *un passif militaire*, il avait enchaîné les chantiers compliqués, d'abord sur des plateformes offshore au large de l'Angola, puis en Bretagne à partir de la naissance de son fils. En 2015, on lui avait demandé d'installer la première hydrolienne entre Ouessant et Molène, et il avait recruté Quentin, même si ce dernier n'avait alors qu'une année d'expérience en tant que scaphandrier. L'idée, c'était d'ancrer une bestiole de quatre cent cinquante tonnes, avec une tulipe de six pales posée sur un tripode, dans le passage du Fromveur, qui est l'endroit le plus dangereux des côtes européennes, un désert de roche tout pelé où le courant arrache tout. « Ils ont choisi ce site, a précisé Quentin, parce qu'ils étaient sûrs qu'il n'y restait pas d'explosifs de la Seconde Guerre mondiale… » Manœuvré par un équipage russe, le bateau avait descendu l'hydrolienne avec des grues, mais ils avaient perdu des centaines de mètres de câbles bourrés de capteurs, des merveilles de technologie qui valaient des millions d'euros. « Nous ce qu'on devait faire, a expliqué Armen, c'était retrouver ces câbles et leur mettre des haussières pour les faire remonter, et que l'entreprise puisse voir s'ils avaient trop morflé pour être encore utilisables. Puis dans un deuxième temps, aller fixer les câbles à l'hydrolienne pour la relier à la terre. »

De novembre à mars, la mauvaise saison a interrompu le chantier. Le reste du temps, si la météo était correcte, la marée leur laissait deux créneaux de vingt-cinq minutes par jour pour travailler, à condition que l'étale ne tombe pas de nuit, car la plongée y était trop risquée, les bateaux n'arrivant pas à tenir la position. D'ordinaire, les scaphandriers étaient reliés à la surface par un narguilé, une tresse de trois tuyaux qui leur fournissaient de l'air, de l'électricité pour leurs outils et un canal de communication. Sur ce chantier, plonger ainsi s'était révélé injouable : si le narguilé se prenait dans les câbles de l'hydrolienne, c'était le plantage assuré. Ils ont donc obtenu une dérogation pour travailler avec des bouteilles.

« Mais pour en venir au fait, a dit Armen, une fois j'étais en train de bosser sur l'hydrolienne, et je me suis fait percuter en force, au niveau des lombaires. » Après avoir repris ses esprits, il a constaté que l'agresseur était un dauphin mâle, connu par les services du parc marin d'Iroise, qui s'était fait rejeter de son groupe et qui passait son temps à marauder dans le coin. « J'étais sur son domaine, ça devait l'emmerder. » Le détendeur arraché de sa bouche, Armen était tellement sonné qu'il s'est mis à dériver. « Heureusement qu'il y avait Quentin, a-t-il souri. Lorssery, mon gars sûr. En vingt secondes il était là, et comme mes arrivées d'air ne fonctionnaient plus bien, il m'a filé son détendeur de secours, et on s'en est sortis. »

Assise à côté de Quentin qui finissait ses frites, Maya lui a jeté un regard qu'il lui a renvoyé avec un peu de gêne. Il ne lui avait jamais parlé de cet épisode, sans doute moins par modestie que pour ne pas l'effrayer. De toute façon, elle ne connaissait pas tout de sa vie : elle n'aurait pas aimé avoir le sentiment qu'ils avaient fait le tour de ce qu'ils pouvaient se raconter. Le fin mot de l'histoire, néanmoins, a tenu à souligner Quentin, c'est que cette mission, ils l'avaient réussie, et qu'ils avaient été grassement payés, et que c'était avec cet argent qu'il avait acheté son zodiac. « Donc si c'était à refaire, même si c'est un truc de trompe-la-mort, je m'y recollerais, j'avoue… »

David a attrapé une lueur d'appréhension dans le regard de Maya : « Non mais, en général, ça se passe bien. C'est juste que c'est un métier où il faut rester humble. Quand tu changes d'élément, tu joues pas. Même si tu as deux mille plongées, c'est pas pour ça qu'il va rien t'arriver. » L'essentiel restait de ne pas plonger quand on ne le sentait pas, ou qu'on n'était pas sûr des gens avec qui on le faisait. « Moi j'essaye de regarder les autres dans les yeux pour voir comment ils vont. Le mec qui est en train de se faire virer, ou qu'est en plein divorce, il risque de ruminer au fond… Et réciproquement, faut se connaître soi-même et dire si ça va pas. » Armen a opiné. Sur les chantiers au scaphandre, celui qui était dans l'eau remettait littéralement sa vie entre les mains de ceux qui tenaient le narguilé ou pilotaient la valise de commandes : il ne pouvait pas être question de travailler avec des gens pas fiables. « Y a des mecs tu les vois bosser, le soir tu leur dis, c'est pas la peine de revenir, et t'appelles la boîte d'intérim, même si ça te fait prendre du retard, pour qu'ils t'envoient un remplaçant. »

Une chance, s'est dit Maya, que Quentin ait décroché un travail plus tranquille. Le type de plongées qu'impliquaient ses fonctions aux Sept-Îles n'avait tout de même rien à voir avec ces cas extrêmes, d'autant que Loïc et Étienne ne semblaient pas du genre à flirter avec les limites.

Alors qu'elle s'était repris une bière au bar, David a annoncé qu'il n'allait pas tarder : il avait quarante bornes à faire pour retourner chez lui. Divorcé depuis peu, il n'avait pas trouvé à se reloger sur la côte, et il ne fallait pas trop le lancer sur les Franciliens et les Rennais qui faisaient monter les prix à force d'investir dans des résidences secondaires. « La bande côtière, a-t-il dit à Maya, elle va tout simplement finir par nous être interdite, alors que c'est nous qui faisons tourner le pays... » Lorsqu'il passait devant des maisons fermées huit mois sur douze, mais au seuil desquelles flottait un drapeau breton, cela le mettait en rogne : « Moi j'ai envie de leur dire, si tu l'aimes tant que ça, ta Bretagne, viens faire quelque chose pour son économie... »

Joséphine était moins sévère. Malheureusement, il y avait trop peu d'emplois qualifiés sur la côte pour retenir les jeunes. Et si elle avait réussi à monter sa boîte de paysagiste, c'était grâce au tourisme et aux résidents secondaires. Cela étant, elle comprenait ce que racontait David. Elle devait reconnaître que sans l'apport de ses parents, elle n'aurait jamais réussi, surtout en vivant seule, à acheter à Trégastel. Elle a marqué un temps d'arrêt et regardé Quentin. « Au fait, lui a-t-elle glissé, j'étais à Toull Bihan, l'autre jour... Je suis passée devant la maison des Jarnoux. Thomas est là pour les vacances. » Et à ce nom, pour la deuxième fois de la journée, Maya a vu le visage de Quentin changer du tout au tout. « Et vous avez parlé ? » s'est-il enquis d'une voix sèche auprès de Joséphine. « Pas très longtemps, mais oui, bien sûr... » Maya a demandé de qui il s'agissait. Comme Quentin ne réagissait pas, Joséphine l'a éclairée. Thomas Jarnoux faisait partie de leur bande d'adolescence, quand ils se retrouvaient à Trégastel, entre la plage de Toull Bihan et le rocher de la Baleine. « Tu vois ce grand rocher en forme de poisson, sur l'îlot au bout de la Grève blanche ? Bref, c'est comme ça qu'on s'appelait, la bande de la Baleine. » Sauf que depuis, Thomas avait repris la tête de Néréos, l'armement familial, dont la flotte pratiquait le chalut de fond et le chalut pélagique. C'était pour protester contre l'entrée d'un groupe néerlandais à l'actionnariat de Néréos qu'ils étaient allés protester à Lorient, en avril. « Ah oui », a dit Maya. La garde à vue, pour le coup, Quentin avait eu besoin de la lui raconter. « C'était un vrai ami, a soupiré Quentin. Maintenant il n'est plus de notre monde... »

Dans le silence qui a suivi, Maya a eu le sentiment qu'il flottait autre chose. Joséphine a repris : « Moi je l'apprécie encore. On est loin d'être d'accord sur tout, mais ce n'est pas un mauvais gars. Et puis ça m'a émue, parce que... ça fera dix ans dans quelques semaines. » Les yeux de Joséphine étaient humides de larmes. Les trois autres ont plongé le regard au fond de leurs bières vides. Exclue de cette mélancolie venue tarir le flux de la conversation, Maya a posé une main sur le genou de Quentin pour qu'il lui explique de quoi il retournait. Il a gardé les paupières baissées, et elle s'est rendu compte qu'il ne s'en sentait pas capable. Bientôt dix ans, avait souligné Joséphine, ce qui voulait dire 2009. Mais sur ce qui s'était passé cet été-là, Maya a vite compris, en voyant que le silence se prolongeait, que pour le moment du moins, quelle que soit son insistance, elle ne parviendrait pas à en apprendre plus.

5. LES MAINS DES PÈRES

Décidément, il ne savait pas y faire. Pourtant, Quentin avait le sentiment de s'être installé comme il fallait : il s'était calé dans le coin du canapé, avait surélevé son coude à l'aide d'un coussin, il inclinait le biberon selon l'angle adéquat pour que le petit n'avale pas d'air, et néanmoins César crachait le lait d'une bouche ahurie. Sa sœur et sa mère finissaient de préparer le déjeuner en cuisine, il n'avait pas envie de les appeler à l'aide. Son père, lui, était là, fumant une clope à la porte-fenêtre du jardin, mais la pensée a traversé Quentin qu'il n'avait peut-être pas beaucoup plus d'expérience que lui en la matière.

La veille, sa sœur était arrivée de Strasbourg avec Damien et leur bébé de huit mois, et sa mère ne pouvait pas manquer de convier Quentin à déjeuner pour des retrouvailles en famille. « Il faudra juste que tu me dises si tu viens accompagné », avait tenté Gaëlle, qui avait dû apprendre par un biais ou un autre le séjour de Maya. Lorsqu'il avait relayé l'invitation, tout en précisant que l'idée le mettait mal à l'aise, Maya s'était sentie vexée qu'il ne souhaite pas la présenter. Elle lui avait fait remarquer que sauf à vivre reclus, elle allait bien finir par croiser ses parents, à un moment qui s'avérerait peut-être moins propice. Mais comme elle n'était pas à une contradiction près, sans attendre qu'il ait eu le temps de revenir sur sa position ou de la justifier, elle lui avait donné raison : de toute manière elle avait du boulot, ce n'était pas plus mal que chacun fasse un peu sa vie.

Alertée par les cris de son fils, Agathe est revenue au salon et a pris César dans ses bras. Vêtu de son pull gris plein de bouloches que Quentin ne pouvait plus voir, François les a rejoints avec une bière, la troisième qu'il ouvrait depuis que son fils avait passé la porte. Quentin a hésité à lui faire une remarque. Il savait que Gaëlle lui en voudrait de gâcher la fête, mais selon lui, c'était son père qui ne faisait aucun effort.

Une fois le petit calmé et installé sur son tapis d'éveil, ils sont passés à table. Gaëlle avait rôti des filets de lieu noir achetés à la débarque, qu'elle a servis avec des haricots et des rates du jardin. Lorsque François a débouché une bouteille de blanc, Quentin a vu que ses mains tremblaient aussi fort que s'il n'avait rien bu. Attends papa, je vais le faire, a-t-il failli lui dire. Les mots ne sont pas sortis. Quentin a goûté le vin, qui était trop acide, et s'est mordu la lèvre. En fait, sa mère, sa sœur et son beau-frère, cela passait encore. Certes, la vie qu'Agathe menait en Alsace depuis qu'elle enseignait les avait éloignés, il ne savait pas trop où avait pu passer la compagne de ses jeux. Les rares fois où il l'avait au téléphone, elle ne cessait de lui répéter quel gâchis c'était qu'il ait arrêté les études. Elle était persuadée qu'avec son intelligence, son frère aurait dû se mettre en quête d'un travail plus qualifié, qui lui donnerait les moyens de quitter la région. Cette manie de ne rien comprendre à son amour de la côte avait le don de l'agacer, mais malgré tout, cela restait sa grande sœur, aussi bienveillante et droite que l'était Gaëlle. Le problème était plus restreint : c'était son père que Maya ne devait pas rencontrer.

De ce point de vue, d'ailleurs, ils s'étaient bien trouvés. Maya aussi avait un père dans sa bulle, avec lequel il était vain d'essayer d'échanger. Ils en avaient parlé, souvent. Les pères de cette génération, en tout cas ceux qui n'avaient pas eu la vie qu'ils désiraient, s'enfermaient dans un monde qui ne communiquait que par un flux ténu de signes avec le reste de la terre. Certains ne parlaient pas du tout, d'autres savaient parler de la vie extérieure, mais pas de leurs sentiments, et d'autres encore pouvaient se montrer bavards, comme par à-coups, quand cela les prenait, mais ne parlaient que d'eux-mêmes. Faire leur travail et gagner de l'argent leur demandait tellement d'énergie qu'il ne leur en restait semble-t-il presque plus pour écouter les autres ou s'intéresser à ce qui arrivait à leurs proches. Quentin jugeait aberrant qu'ils laissent ce boulot-là aux femmes, comme si cela ne restreignait pas leur expérience du monde, mais que cela relevait d'une division des tâches inscrite dans la nature.

Une fois, chez Maya, rue Rossini, ils en étaient venus à évoquer les mains de leurs pères, et Quentin ce soir-là ne s'était pas endormi, mais avait pris des notes sur un de ses cahiers en contemplant le ciel aux nuages gris perle au-dessus des toits de Paris. Il y avait un poème à écrire, il en était certain, sur ce qu'étaient les mains des pères. Les mains qui manient les machines, qui manient les outils. Elles travaillaient, ces mains, et fabriquaient, et réparaient. On les regardait d'autant plus que les pères se taisaient. D'une certaine façon, elles parlaient pour eux. Elles étaient abîmées. Marquées de brûlures et de cicatrices. Parfois elles caressaient, parfois elles agressaient. Le sang y circulait, plus chaud que dans celles des mères. Elles étaient vastes et enveloppantes, on aimait y glisser la sienne en sortant de l'eau gelée, ou les journées d'hiver. Mais quand ces mains tremblaient, lorsqu'elles n'étaient plus fiables, quand ce tremblement n'était plus retenu, dissimulé, mais qu'il attirait l'œil, alors tout foutait le camp.

La pêche, dans la famille, c'est une histoire qui est finie, et qui s'est mal finie. François a pris sa retraite, a vendu son bateau et n'a gardé qu'une barque. Si les estimations de Quentin sont justes, les Lorssery auront été pêcheurs pendant quasiment cent vingt ans. Son grand-père Yvon aimait à répéter qu'il avait traversé des mutations qu'il n'aurait jamais pu imaginer enfant, puisqu'il avait commencé sa carrière à la voile, quand les conserveries de sardines tournaient encore à plein, et l'avait achevée au moteur hydraulique, en naviguant au GPS.

François a débuté matelot pour son père, à un moment où celui-ci vivait surtout des casiers à langoustes. Pour s'émanciper de cette tutelle, il a bossé ensuite sur un chalutier basé dans le Finistère Sud. Partant du Guilvinec, il faisait des marées de dix jours dans le golfe de Gascogne ou au large de l'Irlande, sans jamais toucher terre sauf aléa technique, puis passait quatre jours en Bretagne – il était jeune, ce rythme lui convenait. Quand il a rencontré Gaëlle, la plus timide d'une bande de filles croisées dans un festival de rock, il s'est rapatrié à Locquémeau et s'est remis à la côtière, pour la retrouver le soir. Comme il n'était plus question dans sa tête d'avoir son père pour patron, il a contracté un emprunt pour s'acheter un bateau à lui, un douze-mètres vieillot, mais qui lui suffisait. Il s'est dit qu'il irait aux ormeaux et aux coquilles l'hiver, et se mettrait fileyeur l'été, en visant surtout le bar. Sur le papier, cela se tenait, mais dans les choses de la mer, François n'a pas été seulement un homme en chasse sur le pont de son bateau, mais aussi un homme pourchassé par ce grand prédateur qu'on appelle la poisse.

En 1989, à la naissance d'Agathe, les affaires marchaient encore, François a pu se réjouir de l'arrivée de cet enfant qu'ils avaient eu beaucoup de mal à avoir, et a même levé le pied. À la naissance de Quentin, en janvier 1992, le vent avait tourné : il flottait une odeur de pourri au royaume de la pêche. Cette année-là, la livre sterling, la peseta et la lire ont été dévaluées : le poisson anglais est devenu deux fois moins cher que le poisson français ; les exportations vers l'Espagne ont baissé, celles vers l'Italie se sont carrément écroulées. En criée, François a vu certaines nuits, dans une sidération qui le faisait cligner des yeux, la lotte ou la langouste partir au prix de retrait, ou des tonnes d'autres poissons finir dans les broyeuses qui en feraient de la farine. Quand même les mareyeurs bretons se sont mis à acheter en Angleterre, les pêcheurs ont senti la lame du couteau s'enfoncer dans leur dos.

François a essayé de se battre, Quentin ne peut pas lui retirer cela, et c'est même quelque chose qu'il admire chez son père. Il était là en février 1994, à Rennes, quand les pêcheurs ont affronté les forces de l'ordre sur la place du Palais. Tout le monde de la pêche était là, en fait, hommes et femmes, même son banquier était là, mais cela n'a pas dissuadé les CRS de matraquer et de balancer leurs lacrymos. Sauf qu'en face ils avaient des mecs habitués à trimer, des mecs qui se sentaient au bord du gouffre, qui étaient bons pour la faillite, le divorce ou le suicide si leur situation ne s'améliorait pas – alors est-ce qu'il faut s'étonner que les blessés dans les deux camps se soient comptés par dizaines ? Pendant la nuit, alors que François était rentré avec un bras cassé et des points de suture à l'arcade sourcilière, un incendie s'est déclaré sous les combles du parlement de Bretagne, probablement causé par une fusée de détresse qui aurait cassé une ardoise et s'y serait engouffrée, et en deux heures de temps, le toit et la charpente ont flambé sous les yeux de la foule. La colère était le feu parce que le feu est sa couleur, elle levait dans les têtes des visions de l'enfer, et comme le rapportent les histoires depuis que les hommes en racontent, la destruction qu'elle engendrait relevait d'abord et avant tout de l'autodestruction.

Lorsque la crise de la vache folle a mis un terme provisoire à celle de la pêche, la demande se reportant de la viande vers le poisson, les Lorssery venaient d'emménager dans la maison de la rue des Pêcheurs et étaient endettés pour plus d'un million de francs. François se noyait dans les démarches pour rééchelonner ses emprunts ou percevoir des aides, tandis que le salaire de cuisinière de Gaëlle payait tout juste les charges de la maison et de quoi remplir le frigo. Quand l'éclaircie s'est confirmée, François a essayé de se relancer en commandant un bateau plus moderne, mais l'hiver suivant, une tempête a défoncé le hangar de Lorient où se construisait le catamaran, et il a dû ronger son frein pendant de longs mois encore. Une fois le *Notigou* enfin mouillé au port de Locquémeau, il a voulu prendre sa revanche, a embauché deux matelots et s'est mis à partir sur quarante-huit heures, pour découvrir de nouvelles zones et ne plus perdre autant de temps en trajets. Il lui est aussi venu l'idée de faire monter ses filets en Angleterre pour économiser : il embarquait sur le ferry de Roscoff à Plymouth, avec dans son camion ses palettes de cordage, ses flotteurs et ses plombs, et revenait avec un matériel impec, prêt à l'emploi.

Alors que la demande repartait à la hausse, les chalutiers de Bretagne Sud et de Vendée ont déboulé en Manche, de janvier à mars, pour défoncer les stocks de bar. « Quand le bar va frayer, avait raconté François à Quentin, il est quasiment en surface, il est maigre car il chasse très peu, il est juste là pour baiser. C'est un poisson de mauvaise qualité, plein de laitance, alors que si t'attends mai, tu le vendras à quinze euros le kilo aux mareyeurs. » Seulement, ces chalutiers n'avaient aucune raison d'attendre : ils ne visaient pas la qualité, mais pêchaient vingt tonnes dans la nuit quand lui faisait vivre son équipage avec cent kilos par sortie. Surtout, ils croisaient dans les zones où les côtiers avaient installé leurs filets et en décrochaient les bouées. « Rien à foutre, ces mecs-là : ils savaient qu'on travaillait là, et ils dégommaient tout. »

En conséquence de quoi la guerre a recommencé, la vieille guerre qui oppose dans la pêche les arts dormants aux arts traînants. Avec des camarades fileyeurs et ligneurs, François a répliqué en faisant passer de grandes ancres au cul de ces chalutiers, afin de péter les nez de sonde de leurs sonars. Une nuit, surtout, les fileyeurs se sont organisés pour se planter droit sur le parcours des chalutiers, et faire dévier avec leur flottille de douze-mètres des monstres de quatre-vingts mètres. François était un des meneurs, cette fois-là, et sur son gouvernail ses mains n'ont pas tremblé. Résistance méritoire, frissonne Quentin quand il y repense, mais évidemment vaine : comme ils avaient buté les reproducteurs, le bar s'est effondré dans les trois ans qui ont suivi. Yvon a prédit à François que les pêcheurs de Bretagne Sud allaient laisser la ressource se retaper, et que d'ici une décennie, quand les bars immatures des nurseries de la côte seraient devenus adultes, ils reviendraient en Manche leur refaire ce sale coup. En attendant d'avoir le plaisir de les revoir, François passait en mer des journées toujours plus longues, pour capturer des animaux qui se faisaient de plus en plus rares. Dégoûté par ce manque de solidarité entre gens de mer, il est tombé dans la picole, et il est sorti de moins en moins, et il a vivoté jusqu'à raccrocher pour de bon, à cinquante-sept ans.

Débarrassant le déjeuner, Quentin s'est revu en train de faire ses devoirs à la table du salon, assis non loin de son père qui allumait une cigarette avec la précédente. Après avoir été tellement absent, toujours parti en mer, il était peu à peu devenu trop présent, traînant de la chambre à la cuisine ou avachi devant la télé, physiquement sous le même toit qu'eux sans pour autant être avec eux. François se frottait le front sans en effacer la fatigue. François inscrivait ses captures sur des cahiers quadrillés absolument semblables à ceux dans lesquels Quentin recopiait des poésies. Tandis que son fils démêlait les micmacs anodins de problèmes de mathématiques, François se préparait en faisant sa compta aux rendez-vous chez son banquier et aux reproches assassins que ce dernier lui assénerait. Maya a beau se moquer, les choses ont leurs raisons, et sa méfiance à l'égard des banques vient entre autres de là. À vrai dire, Quentin détestait que son père travaille à côté de lui et dans les mêmes cahiers que lui. Il aurait dû avoir le droit d'écrire sa vie sur des pages blanches. Et jusqu'à aujourd'hui, il a gardé le sentiment à l'inverse que la vie de son père est derrière lui, qu'il n'est plus bon qu'à nuire et à se nuire, et que sa mère est une sainte d'arriver à le supporter, ou une masochiste de première envergure, et que même s'il n'est pas violent, elle ferait mieux de le quitter, de partir, de recommencer, tant qu'il est encore temps.

Parfois il rêve que son père est mort, qu'il l'apprend et qu'il ne pleure pas. Et au réveil, il pleure d'avoir fait ce rêve et de n'avoir pas pleuré.

Au milieu de l'après-midi, tandis que François restait à la maison, ils sont sortis se promener sur le port, le petit César dans sa poussette, et ils ont croisé Jérémie, qui rangeait ses filets sur le pont de son bateau auréolé d'un soleil poudreux. Agathe ne l'avait pas vu depuis une éternité, et pendant que Damien installait le minuscule César au poste de pilotage, ils sont restés un moment à bavarder sur le quai.

Âgé d'un an de plus que Quentin, Jérémie Varenne était la preuve vivante qu'il était encore jouable d'être pêcheur artisan. Il travaillait sur ce dix-mètres en bois avec deux matelots, qu'il avait eu du mal à recruter, car aucun jeune du coin, dans la génération en dessous de la leur, n'avait choisi de faire ses classes au lycée maritime. Le bateau changeait d'aménagement à chaque fin de saison. « Si t'es pas polyvalent, en côtier, affirmait Jérémie avec sa bonne tête ronde, c'est mort de chez mort, aujourd'hui. »

D'octobre à mars, il pêchait la coquille en baie de Saint-Brieuc : les créneaux alloués étaient courts, trois quarts d'heure deux jours par semaine, mais comme la ressource était très bien gérée, cela permettait tout de même de ramasser pas loin d'une tonne et demie, donc autour de trois mille euros. Au printemps, il passait au chalut et recherchait du poisson plat, de la raie, de la sole ou du turbot, en se cognant de grosses journées : départ à 3 heures du matin, vu qu'il fallait compter une heure et demie pour se rendre sur les bonnes zones, afin d'être de retour aux environs de 19 heures pour dîner en famille. Quentin l'avait accompagné une fois pour se faire une idée. Lorsque la mer n'était pas agitée, Jérémie lançait un premier trait de chalut de trois heures, pendant que son matelot finissait sa nuit, mais si le goémon obstruait les filets, il était obligé de les vider plus souvent. Après avoir mis en glace le poisson de la première levée, ils avaient petit-déjeuné de café et de tartines de beurre, et Jérémie avait regardé Quentin par-dessous son bonnet, quand le soleil était sorti des eaux, en lui avouant que c'était son moment préféré.

« Donc toi, sur une journée comme ça, a demandé Damien, tu dors absolument jamais ? » Jérémie a souri, navré. Le problème avec ses matelots, c'est que pour l'instant il ne se sentait pas de leur confier la barre : ils étaient très jeunes, ils se laissaient distraire par leur téléphone, et les rares fois où il avait jugé la sieste incontournable, il avait été réveillé par les vibrations de la coque, parce qu'ils avaient dévié du trait et trimballaient le chalut sur un fonds caillouteux. Quoi qu'il en soit, il ne restait jamais dormir en mer : c'était le deal avec Lucile, qui devait déjà amener et chercher tous les jours leur petit à l'école. Dès que la saison était propice, d'ailleurs, il passait au filet, qui consommait moins de gazole, et là, le rythme des marées lui dictait ses temps de repos : il ne travaillait que par des coefficients en dessous de soixante-quinze, car des courants plus forts couchaient les filets sur le fond.

Agacé que les distributeurs lui rognent à ce point ses marges, Jérémie ne pratiquait plus que la vente directe, qui pour l'instant lui suffisait pour vivre. Cela étant, il ne cachait pas ses motifs d'inquiétude. Depuis qu'il s'était installé, après quelques années où il avait bossé comme ingénieur pour amasser une mise de départ, le prix du gazole avait déjà doublé. « Ça fout les jetons, quand même. Surtout que ça n'est sans doute que le début... » Si les crustacés et coquillages garantissaient des revenus relativement fiables, les populations de poissons qui se déplaçaient plus, et que les industriels s'appropriaient au large, étaient pour certaines d'entre elles en très mauvais état. C'était pour cette raison qu'il s'était fait élire au comité départemental des pêches, et qu'il avait rejoint Quentin au sein de la bande d'Atlantis. « Je serai là vendredi, d'ailleurs, a-t-il glissé. Entre deux je vais à Paris... Dieter tenait à ce que je l'accompagne. »

Jérémie avait beau ne pas se laisser abattre, Quentin pensait souvent, quand ils discutaient de ces sujets, que c'était d'une certaine manière une chance que cette voie lui ait été barrée par le sort de son père. Partir à la pêche, dans son cas, ç'aurait été être jugé par François sur les moindres de ses choix, humilier encore plus François en dégageant un bon chiffre d'affaires, ou l'enfoncer dans sa déprime en reproduisant ses échecs. Quentin avait à cœur que la pêche artisanale perdure sur ce littoral dont elle avait écrit de grandes pages d'histoire, mais si elle finissait de se casser la gueule, il avait fait d'avance le pas de côté nécessaire pour qu'elle ne l'entraîne pas avec elle dans sa chute.

Il en avait passé, des petits matins sous la pluie, à attendre le bus avec les Varenne, c'est-à-dire Jérémie et son grand frère Maxime. Les amitiés, dans le coin, naissaient entre autres au gré du ramassage scolaire et des trajets qu'on partageait. Habiter Locquémeau lui avait paru idéal tant qu'il était en primaire, mais plus hasardeux à partir du moment où il avait fallu aller au collège à Lannion. Quand il ne prenait pas le bus avec Agathe et les Varenne, sa mère les amenait tous les quatre en voiture, avant de retrouver ses fourneaux dans le restaurant de Perros-Guirec où elle cuisinait. Maxime s'entendait à merveille avec Agathe, et Quentin aimait écouter leurs conversations de grands, qui lui donnaient le sentiment de se hisser sur la pointe des pieds et d'entrapercevoir l'avenir. À certaines heures de l'après-midi, rentrer à la maison était une autre paire de manches. On dépendait du bon vouloir d'autres parents d'élèves, ou bien il fallait faire du stop.

Raison pour laquelle Quentin, à l'approche de ses quatorze ans, s'est mis à réclamer à cor et à cri un scooter. Il s'impatientait de pouvoir explorer la région à sa guise, comme de fuir de chez lui quand l'ambiance l'insupportait. Pour Gaëlle et François, c'était hors de question : trop dangereux et trop cher. Histoire de lever au moins une des deux objections, Quentin a réuni de l'argent pour s'en acheter un lui-même : il a dealé de la beuh à partir de la troisième et il a braconné des ormeaux en apnée. À l'été 2009, il avait amassé, enfin, la somme nécessaire, et arraché l'accord de ses parents. Mais quelques semaines plus tard, Inès Jarnoux et Maxime Varenne ont eu leur accident, ils sont morts l'un après l'autre, et il n'a plus jamais été question pour lui de rouler en deux-roues. Alors que la bande de la Baleine se disloquait, le drame a contribué à le faire bifurquer : c'est quelques mois plus tard qu'il a dépensé son pactole en se payant ses premiers niveaux de plongée.

Aujourd'hui, il sait qu'il a fait le bon choix. Plonger, c'est la manière qu'il a trouvée d'habiter l'océan en restant à distance du sillage de François. Et c'est la barricade qu'il a construite pour se prémunir d'autres dangers. Car Quentin sait que l'alcool guette. Il l'a constaté à ses dépens lors de son année de dépression à Rennes. L'alcool coule dans les veines et suinte le long des arbres généalogiques. Il passe des pères aux fils, mordant plus fort encore que la passion de la pêche. Avoir opté pour un métier dans lequel, dès que tu bois, plus personne ne veut travailler avec toi, parce que tout le monde sait que tu vas au carton, cela l'a protégé. Même à soixante mètres de fond, dans une mer où on ne voit rien, Quentin maîtrise mieux son risque que les coudes appuyés sur le comptoir d'un bistrot. Et c'est cela qu'il se répète, lorsque les circonstances l'amènent à passer un peu de temps avec son père : heureusement pour moi, j'ai trouvé la plongée.

6. ATLANTIS

Le collectif Atlantis avait l'habitude de se réunir aux Eaux vives, un café situé sur les hauteurs de Locquémeau, là où le village s'effaçait devant les champs et les bois. Maya avait découvert l'institution lors de ses précédents séjours, entre autres car le jardin qui s'ouvrait derrière le bâtiment accueillait chaque semaine un marché de producteurs. Arrivés en avance, Maya et Quentin ont commandé des galettes puis ont dîné dehors, sous le ciel qui se couvrait, tout en regardant les enfants qui jouaient à chat sur l'estrade où se donnaient concerts et spectacles.

Atlantis organisait une dizaine de réunions publiques par an, mais celle de ce vendredi était restreinte aux membres du comité de pilotage, et Quentin avait dû demander l'autorisation pour que Maya y assiste. Autant il regimbait à l'introduire dans son cercle familial, autant il s'était empressé de faire le nécessaire lorsqu'elle avait marqué son désir de venir. Sans doute était-il fier de montrer qu'il sortait avec quelqu'un qui travaillait dans le domaine de l'écologie à un pareil niveau. De son côté, Maya était curieuse de voir à quoi ressembleraient les débats : ne sortant de son labo que pour embarquer sur des bateaux océanographiques ou pour intervenir à des colloques, elle se sentait trop éloignée des combats de terrain.

Une fois le groupe au complet, une douzaine de personnes, parmi lesquelles elle connaissait déjà Dieter Lukanow et David Sadler, ils se sont réunis dans l'arrière-salle du café, dont les murs recouverts de lambris et d'une toile aux motifs pastoraux semblaient avoir arrêté le temps depuis des décennies. Le patron a apporté de quoi boire avant que Jérémie Varenne ne ferme les portes pour plus de discrétion. Malgré le ton chaleureux sur lequel s'amorçaient les débats, Maya sentait Quentin tendu : elle savait qu'il voulait soumettre aux autres une proposition, un type d'opération sur lequel Atlantis ne s'était jamais engagé, et qu'il tenait beaucoup à ce qu'ils suivent.

Ces dernières années, le collectif s'était surtout structuré autour de son opposition au projet d'extraction de sable dans la baie de Lannion. Un permis avait été accordé à une compagnie de Saint-Malo pour exploiter une dune sous-marine, dont le sable constitué de débris de coquillages pouvait être transformé pour amender les terres, très acides dans la région. Le ministère de l'Économie avait signé la concession sans tenir compte de l'intérêt de cette dune située entre les zones protégées de la baie de Morlaix et des Sept-Îles. Pour Dieter Lukanow, il ne faisait pas de doute que l'extraction allait dégrader le milieu, en détruisant les fonds et en soulevant des nuages turbides qui asphyxieraient la flore. Les pêcheurs avaient rejoint le mouvement, effrayés de la disparition annoncée des lançons, ces petits poissons dont la chair nourrissait les espèces qu'ils ciblaient. Les plongeurs de la côte s'y étaient mis aussi. Avec leur aide, Dieter avait estimé que la perturbation de cet écosystème menacerait trois cents emplois, quand la compagnie en créerait au mieux une cinquantaine. Malgré les recours en justice et le front uni présenté par des élus de tous bords, ils avaient dû tenir le bras de fer de longues années pour que le projet soit suspendu. Une reprise de l'extraction était d'ailleurs envisagée à partir de septembre.

Sonia Anjary, qui présidait le collectif avec Dieter, a insisté d'emblée : « Il faut montrer que l'opposition n'a pas faibli du tout. S'ils sentent qu'on baisse les bras, ils s'engouffreront dans la brèche... » Une manifestation était prévue pour la mi-août. L'enjeu était de mettre l'événement à l'agenda de la presse et des élus, mais aussi de communiquer auprès des estivants, pour rassembler le plus de monde possible. L'énergie de dingue qu'on dépense, a subitement songé Maya, non à construire, mais à éviter que soient détruites les choses auxquelles on tient...

Après quoi le moment est venu de parler de la campagne engagée contre Néréos. Entre-temps, Quentin lui avait raconté les origines du contentieux. La séquence avait commencé à l'automne, lorsque l'armement de la famille Jarnoux avait annoncé s'associer avec le groupe de Willem Vermeyden. La réputation des industriels de la pêche néerlandais était si désastreuse que les gens d'Atlantis avaient aussitôt cherché à découvrir ce que cela impliquait. Le rapprochement se traduisait par l'entrée de Vermeyden au capital de Néréos, pour un volume d'actions qui devait être très substantiel, puisqu'en décembre, Néréos avait racheté les quotas de plusieurs armements français en déshérence, et que dès le début du printemps, Vermeyden leur avait cédé deux chalutiers de fond et un chalutier pélagique de cent dix mètres, renommé *L'Endurance.* « On connaît les Jarnoux, dans la région, lui avait expliqué Quentin, puisqu'ils ont cette maison à Trégastel, Joséphine en parlait l'autre jour... Et on n'avait rien contre eux au départ. Mais depuis quelques années, ils ont multiplié leur volume de captures de façon délirante... »

Début avril, alors que les bateaux cédés à Néréos allaient être baptisés au port de Lorient avant d'appareiller pour leur première marée, Quentin et Jérémie avaient convaincu une majorité de leurs camarades de ne pas s'en tenir à une manifestation réunissant quelques centaines de personnes criant poliment des slogans. Le climat social avait joué : quoi qu'ils aient pensé du mouvement à titre individuel, les Gilets jaunes venaient de prouver qu'on se faisait mieux entendre en montrant qu'on n'avait pas peur d'en découdre. Certains que leur rassemblement serait interdit pour risque de trouble à l'ordre public, ils avaient battu le rappel auprès des pêcheurs artisans de la région et affrété des cars. Arrivés sur les quais du port de pêche en compagnie d'une poignée de journalistes sensibles à ces questions, ils avaient formé une chaîne humaine censée représenter la longueur des filets que *L'Endurance* allait plonger chaque nuit au milieu de la colonne d'eau. Au-delà du symbole, la chaîne bloquait l'accès des invités à la tente sous laquelle Thomas Jarnoux, flanqué de son père qui lui avait cédé la direction, et de leur associé, Willem Vermeyden, devaient tenir leurs discours devant des représentants du milieu politique et du monde de la pêche.

Les équipages étaient à bord, puisque c'était le jour où les familles pouvaient venir visiter les trois nouveaux navires. « On a hésité, hein, lui avait confié Quentin. Les pères qui montrent leur bateau à leurs enfants, forcément, ça nous parle. Mais si on avait attendu que les familles soient parties, il ne serait plus resté aucun officiel ni aucun média sur le port. » Voyant ce qui se profilait, beaucoup de marins de Néréos n'avaient pas voulu patienter jusqu'à l'arrivée de la police : ils étaient descendus à quai pour rouvrir le passage. Sur la plus grande de leurs banderoles, les sympathisants d'Atlantis avaient publié un avis de décès de la pêche artisanale : elle aurait survécu plusieurs dizaines de milliers d'années avant d'être coulée par le fond, avec la bénédiction des pouvoirs publics. L'accusation appuyait là où cela faisait mal chez les hommes de Néréos, et il était hors de question, côté manifestants, de se faire arracher la banderole : c'était dans cette zone que certains en étaient venus aux mains. Dans la mêlée, Quentin s'était pris plusieurs coups, et pour avoir cru bon de balancer des chinchards sur la tête de ses adversaires les plus agressifs, en transformant les proies de *L'Endurance* en ce que le Code pénal appelait plaisamment des armes par destination, il avait fait partie des manifestants que les flics avaient fait mariner deux jours en garde à vue. Ne comptant aucun blessé, Néréos n'avait pas porté plainte afin de ne pas créer de martyrs de la cause. Le parquet n'avait pas non plus engagé de poursuites, et les choses dans un premier temps en étaient restées là.

Lorsque le sujet est revenu sur la table, Maya a senti qu'il subsistait beaucoup d'acrimonie. Ceux qui avaient vécu les interpellations de Lorient avaient le sentiment d'avoir été traités en criminels, alors que les entreprises dont l'activité supposait une destruction du vivant étaient encouragées, voire célébrées pour leur chiffre d'affaires ou les emplois qu'elles créaient, quasiment jamais inquiétées.

Parlant à tour de rôle, Dieter et Jérémie ont rendu compte de leur séjour à Paris : en deux jours, ils avaient réussi à rencontrer plusieurs députés actifs sur les questions de pêche, mais aussi les équipes de Bloom, qui avaient depuis longtemps les armements néerlandais dans le collimateur. C'était le rendez-vous dans les bureaux de cette ONG qui s'était révélé le plus enrichissant. « Il a suffi de prononcer le nom de Vermeyden, a raconté Dieter, et ils avaient plein de choses à nous dire. » Le secteur de la pêche, aux Pays-Bas, s'était concentré de manière beaucoup plus drastique que dans d'autres États : les entreprises avaient accumulé les droits de pêche et capté des monceaux de subventions communautaires, jusqu'à constituer une flotte de bateaux quasiment tous de fort tonnage, équipés de technologies de pointe. « Ils se moquent de nous, d'ailleurs : ils disent que par comparaison, avec nos petits bateaux, nous sommes restés au Moyen Âge. » Au Parlement européen, les Néerlandais avaient casé quatre députés sur vingt-huit à la Commission pêche, et consacraient au lobbying des moyens colossaux. Ils s'étaient acharnés, par exemple, à défendre la pêche électrique, interdite depuis vingt ans à l'échelle de l'Union pour son impact désastreux sur les populations de poissons plats, mais que beaucoup de leurs navires pratiquaient sous couvert de dérogations : Bloom avait bataillé pour obtenir l'abandon complet de cette technique, et ils avaient eu gain de cause, elle serait prohibée d'ici deux ans dans les eaux que fréquentaient les flottes européennes.

« Ce qu'ils font avec Néréos, a embrayé Jérémie, c'est du Vermeyden pur : comme leurs quotas leur paraissent étriqués par rapport à leur force de frappe, ils investissent dans d'autres pays, en rachetant des armements qu'ils bouffent de l'intérieur. » Le logo de Néréos et le nom de Lorient avaient beau être peints sur la coque de *L'Endurance*, le bateau débarquerait l'essentiel de ses prises dans les ports néerlandais, ne serait-ce que parce que leurs infrastructures étaient plus adaptées pour traiter les volumes que le chalutier capturerait. « Ce que nous ont expliqué les gens de Bloom, a insisté Dieter, c'est surtout que la fraude fait partie de leur modèle, à une échelle dont, je dois dire, je n'avais pas idée. » Leurs bateaux éteignaient leur signal AIS dès qu'ils détectaient des poissons qui les intéressaient dans une zone pour laquelle ils n'avaient pas de licence ; ils utilisaient des maillages trop étroits, qui prenaient des poissons trop jeunes ; ils sous-déclaraient leurs prises pour ne pas être restreints par les quotas, et lors du conditionnement, il leur arrivait de gonfler les poissons en injectant de l'eau dans leur chair, car c'était toujours un plaisir de vendre de l'eau congelée au prix auquel se vend le poisson.

« Pas vu pas pris, a maugréé Dieter. À IJmuiden et à Scheveningen, il n'y avait jusqu'à récemment qu'un seul contrôleur pour deux cent mille tonnes de captures… » Un inspecteur des pêches néerlandais avait évalué la fraude à un demi-million d'euros par an et par bateau. Avec ces ordres de grandeur, la

Commission européenne pouvait sévir : les sanctions infligées, chaque fois après des procédures qui duraient un temps infini, ne représentaient qu'un risque marginal, en vue duquel les armements avaient de quoi provisionner. « Si l'entrée de Vermeyden au capital de Néréos leur permet de profiter de nos eaux et des quotas français pour se livrer au même genre de business, a conclu Jérémie, il faut s'attendre au pire. »

La réunion durait depuis une heure lorsque les vitres de la salle se sont mises à vibrer. Ils se sont approchés des fenêtres et ont regardé les nuages anthracite dont la menace avait envahi le ciel. Le coup de tabac prévu arrivait plus tôt qu'escompté. Dans le jardin, les gens se sont empressés de replier et de coucher les parasols qui ne l'étaient pas encore. Ils ont décidé de faire une pause pour aider l'équipe du café. Laissant les hommes œuvrer, Maya a accepté la cigarette que lui tendait Sonia Anjary. Les cheveux roux de Sonia, électrisés par l'approche de l'orage, formaient une auréole autour de ses joues pleines, et comme elle s'exprimait avec un débit de mitraillette, on aurait dit qu'elle allait prendre feu. Elles ont fumé dans l'embrasure de la porte, puis les trombes d'eau se sont abattues, noyant de flaques la terrasse en gravier et incitant tout le monde à rentrer se mettre au sec.

Lorsqu'ils ont repris, Quentin a demandé la parole, alors qu'il ne s'était jusque-là exprimé que par incises. Il a eu du mal à obtenir le silence, chacun se resservant un verre pour oublier les habits collés à la peau, mais il a patienté jusqu'à ce que les regards soient tous tournés vers lui. « On n'aime pas trop les chalutiers géants, chez nous, s'est-il lancé, mais ça ne veut pas dire que les gens sont au courant de ce que racontent Jérémie et Dieter. Je pense que la plupart sous-estiment l'industrie que c'est devenu… Il faut les convaincre qu'avec un actionnaire de ce genre, un armement comme Néréos doit être surveillé de près. »

Chercher des soutiens politiques, c'était bien sûr utile, mais il était persuadé que par son implantation dans la région, Atlantis pouvait faire plus. Quentin a laissé un silence, puis a repris d'un timbre grave : « J'ai un ami chez Néréos. Un gars qui est maintenant dans l'équipage de *L'Endurance*. C'est quelqu'un de fiable, que j'aime beaucoup. Il s'appelle Clément Trévennec. » Quentin s'est levé, les yeux luisant de reflets que Maya n'y avait jamais vus.

Clément Trévennec pêchait avec son oncle, un fileyeur du Guilvinec, jusqu'à ce que le bateau de ce dernier soit saisi pour surendettement. Désemparé, Clément avait traîné dans les ports de la région et il avait appris que Néréos recrutait. Bien sûr, ce n'était pas un armement qui lui ressemblait, mais ses finances étaient à sec et il n'avait pas tellement le choix. Il avait commencé sur un de leurs chalutiers de fond, puis avait postulé pour *L'Endurance* lorsqu'il avait appris que ce navire, pêchant lui entre deux eaux, allait être mis en service. Il s'était senti curieux de voir comment marchaient ce type de bateaux-usines que certains décrivaient comme l'avenir de la pêche. « Et alors ? » a demandé Sonia. « Eh bien, ça lui va pas du tout. Il déteste ce qu'il voit et il ne veut pas rester. Mieux : il est tellement écœuré qu'il est prêt à se griller pour dénoncer l'impact qu'a ce genre de navires. Et ça, ça n'a pas de prix. » Quentin l'avait raconté à Maya : chaque fois que les membres d'Atlantis avaient approché des marins qui travaillaient sur les bateaux les plus industriels, ils ne s'étaient heurtés qu'à des refus, certains leur répliquant qu'il n'était pas question de se compromettre avec des écolos, d'autres qu'ils étaient désolés mais qu'ils ne pouvaient pas se le permettre. « Clément a commencé à filmer ce qu'il voit. Mais il va avoir besoin d'aide pour continuer, d'aide matérielle entre autres, et puis d'une perspective. »

Maya a balayé la salle du regard. Certains visages trahissaient une forme d'excitation, d'autres semblaient plus circonspects. En ce qui la concernait, elle ne savait pas si elle aimait ce qu'elle lisait dans les yeux de Quentin. « Bref, a conclu Sonia avec un rire de gorge, tu as recruté une taupe. » Tandis que le tonnerre continuait de retentir et la pluie de se coller aux vitres, le débat s'est engagé afin de savoir ce qu'il fallait faire de l'occasion qui s'offrait. Après un temps de cacophonie, ils ont convenu que le collectif manquait de notoriété pour exploiter tout seul ce que révélerait Clément. « Je vais en toucher un mot à Bloom, a dit Dieter, je suis sûr qu'ils seront de bon conseil. Mais là, ils sont accaparés par leurs propres campagnes… Et puis pour le moment ils n'ont pas de bateau, leur terrain c'est la politique, la négo juridique. » Jérémie s'est tourné vers Quentin : « On pourrait demander à Noémie, non ? » Et sans attendre sa réponse, cette fois à la cantonade : « Noémie Riera, qu'on connaît du lycée. Elle est chez Sea Shepherd. »

Maya a froncé les sourcils. C'était aussi, accessoirement, une ex de Quentin, la première relation sérieuse qu'il ait eue, d'après ce qu'il lui avait confié. « Pourquoi pas… a-t-il fini par dire. Mais l'important ce serait aussi qu'on publie en notre nom. On ne va pas se contenter de se cacher derrière les autres, c'est l'occasion de monter en puissance, là. » Il s'est mis à arpenter la salle, s'approchant d'eux pour les embarquer tous. Si Clément réussissait à leur livrer des images inédites, il faudrait qu'ils en profitent pour avancer leurs revendications : les pêcheurs qui travaillaient avec des techniques moins brutales devaient avoir accès à de meilleurs quotas, et surtout, la bande côtière et les aires protégées devaient être interdites aux chalutiers géants. « Ma crainte, c'est que si on s'associe à des gens comme ceux de Sea Shepherd, on ait juste l'air de plaider pour l'abolition de la pêche. » Maya brûlait d'intervenir depuis un moment, et elle a rebondi là-dessus : « Sans le soutien d'une grosse ONG, vous serez inaudibles. Mais coopérer avec eux, je suis d'accord, ça risque de brouiller le message… »

Ils en ont discuté encore. On devait pouvoir forger des alliances sans s'en remettre aveuglément au partenaire retenu. « Il faudra qu'Atlantis pose ses conditions, a insisté Dieter. Mais c'est mieux de pas y aller seuls. Ça diluera les responsabilités. Parce que le problème, il est là : il faut qu'on trouve une manière d'être plus efficaces sans courir trop de risques. » Son regard s'est attardé dans celui de Quentin, qui a secoué la tête. « Si si, a poursuivi Dieter, ça nous concerne tous, on doit leur dire, maintenant. » Et passant outre les réticences de son ami, il a parlé du fou de Bassan qu'ils avaient retrouvé au seuil de la maison de Kirio. Maya a écouté ce récit sans moufter, mais elle en est restée abasourdie. Pourquoi est-ce que Quentin lui avait caché ça ? Il oscillait d'une jambe sur l'autre, au milieu de la salle, dorénavant gêné que l'attention soit sur lui. « On n'a aucun moyen de savoir d'où ça vient, a-t-il tempéré. Et je vois pas quel intérêt les gens de Néréos auraient eu à faire ça. » Jérémie a grommelé : « Ben te faire peur et t'emmerder, ça fait déjà deux bonnes raisons. »

Sonia s'est tournée vers Quentin : « De qui d'autre ça pourrait venir ? » Il a eu un geste évasif : un pêcheur énervé contre l'équipe des Sept-Îles, peut-être ? Avec Loïc Guidal, ils avaient distribué pas mal d'amendes à des pêcheurs à pied qui retournaient les rochers à la recherche de coquillages sans rien remettre en place, ou à des plaisanciers qui mettaient dix fois trop de casiers à crustacés à l'eau. « Ou quelqu'un lié à Frankiz ? a suggéré David. Quand ils parlent de vous, ils sont vraiment hostiles… » Quentin a opiné. Cela expliquerait que la menace se soit traduite par le meurtre d'un oiseau. « J'ai gambergé là-dessus, a-t-il avoué. Pourquoi un fou de Bassan ? » Or c'étaient les gens de Frankiz qui trouvaient que la colonie de Rouzic prenait une place démesurée dans la gestion du littoral. Les équipes de Néréos, elles, n'avaient a priori pas de raison d'en vouloir aux oiseaux.

Lorsqu'ils sont sortis des Eaux vives, une nuit très noire était tombée. Luttant contre le vent, ils se sont dit au revoir de la main et ils se sont hâtés chacun vers leur voiture. Maya s'est installée sur le siège passager sans regarder Quentin, en se demandant si elle devait laisser sourdre son agacement ou l'exprimer plus tard. Il a mis le contact sans décrocher un mot non plus. Les yeux perdus dans le défilement des taillis, Maya songeait qu'il attendait peut-être d'elle un geste de soutien, mais comme elle éprouvait surtout de la colère, elle ne savait pas quoi lui dire. Quentin conduisait vite, ajustant sa trajectoire pour éviter les flaques d'eau et les branches que le vent avait jetées sur le chemin, et en croisant un véhicule resté en feux de route, il a serré à droite d'un brusque coup de volant. « Fais gaffe ! » s'est indignée Maya. Il a repassé la troisième, mais au virage suivant, la voiture a glissé et ils ont mordu sur le talus. Un cri a jailli de leurs gorges. Quentin a enfoncé la pédale de frein, ils se sont arrêtés juste avant de verser dans le fossé.

« Excuse-moi, a-t-il bafouillé. Ça va ? » À moitié étranglée par sa ceinture, Maya ne comprenait plus ce qui se passait. « C'est pas ma faute, a repris Quentin. Y a quelque chose qui cloche. » Il a mis ses feux de détresse et est sorti de la voiture pour chercher une lampe torche dans le coffre. Maya est descendue aussi, rabattant sa capuche. « Qu'est-ce que tu regardes ? » a-t-elle demandé, alors qu'il était agenouillé à l'avant du Kangoo. « On a crevé, a-t-il pesté. Pneu avant droit. » Il a fait le tour de la voiture, puis s'est redressé, blafard : « Le pneu avant gauche aussi… » Maya a senti des fourmis lui monter dans la nuque. « Tu penses qu'on nous les a crevés ? » Le visage de Quentin était soudain empreint d'une extrême fatigue. « Ok, a dit Maya, prenant les choses en main : faut prévenir les autres. » Suivant sa suggestion, il a sorti son téléphone. La plupart devaient encore être au volant et n'ont pas répondu, mais Jérémie a décroché : il était arrivé chez lui, rien à signaler pour sa part. Comme Quentin n'avait qu'une roue de secours, que la pluie leur grêlait le visage et que ni Maya ni lui ne se sentait d'attendre un dépanneur, ils ont décidé de laisser la voiture sur place et ont demandé à Jérémie de venir les chercher.

Une fois dans la maison de Kirio, Maya s'est affalée sur le canapé tandis que Quentin leur servait du cognac. L'alcool était supposé les détendre, mais une fois l'œsophage brûlé, Maya s'est surtout sentie libre d'exprimer sa colère. Pourquoi apprenait-elle cette histoire de fou de Bassan plus de deux semaines après ? Quentin s'est approché pour la prendre dans ses bras, mais elle ne voulait pas qu'il la touche. « Je voulais pas que tu te fasses de souci. » Il avait l'air prêt à reconnaître ses torts, mais ça ne suffisait pas. « Je m'en fous, a déclaré Maya, moi j'appelle la gendarmerie. » Il a tenté de la dissuader, a répété que depuis l'oiseau, il n'y avait rien eu d'autre, et que ce soir c'était peut-être une coïncidence, un obstacle sur la route qui avait abîmé les pneus. « Mais peut-être aussi qu'on a vraiment voulu nous nuire, a rétorqué Maya. Je les appelle, c'est tout. »

Elle a sorti son téléphone, mais cette fois c'est Quentin qui a monté le ton et le lui a ôté des mains. « On fait pas ça ! a-t-il crié dans un rictus. Je ne veux pas être dans leurs radars ! » Maya avait autant envie de pleurer que de lui coller une gifle. Qu'est-ce qu'il avait à se reprocher pour se comporter de manière aussi irresponsable ? « Et puis on est quoi, nous, si tu me dis pas un mot des choses qui ne vont pas ? » De nouveau il s'est approché, et lui a dégagé le visage en repoussant ses cheveux mouillés. Elle n'avait plus envie de se battre, ni de chercher les répliques qui pourraient lui faire mal. En quelques secondes, ils se sont retrouvés à s'étreindre, collés contre le mur. Dans les gestes de Quentin, elle décelait une violence qui aurait dû l'amener à le repousser, mais elle n'y arrivait pas. À un moment seulement, elle lui a soufflé à l'oreille, dans un murmure : « Fais ce que t'as à faire, mais s'il te plaît, ne déconne pas. Je tiens à toi. »

7. DES ESPÈCES PAR MILLIERS

Les jours qui ont suivi, Maya a eu les pires difficultés à travailler. Dès que Quentin partait, son estomac était pris d'une crampe où se nouaient la peur de ce qui pouvait lui arriver et une sensation de manque terrible. Le cœur gonflé par la nausée, elle comptait les minutes qui la séparaient de son retour, furieuse qu'il se soit montré aussi secret, agacée contre elle-même de le désirer autant, et puis il était là de nouveau, elle pardonnait et se sentait plutôt chanceuse de voir à quel point ils s'avéraient tous deux insatiables de caresses et de paroles.

Le reste de sa vie devenait dangereusement irréel. En visio avec Ruben Merckx et Patricia Andrade, elle s'efforçait de clarifier le plan de leur chapitre pour l'IPBES : les auteurs qu'ils encadraient tentaient pour la plupart de tirer la couverture à eux, il fallait leur faire entendre que leurs sujets de prédilection ne feraient l'objet dans le rapport que d'une mention de quelques lignes, forcément décevantes pour qui en était spécialiste. Dans ces discussions, elle aurait aimé se montrer affûtée, et aussi pleine de tact, mais elle sentait sans cesse sa pensée s'égarer.

Au téléphone, Bruno s'est voulu rassurant. Difficile de travailler quand on était loin du labo, et alors que la mer devait l'appeler par la fenêtre. « C'est le risque en se mettant au vert… » Le métier qu'ils faisaient n'avait de sens évident que lorsque d'autres personnes autour se le coltinaient aussi. Pourtant, Maya avait le sentiment qu'il ne connaissait pas ces problèmes de concentration, qu'il était de l'ancienne école, capable de plancher quatre heures sans être tenté de consulter ses messages, sans grignoter et sans même ressentir le besoin de se dégourdir les jambes. Se forçant à rester attentive, elle l'a entendu raconter que le séjour de June s'était bien déroulé, qu'ils avaient vu de beaux concerts et fait une virée à vélo dans le vignoble bourguignon. De son côté, elle n'a parlé que de travail, sans un mot pour ce qui se passait avec Quentin ni pour ce qui s'était produit le soir de la réunion, et à multiplier les mensonges par omission, elle a fini par raccrocher la tête encore plus trouble.

Tant qu'à mal travailler, elle a filé plusieurs après-midi de suite par le chemin des sous-bois nager à la plage de Kirio, à l'heure où la marée remontait sur un sable martelé de soleil. Une fois, elle a repéré dans un groupe une femme qui devait être la mère de Quentin : le nez épaté, les yeux en croissant de lune, cette tignasse brun clair, l'air de famille ne trompait pas. Elle a guetté son regard, puis voyant que Gaëlle ne l'identifiait pas, l'a fuie en descendant nager. Entre deux brasses, elle s'est dit que si Quentin lui avait montré quelques photos de sa mère, l'inverse ne devait pas être vrai, sans quoi Gaëlle l'aurait reconnue. Sous l'eau, lunettes aux yeux, elle a vu venir vers elle une méduse rayonnée, à l'ombrelle rayée de bandes brunes. Elle s'est écartée en hâte, mais il était trop tard, l'un des longs filaments lui a brûlé le bras. Tout en respirant fort pour calmer la douleur, elle est revenue vers la plage et s'est demandé si les étés bretons, à l'avenir, ressembleraient à cela, une eau baignable presque chaque jour, plus de frisson en y entrant, mais des méduses qui proliféreraient, car une mer plus chaude et nettoyée par la surpêche de leurs grands prédateurs leur serait favorable.

Pendant qu'elle frottait de salive sa chair meurtrie, elle a revu Quentin lui affirmer qu'il était prêt à prendre son risque et ne se laisserait pas intimider par des menaces. La différence entre la science et le militantisme tenait beaucoup à cela, à l'expérience de la confrontation directe et de la peur. De la bouche de ses collègues impliqués dans des négociations climatiques, elle avait entendu des histoires de personnes mises sous pression par les lobbys, mais pas de gens inquiétés explicitement, alors que partout dans le monde, des activistes se faisaient tuer pour avoir tenté de s'opposer à des chantiers industriels, à des projets de mines ou à la déforestation. Les camarades d'Atlantis avaient de la chance que dans la région les choses n'aillent pas aussi loin. C'était d'ailleurs ce que Quentin avait conclu, en l'assurant que si elles se reproduisaient, les menaces seraient destinées à lui pourrir la vie, mais pas à la lui enlever.

Quand elle cherchait à voir le bon côté des choses, Maya se disait qu'au moins la Bretagne n'était plus pour elle une villégiature : dorénavant, elle était familière des conflits de la côte, et si elle le voulait, elle en deviendrait partie prenante. C'était électrisant de se sentir embarquée – d'autant que dans sa jeunesse, l'océan était loin. Ses parents étaient des terriens qui ne savaient pas nager, leur quotidien c'était Aulnay, avec ses pavillons, ses ateliers aux toits de tôle et les neuf étages de la barre où logeait la famille, près de la zone des usines. Rien dans son expérience directe du réel ne lui avait annoncé qu'elle vivait sur une planète bleue, de sorte que l'océan était venu d'abord par des images.

La nuit, lorsqu'il ne dormait pas, son père se calait devant des documentaires tout en faisant ses mots croisés. Quand Maya se relevait et qu'il était seul au salon, il ne la renvoyait pas tout de suite se coucher – ils passaient si peu de temps ensemble. Sa vocation était sans doute née là, à se faire une idée plus colorée et nuancée du monde, blottie contre Pablo. Alors qu'elle croyait, par exemple, que les animaux marins devaient être plus nombreux au large, là où les hommes les laissaient tranquilles, elle avait appris qu'ils dépendaient des littoraux, des nutriments que la pluie et le vent y portaient, de la protection qu'offraient les rochers et les algues pour faire grandir leurs petits. Elle avait cauchemardé, aussi, de cet épisode où des orques chassaient une baleine et son baleineau, montant sur le corps du petit pour le noyer tandis que sa mère tentait de lui faire reprendre son souffle, puis rougissant l'eau de son sang après des heures de chasse. « Les animaux, ils cherchent tout le temps de quoi se nourrir, lâchait soudain son père ; ils doivent tout le temps fuir ou se battre. » De fait, les documentaires que Pablo affectionnait ne donnaient pas de la nature une image idyllique. La prédation, la mort étaient omniprésentes, mises au défi seulement par la fécondité invraisemblable avec laquelle les espèces marines pondaient leurs œufs et larguaient leur semence. Dans l'océan, la grande majorité des juvéniles mouraient, mais il y avait tellement d'appelés que ce n'était pas grave qu'il y ait si peu d'élus.

Comme ses parents prenaient peu de vacances, Maya avait dû attendre ses douze ans pour voir enfin la mer. Ils étaient partis au Maroc, dans la ville dont venait Djamila, et avaient poussé une journée jusqu'à Essaouira. Maya avait vécu des mois avec l'image des vagues qui se fracassaient contre les remparts tandis qu'elle s'y promenait un sachet de pistaches à la main. Elle revoyait la vague qui raidissait à l'approche de la côte puis s'enroulait en déferlant, la myriade de gouttes irisées rebondissant contre les digues, puis l'écume s'attardant tandis que l'eau refluait, filant entre les rochers en autant de tourbillons qui empruntaient chacun le chemin qui leur offrait le moins de résistance.

La précision qu'avaient dans sa tête ces souvenirs devait être un symptôme d'obsession, puisqu'elle se rappelait avec le même genre d'acuité la première fois où l'un de ses profs de fac leur avait parlé des enjeux de l'étude du plancton. D'emblée, il les avait prévenus que ce vieux concept grec était vague, puisqu'il regroupait tous les êtres qui flottaient dans le courant sans puissance de nage suffisante pour choisir où se diriger. Des méduses d'un mètre de diamètre y cohabitaient donc avec des microalgues un million de fois plus petites qu'elles. Mais ce qui avait estomaqué Maya, c'était d'apprendre que la biomasse océanique était faite avant tout de cette multitude invisible, tandis que les céphalopodes, les poissons ou les mammifères n'en représentaient que deux pour cent.

Même si sa curiosité naturaliste était devenue plus vive tout au long de son adolescence, elle n'avait jamais consacré une minute à penser aux cyanobactéries, alors qu'elles étaient plus nombreuses que les étoiles dans l'univers et qu'elles avaient passé plus d'un milliard d'années, dans l'océan primitif, à enrichir l'atmosphère en oxygène et à créer les conditions d'une vie plus complexe. S'imaginer chaque journée de ce milliard d'années, cela défiait l'entendement. Comprendre comment les bactéries et les archées avaient fini par engendrer les premiers eucaryotes aux chloroplastes capables de synthétiser la lumière était un vrai défi. Et dans le même mouvement, elle s'était rendu compte qu'elle n'avait jamais pensé à elle-même en termes biologiques. Elle ne s'était jamais dit, je suis une eucaryote, car mes cellules ont des noyaux. Ou bien, mon corps abrite plus de bactéries qu'il ne compte de cellules, ce n'est pas un monde clos, c'est un refuge qui héberge une communauté de vivants.

Deux ans plus tard, elle avait fait la connaissance de Christian Daniélou, qui l'avait orientée vers l'étude des protistes. À entendre Daniélou, ces unicellulaires à noyaux étaient les grands oubliés de la biosphère. « Les protistes n'ont pas besoin de nous, s'exclamait-il en agitant les manches de ses pulls informes, ils poursuivront leur existence longtemps après nous. Mais nous,

nous ferions bien de nous en préoccuper, car notre survie en dépend. » Les bactéries et les protistes végétaux produisaient autant d'oxygène que les plantes terrestres. Or la plupart des gens ignoraient tout de leur existence. La voix de baryton de Daniélou montait sans qu'il ait à forcer jusqu'aux plus hauts gradins de l'amphi : « Pensez un peu : trois cents espèces de coccolithophores, deux mille de dinoflagellés, quinze mille de diatomées, et des milliers d'espèces à découvrir, sachant que chacune compte des milliards d'individus ! »

Maya s'était sentie happée par son enthousiasme contagieux. Certains protistes captaient l'énergie du soleil, d'autres se nourrissaient de bactéries et de larves. Moi je suis une hétérotrophe, s'était-elle répété, je ne produis pas mon énergie, je dois manger d'autres vivants pour en avoir, tuer d'autres vivants. Mais la chose étonnante, c'était que chez les protistes, la frontière qu'elle croyait assurée entre le végétal et l'animal se floutait : de nombreux dinoflagellés, par exemple, récupéraient les chloroplastes de leurs proies pour fabriquer à leur tour de la matière avec de la lumière.

Maya se souvenait de la réaction de ses parents et ses frères quand elle leur avait expliqué que sa thèse, et donc une partie de sa vie, serait consacrée à l'étude de microalgues qu'on appelait les coccolithophores. Ilyas avait émis un ricanement nerveux : « Et tu risques pas de t'ennuyer ? » La science marchait comme ça, s'était-elle justifiée : la division des tâches était impérative, car maintenant qu'on comprenait un peu mieux la biosphère, elle se révélait trop complexe pour que quiconque puisse l'appréhender dans sa globalité. Et tout en se lançant dans cette explication face à son frère aîné, elle s'était fait la remarque que ce n'était pas un sujet pour un déjeuner de famille. Il n'y avait pas grand monde, même parmi ses amis, avec qui en parler. Pas étonnant que les scientifiques finissent par se maquer entre eux.

Par besoin de reconnaissance, elle avait apporté à Aulnay un livre qui représentait quelques espèces du plancton. Les coccolithes, avait-elle expliqué, c'étaient ces écailles fabriquées à l'intérieur de l'algue, puis excrétées pour construire ces squelettes qui augmentaient sa flottabilité et qui la préservaient de certaines prédations. Djamila avait vite détourné le regard : tous ces trous et ces alvéoles réactivaient en elle des réflexes phobiques ; l'idée que chaque litre d'eau de mer contenait plusieurs millions de bactéries et de virus était du genre à la dissuader de remettre les pieds dans l'eau. Karim, son frère cadet, qui se lançait comme graphiste, s'était montré plus perméable à la beauté géométrique des coccolithophores. Quant à son père, il voulait surtout savoir si une thèse avait des chances de déboucher sur un poste stable, et quel but auraient ses recherches : cela l'aurait peiné que sa fille gâche son potentiel en se noyant dans un travail qui ne servait à rien.

Par petites touches, alors, elle avait raconté à Pablo ce qu'étaient les coccolithophores : un groupe d'algues brunes, ayant appris à calcifier depuis deux cents millions d'années, et qui représentait environ dix pour cent du phytoplancton. Lorsqu'elles mouraient, leurs écailles de calcite coulaient comme les flocons d'une neige marine qui ne s'arrêtait jamais de tomber, et séquestraient le carbone dans le plancher océanique. Et quand la tectonique des plaques soulevait les fonds où elles s'étaient sédimentées, cela finissait par donner des montagnes et des strates calcaires. « Les coccolithophores, tu en retrouves les fossiles dans les falaises d'Étretat, dans les carrières grâce auxquelles on a construit Paris, dans les pierres de Notre-Dame et les pyramides d'Égypte. » Compressée dans les sols, la matière de ces micro-organismes se transformait aussi en poches de pétrole et de gaz. Chaque année, l'humanité brûlait une énergie fossile équivalente à un million d'années de plancton enfoui dans l'océan. « Donc sans le plancton, les voitures que tu fabriques, elles n'existeraient pas. »

En doctorat, elle s'était consacrée à *Emiliania huxleyi*, la star des coccolithophores, capable de proliférer jusqu'à former des blooms qui pouvaient atteindre la taille de la Bretagne. Réfléchissant la lumière du soleil, la calcite de ces blooms atténuait le réchauffement des océans. Comme la vapeur d'eau se condensait autour des particules de soufre que les coccolithophores relâchaient dans l'atmosphère, ils jouaient aussi un rôle crucial dans la formation des nuages et le régime des pluies. « L'odeur de la mer, disait Maya, c'est à ce soufre qu'on la doit. Et les oiseaux la sentent : quand ils survolent des zones riches en phytoplancton, leur odorat leur dit que là, il doit y avoir des proies. »

Affinant ce tableau quand elle en avait l'occasion, Maya n'était pas sûre qu'elle convainquait ses parents. Pourtant, à sa soutenance, après avoir écouté tout l'après-midi un débat auquel ils n'avaient quasiment rien compris, ils l'avaient applaudie, avec le reste de l'assistance, quand on lui avait décerné le titre de docteure, et Maya avait lu dans leurs yeux qu'ils étaient à la fois incrédules devant l'intellectuelle qui avait grandi sous leur toit et infiniment fiers qu'elle se soit montrée si passionnée et opiniâtre.

Un soir, avec Quentin, ils ont été plonger à pied depuis la cale de Ploumanac'h. Le faisceau de leurs lampes a tiré des eaux noires des myriades d'organismes bioluminescents. Il n'y avait plus besoin de débusquer les crustacés dans leurs cachettes, puisqu'ils étaient de sortie, et Maya a pu observer un homard qui dévorait un crabe juvénile. Les anémones-bijoux aussi étaient ouvertes la nuit, et tapissaient le dévers d'un rocher de leur parterre couleur parme. De retour à la maison, Maya a parlé à Quentin du rapport poétique qu'elle avait d'abord entretenu avec l'océan. Même si ce milieu avait tout de suite été concret pour lui, il comprenait ce qu'elle voulait dire. Il s'était mis à lire de la poésie dans son adolescence, et elle constituait pour lui un langage important, plus encore que pour Maya.

« Il y a quelque chose de la plongée, quand on lit un poème », a commencé Quentin. Les vers se détachaient sur le blanc de la page comme les rochers ou les poissons sur l'arrière-plan des eaux. Il aimait que les mots s'adressent à lui de solitude à solitude et de silence à silence. En les lisant, on n'oubliait pas de respirer, ils laissaient le temps pour cela. Cela faisait des années, a-t-il raconté à Maya, qu'il rêvait de faire une série de portraits de quelques-uns des vivants qui habitaient son coin de littoral. À l'origine, il pensait aux phoques, aux marsouins, aux oiseaux, mais depuis qu'il la fréquentait, il s'était dit qu'il lui faudrait aussi ménager une place au plancton, même si son existence était plus difficile à raconter. Jusque-là, il n'avait pas osé lui en parler, mais depuis quelques mois ce n'était plus seulement un fantasme, il s'était attelé à la tâche. « Et tu voudrais me faire lire ? a demandé Maya. Ou me lire quelque chose, toi ? » Quentin a hésité. Il est allé chercher un gros cahier, s'est assis à la tête du lit et en a compulsé les pages. Elle avait envie de regarder par-dessus son épaule mais sentait qu'il le prendrait mal. « Ce n'est pas encore assez bon, a-t-il fini par dire. Je te lirai plus tard, quand je serai vraiment content. »

Cette nuit-là, se levant pour aller aux toilettes, elle a vu que le lit était vide. Elle s'attendait à le trouver devant son ordi, ou en train de fumer dans le jardin, mais non, il travaillait au salon, entouré de quelques livres et de trois cahiers d'écolier. Stylo entre les doigts, s'interrompant de temps à autre pour prendre une gorgée de bière, il avait le visage auréolé, à la fois sombre et frénétique, comme s'il affrontait des fantômes. Elle l'a regardé un moment, du haut de l'escalier, sans manifester sa présence, puis elle est retournée se coucher, en pensant que le hasard avait décidément mis sur son chemin un drôle d'animal.

8. LA BANDE DE LA BALEINE

Trois jours plus tard, le réveil sonne à 5 heures dans la maison de Kirio. Quentin l'éteint pour ne pas déranger Maya, et d'un bond il est sur ses pieds. De toute façon il n'a pas dormi, ou bien deux heures à peine. En ce moment dormir est compliqué, une foule d'idées se bousculent dans sa tête, mais ce n'est pas que négatif, cela lui donne du temps pour écrire, et une forme d'énergie tranchante. Ce matin il ne se lève pas pour rien : Clément Trévennec est à terre, et comme Noémie Riera pouvait se libérer, ils ont cherché un lieu discret où se retrouver.

À cette heure les routes sont désertes, si un véhicule le suit il le repérera. Les pneus neufs de la voiture accrochent bien le bitume et les virages sont sans fatigue, alors il allume la radio et tombe sur une émission consacrée à Rimbaud, qui aussitôt le happe : à l'âge de vingt et un ans, apparemment, le poète s'est enrôlé sur un coup de tête dans l'armée néerlandaise ; il a fait au printemps le voyage jusqu'à Java, mais au bout de quinze jours, il a fichu le camp, avant de ressurgir en décembre dans ses Ardennes natales, sans que personne sache ce qu'il a pu faire entre deux, ou comment il est revenu. Une fois garé aux Sept-Saints, un hameau situé en amont de la vallée du Léguer, Quentin a pris le temps de finir l'émission : les errances de ce genre le fascinaient toujours. Puis il s'est dirigé vers la maison de la tante de Noémie, marchant entre les pâturages qui faisaient monter dans ses narines leur parfum d'herbe humide.

Avec Noémie, ils se sont connus au collège. Ses parents étaient communistes et travaillaient à la Poste. Elle habitait le centre-ville de Lannion, une maison vers l'escalier qui mène à l'église de Brélévenez, dont la volée de marches était un de leurs endroits favoris. Le mercredi, ils déjeunaient d'une salade chez Ty Cosy, puis jouaient au tarot dans la cour intérieure. Des filles de sa classe, elle était celle avec qui il discutait le mieux, et avec laquelle l'attirance dépassait la question de l'apparence physique. Petit à petit, leurs cercles ont fusionné, Quentin lui présentant Jérémie et Maxime Varenne, elle Joséphine Rozan et Ludovic Archambault. Aux beaux jours, ils délaissaient Lannion et passaient plus de temps à Trégastel, avec pour camp de base la maison de Joséphine. Ils arpentaient les plages et s'entraînaient à rouler leurs bédos sous l'immense rocher en forme de baleine qui a vite donné son nom à la bande, protégés des regards par les vestiges de la cabane construite des décennies avant sous le bloc de granit par un homme marginal, qui avait voulu vivre sur cet îlot qu'encerclaient les marées.

Quand la mer était calme, ils parcouraient le sentier des douaniers, entre Perros-Guirec et Ploumanac'h, en s'arrêtant pour escalader les chaos et plonger de leur sommet. Ludovic était le plus casse-cou et n'hésitait pas à tenter des saltos de quinze mètres. Avec ce strabisme léger qui troublait son regard, on aurait dit qu'il n'avait jamais peur. Mecs et filles, ils jouaient à retenir le plus longtemps possible leur respiration sous l'eau. Souvent, Maxime et Ludovic gagnaient, ce qui avait le don d'agacer Quentin, mais les fois où c'était lui ou Joséphine qui l'avaient emporté, Ludovic avait ruminé sa défaite avec une tristesse authentique, comme si vraiment il ne s'en remettait pas.

L'été, il y avait trop de monde à leur goût sur la façade littorale donnant vers les Sept-Îles, et ils se retrouvaient plutôt sur la plage de Toull Bihan, avec sa baie tranquille, mieux abritée du vent. C'est là, alors que Quentin était en fin de troisième, qu'ils ont fait connaissance avec les Jarnoux. L'aîné s'appelait Thomas et la cadette Inès. Ils avaient grandi à Lorient, où se situait le siège de Néréos, l'armement de leur père, mais la famille avait déménagé à Rennes pour leurs années de collège et de lycée. La maison de vacances des Jarnoux, bien plus bourgeoise que celle de Joséphine, était entourée d'un jardin qui donnait sur la plage par un charmant chemin de sable. Les garçons de la bande ont tout de suite été fascinés par Inès. Au départ, ils n'osaient même pas en parler tellement elle était affolante, avec sa frange d'un blond chaud, ses yeux noisette, son élégance de fille qui dès l'enfance avait appris à monter à cheval. Elle arrivait mi-juillet, bronzée par sa semaine à Malte, qu'elle préférait à la Grande-Bretagne pour améliorer son anglais. Elle ne partait jamais à la plage sans un roman au fond de son sac, mais se joignait à eux avec entrain pour leurs séances de nage ou leurs parties de volley.

Quentin avait dû s'avouer que s'il sortait avec Noémie, c'était parce qu'une fille comme Inès lui paraissait inaccessible. Dès le deuxième été, il avait éprouvé une jalousie pénible pour Maxime Varenne. Plus carrossé que lui, Maxime avait trois ans de plus qu'eux, et de son visage à la serpe, de sa manière de bouger, émanait un charme indéniable. Quentin priait pour qu'il ne se passe rien entre lui et Inès. De toute façon, il avait conscience que les vrais rivaux étaient là-bas, à Rennes, dans des appartements à moulures et cheminée, autour du lycée privé qu'Inès et Thomas fréquentaient. Ici elle vivrait tout au plus un amour de vacances.

Cela étant dit, Quentin aussi avait acquis une place particulière dans le cœur et l'esprit d'Inès. Au cours de leurs années de seconde et de première, ils n'ont pas arrêté de s'écrire, des mails et beaucoup de lettres, griffonnées le soir chez eux ou au café entre deux cours. Tout le monde s'était mis au tchat, ils étaient à peu près les derniers à faire ça. De son écriture déliée, Inès lui expliquait que faire partie des bombes du lycée s'apparentait à un cadeau empoisonné : en sa présence, les garçons s'égaraient en parades nuptiales qui les rendaient arrogants ou grotesques, et beaucoup de filles détestaient qu'elle focalise à ce point l'attention. Elle avait quelques proches, mais globalement elle se sentait seule, et en venait à regretter l'époque où elle avait des joues de hamster et pas du tout de poitrine. Confident appliqué, Quentin faisait son possible pour se montrer à la hauteur, passait des heures à réfléchir à ce qu'elle lui racontait, lisait les romans et regardait les films qu'elle lui conseillait – et elle aimait qu'il soit, au sein de leur bande, de loin celui qui la prenait le plus au sérieux.

Thomas Jarnoux avait cinq ans de plus. Même s'il était moins rayonnant que sa sœur, son côté bien dans ses baskets impressionnait Quentin. On aurait dit que l'adolescence n'avait pas représenté pour lui un passage difficile, mais une phase de liberté mise à profit pour déployer son potentiel et réfléchir à ce qu'il attendait de la vie. Lorsque le vent se levait ou que l'averse tombait, ils se réfugiaient dorénavant chez les Jarnoux. Revigorés par un chocolat chaud, ils se répartissaient dans les chambres à l'étage : Inès et Jérémie se plongeaient dans des BD, Thomas les embarquait dans des tournois d'échecs. Quentin se sentait galvanisé par la beauté cruelle des parties jouées en blitz, mais manquait de rigueur dans le calcul de ses coups. Ludo était le seul à se montrer capable de tenir tête à Thomas, surtout à partir du moment où il s'est entraîné en ligne, depuis le dortoir de son internat. Thomas avait beau étudier en prépa scientifique et être un crack en maths, il lisait beaucoup de littérature. C'est lui qui a fait découvrir la poésie de Walt Whitman à Quentin, en lui prêtant des recueils. Il avait dans sa chambre tout un rayon de poésie, et de temps en temps, l'un d'eux extrayait un volume pour lire quelques vers à voix haute, tandis que l'autre, les yeux fermés, devait deviner qui en était l'auteur.

Au rez-de-chaussée, Agnès Jarnoux prenait le thé avec des amies. Jean-Pierre Jarnoux passait des coups de fil en arpentant le jardin, ou se posait avec un whisky et feuilletait des livres d'histoire maritime où se succédaient les mutineries, les icebergs à la dérive et les épidémies de scorbut. En somme, c'était une famille très bourgeoise, mais attachée au coin et accueillante. Ludovic, par exemple, venait d'un foyer douloureusement dysfonctionnel, une mère boulangère, un père routier qui ne s'occupait pas de lui, mais les Jarnoux l'avaient pris sous leur aile, d'autant qu'il faisait sa scolarité en lycée maritime. Jean-Pierre répétait que la pêche devait rester un ascenseur social, comme cela avait été le cas pour son père et pour lui : c'était sa fierté d'armateur que d'être respecté de ses marins parce qu'il ne sentait ni le costard ni le bureau. Le deuxième été, il a poussé Thomas à embarquer sur un de leurs chalutiers, et celui-ci leur a raconté l'expérience de façon assez touchante. Bien entendu, il avait eu peur d'être malade et de se ridiculiser devant le reste de l'équipage : « Regarde le fils du patron, il a pas le pied marin. » Au pont et à l'usine, cela s'était bien passé, à la cale il avait galéré, n'ayant pas la carrure pour ces travaux de force. Est-ce qu'il lui arrivait encore d'embarquer, maintenant qu'il dirigeait Néréos ? Clément le saurait peut-être.

Dès les premiers jours de l'été 2009, Inès et Maxime se sont mis à sortir ensemble. La bande tenait son couple princier. Thomas venait d'être admis à Polytechnique, il n'avait plus besoin de bûcher et on le sentait détendu. Juillet a été délicieux. À l'initiative de Quentin, ils ont fait plusieurs sorties plongée. Jean-Pierre les a aussi baladés en voilier, entre autres jusqu'à

Bréhat. Toute la journée, ils ont flâné sur l'île où ne circulait aucune voiture, admirant les massifs de fleurs qui éclaboussaient les jardins. Quentin a fait l'effort de ne pas passer trop de temps à cheminer avec Inès, pour ne pas éveiller la jalousie de Noémie.

Un soir, à l'exception de Joséphine dont les parents étaient très stricts, ils se sont retrouvés à Trébeurden et ils ont fait un jeu à boire sur le sable de la plage. Ludovic a poussé tout le monde à lâcher prise, pour se pardonner sa tendance à être celui qui buvait le plus. Vers 22 heures, Thomas s'est éclipsé pour aller chercher à la gare sa petite amie qui arrivait de Rennes. Dans la foulée, Maxime a convaincu le videur du Bamboo's de les laisser entrer, même s'il était le seul à avoir plus de dix-huit ans. Ils ont dansé des heures. Quentin a payé deux tournées générales alors qu'il n'en avait pas du tout les moyens. Il a dansé avec Inès, en sentant peser sur son cœur des regrets lourds comme les pierres. Quand tout le monde est sorti de la boîte, à trois heures, ils ont fait des acrobaties sur le muret de la plage pour évaluer leur alcoolémie. Ludo et Jérémie étaient de loin les plus attaqués. Comme la nuit était douce, ils ont décidé de dormir sur la plage, dans les duvets emportés au cas où. N'osant pas appeler leurs parents, Quentin et Noémie se sont motivés pour rentrer en stop à Lannion. Quant à Maxime, il avait sa moto et pouvait sans problème raccompagner Inès à Trégastel, si elle se sentait assez en forme pour monter derrière lui. « Mais pour qui tu me prends, toi ? » a dit la cavalière, déposant un smack sur ses lèvres. Il n'y a que dix minutes de route, pas de difficultés, peu de virages, mais ils se sont plantés. En dépit du casque qu'elle portait, Inès est morte sur le coup.

L'enterrement a eu lieu sur place, le bourg de Trégastel étant l'un des berceaux de la famille maternelle. Maxime avait la jambe dans le plâtre et des points de suture au poignet. Les parents Jarnoux ne lui ont pas jeté un regard. Le cercueil à peine couvert de terre, Thomas, lui, a tiré Maxime à part et il a commencé à le descendre en flammes. Quentin a essayé de le retenir, de lui faire entendre que ça ne lui ressemblait pas et qu'ils étaient tous dévastés, mais Thomas s'est sèchement dégagé de sa prise, lui suggérant d'aller se faire foutre. Aux côtés de Jérémie, Quentin a dû se contenter de suivre la scène de loin. Ils ont vu Maxime écouter ce que lui assenait Thomas. Ils ont vu son visage s'obscurcir, son regard se dissoudre. Sur la route du retour à Locquémeau, il avait la mâchoire serrée et des larmes silencieuses lui roulaient sur les joues. Le surlendemain il s'est pendu dans le grenier de ses parents. Il a laissé une lettre qui ne contenait qu'une ligne : *Je vais rejoindre mon amour.*

Alors la bande a éclaté. Thomas leur en voulait à tous de la mort de sa sœur et n'avait plus envie d'entendre parler d'eux. Quentin était en colère contre Ludo, qui les poussait toujours au-delà de leurs limites. Joséphine a estimé que c'était l'équipe du Bamboo's qui avait fait n'importe quoi en les laissant entrer. Ludovic a maintenu que les tournées de trop, c'était Quentin qui les avait offertes, tandis qu'il avait plaidé de son côté pour qu'ils dorment sur la plage. Jérémie ne se remettait pas que Thomas ait pu enfoncer Maxime de la sorte, alors que cela sautait aux yeux que son frère était au plus mal. Le crime parfait, est-ce que ce n'est pas celui dont tout le monde est coupable ?

L'été des dix-sept ans de Quentin s'est achevé là-dessus. Fin juillet, un cheval était mort intoxiqué par le sulfure d'hydrogène que dégageaient les tombereaux d'algues vertes à Saint-Michel-en-Grève, dans ce fond de baie où Inès avait fait beaucoup d'équitation. Au bout d'un mois de polémique, le Premier ministre est venu pour montrer que le gouvernement se souciait de la situation, mais Dieter affirmait que cette pollution pointait depuis les années 1980, et que si l'État avait voulu y remédier, il aurait dû freiner dès cette époque l'installation de fermes-usines. Quentin s'est mis à se dire que tout le pays était pourri, les eaux et l'air empoisonnés.

La maison des Jarnoux est restée volets clos l'année suivante. Puis ils sont revenus, mais Thomas a refusé de traîner avec eux. Il n'a gardé le contact qu'avec Ludovic, qu'il a fini par embaucher chez Néréos, et avec Joséphine, car ils étaient voisins à Trégastel et qu'elle n'était pas là le soir de la mort d'Inès. Quant à Quentin et Noémie, ils ont rompu l'automne qui a suivi leur bac. La bande de la Baleine avait fait son temps pour de bon.

La tante de Noémie leur a servi le café, a découpé le far aux pruneaux qu'elle avait préparé puis a quitté le salon pour les laisser tranquilles. Quentin a brièvement fait les présentations. Comme ils appartenaient à deux époques distinctes de sa vie, cela lui faisait bizarre de voir Noémie et Clément assis à la même table. Tandis que Noémie résumait ce qu'elle faisait chez Sea Shepherd, il n'a pas pu s'empêcher de remarquer qu'elle avait embelli et gagné en assurance. Elle affirmait que si elle n'avait jamais envisagé de rejoindre Atlantis, c'est parce qu'elle considérait que des associations internationales étaient les mieux à même de donner aux combats de terrain l'envergure qui leur manquait. « On n'a pas des parents communistes pour rien. » Venu requérir son aide, Quentin ne voulait pas la contredire, mais il a rappelé qu'un comité de mobilisation ancré dans un territoire était souvent jugé plus légitime par les pouvoirs publics.

Clément, lui, avait l'air crevé avec ses poches sous les yeux et ses kilos en trop. Bien que *L'Endurance* soit le bateau le plus confortable sur lequel il ait navigué, l'obsession du chiffre rendait son travail infernal. « On enchaîne trois marées de neuf jours avant d'avoir neuf jours de repos. À entendre Jarnoux, ça laisse pas moins de temps utile à la maison que n'en ont des salariés, mais quand c'est toi qui le vis, ça fait des absences longues… » Dans l'équipage, à part quelques infatigables qui résistaient à tout, les plus vieux tenaient à l'alcool et les jeunes à la coke. « Et encore, jusqu'à présent, on n'a pas eu des conditions trop rudes. J'ose pas imaginer ce que ça va être l'hiver vers les Féroé ou à l'ouest de l'Irlande… J'espère que j'y serai plus. »

Une fois dans le vif du sujet, Quentin a exposé ses conditions : il voulait que le nom d'Atlantis soit toujours associé à celui de Sea Shepherd dans la campagne autour de Néréos. « Le mieux en fait, c'est qu'Atlantis publie, et que Sea Shepherd accepte d'être notre chambre d'échos. » Noémie faisait tourner sa cuillère sur les dernières phalanges de sa main gauche. Quentin l'avait beaucoup vue faire ce geste en cours avec ses stylos, et n'avait jamais su si c'était un signe de nervosité ou de décontraction. Elle leur a expliqué qu'elle devrait en parler avec sa direction et ne pouvait rien promettre. « Quoi d'autre ? » a-t-elle relancé.

Quentin a exprimé son souhait que des représentants de la pêche côtière prennent la parole aux événements qui seraient organisés. « Je m'y opposerai pas, a-t-elle réagi. Mais, si je peux me permettre, faudrait quand même que vous arrêtiez, un de ces jours, de romantiser à ce point la pêche artisanale. » Se redressant sur sa chaise comme pour prendre son élan, elle leur a raconté que lors de leurs opérations dans le golfe de Gascogne visant à éviter que trop de dauphins meurent lors de captures accidentelles, les équipes de Sea Shepherd s'étaient rendu compte que la plupart étaient pris par des fileyeurs pêchant à moins de cent mètres de profondeur. À côté des filets actifs, qui plus est, il y avait les filets fantômes que les artisans abandonnaient en mer. Clément avait fini sa dernière bouchée de far, il a craché un noyau de pruneau dans sa paume puis l'a posé sur son assiette. « C'est vrai qu'il nous arrive d'en perdre. Le matériel s'abîme, et avec les coups de vent, le retrouver n'est pas toujours commode. » Noémie a rebondi : « Et en soi c'est compréhensible. Mais du coup y a des zones qui pour les cétacés deviennent de vrais labyrinthes, pour pas dire des champs de mines. »

Alors qu'elle ajustait la queue-de-cheval nouant ses cheveux blond cendré, Quentin s'est attardé sur l'hippocampe tatoué à l'encre noire sur son épaule. Elle les a fixés l'un et l'autre, jaugeant leur détermination. Pour travailler ensemble, il était préférable qu'ils partent du même constat. « La réalité de la pêche aujourd'hui, artisanale, industrielle, peu importe, elle est globalement assez simple : c'est une activité qui consiste à cramer beaucoup trop de pétrole pour tuer beaucoup trop d'animaux. Chaque fois qu'on mange du poisson, on devrait se servir un verre de pétrole à côté, pour garder ça en tête. »

Quentin a pris une grande inspiration. Il ne voulait pas s'énerver. Que Noémie se montre virulente ne l'étonnait pas trop. Elle faisait partie de ces gens qui semblaient dorénavant plus préoccupés par le sort des poissons que par celui des humains. Sur le fond, elle n'avait peut-être pas tort, mais la situation qui les occupait méritait mieux que des jugements à la hache. Alors qu'il cherchait une réponse qui ne soit pas trop agressive, Clément a réagi le premier : « On peut pas mettre comme ça tout le monde dans le même sac… » Entre ce qu'il avait pu pêcher comme fileyeur et ce que pêchait *L'Endurance*, les volumes de captures n'avaient strictement rien à voir. « Eux ils peuvent prendre des bancs entiers ! Ils vident littéralement la mer. Ils aspirent les poissons avec des tuyaux, ça part direct dans les cuves, et tu verrais l'état de ceux du fond de chalut… De la chair écrasée, plus bonne qu'à broyer, ou à produire du surimi. » Noémie l'a regardé sans faire de commentaire, comme s'il ne lui apprenait rien et ne la convainquait pas. Le soleil qui commençait à envahir la pièce faisait briller ses yeux.

Quentin les a resservis de café et a tenté de décrisper l'atmosphère : « Je te propose un truc… Quand on aura fait interdire ce genre de bateaux-usines, on pourra s'engueuler autant que tu voudras pour savoir s'il faut prohiber aussi la petite pêche… » D'ici là, si on voulait maintenir ce qu'il restait de tissu industriel sur le littoral, l'objectif devait être de maximiser le nombre d'emplois par tonne de poissons pêchés. « Et puis si on capture moins d'animaux, parce qu'on valorise mieux les prises, on trouvera aussi des moyens d'atténuer leurs souffrances… Que mourir dans un filet, ce soit pas pire pour eux que dans la gueule d'un de leurs prédateurs. Mais ça, c'est pas un armement comme celui des Jarnoux qui peut y arriver… »

Un peu plus tard, Clément leur a montré ce qu'il avait pu filmer à la sauvette. Il était conscient qu'il n'avait pour l'instant rien d'assez spectaculaire pour justifier des reprises médias, d'autant que la plupart des images étaient tremblées et floues. Malgré ses coups de menton, Noémie devait tenir à ce qu'ils fassent affaire, car elle l'a rassuré là-dessus : ils allaient lui fournir une caméra plus adaptée et plus discrète ; et si Clément acceptait de leur donner des infos en temps réel quand il serait à bord, ils pourraient tenter de filmer le bateau avec un de leurs drones. « L'essentiel, c'est qu'on soit au courant de vos plans de pêche et des horaires de vos traits de chalut. Quand vous serez près des côtes, on suivra le chalutier avec un semi-rigide, et on fera décoller les drones à ton signal, dès que tu penseras que quelque chose mérite d'être filmé mais que ce serait pas prudent que tu le fasses toi-même. »

Suite à quoi elle a insisté pour savoir s'il accepterait de témoigner, idéalement à visage découvert. « Si ce qu'on révèle est incarné, ce sera dix fois plus puissant, je t'assure. » Cela supposait d'envisager une reconversion, mais de toute façon, il ne se voyait sans doute pas faire carrière dans ce genre d'entreprises, n'est-ce pas ? À en croire la manière dont Clément se balançait sur sa chaise, le problème ne devait pas être si facile à résoudre. Quand ils avaient fait connaissance, c'était un fêtard compulsif, dansant jusqu'au bout de ses forces dans les raves, gobant ce qu'on lui refilait sans penser au lendemain. Depuis, cinq ans avaient passé, et il avait construit sa vie. « J'aimerais pouvoir rester habiter à Lorient. Qu'on fasse les choses de telle sorte que je sois pas grillé partout. » Sa copine bossait au théâtre de la ville, elle aimait son boulot et ils seraient peinés d'avoir à quitter la région. « Y a pas vraiment de raison que ça aille jusque-là », a souri Noémie – et Quentin s'est demandé si elle y croyait sincèrement, ou si elle sous-estimait les adversaires qu'ils avaient décidé d'affronter tous les trois.

Alors qu'ils allaient se quitter, Noémie a interrogé Quentin sur ce qu'il faisait aux Sept-Îles. Quand il a évoqué le projet d'extension, ses lèvres ont repris leur moue sceptique. Si le tourisme et la pêche restaient autorisés, ça n'aurait de réserve que le nom. « On est si mal barrés qu'il faudrait protéger la moitié de l'océan. Y interdire toutes les activités humaines, et mettre les moyens pour surveiller y compris la haute mer, où ce qui se passe est dix fois pire que dans les zones côtières… » Ce coup-ci, Quentin n'a pas masqué son agacement : « En attendant que vous changiez le monde, on fait ce qu'on peut, ici, à notre échelle. » Sans lui laisser le temps de répliquer, il s'est penché pour lui claquer la bise, et l'odeur tiède de son cou l'a ramené à l'époque de leurs premiers baisers sur les berges du Léguer.

Clément est reparti le premier, et Quentin cinq minutes après pour plus de discrétion. Quand il est ressorti de la maison, le hameau était toujours désert, à l'exception d'un paysan manœuvrant son tracteur à l'entrée d'un champ où il faisait paître ses vaches. Contournant la chapelle, Quentin a bu à la source qu'on prétendait miraculeuse, puis a rejoint sa voiture en gambergeant sur la manière dont leur conversation s'était polarisée. Ces jeux de positionnement lui paraissaient toujours étranges. Lorsqu'il parlait avec les gens de Frankiz, il se faisait l'effet d'un révolutionnaire, couteau entre les dents. Face à Noémie, il devenait le salarié sagement réformiste d'une réserve marine, et un fils de pêcheur qui songeait avant tout à préserver l'emploi. Alors que le coup qu'ils préparaient aurait dû le faire vibrer, il avait l'impression d'être entré dans une nasse où il tournait en rond, et dont toutes les issues se révélaient piégées.

9. COLONISER LA COLONIE

Une pluie de baisers sur le front et les joues, et une voix qui murmure : « Mon amour ? » Elle avait décidé de s'accorder une sieste, mais à en croire sa montre, le sommeil l'avait emportée depuis deux heures déjà. Elle a cligné des yeux, fâchée d'avoir laissé le temps lui échapper. « Viens voir, a dit Quentin : il ne pleut plus. On va faire un tour aux Sept-Îles. »

Baillant et s'étirant, Maya lui a demandé s'il ne vaudrait pas mieux remettre au lendemain. « On pourra pas, le temps va se gâter. Le week-end suivant, tu seras à Roscoff, et plus tard dans l'été, beaucoup d'oiseaux seront partis. J'aurais dû te proposer plus tôt, mais je viens d'y penser : c'est aujourd'hui, la dernière occasion. » Le temps qu'elle émerge, il a rangé avec des gestes brusques et une hâte étrange les livres qui encombraient la table de chevet, puis plié les vêtements qui traînaient sur le sol. À le regarder s'activer, incapable de tenir en place, Maya a hoché le menton : « Tu as raison, ça va nous faire du bien. »

Quand elle est descendue, leurs sacs étaient chargés dans le coffre : il ne lui restait plus qu'à se laisser porter.

Une fois le zodiac dégagé du chenal de Ploumanac'h, elle lui a entouré la taille, heureuse qu'il lui ait proposé cette sortie en tête à tête. Durant la traversée, il n'a pas cessé de parler, couvrant de sa voix le bruit du moteur pour lui raconter plus en détail son rendez-vous avec Noémie et Clément, puis le dernier coup que leur avait fait Noël Le Moal. « Tu le remets ? Le mec de Frankiz. Il s'est pointé à la station, hier, avec un hérisson ! Il l'a confié au centre de soins, mais c'était un prétexte pour emmerder Étienne. Sauf qu'Étienne n'était pas là et que c'est moi qui l'ai reçu. Il voulait que je lui imprime notre rapport d'activité, et puis le projet d'extension. Sûrement pour potasser avant la réunion qu'on a calée le 13 août. Au départ je me suis dit que j'allais le rembarrer, et puis, je sais pas, il me traitait avec tellement de mépris que j'ai fait l'exact inverse : j'ai été aux petits soins, je lui ai tout sorti pour qu'il se fasse son avis. Je n'ai été que servilité et politesse, je te jure… »

À l'approche de l'archipel, ils ont décidé de passer d'abord au nord de l'île aux Moines, selon le circuit que pratiquait Quentin avec l'équipe de la réserve pour compter les oiseaux. Dans la lumière de fin d'après-midi, les vestiges de la forteresse construite sous Louis XIV pour lutter contre les pirates venus de Jersey et de Guernesey se découpaient sur les hauteurs. Munie d'un des carnets de Quentin, Maya s'est chargée de noter les observations qu'il lui communiquait : ils ont croisé des sternes, puis un fulmar, des puffins anglais et des puffins des Baléares planant au ras des vagues. « L'oiseau marin le plus rare d'Europe ! » s'est exclamé Quentin. Maya voyait comme lui les oiseaux fendre les airs, mais ne comprenait pas comment il parvenait à les identifier : le temps qu'elle se stabilise et porte les jumelles à ses yeux, leurs silhouettes étaient déjà loin ou noircies de soleil. « Au moins, quand je fais des prélèvements de plancton, mes bestioles ne bougent plus… Si je bossais sur des animaux qui ont une grande distance de fuite, je serais peut-être nulle sur le terrain… » D'un hochement de tête, Quentin a confirmé : « Une vraie rate de laboratoire. » Il était terriblement beau avec cette lueur taquine dans son regard. « Tu sais, je galérais, il y a six mois. Sur ces zones-là, maintenant, je sais ce qu'on est susceptible de trouver... Et évidemment, ça change tout. »

Plus tard, s'approchant de Rouzic, ils ont repéré plusieurs groupes de macareux posés en radeau sur les flots, et Quentin a coupé le moteur. Maya les a trouvés craquants, avec leurs corps trapus et leurs becs bleu et orange, aux couleurs aussi vives qu'un maquillage de clown. « Des retardataires », a commenté Quentin. Un 20 juillet, ils auraient déjà dû s'être lancés dans leur migration. « Je comprends que vous les ayez pris pour logo, a observé Maya. On a vraiment envie d'en avoir un en peluche... » En fait, a expliqué Quentin, ce choix avait ses raisons historiques. À la fin du XIXe siècle, Rouzic était une colonie de macareux et pas de fous de Bassan. Et puis il était venu à certains, au sein de la Compagnie des chemins de fer de l'Ouest, la riche idée de placarder dans les gares des affiches expliquant que Perros-Guirec était réputée pour la chasse aux perroquets de mer. « On va pas se mentir : les locaux les chassaient déjà. Ils les guettaient à la sortie de leurs terriers, pour les faire fuir et ramasser leurs œufs. Parfois même ils les cuisinaient, à l'étouffée. Mais à cette époque-là, ça a pris une tout autre ampleur... »

Les chasseurs s'étaient mis à débarquer en bandes, la tête couverte de splendides chapeaux à plumes. Ils louaient les services d'un pêcheur pour les mener à Rouzic et commençaient leur partie de chasse sur l'eau, visant les macareux bien en avant du bec tant leur vol pouvait être rapide. L'expérience aidant, certains avaient jugé moins aléatoire de débarquer sur l'île, avec des caisses contenant parfois des cartouches par dizaines de kilos. « Ils attendaient que les macareux reviennent au nid, nourrir les petits, et ils les dégommaient. » Une fois que le sol était jonché de douilles vides, et qu'ils en avaient abattu dans les deux ou trois cents, ils rentraient à Perros et jetaient leurs trophées sur la grève pour se faire photographier avec leur butin de guerre. Sitôt l'exploit gravé pour la postérité, chacun se choisissait un spécimen que la mort n'avait pas trop amoché, car il était patent que le macareux, avec son ventre d'un blanc très pur et ses yeux comme sertis d'émaux bleu et orange, figurait à son avantage dans les vitrines des cabinets de curiosités. En général, les compagnons s'offraient dans la foulée un gueuleton de poissons et de fruits de mer, suivi d'une bonne nuit d'hôtel, pour digérer leurs émotions avant de retrouver la vie sérieuse des villes. « Les raffinements de la civilisation, a résumé Maya. Pas étonnant qu'ils aient voulu les exporter partout. » Quentin a acquiescé : « Et en une décennie, la colonie est passée de quinze mille couples à quatre cents… »

La Ligue pour la protection des oiseaux était née en 1912, pour réagir à ces massacres. « Figure-toi que parmi les hommes qui l'ont créée, il y avait aussi des chasseurs, des spécialistes du gibier d'eau… Donc protéger les macareux, ç'a été la toute première mission de la Ligue. C'est pour ça que c'est nous qui gérons la réserve. »

Remettant les gaz, Quentin a amené le bateau jusqu'à l'est de Rouzic, là où une échancrure du rivage permettait d'approcher du cœur de la colonie. Les nids des fous s'étageaient du sommet de l'île aux pans de roche verdis par les algues ou noirs d'oxydation que frappaient les plus hautes vagues quand la mer s'agitait. Avantage d'être partis tard : les vedettes qui faisaient visiter l'archipel aux touristes avaient terminé leur ballet, et ils étaient tranquilles. Aux jumelles on avait l'impression d'être tout proches des fous, et Maya ne savait plus où donner de la tête, entre ceux qui étaient posés sur l'eau, ceux qui décrivaient de longs vols planés au-dessus d'eux et ceux qui piquetaient les pentes, trônant sur leurs nids pleins de guano, au point que l'île semblait par endroits aussi blanche que leur plumage. « Et eux, alors, a-t-elle demandé, ils sont arrivés quand ? »

Quentin lui a raconté que dans les années 1930, il n'y avait qu'une trentaine de couples. « C'est comme pour les phoques gris : ici, on est en limite sud de leur aire de répartition. Tu en trouves bien plus en Écosse… Leur nom vient de là d'ailleurs, du rocher de Bass, une île près d'Édimbourg. Dieter dit que c'est superbe. » Guidant son regard, il lui a fait observer les juvéniles, au plumage gris sombre, et les immatures de moins de quatre ans, dont les ailes se partageaient en damier entre le blanc et l'anthracite. Comme les fous formaient des couples stables, les vingt mille nids de la colonie étaient un espace strictement territorialisé. Quand un conjoint revenait de la pêche, son partenaire l'appelait pour l'aider à se repérer – d'où le caquètement incessant qui s'élevait dans les airs. Si l'arrivant se trompait de point d'atterrissage et devait traverser les nids de ses congénères, ceux-ci risquaient de considérer qu'il violait leur propriété et de lui infliger des coups de bec rageurs.

Continuant de jumeller, Maya a remarqué que beaucoup de nids étaient construits non seulement avec du varech, mais avec des fibres synthétiques dont le vert ou le rouge détonnaient. « Une plaie, ce truc, a expliqué Quentin. C'est de la fibre de chalut, donc faite pour résister à des tensions très fortes… S'ils se prennent les pattes dedans, ils ne s'en dépêtrent plus. » La majorité des oiseaux qu'on retrouvait morts sur l'île étaient les victimes de ce piège. « Les bouts de filet usés, t'as des pêcheurs qui les recyclent au port, mais d'autres font pas gaffe et les jettent sur le pont : dès que le bateau embarque des paquets, ils se font rincer avec le reste, et faut compter des siècles pour que la fibre se dégrade. » Quentin a pointé à Maya un couple de fous qui se toilettaient en entrelaçant leurs longs cous et en se lissant les plumes. « Là, tu vois, on dirait que c'est de l'hygiène, ou des gestes de tendresse, mais c'est aussi une façon qu'ils ont de se parler… » Le toilettage permettait à l'oiseau resté au nid de savoir dans quel genre de zones son partenaire était allé pêcher.

Un plumage huileux, par exemple, indiquait qu'il avait trouvé des proies dans le sillage de bateaux de pêche.

« Ils se nourrissent tant que ça de rejets ? » s'est étonnée Maya. Eh bien, ils n'avaient pas toujours le choix. En fin de nidification, ils avaient souvent épuisé les ressources aux abords de l'archipel et étendaient leur rayon d'action jusqu'aux Cornouailles ou à l'ouest du Finistère. « Ils se tapent parfois trois cents kilomètres aller-retour pour chercher à bouffer, je sais pas si tu te rends compte… » Moins nutritifs, les rejets de pêche étaient un pis-aller, d'autant que pour les fous qui décidaient de traquer les mêmes bancs que les bateaux, le risque était fort de se blesser en heurtant un câble ou de se noyer en s'entravant dans les chaluts. « En fait, les petits pélagiques que ciblent des navires comme *L'Endurance*, tu sais ? Les harengs, les maquereaux… C'est typiquement ceux-là dont il faudrait laisser une plus grande part aux fous. Vu qu'eux, ils en dépendent pour vivre, ils devraient avoir droit aussi à leurs quotas… »

Alors que Maya et Quentin s'engageaient sur le chemin du retour, un front de pluie qui arrivait de l'ouest a soudain coupé le ciel en deux et les a rattrapés. Les gouttes étaient tièdes sur leurs joues, mais avec les rafales, les crêtes des vagues ont commencé à taper contre le bateau. Assise aux côtés de Quentin, Maya a resserré sa prise sur le métal de la main courante. « Toutes nos excuses pour le confort des passagers : ça va secouer ! », a-t-il déclamé en lui jetant un coup d'œil. Il n'avait pas perdu le sourire, et elle devinait que la situation devait l'exciter plutôt que l'alarmer. Au bout de quelques minutes, comme la houle raccourcissait et que la mer autour d'eux était de plus en plus hachée, elle a senti poindre la peur : ils n'arriveraient pas à rentrer dans ces conditions-là. « On fait quoi, maintenant ? a-t-elle demandé. Demi-tour, non ? On se réfugie sur l'île, au moins le temps que ça passe ? »

Elle aurait aimé voir Quentin réfléchir avant de répondre, mais tout de suite il a répliqué qu'ils feraient comme elle le sentait : le zodiac était capable de les ramener à bon port, il avait tenu le choc dans des conditions de mer autrement périlleuses. Après, si elle jugeait plus sûr de retourner vers l'archipel, le capitaine se plierait aux désirs de madame. Elle l'a regardé une seconde, interloquée par cet humour gênant. Voyant qu'elle ne se décidait pas, il a mis la barre à tribord, a fait marche avant toute pour que le bateau pivote, puis une fois le zodiac stabilisé, a manœuvré plus doucement, en silence, jusqu'à revenir à quelques encablures de Rouzic.

Tandis que les contours de l'île, estompés de brouillard, se précisaient de nouveau à leur approche, Maya a pensé que le remède qu'elle avait proposé se révélait pire que le mal : la côte était si hérissée de rochers qu'elle ne voyait pas comment ils allaient pouvoir y prendre pied ; un mouillage à distance les forcerait à nager quelques brasses dangereuses, et échouer le bateau avec cette hauteur de houle risquait de l'éventrer. Occupé à scruter le rivage, Quentin ne montrait pas de signe d'angoisse. « T'inquiète, a-t-il murmuré, je sais où on peut aller. » S'écartant un peu de la côte pour en éviter les récifs, il a caboté vaille que vaille jusqu'à une sorte de crique, où deux avancées de roche cernaient une plage minuscule. « Le trou d'une aiguille, mais ça va le faire. » Tandis qu'elle sortait l'ancre de sa baille, il a positionné le bateau face au vent, et au dernier moment, a relevé le moteur pour ne pas flinguer l'hélice. La houle a propulsé le semi-rigide sur la plage, dans une secousse si rude que Maya a failli basculer par-dessus bord. Ils ont sauté à terre, effrayant deux huîtriers pie qui se sont envolés avec un cri perçant, et tandis que Maya se remettait de sa frayeur, Quentin s'est démultiplié, plantant des piquets dans le sable et y amarrant le zodiac avec une vivacité qui l'a estomaquée.

« Voilà », a-t-il conclu. Le plan, dans son esprit, était qu'ils se mettent à l'abri dans la cabane qu'utilisait l'équipe de la réserve lors de ses interventions au cœur de la colonie. Harnachés à une corde, ils ont commencé l'ascension, ce qui supposait d'abord d'escalader un chaos de roches noires pour s'extirper de la crique. Les cils perlés de pluie, cherchant du bout des doigts les prises les moins glissantes, Maya a maudit Quentin entre ses dents de l'avoir entraînée dans cette espèce d'enfer, avant de se concentrer sur chacun de ses mouvements. Bientôt, elle a aperçu au sommet la silhouette longiforme de la cabane d'observation. Il n'avait pas menti, elle n'était qu'à trois cents mètres, mais comme l'île ne comptait aucun sentier, et que la pente qui y menait était beaucoup trop raide, ils ont fait un large détour, marchant dans les hautes herbes, se pliant parfois pour résister à une bourrasque, avant de réussir à rejoindre la crête.

Construite sur un socle en béton et meublée sommairement, la cabane mesurait une dizaine de mètres carrés. Pour préserver de la rouille sa carcasse de tôle, on l'avait recouverte d'un dôme en fibre en verre. « Viens ma chérie, a parodié Maya, affalée sur le sol, on va faire un tour aux Sept-Îles. » Quentin s'est mis à rire : d'accord, il ne briguerait pas sur ce coup-là le titre de monsieur Météo. Alors que la pluie ruisselait de leurs cirés, formant de petites flaques, il s'est confondu en excuses d'un ton si spontané qu'elle a renoncé à l'engueulade qu'il avait méritée. « Attends de voir, a annoncé Quentin, on s'est pas galérés pour rien. » Et en un tournemain, il a remonté le store qui obturait la fenêtre de la cabane. Cette fois, pas besoin de jumelles : la colonie s'étendait sous leurs yeux, sur le versant nord de Rouzic. Des fous nichaient à moins de deux mètres, et tête renversée vers le ciel, ouvrant leurs longs becs acérés, ils poussaient des cris rauques pour se plaindre du dérangement occasionné par l'arrivée des deux humains. Le front collé contre la vitre, Maya s'est perdue dans ce spectacle, tandis que Quentin profitait d'une lumière d'éclaircie pour prendre quelques photos. Moins d'un quart d'heure après, une autre averse tambourinait sur le dôme de leur abri, et ils ont tous les deux compris, sans avoir besoin de se consulter, qu'ils passeraient la nuit là.

Quand l'équipe débarquait sur l'île, elle restait plusieurs jours et apportait son matériel, des sacs de couchage au réchaud. Quentin n'était venu qu'une fois, au printemps, pour établir le bilan de santé des fous, récupérer les balises dont certains étaient équipés et aider Étienne à baguer une vingtaine d'individus. Ils n'avaient rien laissé sur place, et la nuit promettait d'être fruste. « Ça reste mieux que d'avoir tenté le diable sur ta coquille de noix », a commenté Maya. Ouvrant l'armoire de la cabane, Quentin a tout de même mis la main sur deux tapis de sol, qu'il a aussitôt déroulés. Ils y ont disposé l'ensemble de leurs richesses, des barres de céréales, des œufs durs et des pommes, en se charriant sur leur capacité à vivre un rationnement. L'appétit décuplé par leur expédition, ils ont réservé de quoi manger le lendemain, puis ont dîné en savourant chaque bouchée, et aussi chaque gorgée de leurs gourdes, comme si leur eau était un philtre.

Plus tard, Maya a continué d'interroger Quentin sur le suivi des fous. « Les balises et les bagues, lui a-t-il expliqué, on constate avec le recul que c'est très complémentaire. » Le baguage permettait de noter les déplacements d'un oiseau tout au long de sa vie. Au fil de sa carrière, il était souvent arrivé à Dieter de recevoir, d'un point parfois extrêmement inattendu du globe, des nouvelles d'un individu qu'il avait lui-même bagué en Bretagne des décennies auparavant. Comme les fous muaient, les balises fixées à leurs plumes tombaient pour la plupart au bout d'une dizaine de mois, mais les plus récentes transmettaient leurs données en temps réel et permettaient d'accumuler des connaissances sur des oiseaux qu'on ne recapturerait pas.

Quel que soit leur point de départ, les fous parcouraient environ quatre mille kilomètres lors de leur migration d'automne : ceux qui partaient d'Écosse avaient tendance à hiverner au Portugal ou au Maroc, alors que ceux de la Manche ne s'arrêtaient pas avant d'avoir atteint la Mauritanie ou le Sénégal. En général, les adultes longeaient les côtes en ligne droite, tandis que les jeunes zigzaguaient, plus soucieux d'explorer le monde que d'économiser leurs forces. Les eaux de l'Afrique de l'Ouest se révélaient impitoyables. Le chalutage des flottes européennes et surtout asiatiques y atteignait une telle intensité que les prises accessoires étaient légion. On avait même retrouvé, une fois, un bateau dont les cales contenaient des dizaines de fous de Bassan décapités et congelés, en partance pour le marché noir d'un des grands ports d'Asie. « Tu n'entendras jamais Étienne raconter cette histoire en public… Il se dit que les habitants du coin comprendraient mal qu'on fasse tous ces efforts de conservation, ici, alors que les menaces qui pèsent sur les fous sont bien plus fortes ailleurs. » Aux yeux de Quentin, cela dit, l'argument se renversait : c'était parce que le danger était omniprésent sur les routes de la migration que les Sept-Îles se devaient d'être un havre de paix.

La pluie ne sillonnait plus les vitres. Maya a déplié son corps ankylosé et est sortie se dégourdir les jambes. L'odeur du guano l'a saisie à la gorge. Avec la fin du jour, des fous atterrissaient à chaque seconde pour regagner leur nid, tandis qu'un soleil carmin embrasait le ciel élargi par la masse profuse des nuages. Pivotant sur elle-même, elle s'est imprégnée de ce qu'elle voyait aux quatre coins de l'horizon, avec une conscience aiguë que c'était le genre de moments qu'elle avait quêtés toute sa vie.

Debout à ses côtés, Quentin lui a saisi la main. Quand on suivait le parcours des oiseaux, a-t-il encore raconté, ils cessaient de former une foule indistincte. « Je sais pas comment t'expliquer… Ils t'emmènent avec eux voyager sur les cartes.

Tu constates vite qu'ils sont doués d'une volonté propre, d'un tempérament bien à eux, alors leur sort t'implique… » Dès ses débuts à la réserve, il avait suivi par exemple un mâle d'une quinzaine d'années, qui hivernait en Casamance, mais qui avait choisi de remonter vers le nord plus tôt que la plupart de ses congénères. Il l'avait vu qui progressait, jour après jour, petit point blanc battant des ailes. Et lorsque non loin du détroit de Gibraltar, le signal avait cessé d'émettre, car la balise s'était perdue ou car le fou était mort, Quentin avait senti les larmes lui monter aux yeux en se rendant compte que l'histoire s'arrêterait là, dans ce silence abrupt.

La nuit venue, ils ont eu froid, et se sont blottis l'un contre l'autre sur les tapis de sol, vêtus de leurs gros pulls. Maya a glissé ses mains gelées dans le bas du dos de Quentin, et a senti ses doigts à lui se poser sur ses hanches. D'un murmure plein d'autorité, elle l'a prévenu qu'il ne la déshabillerait pas. Les doigts ont respecté la lettre de la consigne mais se sont mis à la caresser, tandis qu'une voix intarissable lui parlait à l'oreille, alternant les phrases crues avec les mots doux, répétant qu'il avait de la chance d'avoir rencontré une femme aussi exceptionnelle.

Dans le vent mugissant qui les assiégeait de nouveau, Maya contre-attaquait, répliquait, relançait, sans censurer les phrases qui lui sortaient de la bouche. Les doigts de Quentin l'ont affolée en se contentant de passer et de repasser à l'entrée de son sexe, jusqu'à ce qu'elle soit vaincue par le frisson d'un orgasme comme elle en avait peu connu. Quentin venait de jouir aussi. Sans avoir la force de rajuster leurs habits, ils se sont couchés sur le dos, à la manière de gisants, le béton glacial coulant entre eux comme la lame d'une épée, et se sont endormis d'un sommeil de pierre.

Le lundi après-midi, alors que Maya ne l'attendait pas si tôt, la voiture de Quentin s'est garée dans l'allée. Dès qu'il a passé le seuil, elle a vu qu'il avait le visage dévasté. Il est allé à la cuisine se servir un verre d'eau qu'il a vidé d'une traite. Maya s'est approchée, inquiète. « Qu'est-ce qu'il y a, mon amour ? » Il a relevé la tête. Un réseau de veinules éclatées lui enflammait le regard. « Je me suis embrouillé avec Étienne. Il cache son jeu, mais en réalité, c'est un connard, ce mec. » Maya, incrédule, a haussé les sourcils : « Embrouillé, mais pourquoi ? Qu'est-ce que… » Quentin a expliqué que c'était à cause de leur nuit à Rouzic : « Tu sais ce qu'il a fait ? Il m'a viré, tout simplement. Je ne fais plus partie de l'équipe de la réserve. » Il a tapé du poing sur le chambranle de la porte-fenêtre et est sorti dans le jardin, tandis qu'elle restait bouche bée.

Tout de suite elle a compris que c'était une catastrophe. Elle l'a suivi, lui a suggéré de s'asseoir sur la terrasse pour tout lui raconter. Trop ébranlé pour se poser, il a été chercher un arrosoir et s'est lancé dans une série d'allers-retours, puisant dans son tonneau de pluie, puis se hâtant vers ses fleurs ou vers la serre sous laquelle il faisait pousser des tomates et des fraises. Et alors que Maya lui emboîtait le pas, et que l'eau coulant à grands jets assombrissait la terre desséchée, il a vidé son cœur, en se perdant dans des redites et des détails, au point qu'elle a eu beaucoup de mal à se faire une vision précise de ce qui s'était passé.

Apparemment, Loïc Guidal avait remarqué que les fous se comportaient de façon étrange sur les images de la colonie filmées durant le week-end, et en reprenant les bandes avec Étienne, ils s'étaient rendu compte que deux personnes avaient passé la nuit dans la cabane.

Quand ils ont identifié Quentin, Étienne l'a immédiatement fait venir pour lui demander des comptes, d'un ton très agressif. Quentin bien sûr a invoqué le coup de vent et leur crainte de ne pas réussir à regagner la côte, mais l'excuse n'a pas suffi. « Si c'était ça, a rétorqué Étienne, tu aurais dû appeler les secours. » Quentin s'est défendu : il y avait pensé, mais n'avait pas voulu les faire intervenir pour rien, alors qu'ils ne se trouvaient qu'à cinq minutes de l'île. Le problème d'après Étienne, c'était aussi qu'avoir tenté d'aborder à Rouzic avec cette hauteur de houle relevait du grand n'importe quoi, et qu'ils avaient eu beaucoup de chance de ne pas se planter. Entendant cela, Maya n'a pas pu s'empêcher de penser que c'était le sentiment qu'elle avait eu. Elle a voulu intervenir, mais Quentin ne semblait plus la voir. Étienne ensuite avait tenu de grands discours, lui rappelant combien ils bossaient dur pour restreindre leur temps de présence sur l'île et perturber le moins possible la colonie. Il était clair selon lui que Quentin se savait en infraction : sinon, il serait venu leur raconter tout de suite ce qui leur était arrivé. Au lieu de quoi il s'était tu, espérant que leur excursion passerait sous les radars. Mais qu'est-ce qui se serait produit, si ce n'étaient pas lui et Loïc qui les avaient grillés, mais l'un de ces plaisanciers ou de ces pêcheurs qui s'opposaient au projet d'extension ? De quoi auraient-ils l'air, si la rumeur se mettait à courir que l'interdiction de débarquement sur l'île ne valait pas pour l'équipe de la réserve, dès lors que l'un d'eux avait envie de crâner en y baladant sa copine ?

Alors qu'il continuait comme cela, avec un débit de plus en plus frénétique, Maya a monté le ton pour réussir à le couper : « Je comprends plus, là. Si tu savais que ce serait jugé grave, pourquoi t'as voulu qu'on y aille ? » Quentin l'a regardée de bas en haut, comme si elle avait perdu son bon sens. « Vous êtes ligués contre moi, ou quoi ? On n'a rien fait de mal, putain ! On s'est juste mis à l'abri ! » Posant son arrosoir, il a palpé ses poches à la recherche de ses cigarettes, s'en est allumé une, puis s'est lancé sans reprendre son souffle dans une diatribe contre la LPO, qui n'avait plus rien de militant, qui n'était qu'un ramassis de petits employés obsédés par les règles. Maya a élargi les bras et s'est mise à crier. Qu'il arrête son délire, là. Il valait mieux chercher une solution. Elle était en partie responsable de leur infraction, elle pourrait demander rendez-vous à Étienne et lui dire que c'était elle qui avait paniqué et avait insisté pour qu'ils retournent vers l'île. Quentin a secoué la tête, tristement. Cela ne servirait à rien. « Je supporte plus de me faire engueuler. Je t'ai pas dit, mais... J'ai mal réagi tout à l'heure... Il y a des mots qui ont dépassé ma pensée. » Une main sur son épaule, Maya a soutenu qu'Étienne l'aimait beaucoup, et qu'il pouvait encore présenter des excuses et lui demander une seconde chance. Quentin s'est assis à la table et a plongé sa tête dans le creux de ses paumes. « Non. C'est allé trop loin... Je me suis sabordé, c'est tout. »

Ce soir-là, comme il ne voulait ni revenir sur le sujet, ni parler d'autre chose, ils ont avalé leur dîner dans un silence pénible. Maya n'arrivait pas à croiser le regard de Quentin, qui lui faisait presque peur. Chaque fois qu'elle a tenté un geste tendre, elle s'est fait rembarrer, et lorsqu'elle a sorti une couette de l'armoire pour s'endormir sur la banquette du bureau plutôt que dans la chambre, il n'a pas jugé bon de venir la dissuader.

Son train pour Roscoff partait le lendemain, Bruno l'y attendait depuis cinq jours. Elle s'est demandé s'il valait mieux décaler le billet, mais quand Quentin lui a sorti, dès le petit déjeuner, qu'elle devait être contente de déguerpir, de retrouver sa vie normale et son vrai mec, elle a compris qu'il n'était pas question qu'elle reste ne serait-ce qu'une journée de plus.

Dans le hall de la gare, il a pleuré en murmurant qu'il était désolé d'être ce qu'il était, autrement dit un homme pas assez bien pour elle. Elle lui a opposé des démentis trop hésitants pour qu'il y croie : « Je sais quand je dis la vérité, Maya. » Malgré tout, elle lui a répété qu'elle ne serait pas loin s'il avait besoin d'elle, et qu'elle repasserait le voir en août, quand la situation se serait apaisée. « Ça va aller… Essaye de réparer les choses », lui a-t-elle lancé depuis le marchepied.

Plus tard, repensant à leurs adieux, elle s'est demandé si elle lui avait dit *je t'aime*, et en creusant le souvenir, elle a conclu que non, qu'elle n'en avait pas eu envie, qu'elle avait trop de rancœur de le voir tout gâcher pour que ces mots-là se frayent un chemin sincère – et elle a eu, alors, tout le temps de regretter de ne pas l'avoir fait, parce que cela aussi, c'était la vérité.

10. AU PAYS DES MERVEILLES

Du bleu saphir : c'était la couleur que Bruno avait choisie pour les volets que l'artisan sollicité de longue date était venu poser la veille. Il était content de l'effet qu'ils produisaient sur les façades de la vieille maison, et surtout que le chantier s'achève. Son grand-père était né dans cette bâtisse de pierre située en retrait du Vieux Port de Roscoff, juste derrière le phare. Ses parents y avaient passé leur retraite après une carrière à Paris. Lorsqu'ils étaient morts, à quelques mois d'écart, la brouille avec sa sœur avait fait de la succession un calvaire. Puis s'étaient enchaînées deux années de travaux, façades, toiture, durant lesquels il avait constaté qu'il avait fait un choix vraiment déraisonnable : entre l'humidité qui forçait à repeindre sans arrêt les huisseries, les escaliers étroits et l'impossibilité d'aménager une salle de bains dans les étages, ce n'était pas une maison adaptée pour vieillir. Maintenant qu'il avait mis ce chantier derrière lui, il se réjouissait néanmoins d'y accueillir Maya, qui n'était jusqu'alors venue qu'en coup de vent, pour un premier séjour dans leur nouveau chez-eux.

Quoiqu'elle l'ait incité à ne pas se donner cette peine, il est allé la chercher à la gare de Morlaix, afin de lui éviter de prendre un car après avoir déjà changé à Plouaret. Cela le rendait barge, cette misère des petites lignes, qu'on mette trois heures à faire en transports en commun un trajet qui prenait à peine plus d'une heure en voiture. Dès l'aube il s'était réveillé, impatient et inquiet. À part au cours de leurs campagnes en mer, il ne s'était jamais trouvé aussi longtemps séparé d'elle. Dans un cauchemar où il avait vécu, réplique après réplique, une dangereuse conversation, il s'était imaginé qu'elle ne le rejoignait que pour lui annoncer que c'était fini entre eux. Heureusement, à la gare, elle a marché vers lui avec ce grand sourire qui lui donnait un air de gentille carnivore. Une fois à Roscoff, il lui a montré les nouveaux aménagements, et notamment, au rez-de-chaussée, la bibliothèque sur mesure dans un casier de laquelle il avait placé les méduses de Haeckel.

Au soir, la regardant filer sous la douche, il s'est dit qu'elle avait pris un peu de ventre et de cuisses. Par le passé, les antidépresseurs avaient eu sur elle cet effet. Qu'est-ce qui avait pu la pousser à recommencer un traitement ? Lors de sa dépression, elle en prenait à fortes doses, et il se souvenait qu'il avait l'impression de sentir leur goût lorsqu'il lui tétait les mamelons. Il a attendu de voir si elle avait envie de faire l'amour, mais elle s'est mise au lit et a éteint tout de suite. Pas une surprise, en soi : les retrouvailles étaient un moment délicat, il fallait le temps de se réhabituer à la manière d'être de l'autre et surtout à son corps. Ce qui l'étonnait plus, c'était l'impression que Maya était soulagée d'être là, avec lui, et qu'un poids dont elle ne disait rien lui était tombé des épaules.

Faute de trouver le sommeil, il a ouvert la fenêtre et écouté le ressac. Lorsqu'ils ont commencé à sortir ensemble, Bruno était directeur de recherches depuis quatre ans et Maya entamait un premier postdoctorat. Il avait eu de vraies réticences quant à leur différence d'âge et à cette lourde asymétrie. Sortir avec une jeunette ne cadrait pas avec l'image qu'il voulait avoir de lui-même, d'autant qu'il avait vu beaucoup de collègues abuser de leur pouvoir pour séduire ou pour s'imposer : chaque fois que les choses dégénéraient, c'étaient les carrières des jeunes scientifiques qui se trouvaient compromises, dans un domaine où elles étaient déjà minoritaires.

Au moment où Maya a intégré le laboratoire, la fusion entre une équipe de biogéochimistes et une équipe de physiciens, imposée d'en haut et par mesure d'économies, faisait encore grincer des dents. Bruno a eu aussitôt l'intuition que la présence de Maya participerait à l'apaisement. Il n'avait jamais connu de jeune collègue qui ose poser autant de questions, interroger chacun sur sa spécialité et avouer ses ignorances avec un rire libérateur. Plus tard, il a compris que c'était sa manière de négocier avec ses complexes, et de rappeler aussi aux plus bourgeois d'entre eux à quel point son parcours était une exception, qui ne devait pas servir d'alibi pour épargner au système toute remise en cause.

Entre eux, le rapprochement s'est fait par degrés si imperceptibles que même les collègues les plus avides de ragots ont eu du mal à s'en apercevoir. Ils ont passé chaque mois un peu plus de temps ensemble, leurs bras se frôlant dans le couloir et leurs doigts se cherchant aux tables des cafés. Bruno sentait que si quelque chose se produisait, Maya ne serait pas une amante de plus, mais marquerait dans sa vie un changement décisif. Aussi acceptait-il cette lenteur étrange : ne rien précipiter, surtout ne rien gâcher. Jusqu'à ce qu'un soir, place de la Bastille, ce soit elle qui se dresse sur la pointe des pieds pour atteindre ses lèvres, dans un mouvement qu'elle n'avait pas cessé de revendiquer depuis : « C'est moi qui t'ai chopé, Sibir. Sans moi t'aurais jamais osé. »

Les jours suivant l'arrivée de Maya, ils ont créé des habitudes. Plutôt que de crouler de boulot en septembre, ils se sont mis d'accord pour travailler chaque matin de semaine. Bruno s'installait dans la bibliothèque, et Maya au deuxième, dans la seule pièce dont les fenêtres avaient vue sur la mer.

Lui se consacrait à un projet que son équipe avait baptisé Rebuilding Marine Life. Longtemps, il avait assumé d'être le porteur de mauvaises nouvelles, celui qui plombait l'ambiance des tables rondes en répétant qu'un tiers des habitats marins étaient déjà détruits, ou qu'on tuait chaque année au bas mot mille milliards de poissons sauvages et d'élevage. Depuis quelques années, il avait résolu de passer au moins autant de temps à avancer des solutions. L'océan était le meilleur allié pour surmonter la crise écologique, à condition de relâcher les pressions qu'on lui faisait subir. Dans l'équipe qu'il avait montée, certains planchaient sur la renaissance des mangroves, capables de protéger les littoraux des raz-de-marée et des inondations, d'autres sur la résilience parfois inattendue des récifs coralliens, d'autres pour identifier des zones où le tourisme pourrait rapporter dix fois plus que la pêche. Chaque fois qu'il présentait le projet, Bruno se projetait à l'horizon de 2050, en pensant qu'il ne serait plus là pour voir si le dérèglement n'aurait fait qu'empirer ou si les efforts de transition auraient permis de l'atténuer. « C'est triste, avait-il lancé à Maya, mais en matière d'écologie, on meurt presque toujours au milieu du combat. »

De son côté, Maya a adopté son bureau sous les combles et tout de suite senti qu'elle y travaillerait bien mieux que chez Quentin. Beaucoup de silence, pas trop de solitude : pile l'équilibre auquel elle aspirait. Pendant que le déjeuner cuisait, elle jetait un œil à la presse. Des feux d'une ampleur inédite ravageaient l'Amazonie et les forêts de Sibérie. Une deuxième canicule frappait la majeure partie de la France, et le jour où la température a atteint 42 ° à Paris, un record absolu, elle s'est dit qu'elle n'aurait jamais pu bosser dans de pareilles conditions, ni au labo ni chez Bruno, sans parler de la rue Rossini : ce littoral balayé de brise marine était le refuge dont, les années passant, on aurait de plus en plus besoin.

Après le déjeuner, ils montaient faire une sieste et faisaient parfois l'amour, sans le risque que d'un instant à l'autre cela vire à l'orage. Elle aimait l'infinie douceur des gestes de Bruno, son art de prendre son temps. Puis ils sortaient se promener à l'ouest du Vieux Port, car le jardin de la maison Sibir, depuis toujours, c'était l'estran. Encore plus grandiose qu'à Locquémeau, la marée basse changeait le paysage du tout au tout. L'eau descendait si loin que Maya avait l'impression qu'elle aurait pu gagner à pied l'île de Batz, dont la silhouette presque sans relief n'était rehaussée que par les trois pointes de son phare, de son clocher et de son sémaphore.

Munis de seaux, de bêches et d'épuisettes, ils marchaient en bottes ou pieds nus sur le feutrage mou du sable, le plus souvent jusqu'aux viviers de la Station biologique, qui avait joué dans la vocation de Bruno un rôle déterminant. Avec ses hauts bâtiments de pierre percés de larges fenêtres, son jardin botanique planté de palmiers et de figuiers, et son aquarium abritant un élevage d'organismes marins, c'était l'un des plus vieux établissements de ce genre au monde. Lorsque son fondateur, Henri de Lacaze-Duthiers, était venu travailler à Roscoff, l'été 1868, il avait été frappé par l'extraordinaire richesse qu'y offrait la zone de balancement des marées. L'eau n'était pas très froide en hiver, ce qui permettait à des espèces méditerranéennes de résister, et restait très fraîche en été, ce qui en faisait un habitat possible pour des espèces plus septentrionales. Les organismes qui préféraient les milieux abrités prospéraient entre le littoral et Batz, ceux qui s'accommodaient de la violence des courants trouvaient de quoi faire sur la côte nord de l'île. Enfin, la marée basse tombait souvent à l'heure du déjeuner, ce qui permettait à Lacaze-Duthiers de profiter de la lumière du jour pour étudier ses spécimens, dans ce qui avait d'abord été un laboratoire de fortune.

Lors de ces promenades, Maya était fascinée par l'érudition joueuse dont Bruno faisait preuve. Venant depuis l'enfance, il lui montrait les algues qu'on pouvait cuisiner, celles dont on extrayait des gélifiants pour les flans et yaourts, ou celles qui n'avaient investi la côte que récemment, comme les sargasses poussant en dessous de l'estacade depuis laquelle on embarquait pour Batz. Même s'il se consacrait désormais à la recherche, Bruno avait souvent emmené des étudiants en stage à la Station. « Les enseignements de biologie qui ne commencent pas dans la nature, aimait-il dire, sont le début d'un malentendu. »

Sous chaque caillou, on trouvait facilement une vingtaine d'espèces visibles rien qu'à l'œil nu : des petits poissons de roche comme les gobies et les blennies, des larves de poissons et de crustacés en pagaille. À sa manière, l'estran était un milieu aussi extrême que le désert et la banquise, puisque les organismes marins devaient y survivre sans eau de longues heures. Avec leurs airs de volcans miniatures, les balanes tapissant les cailloux se déplaçaient, par exemple, pour brouter des algues en pleine eau, mais devaient revenir à leur ancrage dès que le reflux commençait, car leur coquille n'était étanche qu'à l'endroit précis de la roche auquel ils s'étaient accrochés. À marée haute, ces crustacés respiraient par leurs branchies, à marée basse par leur trachée – et chaque espèce avait dû développer de la sorte une faculté d'adaptation souvent extraordinaire. Maya et Bruno prenaient le temps d'observer ces merveilles, puis les remettaient en liberté et replaçaient chaque pierre avec soin, histoire de ne pas tuer tout le monde.

Chaque jour Maya se sentait moins fatiguée et plus sereine. Tu vois, se disait-elle : le terrain t'a manqué. Aussi, quand son amie Viviane Laubier, qui travaillait à la Station biologique, lui a proposé de l'accompagner pour un prélèvement de phytoplancton au large, elle a dit oui sans hésiter.

L'équipe s'est retrouvée un matin au Bloscon, le port en eau profonde que la ville avait construit pour ne plus dépendre des marées. La capitaine a invité Maya à la rejoindre dans la passerelle. À la sortie du port, elle préférait garder l'œil sur les cartes : « Entre Roscoff et Batz, comme diraient les anciens, les fonds sont mal pavés. » Beaucoup de rochers en effet ne se révélaient qu'à marée basse, et les flots étaient hérissés de tourelles, de bouées-fuseaux et d'espars signalant leur présence ou indiquant la route à suivre pour ne pas talonner.

Viviane Laubier était une femme dans sa cinquantaine, avec des yeux très doux sous des paupières tombantes, et une chevelure grise abondante. Maya et elle se voyaient moins, ces dernières années, mais elles avaient vécu ensemble un grand succès qui les avait soudées. En 2007, Maya avait échoué à entrer au CNRS, car elle n'était pas aussi en vue que ses concurrents directs. Alors qu'elle traversait un gros passage à vide, se demandant s'il ne valait pas mieux qu'elle abandonne la recherche, Bruno l'avait poussée à faire un deuxième postdoc, qui l'avait amenée à collaborer avec les équipes de Roscoff. Elle aussi spécialiste des coccolithophores, Viviane l'avait enrôlée dans le programme qu'elle menait sur *Emiliania huxleyi* – et c'est ainsi que Maya avait fait sa découverte majeure.

L'affaire, évidemment, était un peu technique. Lorsque Maya revenait dessus dans des interventions auprès du grand public, elle expliquait qu'*Emiliania*, comme beaucoup de microalgues, pouvait se reproduire de deux manières distinctes. Quand sa cellule était dotée de deux jeux de chromosomes, elle s'autoreproduisait, et formait les blooms gigantesques qui lui valaient une part de sa notoriété. Mais l'algue connaissait aussi une phase lors de laquelle elle n'était porteuse que d'un seul jeu de chromosomes, à l'instar des gamètes humains, et en passait par la sexualité pour avoir une progéniture. *Emiliania* présentait en ce cas une morphologie très différente : elle n'était plus couverte d'écailles de calcite, mais pourvue d'un flagelle la rendant plus mobile.

L'étude de Viviane et Maya portait sur le rapport d'*Emiliania* à l'un de ses pathogènes, un groupe de grands virus qui s'accrochaient à l'algue jusqu'à l'éliminer. En infectant le coccolithophore avec ce virus au sein de leurs labos, elles s'étaient rendu compte qu'*Emiliania* y réagissait de façon très divergente selon la phase dans laquelle elle se trouvait. Lorsqu'elle était asexuée, elle mourait rapidement. Au contraire, lorsqu'elle ne portait pas ses écailles, le virus peinait à s'y accrocher, comme s'il ne la voyait pas. Interloquées, elles ont fini par émettre l'hypothèse que c'était le risque de l'infection virale qui déclenchait chez l'algue la reproduction sexuée. Cette phase procurait à *Emiliania* un répit pour se soustraire à la pression de son pathogène : se rendant compte qu'elle ne pouvait pas lutter, elle préférait muer pour augmenter les chances de lui échapper.

Un jour, Maya et Viviane ont discuté de la meilleure manière de présenter ces résultats au Loir dans la théière, un salon du Marais dont le nom adressait un clin d'œil à Lewis Carroll. Alors qu'elles discutaient des aventures d'Alice, Maya a été frappée d'une idée qui a produit dans son esprit un effet Eurêka. Les biologistes disaient que les hôtes et les pathogènes obéissaient au paradoxe de la Reine rouge : attrapant Alice par la main, la reine l'entraînait dans une course effrénée, au terme de quoi elles se retrouvaient sous le même arbre qu'avant. Et lorsque Alice s'en étonnait, la reine lui expliquait que dans son pays, on ne courait pas pour arriver ailleurs, mais pour rester où on était. De la même façon, hôtes et pathogènes se coursaient en permanence : les pathogènes développaient de nouvelles ruses pour infecter les hôtes, les hôtes mettaient au point des ressources immunitaires pour leur résister, si bien que leur coévolution était un marathon sans fin, qui ne faisait que maintenir le rapport de forces en place.

« *Emiliania* fait le contraire ! » s'est exclamée Maya en renversant sa tasse. « Elle ne joue pas la surenchère. Elle se comporte plutôt comme le chat du Cheshire. » Maya avait toujours aimé ce personnage qui donnait le tournis à Alice en ne cessant de disparaître, effaçant sa queue puis son corps tout en laissant persister le croissant de lune de son sourire. Ce talent pour la disparition lui était bien utile : quand la Reine de cœur, furieuse de son insolence, ordonnait qu'on lui tranche la tête, il échappait à la sentence en se volatilisant. La tactique adoptée par *Emiliania* s'apparentait à cela : lorsque les virus étaient peu nombreux à roder, l'algue flottait dans la majesté de son armure d'écailles ; mais dès qu'ils attaquaient en masse, elle se faisait imperceptible, pour mieux tromper la mort.

Paru à l'automne 2008, l'article avait fait beaucoup de bruit. Les journalistes s'étaient montrés séduits par l'idée qu'une guerre qui se livrait depuis des millions d'années dans l'océan avait contribué à l'invention de la sexualité. Et au printemps suivant, Maya, projetée sous les feux de la rampe par les jeux de cache-cache de son algue invisible, avait enfin arrêté de courir et de faire du surplace en décrochant le Graal que représentait un poste au Centre national de la recherche scientifique.

Au point de prélèvement, la capitaine a mis à l'arrêt le moteur. Les marins ont descendu la bouteille échantillonneur au bout d'un filin en métal, l'ont laissée capter l'eau à la profondeur visée, puis en ont fermé les clapets et l'ont fait remonter. Aidée d'une stagiaire au visage poupin, qui rappelait à Maya l'étudiante qu'elle avait été, Viviane a rempli plusieurs flacons avec cette bouteille, puis y a instillé une goutte de fixateur afin de stopper le métabolisme des organismes prélevés. « Je fixe à bord, a expliqué Viviane à sa stagiaire, sinon les copépodes massacrent le phytoplancton pendant qu'on revient au labo. »

De retour au port, Maya a suivi sa collègue dans ses bureaux. Viviane avait préparé d'avance le matériel d'analyse, car les sorties en mer avaient tendance à la casser : « Je préfère ne pas surestimer les forces qu'il me reste à la débarque, sinon je fais toujours des erreurs de manip. » Elles ont filtré l'eau de certains flacons pour que les machines séquencent l'ADN qu'ils recelaient. Après avoir laissé le plancton d'autres échantillons se déposer dans des chambres de sédimentation, elles les ont étudiés au microscope afin de dresser des listes d'abondance des espèces du milieu.

À cette époque de l'année, les diatomées prédominaient. « Elles aiment les milieux brassés, a dit Viviane, donc la Manche en juillet, ça leur convient très bien. » On repérait aussi des dinoflagellés, mais moins nombreux, puisque leur préférence allait aux eaux plus stratifiées de la Méditerranée. Compulsant le volume ouvert sur un lutrin, Maya a montré à la stagiaire de Viviane qu'il fallait souvent, pour identifier les espèces, s'attacher à d'infimes détails : l'orientation des soies qui en faisaient d'excellentes flotteuses, ou la forme de leurs chloroplastes. Elle adorait se perdre dans la poésie de leurs noms : les *Odontella* et leurs ventres d'oreillers rebondis ; l'*Helicotheca tamesis*, qui s'enroulait en une jolie spirale ; ou les *Ceratium*, dotés de flagelles en forme d'ancres au bout desquels ils faisaient pousser des doigts dès le lever du jour, avant qu'au soir ces doigts se rétractent et qu'ils retombent vers de plus grandes profondeurs. « En septembre, a poursuivi Viviane, il y aura plus d'espèces, mais moins de biomasse au total. Quant à l'hiver... Les algues c'est comme les touristes, t'en trouveras pas beaucoup qui osent se mettre à l'eau... »

Au bout d'une heure, Maya a fait redéfiler leurs captures d'écran. « Je continue de trouver ça dingue, a-t-elle conclu dans un élan de joie : cet univers dans une goutte d'eau. »

Un soir, Bruno et Maya ont fait le tour de la presqu'île de Perharidy, le meilleur coin de Roscoff pour admirer le coucher du soleil. Le littoral y était frangé de cyprès magnifiques, et elle a regretté d'apprendre que beaucoup avaient été plantés de façon hasardeuse, et que bientôt on les couperait pour éviter que les tempêtes ne les arrachent. Le lieu rappelait la pointe du Dourven à Locquémeau, et elle en a envoyé des photos sur le mail de Quentin. Depuis quelques jours, il lui répondait avec un laconisme inhabituel. Chaque fois qu'elle était sortie marcher sur le port pour le joindre, la ligne avait sonné dans le vide, et elle commençait à juger cela inquiétant.

Le sable était tiède sous ses pieds, et l'air, sur ses bras nus, soyeux comme une caresse. Bruno lui a soufflé qu'il la trouvait très belle dans cette robe cobalt dont les bretelles se croisaient dans le dos. Elle s'est dit que c'était le moment de lui parler de son désir d'enfant. Je compte jusqu'à dix, s'est-elle encouragée, et à dix je me lance. Mais elle ne l'a pas fait. Leur conversation a tourné sur de tout autres sujets, et Maya s'est sentie de plus en plus angoissée.

Rien de grave, en apparence : juste un refus d'obstacle. Pourtant, la nuit qui a suivi, l'idée s'est incrustée que la franchise qu'ils revendiquaient n'était que de pacotille, et un spleen insidieux lui a inondé le cerveau. Malgré l'été, malgré la mer, sa situation était catastrophique. Elle se sentait mieux faite pour vivre avec Bruno, mais ce n'était pas son visage qu'elle aimait le plus regarder, ce n'était pas avec lui qu'elle faisait le mieux l'amour. Elle riait plus avec Quentin, elle adorait qu'il soit fantasque, qu'il lui fasse sentir qu'il l'avait élue, mais elle se comportait de façon plus spontanée aux côtés de Bruno. Lâcher la bride à son angoisse en face de Quentin ne faisait que renforcer les siennes. Parler de son métier ou de ses ambitions, c'était risquer de raviver ses complexes. Bruno était plus patient face à l'adversité, il ne voyait pas d'ennemis partout et ne se mettait pas les gens à dos pour rien. Pour élever un enfant, il ferait un père plus fiable, c'est à lui qu'elle devait en parler. Mais s'il avait le mauvais goût de mourir ? Si elle se retrouvait seule ?

La vie était mal faite. Au fond, c'était pour cela qu'elle avait renoncé à l'exclusivité, pour rendre justice à l'existence d'hommes si dissemblables, dont le caractère correspondait à ses différentes facettes. Le choix aurait été plus simple pourtant si elle avait eu la chance de rencontrer un homme proche de son âge, quelqu'un de passionné, mais que ses enthousiasmes n'empêchent pas d'avoir la tête sur les épaules.

Alors que l'été lui filait entre les doigts comme une poignée de sable, elle se sentait décidément plus perdue que jamais.

11. DES IMAGES D'HÉCATOMBE

Il escaladait les façades, enchaînait les tractions pour se hisser au sommet des clochers de Florence, depuis lesquels se découvrait une vue stupéfiante sur la coupole du Duomo. Il complotait avec les Médicis et avec Machiavel, se cachait dans les plis des tentures pour frapper les tyrans, puis s'enfuyait sur les toits de briques, semant les gardes à sa poursuite, et c'était bien plus exaltant que de n'être que lui-même, dans son village que l'été écrasait.

Ouvrant l'œil alors que le soleil était haut dans le ciel, Quentin sentait la réalité le rattraper, son amante partie, son licenciement confirmé, et pour ne pas se faire submerger, il jouait quatre heures d'affilée à ce vieux Assassin's Creed ressorti d'un placard. Après quoi il chauffait une conserve qu'il mangeait à même la casserole, fumait un joint pour digérer, puis remettait ça trois heures de plus, jusqu'à ce que le soir tombe. Au terme d'une journée aussi bien occupée, il pouvait se pardonner en se disant qu'il était normal qu'il accuse le coup, ou s'en vouloir au point que lorsqu'il s'endormait, l'aube pointait déjà, et que demain était foutu avant même d'avoir commencé.

Après quelques jours à ce régime, il a voulu se raccrocher aux nouvelles qu'il attendait de Clément et Noémie. Sur les sites qui suivaient le trafic maritime, il a géolocalisé la flotte de Néréos :

la plupart de leurs chalutiers pêchaient à l'ouest de l'Irlande et autour des Shetlands, tandis que *L'Endurance*, lui, bornait au nord du golfe de Gascogne. Il a envoyé à Clément un simple *Comment ça va ?*, et au bout de quelques heures la réponse est tombée : le moral était mauvais, Clément venait d'apprendre qu'on diagnostiquait à son père un cancer des poumons. Il ne pouvait même pas le réconforter, puisqu'ils ne revenaient à Lorient que dans deux jours, et qu'il devrait enchaîner avec une nouvelle marée sitôt que les cales seraient vides. Allongé sur son canapé, Quentin a épousseté la cendre qui tombait sur son jean et s'est demandé quoi répondre. Il éprouvait de la peine pour son ami, mais ce qui le préoccupait le plus, c'était de savoir si Clément avait pu filmer de quoi faire du tort à Néréos. Il n'a pas osé le relancer là-dessus, et c'est Clément qui y est venu de lui-même, dans un dernier message : *Pour le reste t'inquiète, ça suit son cours.*

L'après-midi, la mère de Quentin a sonné à la porte. Comme il ne répondait pas à ses appels, elle devait s'inquiéter. Depuis l'étage, masqué par les rideaux, il a vu qu'elle lui apportait un panier de légumes. Il n'avait pas annoncé à ses parents qu'il avait été licencié. Appréhendant sa réaction, il a préféré faire le mort et a regardé Gaëlle s'asseoir dans le jardin, s'attardant au cas où il serait seulement parti faire un tour. Il n'avait pas besoin de nourriture, en fait. Il avait besoin que sa mère arrête de se sacrifier et de souffrir en silence.

Plus tard, un peu de volonté est revenue, et renouant avec sa routine, il est descendu nager à Kirio. Lorsqu'il est sorti de l'eau, Lucile Varenne, la femme de Jérémie, était installée sur la plage avec leur fils de quatre ans. Il a fait l'effort de ne pas fuir et ils ont bavardé. Quentin ne l'avait jamais entendue se plaindre d'avoir un compagnon pêcheur et lui a demandé comment ils s'en sortaient. Lucile a soupiré : « Je voudrais que

Jérémie s'autorise à prendre des vacances. On bouge quasiment plus. » Avec les galères que son père avait traversées, Quentin connaissait le problème. « Il faut se dire qu'on vit là où les autres viennent en vacances », a-t-il répondu sans se convaincre lui-même. Pendant que Lucile profitait de sa présence pour piquer une tête, Quentin a aidé le petit Côme à construire un château, rehaussant les murailles avec le sable extrait des douves. Il s'est revu, gamin, sur cette plage, à une époque où il pensait que la vie serait facile. « Je suis triste, a-t-il fini par confier au petit, parce que j'aime me détruire. » L'enfant n'a pas relevé : absorbé par le jeu, il ne l'écoutait pas.

Le soir, il a tenté d'écrire. Son inventaire des vies marines n'avancerait pas tout seul. Il a repris son esquisse sur les talitres sauteurs, ces minuscules crustacés qui jouent les éboueurs des plages en festoyant dans la laisse de mer, et il s'est souvenu du temps qu'il consacrait tour à tour à les déterrer et à les ensevelir : *la main de géant creuse le sable – où tu t'enfouis – démolis sans le voir – le labyrinthe de tes galeries – tu es à découvert – et deux doigts te saisissent – pouce et index – à la moindre pression la carapace cédera – sauve-toi, alors – au moindre répit – échappe d'un bond à l'enfant – assassin en devenir.*

En se relisant, il s'est demandé s'il ne fallait pas trouver le moyen de casser le mouvement trop régulier de ces vers. Pourtant, il se méfiait aussi de la coquetterie des textes trop hachés, où le rythme l'emportait sur tout. Dans la foulée, il s'est reconfronté au texte qu'il avait ébauché sur sa rencontre avec les phoques. Les sensations s'en étaient estompées, il aurait fallu qu'il les revoie. Globalement, il n'était pas très satisfait. La vie qui habitait les mots couchés sur le papier était insuffisante. Il lui aurait fallu trouver une sorte de souffle animal, écrire avec la fluidité qu'avaient les fous dans l'air et les phoques dans l'eau.

Le lendemain, c'est Jérémie qui a remonté l'allée et toqué à la porte. Comme Quentin aurait dû s'y attendre, Lucile avait prévenu son compagnon qu'il n'avait pas l'air bien. Ouvrant d'autorité le frigo, Jérémie a tiqué de le trouver si vide. Il a jeté un œil mauvais sur les bouteilles de bière qui s'alignaient contre les plinthes du salon. « Tu sais que c'est aujourd'hui ? » a-t-il lancé à Quentin, avec un visage presque hostile. Interloqué, Quentin s'est demandé quel rendez-vous ou quelle obligation il avait pu manquer. « Je voulais pas être seul », a repris Jérémie. Pas de l'hostilité, en fait – plutôt de la tristesse. Quentin a fini par comprendre qu'il parlait des dix ans du suicide de Maxime. Il s'est avancé et a serré son ami dans ses bras.

Parfois, Jérémie se demandait à quoi aurait ressemblé la vie de son frère devenu adulte. Est-ce qu'il serait resté habiter dans le coin ? Est-ce qu'il aurait eu des enfants qui auraient joué avec Côme ? Qu'est-ce qu'il aurait pensé de le voir se mettre à la pêche ? « Pour les Jarnoux aussi, ça fait dix ans, a lâché Jérémie après un court silence. Je sais pas où t'en es de ton projet… Ces derniers jours, je t'avoue que je me suis demandé si enfoncer Thomas était la chose à faire. » Quentin a plissé le front : « Mais ça n'a rien à voir… On n'est pas en train de se venger, là. C'est politique. Et on peut dire qu'il l'a cherché. » Ses mots sonnaient plus secs qu'il ne l'aurait voulu, et il a essayé d'adoucir sa voix : « Il est pas con, Thomas. Il sait que les petits pêcheurs vont mal, et il fait tout pourtant pour leur mettre la tête sous l'eau. »

Plus tard ils ont été se recueillir sur la tombe de Maxime. « Fais ça pour moi », lui avait demandé Jérémie. Quentin se doutait que c'était aussi une ruse pour le sortir de sa tanière, mais il ne se voyait pas dire non. Dans le cimetière jouxtant l'église, l'humidité rongeait la stèle. Jérémie avait convaincu ses parents que c'était plus joli ainsi : les lichens et les mousses, Maxime aurait aimé.

Finalement, Noémie l'a prévenu qu'ils avaient réussi. *On a du lourd. Mieux que tout ce dont on aurait pu rêver.* À la débarque, Clément a invoqué la maladie de son père pour ne pas enchaîner sur une deuxième marée, et ils se sont de nouveau retrouvés aux Sept-Saints. Quentin ne s'attendait pas à des images pareilles, et il ne savait même plus s'il devait s'en réjouir ou en être atterré. Tout l'après-midi, ils les ont montées, ont rédigé des commentaires pour qu'elles soient plus parlantes et ont recueilli le témoignage de Clément. Le lendemain, ils sont passés à l'action chacun de leur côté, Noémie depuis Lannion et Quentin aux Eaux vives où il avait convié Dieter et Sonia Anjary. À l'heure du déjeuner, alors que les gens étaient nombreux à faire un tour sur les réseaux, la première vidéo est sortie sur les comptes de Sea Shepherd et du collectif Atlantis.

Dans le sillage de *L'Endurance*, filmé d'en haut, on voyait ce qui semblait d'abord être une grande nappe d'écume, d'un aspect étonnant sur une mer plutôt calme, avant que le drone, en s'approchant, permette de constater qu'il s'agissait en fait d'un immense banc de poissons, flottant à la surface par dizaines de milliers. Tandis que le semi-rigide de Sea Shepherd qui avait pris en chasse le chalutier glissait dans ce flot de cadavres en comparaison de quoi il semblait minuscule, un membre de l'équipe se penchait pour attraper quelques poissons à l'épuisette. Devant la caméra, il constatait que c'étaient des chinchards, aux flancs striés de reflets bleus, mêlés de quelques maquereaux et encornets. La voix de Noémie précisait que ce rejet massif était d'autant plus criminel que la population de chinchards, dans le golfe de Gascogne, peinait à se reproduire. Preuve que les flottes industrielles se moquaient de préserver la ressource : si une espèce s'écroulait, il leur suffisait après tout d'obtenir d'autres quotas, ou de partir pêcher plus loin, dans des zones moins ravagées.

On avait beau être au creux de l'été, la vidéo a vite débordé le milieu maritime : des personnes engagées pour la cause animale, des habitants de la façade atlantique, des militants de tous ordres se sont mis à la republier, jusqu'à ce que les médias régionaux, puis nationaux, leur emboîtent le pas. À Paris et Bruxelles, certains des politiques qui défendaient d'ordinaire bec et ongles les intérêts de la grande pêche se sont sentis tenus de jouer l'indignation. Même si le gros des réactions partait du post de Sea Shepherd ou du relais de Bloom, le trafic sur les comptes d'Atlantis n'avait jamais été aussi massif. Hypnotisé par son écran, Quentin comptait les réactions et regardait qui partageait. Sur sa page Poséidon, certains commentaires se distinguaient par leur aménité. *J'espère quelqu'un va te tomber dessus et te mettre une branlée, petit pédé*, écrivait un monsieur qui aimait ponctuer ses phrases de l'émoji poing fermé. *On va te trouver, le monde il est petit t'inquiète*, le rassérénait un autre avec un clin d'œil amical. Quentin a consulté le profil de ces braves : le premier militait à Brest dans la mouvance identitaire et n'aimait pas l'idée que la marine recrute des gays ; l'autre s'était récemment indigné que le parquet poursuive le pêcheur de Concarneau accusé d'avoir décapité deux phoques. Même si ces réactions continuaient de le meurtrir, Quentin ne s'est pas attardé : il s'est contenté de les montrer à Sonia et Dieter et d'en faire des captures d'écran.

Le surlendemain, Néréos a organisé une conférence de presse à son siège de Lorient. Quentin l'a regardée en direct, curieux de voir comment Thomas Jarnoux allait se dépêtrer de cette marée de pions attaquant ses défenses. Derrière son pupitre, le grand frère d'Inès avait toujours son regard félin. Les épaulettes de sa veste ne suffisaient pas à masquer ce que sa silhouette gardait de fluet. Il aurait dû se laisser pousser la barbe, ou assumer de prendre de l'embonpoint, cela lui aurait donné un air moins juvénile.

Jarnoux comprenait que ces images aient suscité de l'émotion : il était le premier à en être choqué. Encore fallait-il, avant de juger, saisir ce qu'on voyait. « Ce rejet massif, il va de soi que c'est un accident. » Le navire était tombé sur un banc de chinchards exceptionnellement dense, alors que le trait de chalut durait déjà depuis deux heures. Les filets alourdis s'étaient brutalement déchirés, sûrement sur des rochers, et les captures étaient remontées d'un coup. Oh oh ! a tressailli Quentin : donc il plaide l'accident ; il avance ses pions, sans se douter qu'il affaiblit son roque...

Thomas Jarnoux a poursuivi, avec ce ton qui se voulait calme et factuel. Néréos s'était engagé depuis des années dans une démarche visant le zéro prises accidentelles et le zéro rejets. « Sur nos chalutiers pélagiques, nous avons investi dans des sonars qui repèrent des bancs où les espèces non ciblées représentent un pourcentage vraiment minime. Et notre constat, à cette heure, c'est que ces efforts sont payants. » Le problème était plus délicat pour les chalutiers de fond, mais de toute façon, les bateaux débarquaient tout ce qu'ils avaient capturé, et s'il s'agissait d'espèces auxquelles ils n'avaient pas droit, il essayait de faire des échanges de quotas avec les armements qui les ciblaient, pour que le poisson ne soit pas perdu.

Lors des questions, Quentin s'est agacé de voir que les journalistes ne savaient pas ou ne voulaient pas se montrer incisifs. Thomas se saisissait de leurs objections avec habileté, comme si elles recoupaient chaque fois ses inquiétudes personnelles. Encore une fois, il comprenait que la taille des chalutiers que l'industrie armait dorénavant puisse interroger. « Mais ça découle de constats simples : des bateaux modernes, c'est plus de sécurité et de confort pour les hommes, ce qui augmente aussi les chances de recruter des femmes. Ensuite, c'est moins de temps passé en mer pour pêcher les mêmes quotas, donc une vie plus facile pour nos équipages et des économies de carburant considérables. Nous n'avons pas choisi ce modèle au hasard, mais parce qu'il est gagnant à tous niveaux. » En définitive, les activistes qui cherchaient à monter en épingle l'incident misaient sur la méconnaissance que le public avait des métiers de la mer pour pousser leurs idées. Bien sûr, ils seraient toujours plus forts sur les réseaux sociaux. « Communiquer, c'est leur activité première. Nous on ne s'y refuse pas, mais on a d'autres chats à fouetter. Notre mission, ça reste d'abord de contribuer à la souveraineté alimentaire du pays, et puis plus largement de nourrir la planète. »

Sitôt la conférence finie, Quentin a rappelé Noémie pour lui dire qu'ils devaient refermer le piège avant que le sujet refroidisse. Elle était réticente à lui parler au téléphone mais lui a proposé de venir à Lannion. Il s'est mis en route tout de suite, en prenant soin de se garer assez loin de chez elle. Sa petite maison était située sur les rives du Léguer, non loin de la piscine où elle avait été maître-nageuse au cours de ses études.

Serrés devant l'ordinateur, épaule contre épaule, ils ont chargé en ligne le témoignage de Clément. Dans des images d'accroche où il se filmait lui-même, Clément expliquait qu'il travaillait sur *L'Endurance*, qu'il était sur le pont au moment de l'incident, et qu'il était donc bien placé pour savoir que Thomas Jarnoux mentait. Ce qui s'était passé, c'est que les hommes de la passerelle avaient repéré des thons germons, alors que le chalut rempli de chinchards était dans l'eau depuis trois heures. Comme le banc leur aurait échappé s'ils avaient commencé par aspirer les captures du chalut, le capitaine avait sonné le branle-bas de combat : on leur avait demandé d'ouvrir les panneaux d'échappement, puis, comme cela prenait trop de temps, de sectionner une partie des filets pour se mettre à la poursuite de ces prises plus rentables.

« C'est pas juste que c'est illégal. C'est que c'est des manœuvres qui nous condamnent à bourriner, donc qui nous mettent en danger. » En forçant la cadence, ils avaient réussi à les choper, ces thons : Clément les avait filmés au moment où le chalut remontait. Restait à savoir si leur capture avait été inscrite dans le journal de bord du navire, ou si c'était ce soi-disant accident qui y avait été consigné. « Quoi qu'il en soit, on a tué tous ces chinchards pour rien. Je suis chez Néréos depuis neuf mois seulement, mais c'est pas la première fois que je vois ça. J'ai plus envie de cautionner. La pêche, pour moi, c'est une passion. Mais ce que m'ont appris les gens qui m'ont formé, c'est qu'il fallait valoriser la ressource, pas la détruire de cette façon, en ne pensant qu'à l'argent. »

Pianotant sur son téléphone, Noémie a signalé la vidéo à ses contacts journalistes, pendant que Quentin la partageait dans tous les groupes possibles. La réaction en chaîne a repris, avec cette fois des commentaires caustiques, pleins du plaisir de voir un patron se faire tacler par un employé qui connaissait mieux le terrain et était plus crédible que lui. Pour une fois, la force s'exprimait du côté où on ne l'attend pas, et la justice avait un air de fête. Filant à la cuisine, ils ont décapsulé des bières et trinqué haut et fort. Les yeux de Quentin se sont attardés sur les grains de beauté qui émaillaient le cou de Noémie, et dont il connaissait, quelques années avant, l'exacte constellation. Noémie ne s'est pas méprise sur ce regard, elle s'est avancée dans la brèche qu'il ouvrait, et ils se sont retrouvés au lit, enlacés sous les draps, tandis que les notifications pleuvaient sur leurs ordinateurs.

Des coups lourds de colère ont retenti à la porte. Ils s'étaient endormis d'un sommeil de brutes et ont mis du temps à comprendre. À travers les rideaux, ils ont vu qu'une dizaine d'hommes faisait le siège de la maison. Des types baraqués, de trente à cinquante ans. Ils n'en connaissaient aucun. « On sait que t'es là, a dit une voix pleine d'impatience, tu sors maintenant. » Difficile de savoir à qui l'invitation s'adressait. Noémie n'a pas perdu une seconde et a prévenu la police. « Il faut pas qu'on nous voie ensemble, lui a-t-elle soufflé. Ça ferait qu'empirer les choses. » Quentin s'est rhabillé en hâte et a fourré son ordi dans son sac. Passant par la porte qui donnait sur le jardin, il a escaladé la haie et s'est planqué derrière le muret des voisins, en se tenant prêt à intervenir. Au bout de cinq minutes, voyant qu'ils encerclaient sa voiture et que cela les démangeait de la vandaliser, Noémie a ouvert : « Que puis-je pour vous, messieurs ? »

Quand elle est sortie de la maison, ils se sont écartés d'instinct. Étranges à observer, ces dix gaillards qui se sentaient menacés par le cran d'une jeune femme. Sans tout entendre, Quentin a compris que c'étaient des pêcheurs qui en avaient marre que Sea Shepherd tape sur leur métier. Alors qu'il avançait derrière la haie pour rester proche du groupe, son téléphone a vibré. Le nom de Maya s'est affiché, il a raccroché tout de suite pour ne pas attirer l'attention. Mais quelques secondes plus tard, cela vibrait encore : *Mon amour je suis fière de toi. Vous avez fait fort.* Argh ! Vraiment pas le moment. Il a mis le portable sur silencieux pour suivre ce qui se passait. Certains pêcheurs avaient monté le ton, d'autres essayaient de calmer le jeu, dans un bordel de tous les diables. « On est chez moi, ici, a crié Noémie, alors vous reculez ! Tout de suite ! Sinon je porte plainte ! » Surpris par son audace, ils ont battu en retraite vers la rue, sans pour autant partir.

Dix minutes de plus dans cette tension qui laminait les nerfs, puis la camionnette des flics s'est garée devant la maison. Ils ont été quatre à s'interposer entre Noémie et les pêcheurs, demandant aux plus excités de produire leurs papiers. Ça continuait de causer, beaucoup, ça s'expliquait et ça parlementait. Lorsqu'il s'est rendu compte que son amie ne risquait plus rien, Quentin a regagné sa voiture, en opérant un long détour à pied.

Le vendredi suivant, comme le séjour d'Agathe et de son beau-frère s'achevait, il a pris le café chez ses parents. Il s'en voulait de n'avoir pas profité de la présence de sa sœur. C'était comme s'ils n'avaient plus la tête dans le même monde, au point que toute tentative de se raccrocher à leurs souvenirs d'enfance ne pouvait que sonner faux. Prenant son courage à deux mains, il leur a annoncé qu'il avait décidé de quitter la réserve. « On passe moins de temps sur le terrain qu'en paperasse et en réunions, c'est pas un truc pour moi, en fait. » Il s'était montré tellement enthousiaste à sa prise de poste l'automne précédent qu'il était peu probable que ses parents soient dupes. Gaëlle a entrouvert la bouche pour réagir, puis elle s'est ravisée. Son père, quant à lui, était déjà dans un état de fébrilité qu'il ne contenait qu'en s'occupant : après avoir aidé Damien à charger la voiture, il faisait sauter César sur ses genoux, et la nouvelle n'a fait qu'accentuer sa nervosité. Peu désireuse de se porter au secours de son frère, Agathe a simplement changé de sujet et évoqué la suite de leurs vacances, l'auberge réservée dans les Vosges, le couple d'amis avec lesquels ils randonneraient. A priori, ils ne reviendraient pas à Locquémeau avant Noël. « On verra peut-être César faire ses premiers pas, alors », a espéré Gaëlle.

Une fois que leur berline a disparu au bout de l'allée, Quentin s'est retourné vers ses parents : « Bon, bah, je vais me rentrer aussi. » Mais à ce moment-là, son père l'a retenu par l'épaule et lui a demandé, d'un ton qui ne souffrait pas de réplique, de se rasseoir au salon. « Doucement », a dit Gaëlle préventivement. « Ça va, a maugréé François. Je peux quand même parler à mon fils. » Quentin a haussé les sourcils et attrapé des biscuits secs qu'il s'est mis à engloutir pour se donner une contenance. Il s'attendait à ce que son père lui demande comment il comptait subvenir à ses besoins. Ce n'était pas ce qui tracassait François. « Ose me dire que tu n'es pas derrière tout ça ? » a commencé celui-ci. Quentin a compris qu'il parlait du scandale autour de

Néréos et a assumé sans ciller : « Tu peux me dire en quoi ça te gêne ? » Même si François était calé au fond de son fauteuil, bras sur les accoudoirs, les émotions qui l'agitaient paraissaient si confuses qu'on l'aurait dit ballotté par la houle. « Que Noémie trempe là-dedans, ça me déçoit, mais bon, la famille Riera... Et ce Trévennec, je n'en pense rien, je le connais pas. Toi c'est autre chose. Faire cause commune avec Sea Shepherd, franchement ? Tu donnes de quoi se faire mousser à des décérébrés de ce genre ? »

Sans le faire exprès, Quentin a lâché un petit rire dont le seul effet a été d'empourprer le visage de son père. « Pardon, s'est-il repris. Tu veux juste m'agresser ou tu veux qu'on discute ? » Et sans attendre la réponse, il a essayé d'expliquer que les ONG qui protégeaient la vie marine n'étaient pas les ennemis des pêcheurs. Ça, c'était ce que voulaient faire croire les gros industriels, ceux qui détruisaient les emplois, qui accaparaient les quotas et ravageaient les fonds. « Ces derniers mois, j'ai juste eu l'impression de reprendre le flambeau. De défendre la petite pêche à mon tour. Et tu sais quoi ? J'ai même été assez naïf pour penser que tu serais fier. » François s'est levé et s'est mis à faire les cent pas dans le salon, dissuadant Gaëlle qui tentait d'intervenir, cherchant des phrases qui ne voulaient pas sortir. « Mais pas comme ça ! a-t-il cinglé pour finir. Pas en les taclant sur les rejets. Votre histoire de chinchards, là, sérieusement ? Bordel, j'aurais fait pareil. Quand je sortais, si je prenais du chinchard et qu'ensuite je tombais sur mieux, bien sûr que je le rejetais – ça vaut des clopinettes ! Si je l'avais rapporté, mon gars, t'aurais rien eu à mettre dans ton assiette. T'as réfléchi à ça ? » Il fulminait de voir Atlantis sous-entendre que la pêche ne méritait de survivre que si elle était capable de régler ces problèmes-là et de devenir irréprochable. « À part Jérémie, qui parmi vous connaît le boulot ? Qui sait combien c'est dur, de travailler en mer ? Je te laisserai pas prétendre que tu poursuis mon combat. Ce que tu fais, c'est juste me mépriser et me cracher à la gueule. »

Quentin a vacillé. D'après ce que lui avait rapporté Noémie, les pêcheurs venus lui mettre la pression devant chez elle avaient tenu le même genre de discours. Depuis que Sea Shepherd alertait sur les échouages de dauphins dans le golfe de Gascogne, les artisans craignaient qu'on restreigne leurs zones de pêche et ne pouvaient pour la plupart plus blairer l'association. Encaissant les griefs de son père, Quentin a brusquement pensé qu'ils avaient fait fausse route, avec les copains d'Atlantis : ils venaient de s'aliéner ceux pour qui ils prétendaient se battre, tout ça pour récolter de l'attention et déclencher un buzz.

Toutefois, l'enfant rebelle en lui sentait qu'être meurtri ne donnait pas le droit à son père de se montrer aussi injuste, de sorte qu'il s'est levé à son tour et s'est planté en face de lui. « Y a quand même un truc que tu vas devoir admettre, un jour ou l'autre : c'est que si on pratique ce métier comme l'a fait ta génération, en bourrinant dès que l'occasion se présente, en se plaignant que la ressource suit plus alors que vous avez quasiment rien fait pour préserver le milieu, et surtout en refusant de voir que la filière est tenue par des mecs qui pour beaucoup sont des pourris, qui n'en ont rien à battre que la pêche côtière survive, eh bien de toute façon, y aura plus d'avenir dans ce métier. Ceux qui essaieront se planteront, comme tu t'es planté toi ! »

Le sang de François n'a fait qu'un tour. Il a levé la main, et Quentin a cru une seconde qu'il allait se prendre une baffe. Gaëlle criait maintenant, mais ils ne s'arrêtaient pas, plus obtus l'un que l'autre. « Et ta génération, a répliqué François en retenant le coup, de quoi est-ce qu'elle pourra se vanter ? D'avoir fait passer l'océan avant ceux qui en vivent ? Ce sera votre titre de gloire, ça, quand y aura plus de pêcheries en France ? Tu sais quoi ? Je les aime pas, les Jarnoux. J'ai jamais ressenti le besoin de me pousser du col en copinant avec des gens comme eux, moi. Et pourtant y a un truc sur lequel Thomas a pas tort : c'est qu'avec vos bons sentiments, vous pactisez avec des gens qui trouvent que c'est un crime de manger du poisson. » Il a baissé le bras et assourdi sa voix, comme si Quentin n'existait plus et qu'il ne se parlait qu'à lui-même : « On peut pas dire qu'elle m'ait récompensé, la pêche. Elle m'a donné plus de soucis que de joie. Mais je pensais quand même pas que mon fils ferait partie de ceux qui la tueraient. »

Les jours qui ont suivi, Quentin n'a même pas essayé de sortir de chez lui. Clément, cela va de soi, s'était fait licencier. Il ne regrettait rien, mais il allait devoir trouver lui aussi d'urgence de quoi rebondir. Il s'était au moins attendu à ce que la perte de son travail soit compensée par des invitations ici ou là, dans les médias, pour prolonger son témoignage, mais rien de tel ne s'est produit. Et à l'instar de Quentin et de Noémie, il recevait autant d'insultes et de messages réprobateurs que de mots de soutien, au point qu'il avait désactivé ses comptes sur les réseaux. Cinq jours après la parution de leur première vidéo, aucun média n'en parlait plus. Un chalutier géant qui tue trop de poissons, puis un patron qui ment plutôt que de reconnaître ses torts : ce n'était pas le scandale du siècle, il était naturel que d'autres actualités reprennent le dessus. Si une enquête sur l'incident finissait par être lancée, elle piétinerait dans les couloirs de la bureaucratie, et lorsque les résultats en seraient rendus publics, il y avait fort à parier que personne à part les militants zélés n'y accorderait d'importance.

Le temps de la polémique, Quentin s'était senti en pleine possession de ses moyens. À son grand désarroi, il s'est vite rendu compte que son pic d'énergie ne semblait pas destiné à se prolonger au-delà de ce pic d'attention. Comme s'il n'y avait aucun moyen qu'il en soit autrement, il a repris le régime bédos bière et console. Tantôt il dormait trop et tantôt pas du tout. Curieusement, dans ses pensées, les visages acerbes de Thomas et de son père revenaient moins souvent que les images des phoques. Quentin les enviait de passer autant de temps en mer, de pouvoir nager jusqu'en Écosse ou en Irlande sans présenter de carte d'identité ni dépenser d'argent. Oh, il savait que leur vie n'avait rien de paradisiaque : les territoires de chasse se négociaient âprement, et quand la nourriture manquait, leurs congénères non plus ne leur faisaient pas de cadeaux. Mais ils avaient au moins pour eux cette existence nomade, la grâce de leurs mouvements dans l'eau et les heures du rivage, à prendre le soleil. Ils devaient se faire moins de nœuds au cerveau. Ils ne devaient pas s'en vouloir comme parfois les humains s'en veulent. En fin de compte, a-t-il pensé, être un phoque serait tellement plus simple. Aussi rude soit-il, ce sort lui aurait mieux convenu. C'était dommage qu'il faille attendre de mourir et de se décomposer pour que son corps entre dans le cycle qui permettait ce genre de métamorphoses.

12. LA MER NE PARLAIT PLUS

De la maison de la rue de l'Amiral-Courbet, le rivage était beaucoup plus proche encore qu'à Locquémeau. Le soir, en se couchant, Maya laissait la fenêtre entrouverte et elle calait son souffle sur celui du ressac. C'est peut-être pour cela que la mer nous apaise, se disait-elle : l'eau nous indique le rythme pour respirer enfin. Et c'était sûrement pour ce genre de raisons qu'elle aimait tant plonger : les animaux marins n'oubliaient pas dans quel milieu ils habitaient, alors que les humains pouvaient passer des heures sans se sentir redevables ni à la terre qui les soutenait, ni à son atmosphère pour l'oxygène qu'elle leur offrait. Nous respirons sans y faire attention, se répétait Maya. Le plus souvent, nous respirons très pauvrement, comme si nous ne savions pas faire.

Quand ce genre de pensées la visitaient, elle se voyait bien vivre à Roscoff. Que la mer soit au bout de la rue, chaque jour, et plus un rêve lointain. Le seul défaut qu'elle trouvait à la région était le manque d'arbres. Les gens du cru en plaisantaient en affirmant que les bosquets risqueraient de faire de l'ombre aux légumes. Comme il gelait très peu l'hiver et que le sol de loess était d'une fertilité inouïe, c'était la culture des primeurs qui avait fait une partie de la richesse du Léon. Même en plein centre-ville, Maya entrevoyait parfois, derrière des portails de pierre majestueux, de simples champs d'oignons ou d'artichauts, rescapés improbables de la pression foncière. Avec ses demeures de granit construites à l'époque où on tissait le lin venu de Lituanie, ou bien à celle où les contrebandiers embarquaient de nuit pour l'Angleterre, la ville semblait depuis toujours ouverte vers le large – et cette tradition se maintenait, puisque les pêcheurs de la côte, les marins, les chercheurs de la Station avaient tous une expérience du monde. Le vieux voisin chez lequel Bruno allait chercher ses foies de lotte, par exemple, connaissait chaque îlot du Finistère Nord, mais il avait également servi sur des navires pétroliers et évoquait volontiers ses escales à Singapour ou dans le golfe Persique. Et puis il y avait les visiteurs anglais débarquant des bateaux de la Brittany Ferries, la compagnie fondée pour que les agriculteurs de la région exportent leur production vers le Royaume-Uni. Avec la Station biologique, c'était l'employeur principal de Roscoff – et le dynamisme de ces deux institutions faisait aisément oublier que la ville ne comptait même pas quatre mille habitants.

Bien sûr, Maya la découvrait au plus fort de l'été : il faudrait confirmer ces impressions en fréquentant les rues aux restaurants et aux volets fermés, sous les pluies et les vents d'hiver, mais il ne tenait qu'à elle de s'en créer l'occasion, désormais que Bruno était libre de l'usage de sa maison de famille. Alors, mine de rien, elle a noué des liens. Elle s'installait à la terrasse de Ty Pierre avec Viviane et faisait connaissance avec ceux des collègues qui s'arrêtaient boire un canon ou faire une partie de pétanque. Viviane racontait à Maya qu'à son arrivée à Roscoff, chaque week-end lui procurait le sentiment à la fois de repos et de vie plus intense que donnent seules les vacances. Présenté de la sorte, cela faisait envie. Et puis, si elle prenait un poste à la Station d'ici quelques années, mettons lorsque Bruno serait à la retraite, elle n'habiterait plus qu'à une heure et demie de Locquémeau, et retrouver Quentin cesserait enfin de relever du parcours du combattant.

Cela étant, l'air iodé n'immunisait pas contre les frustrations du monde de la recherche. Ici aussi, les collègues se plaignaient d'être envahis par la bureaucratie : annoncer ce qu'on allait faire, obtenir le budget pour que ce soit possible, remplir des ordres de mission pour que ce soit autorisé, le faire, puis expliquer ce qu'on avait fait et ce que cela avait donné... Depuis que la loi sur l'autonomie des universités était entrée en vigueur, une dizaine d'années auparavant, Maya et Bruno ne se défaisaient pas de l'impression que le succès d'un labo se mesurait à la taille des financements qu'il remportait plutôt qu'à la qualité intrinsèque de ses résultats. Dans une inversion désastreuse des fins et des moyens, les échéances pour lesquelles les gens se mobilisaient le plus devenaient peu à peu celles des appels à projets. Autant Maya aimait que ses collègues lui racontent leurs travaux, autant elle se lassait quand les conversations viraient à la cuisine interne. Avec Bruno, ils s'étaient fixé pour principe d'en parler le moins possible : les histoires de postes gelés, les jalousies entre collègues et les réformes souvent nocives que le ministère leur imposait ne pouvaient pas déborder de leurs journées sur leurs soirées. Que la recherche ne soit pas assez soutenue par les pouvoirs publics, ils ne le savaient que trop, mais ils l'auraient subi deux fois s'ils n'avaient pas pris garde à ne pas en faire une obsession.

Naviguant au gré de ses humeurs, Maya a ainsi alterné les soirées où elle s'éternisait, dans l'euphorie de grandes conversations, et celles où elle laissait Bruno pour rentrer bouquiner ou regarder un film. Néanmoins, lorsqu'il lui a signalé que l'occasion se présentait de dîner avec Guillaume Piriou, cela faisait assez longtemps qu'il lui parlait du bonhomme, l'un des profs qui l'avaient le plus marqué lors de ses études à Brest, pour qu'elle accepte de se joindre à eux.

Le soir du 1er août, ils se sont retrouvés aux Arcades, un des bons restaurants de la ville, et ont pris l'apéro sur le balcon filant qui s'avançait au-dessus de la mer. Guillaume Piriou avait une silhouette menue et sèche, et une crinière de cheveux blancs que Bruno lui enviait. Il revenait d'un tour en voilier jusqu'aux îles Chausey et ne faisait vraiment pas ses quatre-vingt-cinq ans. En le voyant si vif, Maya n'a pas pu s'empêcher de penser que ses grands-pères à elle, ouvriers tous les deux, étaient morts dans leur soixantaine, et qu'elle en conservait très peu de souvenirs. Tout en regardant la lumière du soir qui inondait la mer, et les oiseaux volant autour de l'estacade au bout de laquelle le dernier bateau pour Batz venait chercher ses passagers, elle a écouté Guillaume évoquer le Roscoff de sa jeunesse.

« Vous voyez, a-t-il commencé, de la tourelle Marie Stuart à l'aire de jeu, là-bas, à l'autre bout du port, il n'y avait pas tout ce béton, dans les années trente. C'était une plage de galets, la mer venait lécher les maisons. » Sur la grève, à l'embouchure d'un ruisseau, on trouvait un lavoir où sa grand-mère apportait le linge, et plus loin un rocher qui était son grand spot de jeu. « Tous les gosses du quartier y venaient : c'était notre bateau. On se baignait autour, on sautait de là. » Et ce rocher, quand il avait été question de l'ensevelir pour aménager le port, son père était venu planter un drapeau breton dessus, comme s'il était le dernier défenseur d'une ville assiégée.

« Dans tout ce coin on allait aux anguilles, ou aux gravettes, et puis on pêchait vers Sainte-Barbe avec les gravettes pour appâts. » Maya a dit qu'elle ne savait pas ce qu'étaient des gravettes. « Ce sont des vers blancs, des *Nephtys*. Tu récoltais pas ça, toi ? » a demandé Guillaume à Bruno. Ce dernier a répondu que non. Ce qu'il faisait, lui, c'était de détacher les patelles pour les vendre aux viviers qui en nourrissaient les homards. « Mais comment ça se détache ? » a demandé Maya. « Eh bien, tu prends un couteau à lame ronde, et tu donnes un coup sec, très sec même, sans quoi elles se collent encore plus. »

À part ça, Guillaume et ses copains piquaient les annexes des bateaux pour godiller dans le port. « On les remettait plus ou moins bien, et on se faisait engueuler, bien sûr. » C'était aussi qu'il n'y avait pas tant de distractions. Comme les parents de Guillaume n'avaient pas de voiture, le mieux qu'il pouvait faire, pour élargir son rayon d'action, était de filer d'un coup de vélo à Saint-Pol ou à Moguériec. « Donc j'étais d'extraction modeste, a poursuivi Guillaume, mais je parlais aux gens de la Station et je les épatais parce que je connaissais les noms de toutes les bestioles, non seulement en français, mais en latin et dans plusieurs parlers bretons. »

Ils sont passés à table, ont commandé des couteaux persillés et un plateau de fruits de mer. Bruno a resservi tout le monde de blanc. Dans ses choix de carrière, a repris Guillaume Piriou en enlevant ses lunettes d'écaille, son attachement à la région avait joué un rôle décisif : il avait préféré contribuer à monter l'université de Brest, où tout était à faire, plutôt que de devenir un assistant parmi tant d'autres à la Sorbonne. Maya s'est enquise de savoir s'il connaissait Dieter Lukanow.

« Et comment ! a répondu Guillaume. On n'a jamais été proches, mais on se respecte. Dieter a beaucoup fait pour redonner de la vigueur à l'ornithologie, à un moment où ça n'intéressait personne, parce qu'on pensait connaître les oiseaux. En termes de génétique ou de biologie évolutive, c'était un champ d'études moins stimulant que les invertébrés, mais du point de vue de l'éthologie, ou de la dynamique des populations, il nous restait tout à apprendre…

– Et tous les deux, a relancé Maya, comment est-ce que vous vous êtes connus ? Ici, quand tu venais l'été ?

– Non, a dit Bruno. Enfin, on s'était sûrement croisés. Mais ce qui nous a vraiment fait lier connaissance, c'est l'*Amoco Cadiz*. »

Maya a acquiescé : il était déjà arrivé que Bruno mentionne l'événement, mais il n'était jamais entré dans les détails, et elle a insisté pour que les deux hommes lui racontent.

En fait, après avoir passé le bac à Paris, Bruno avait décidé d'entamer ses études à la fac de Brest, pour se rapprocher de la mer et s'éloigner de ses parents. Il était en première année de biologie quand l'*Amoco Cadiz* s'était échoué devant Portsall, dans la nuit du 16 au 17 mars 1978.

« Toute mon enfance, a contextualisé Guillaume, je les ai vus défiler, les pétroliers, de plus en plus nombreux après-guerre. À l'époque ils rasaient les côtes, et on savait qu'ils dégazaient en mer, l'hiver surtout, en pensant que les tempêtes disperseraient le pétrole et empêcheraient qu'on remonte à eux. On en retrouvait sur les plages, on se salopait les pieds dans des galettes. Mais l'*Amoco* c'était une autre dimension. Il venait d'Arabie Saoudite et faisait cap vers Rotterdam. Il a eu un problème de gouvernail, que la compagnie connaissait, et qui aurait dû conduire à le mettre en cale sèche au moins six mois plus tôt. Ils lui ont demandé de faire un voyage de plus. Ç'a été le voyage de trop. »

L'avarie s'était produite au nord-ouest d'Ouessant, en pleine tempête. Avec des rafales de force dix et des lames de huit mètres, le vent avait fait dériver le cargo jusqu'à ce qu'il s'éventre sur les récifs au large de ce petit port, à trente minutes de Brest. « Ce qui m'a alerté, a dit Bruno, ce n'est ni la radio ni la télé, c'est l'odeur. J'ai cru comme tout le monde que ma chaudière avait explosé. Je dis comme tout le monde, parce qu'en fait, un tiers de la cargaison s'était évaporé, et que ça s'est senti à des dizaines de kilomètres… »

Onze ans auparavant, Guillaume avait déjà travaillé sur la marée noire du *Torrey Canyon*. Dès qu'il avait appris le naufrage, il s'était activé, avec ses collègues et certains étudiants, pour faire un état des lieux sur les côtes avant que le pétrole n'arrive.

Comme beaucoup de curieux ce jour-là, Bruno, lui, s'était rendu à Portsall. L'équipage avait été hélitreuillé, les marins étaient sains et saufs. Perdu au milieu de la foule, il avait vu ce monstre qui se dressait à quelques encablures, la gueule béante, aussi haut qu'un immeuble, et puis la chape noire et luisante qui se déposait sur le rivage, en vaguelettes visqueuses. « La mer ne parlait plus... Elle ne faisait presque plus de bruit. J'ai tout de suite pensé que la Bretagne était foutue. Je craque pas souvent, comme tu sais, mais là... je t'assure que j'ai pleuré. »

Avec la montée de la nuit, les lampes se sont allumées, éveillant des reflets sur les parois des verres et dans la nacre des huîtres vides. Derrière la baie vitrée, de grands nuages striés de rose flottaient au-dessus de l'estacade. Maya a détaché la chair de son dernier couteau et a fermé les paupières pour se concentrer sur sa saveur. Elle adorait sentir la mer sur ses papilles en l'ayant aussi sous les yeux. Puis elle a regardé les deux hommes qui décortiquaient leurs tourteaux. Sur les mains tavelées de Guillaume, les veines déjà saillantes se gonflaient un peu plus quand il maniait le casse-crustacés, et sur celles de Bruno, de premières taches du même genre faisaient aussi leur apparition.

« La cargaison, a poursuivi Guillaume, c'était deux cent trente mille tonnes de fioul dit arabe-léger. Comme la tempête a cassé le bateau en trois morceaux, ils n'ont pas réussi à le pomper, tout ça s'est retrouvé dans la nature. À la fac on a calculé que le pétrole allait se diffuser jusqu'à au moins cinquante mètres de profondeur, parce que même s'il est censé flotter, le milieu est très brassé, ici : cette partie de la Manche, c'est un batteur à mayonnaise. Et ça n'a pas manqué. Au bout d'une semaine, il y en avait sur trois cents kilomètres, jusqu'à la Côte de Granit rose. Les macareux, les guillemots, les pingouins, ils ont pris très cher, parce qu'ils pêchent en surface. À Roscoff, on a perdu la moitié des crustacés et des poissons. Ou bien dans les abers, tu vois, l'Aber-Benoît et l'Aber-Wrac'h, je sais pas si tu connais ce coin-là, magnifique, bah c'était simple, tout était bousillé, il ne restait plus rien de vivant. »

L'État a fait venir l'armée. Pendant que les bidasses nettoyaient les plages grâce aux tonnes à lisier que leur prêtaient les agriculteurs, avec le renfort des locaux et le concours de bénévoles accourus de partout, et si nombreux d'ailleurs qu'on ne savait plus comment les héberger, les étudiants de Piriou ont constitué une liste des espèces clés du littoral et se sont mis à ramasser ce qu'ils pouvaient. Bruno a participé à ce travail : « C'est là que je suis devenu écologiste… en me dégueulassant au contact de ce fioul. » Le soir, ils pesaient les paquets remplis de cadavres d'animaux sur les balances, et ils ont fini par arriver à un total de deux cent vingt-six mille tonnes de biomasse morte. « Et ça, c'est ce qu'on a retrouvé, donc ce qui s'est échoué, a souligné Bruno. Ça veut dire qu'il y avait bien plus. » Maya a avalé une longue gorgée de vin. Le frisson du désastre lui remontait dans le dos.

« Tiens, a dit Guillaume, je suis retombé là-dessus, je me suis dit que ça vous amuserait. » Il s'est essuyé les mains, a fouillé dans la poche intérieure de sa veste, en a tiré une photo. Maya s'est penchée et les a reconnus tous deux, en pleine manifestation, Guillaume avec la même coupe qu'aujourd'hui, mais les cheveux très bruns, et à côté de lui un Bruno étonnant, en chemise large, pantalon de velours taille haute, lunettes à montants métalliques, la tête embroussaillée de boucles châtain, et brandissant une pancarte : *Nous sommes tous des pingouins mazoutés.*

Voyant cela, elle a été tentée de le charrier, sans doute pour conjurer le sentiment d'incongruité en train de l'envahir. Calcul mental rapide : en 1978, Guillaume avait quarante-cinq ans, Bruno allait sur ses dix-neuf. Or Maya était née cette année-là, un mois après la marée noire. Pendant que Djamila s'alitait pour une fin de grossesse difficile, avec une petite qui n'avait rien trouvé de mieux que de se présenter par le siège, des milliers de personnes, dont Bruno et Guillaume, passaient leur temps à nettoyer les plages au seau et à la pelle. Alors que Djamila prenait ses marques avec une Maya nourrisson dans le trois pièces d'Aulnay où la famille emménageait, les militants qui s'opposaient depuis des années au projet de centrale nucléaire à Plogoff, non loin des colonies d'oiseaux qu'étudiait Dieter, se mobilisaient aussi contre la pollution marine, gueulant qu'il était temps qu'on arrête de prendre la Bretagne pour une poubelle.

« Et tout ce pétrole ramassé, a demandé Maya, qu'est-ce qu'on en a fichu ? » Guillaume a expliqué qu'il était centralisé dans les gares, pour que les équipes de Shell, qui possédait la cargaison, retraitent ce qu'elles pouvaient. Mais on avait dû aussi en stocker au-dessus des plages, dans les dunes et remblais, en le déversant dans des bâches plastique. « C'est le refoulé, a conclu Bruno. Et comme tout refoulé, il reviendra un jour. Il en suintera quand les eaux se mettront à monter, d'autant que tout ça s'est fait à la va-comme-je-te-pousse... » Guillaume a acquiescé : « De toute façon, faut pas se mentir... Même si le nettoyage a duré plusieurs mois, c'est la mer qui a fait l'essentiel du travail, hein. Nous on n'a pu que lui donner un coup de main. »

Par la suite, Bruno avait poursuivi son cursus à Paris, tout en maintenant le contact avec Guillaume qu'il appelait souvent. Piriou avait obtenu un financement pour étudier l'impact de la marée noire. Avec ses thésards, ils avaient suivi les espèces sur cinquante points de la côte, avaient travaillé sur les cancers des poissons femelles, et constaté que leur fécondité avait mis environ cinq ans à revenir à la normale. Ils avaient aussi étudié les crustacés, parce qu'ils pesaient dans l'économie de la région. Un travail fastidieux, déprimant mais utile, et qui avait servi lors du procès.

« Le procès, tu as dû en entendre parler ? » a demandé Guillaume à Maya. Et devant sa mine contrite : « C'est que tu étais trop jeune, parce que je peux t'assurer que ça a fait du bruit. » Des dizaines de communes s'étaient regroupées pour obtenir réparation, alors que l'État n'était pas pour. « Tu parles, a taclé Bruno, Giscard s'en foutait. Il ne s'est rendu sur place que début août, en pensant constater qu'il n'y avait plus de pollution. Sauver la saison touristique : c'était tout ce qui le préoccupait. Tu te rends compte ? Quatre mois et demi après ! Aujourd'hui, le président rappliquerait le lendemain. On parle de la plus grande marée noire du XXe siècle, tout de même.

– Autant te dire, s'est amusé Guillaume, qu'il a été mal accueilli. Quand il est sorti du resto où il déjeunait, on avait attaché des porcelets aux pales de son hélicoptère... »

Avec l'arrivée de Mitterrand au pouvoir, le climat avait changé : le syndicat qu'avaient créé les maires avait pu mener son procès à Chicago contre la Standard Oil, la multinationale qui possédait le bateau via une de ses filiales. « Et ce procès, Guillaume, vous y avez été ? » a demandé Maya. « Oh oui, a soupiré Piriou. C'est un de mes titres de gloire, mais je n'en ai pas de bons souvenirs. Moi je suis un chercheur, je n'étais pas bien préparé à me transformer en témoin, pas plus que les maires de nos petites communes, d'ailleurs... »

Guillaume avait été soumis trois jours durant à un feu roulant de questions, d'autant plus éprouvant qu'il ne comprenait pas bien l'anglais et que la médiation de l'interprète hachait tous les échanges. « Je te parlais des crustacés. Eh bien le tourteau, par exemple, ç'a été une bagarre interminable devant le juge. Moi j'estimais que sous chaque caillou plein de pétrole, il y avait trois classes d'âge de petits dormeurs. Les adultes ont survécu, ils n'étaient pas mangeables mais ils n'avaient pas l'air trop mal en point. En revanche les juvéniles, non seulement ils n'ont jamais grandi, et on a constaté un écroulement de leur population trois ans après, mais du même coup ils ne se sont pas reproduits, donc ça avait encore des conséquences après une décennie. » En face, les avocats de la partie adverse avaient convoqué à la barre un grand nom de l'halieutique, un Anglais certainement grassement rétribué, qui avait prétendu avec la morgue sidérante des experts corrompus que les petits tourteaux vivaient au fond, à près de quatre-vingts mètres, et que le pétrole n'était pas descendu si bas. « Des exemples de ce genre, je pourrais t'en citer trente. Ils étaient prêts à tous les coups tordus… »

Maya a cassé à son tour la pince de son tourteau et cherché les yeux de l'animal, comme s'il s'apprêtait à témoigner de ce qu'avaient subi ses ancêtres. Le vin commençait à faire effet. « Et qu'est-ce que vous avez obtenu, en fin de compte ? » s'est-elle enquise. Guillaume a évoqué le plan de restauration du milieu que leur équipe avait défendu. « À l'époque on pensait qu'on pouvait ressemer, prendre des œufs ailleurs et réhabiliter nos côtes, mais je pense pas que ça aurait bien marché. Quoi qu'il en soit, le juge ne nous a pas suivis. Il nous a dit, si vous remplacez les crabes verts et les patelles par des homards et des ormeaux, ça n'est pas du jeu, hein.

– De toute façon, est intervenu Bruno, la justice n'a pas reconnu le préjudice écologique. Ç'a été un procès fondateur pour le droit de l'environnement, des deux côtés de l'Atlantique, et les communes ont malgré tout fini par être dédommagées, mais ç'a aussi été une occasion manquée. On aurait pu aller plus loin, plus vite. Comme d'habitude… »

Le serveur est revenu vers eux et leur a listé les desserts. Déjà repus, ils y ont renoncé mais se sont commandé un digestif.

« C'est tout de même bizarre que tu ne m'aies jamais vraiment parlé de cette histoire », a protesté Maya en se tournant vers Bruno. Ce dernier a haussé les épaules. « Tu sais, j'étais très jeune. Le travail scientifique de fond, c'est pas moi qui l'ai fait. » Pourtant, il devait reconnaître que cette catastrophe avait compté. Dans sa vocation, bien sûr, mais aussi dans ses recherches actuelles : avoir constaté grâce au cas de l'*Amoco* que l'écosystème littoral, même massacré, était redevenu à peu près fonctionnel en une quinzaine d'années, c'était une chose à laquelle il pensait souvent, comme à un motif d'espoir. « Ah ça, j'y crois beaucoup, a ajouté Guillaume en levant son verre de calva. La nature est prodigue ! Partout où on crée les conditions pour que l'océan se rétablisse, il peut se remettre assez vite de toute la violence qu'on lui inflige. Mais encore faudrait-il qu'on arrête de déconner... »

Le lendemain, au réveil, Maya se blottit contre Bruno. Dans la lumière marine qui baigne toute la chambre, elle se met à lui caresser le torse, effleure les poils qui bouclent sur son torse, descend jusqu'à son sexe en ménageant une sorte de suspens. Il pousse un grognement indéchiffrable, entre fatigue et plaisir. « Attends », dit-il en se levant. Elle se rallonge sur le dos et pense qu'ils vont petit-déjeuner avant de faire l'amour, que ça les aidera à émerger, lorsqu'à regarder sa silhouette dans l'encadrement de la porte, elle entend retentir un avertissement de la chair à la chair : sous ses yeux, peu à peu, il devient un vieil homme.

Hier, à demi-mot, Guillaume Piriou lui a parlé d'un Bruno en colère, d'une époque où Bruno avait les mains dans le cambouis et où la catastrophe l'affectait en personne. Elle a pris du plaisir à l'écouter, mais à y repenser, si Bruno ne lui a jamais raconté l'affaire de l'*Amoco Cadiz*, c'est sûrement parce qu'en évoquant cette lutte dans laquelle il s'est jeté l'année de sa naissance, il aurait eu trop peur de passer pour un ancien combattant.

Elle l'entend, en bas, qui entre sous la douche, et comme souvent ces derniers jours, un cafard monstre la saisit. On n'a rien sans combat, pense-t-elle, et désormais, le combat est ailleurs. Pas dans le rapport qu'elle est en train d'élaborer, pas dans les présentations si brillantes que Bruno fait à tel ou tel colloque. Oh, on les écoute poliment, on les approuve ou on les contredit en y mettant les formes, on les applaudit, même, et quoi ? Pendant ce temps, ceux qui ravagent l'océan dorment sur leurs deux oreilles. Il n'y a que les gens comme Quentin qui leur fassent un peu peur. On ne concède rien à ceux qui ne montent pas le ton, à ceux qui lèvent la main et attendent qu'on leur donne la parole.

Ouvrant son téléphone, elle regarde de nouveau le témoignage de Clément et la vidéo de *L'Endurance*, et elle se sent lâche d'avoir abandonné Quentin dans ce moment décisif, surtout en le sachant menacé par une marée d'idées noires. Elle a fait ça pour se préserver, d'accord, mais ce n'était pas généreux de sa part. Ou bien ce n'était pas correct de la part de Quentin de lui imposer son mal-être. Comment démêle-t-on ces choses-là ? Elle réfléchit encore, puis tranche : c'est elle qui a eu tort. On ne peut pas demander aux gens d'aller bien, pas dans le monde tel qu'il est. On ne peut pas fréquenter que des gens qui vont bien. Alors elle enfile un t-shirt, un pull léger, son jean. Bouge-toi Maya, bouge-toi, sinon tu le regretteras.

13. DIMANCHE 4 AOÛT 2019

C'est une toute petite gare, Lannion. Avec ses deux voies séparées par un quai ponctué de réverbères, et dont les rails s'arrêtent à ce terminus, parmi les herbes folles, on dirait un circuit pour enfants qu'on aurait un jour décidé de reproduire grandeur nature. Même en ce dimanche 4 août, le train n'est qu'à moitié plein et les autres passagers se volatilisent vite. Autour du parvis, il n'y a pas de places pour se garer, si bien que d'ordinaire Quentin se pointe pile à l'heure, stationne là où se rangent les bus et reste proche de la voiture pour la déplacer si besoin. Sur la paroi vitrée du hall, l'horloge annonce 11 h 55, et elle ne le voit nulle part. Elle sort de la gare et guette son Kangoo. Le soleil chauffe doucement quand il n'est pas masqué par un nuage, l'air est bon sur la peau, Maya se sent légère et même, elle se le rappellera plus tard, joyeuse et innocente.

Au bout de quelques minutes, elle le textote : *Tu es en route ?* Il lui a dit qu'il irait peut-être plonger le matin, mais qu'ensuite bien sûr il viendrait la chercher. À 12 h 05, elle lui passe un coup de fil et tombe sur répondeur. Bizarre. Elle n'a pas envie de rester là à faire le pied de grue, si bien que tout en réprimant des pointes d'agacement, elle se met à marcher en direction du centre-ville, tirant sa valise derrière elle. Elle franchit le pont sur le Léguer, dont les eaux sont très hautes, et s'attarde une minute à observer un groupe de kayakistes, des quasi-pros à l'évidence, qui plantent leurs rames dans les rapides pour contrôler leur trajectoire. Une promenade en kayak de mer, avec Quentin, à slalomer entre les rochers : ils n'ont jamais fait ça, ce serait une autre manière d'apprivoiser le paysage. Elle le rappelle, et comme il est toujours sur répondeur, et qu'elle a croisé des passants chargés de victuailles, elle se souvient que c'est jour de marché et monte la rue jusqu'à la vieille place, où les commerçants commencent à débarrasser leurs étals. Elle se laisse tenter par deux barquettes de fraises, puis décide de prendre un café au Barn's, devant les plus anciennes maisons de la ville, façades d'ardoise serrées sur lesquelles la pluie glisse et colombages sculptés comme des proues de bateaux. Tandis que le maraîcher balance des salades défraîchies au fond d'une cagette et que le poissonnier pousse au jet d'eau vers les égouts une flaque de jus de poisson où tanguent des blocs de glace, Maya se rend soudain compte qu'elle n'arrive plus vraiment à regarder ce qu'elle a sous les yeux, tant l'inquiétude lui creuse le ventre.

Alors elle se décide à contacter Joséphine et Dieter, les seuls amis de Quentin dont elle ait le numéro : est-ce qu'ils savent si Quentin est sorti en mer ce matin, comme il en avait l'intention ? Et sans attendre de réponse, parce que ce premier texto lui apparaît soudain comme un signal trop faible, elle en ajoute un autre : *On avait rendez-vous, j'ai pas de nouvelles, je voudrais m'assurer que tout va bien.* Heureusement ils réagissent vite. Joséphine lui répond qu'elle va écrire à leurs compagnons de plongée habituels, et Dieter l'appelle. À entendre sa bonne voix émaillée d'une pointe d'accent, Maya relativise : si ça se trouve, Quentin n'a plus de batterie, il a été retardé sur la route, il la cherche à la gare et va lui en vouloir de ne pas l'avoir attendu. « Je me renseigne », répond Dieter. Le café est là, sur la table, entre les rayons du soleil, et elle ne le boit pas car son cœur bat bien assez vite.

Bientôt, Joséphine répond qu'il n'est pas avec la bande du CAP et ne les a pas informés de ses projets. Dieter a demandé à Lucile

Varenne de passer voir si Quentin était chez lui, puisqu'elle est sa plus proche voisine, et Maya qui ne la connaît que de nom se prend à espérer que cette Lucile leur dise, c'est bon, j'ai toqué à la porte, il n'avait pas mis d'alarme et ne s'est pas réveillé. Mais la voiture de Quentin n'est pas garée devant la maison, et en jetant un œil à travers la fenêtre de la remise, Lucile s'est aperçue qu'il avait pris sa combinaison de plongée, sa stab et sûrement une bouteille, vu qu'il n'en reste qu'une. « Est-ce que tu as en tête la plaque de Quentin ? demande Dieter. Est-ce que tu sais à quoi ressemble son zodiac ? » Maya s'est levée et elle arpente la place. Elle se concentre : « Le zodiac est bleu nuit, avec une bande verte… La plaque vraiment j'en sais rien. Ou si… Attends. Elle commence par KT, je dirais. »

Cinq minutes plus tard, Dieter la rappelle : le patron de l'hôtel des Rochers, à Ploumanac'h, vient de lui confirmer que la voiture de Quentin est garée sur le port. Son zodiac en revanche n'y est pas. « Il y a des chances qu'il soit toujours en mer, conclut Dieter. Alerte le CROSS Corsen, au 196, ce sont eux qui dirigent les recherches et les sauvetages. » Maya sent que ses mains tremblent. Elle hésite à lui demander de passer ce coup de fil à sa place, et s'entend pourtant acquiescer. Au standard du CROSS, la voix de l'opératrice est douce. Elle ne minimise pas l'inquiétude de Maya. Elle dit qu'ils vont prévenir les secours, diffuser un avertissement aux bateaux de la zone, et incite Maya à appeler toutes les personnes avec qui il a pu arriver à Quentin de naviguer ou de plonger. « C'est vraiment important de savoir s'il est seul », insiste la femme au bout des ondes.

Maya écrit de nouveau à Joséphine pour lui confier cette mission, puis elle rempoche son téléphone et demande aux clients du café si quelqu'un peut l'emmener d'urgence à Ploumanac'h. Son visage doit être si hagard, si effrayant ou pitoyable qu'elle trouve tout de suite un volontaire, un homme qui la conduit au mieux, pendant les vingt minutes que prend à vive allure le trajet jusqu'à la côte, mais dont elle ne retient pas le nom, et qu'elle serait incapable de reconnaître si elle le recroisait.

Ce qui se passe en mer, pendant ce temps, qui a fait quoi, à quel moment, Maya ne le saura que plus tard, en assemblant à partir des récits et des explications de chacun les fragments éclatés du kaléidoscope.

Le CROSS prévient coup sur coup la Société nationale de sauvetage en mer, dont l'équipe se prépare à embarquer depuis le port de Ploumanac'h, l'hélicoptère de la gendarmerie positionné à l'aéroport de Lannion et la brigade nautique. De la côte au phare des Triagoz, sur les voiliers, les bateaux de pêche, les vedettes de tourisme, celles et ceux qui ont reçu le message se saisissent de leurs jumelles et font le tour de l'horizon, à la recherche d'un zodiac bleu nuit, ou d'un plongeur remonté en surface, une silhouette qui agiterait les bras ou serait déjà trop épuisée pour faire des signes de détresse.

Les alertes de Joséphine produisent leur effet immédiat chez tous ceux qui gardent, un dimanche, leur téléphone à portée de main. David Sadler, membre des sauveteurs bénévoles, a déjà été alerté par un message sur son boîtier. Étienne Feyereisen interrompt le déjeuner familial et demande à Loïc Guidal de le rejoindre aussitôt au ponton où est amarré le semi-rigide de la réserve. Au centre de plongée de Trébeurden, c'est la période la plus chargée de l'année, les formations se sont finies la veille, les moniteurs ont remis les diplômes puis sifflé quelques bières, autour du barbecue rituel, avec leurs stagiaires, mais ils sont déjà de nouveau à pied d'œuvre, sur la cale du port, à sortir les bouteilles et à briefer les arrivants sur les explorations prévues l'après-midi. Apprenant ce qui se passe, Armen Dirou annule la sortie d'un de ses bateaux, choisit six de ses plongeurs les plus expérimentés, informe les gens du CROSS qu'il est à leur disposition et appareille vers les Sept-Îles.

Lorsque Maya arrive sur le port de Ploumanac'h, le canot des sauveteurs est déjà parti, heureusement, mais le président de la station locale est là, à discuter avec Étienne de la répartition des zones de recherche. C'est un homme râblé, grisonnant, qui porte une casquette de marin et qui fume un cigarillo. Quand elle s'approche, il se présente en lui serrant la main, Gustave Rakotomavo, et tout de suite l'informe que le CROSS les a rappelés : la vedette qui balade les touristes dans la réserve leur a signalé un zodiac qui pourrait être celui de Quentin, dont le drapeau de plongée est hissé et qui mouille vers Ar Gazec, une roche à quelques encablures au sud de l'île Malban. Maya demande à Étienne et Loïc si elle peut venir avec eux. Dans son regard, elle met toute sa force de conviction, et même un cri muet, mais ils déclinent très vite : il ne faut sur zone que des gens très opérationnels, pour se donner les meilleures chances.

Bientôt elle observe leur bateau quitter la demi-lune du port, et elle agite la main, en un signe dérisoire, tandis que Rakotomavo, qu'on dirait sorti de la passerelle d'un bateau de la marine marchande voguant sur l'océan Indien, lui souffle : « Courage, ça va aller. » Il lui apprend que parmi les canotiers, il y a David Sadler, et elle revoit soudain celui-ci lui racontant ses accidents de plongée le soir où ils ont bu des coups. « Les gars sont bien plus motivés qu'ils ne le seraient pour un touriste, appuie Rakotomavo. Ils donneront tout ce qu'ils ont, je vous assure : moi je le connais pas, votre Quentin, mais eux, c'est un ami qu'ils vont chercher. »

Joséphine et Dieter arrivent à ce moment-là, et Maya leur tombe dans les bras. Dans la foulée, Rakotomavo propose qu'ils l'accompagnent jusqu'à l'abri du canot, à trois minutes du port : ce sera un bon poste pour suivre l'évolution de la situation. Maya se laisse faire, docile. Une fois sur place elle reconnaît les lieux : la cale en contrebas c'est celle depuis laquelle ils ont plongé de nuit. Il n'y a nulle part où s'asseoir, l'essentiel du hangar est occupé par le rail qui permet au canot de se mettre à l'eau quand le marnage est trop bas dans le port, de sorte que le bâtiment entier semble construit autour de ce bateau absent. La cale vient d'être remise en état, explique Rakotomavo. « Elle avait tellement mal vieilli que le canot déraillait… » La mairie y a installé un système d'alarme qui se met en marche si le bateau doit entrer ou sortir, afin que les plongeurs soient avertis qu'ils ne peuvent faire surface que sur les côtés de l'anse. Avant ça, il y avait des bisbilles avec le club de Charles Guermeur, qui a une fâcheuse tendance à penser que Pors Kamor est sa piscine. Ils sortent des chaises pliantes, et tandis que Rakotomavo leur prépare du café, Maya s'attarde sur une photo en noir et blanc, au mur, où un curé bénit le canot d'une autre génération, devant des marins qui portent des bachis à pompons et des femmes couronnées de coiffes, à l'époque pas si lointaine où le réflexe dominant, dans ce genre de circonstances, était de s'en remettre à la grâce de Dieu.

Naviguant à plein gaz, sur une mer sans vent ni houle, le bateau des sauveteurs est le premier à arriver sur zone. Le cœur pincé, David constate que cela a tout l'air d'être le zodiac de Quentin et qu'il n'y a personne à bord. Aller plonger un jour de grande marée, sans personne en surface, quelle folie, vraiment… Le canot manœuvre avec lenteur, jusqu'à ce que David puisse sauter sur le zodiac. Au fond d'un sac étanche, il trouve un jeu de vêtements, t-shirt et pull, jean et baskets, une clé de voiture, et puis un téléphone éteint. Dans la bande, ils ont assez vanné Quentin sur son indémodable Nokia pour que David le reconnaisse. Sortant son propre téléphone, il prend quelques photos mais ne touche à rien : il sait que la gendarmerie, dans ce genre de cas, veut qu'on traite chaque objet comme un indice sur une scène de crime. Aux alentours, aucune bouée parachute qui révélerait l'endroit où Quentin a pu remonter. Au-dessus, l'hélicoptère fait un premier survol, en s'attardant sur les rochers dont les secours nautiques ne pourront pas trop s'approcher, et ils sont trois à bord, le pilote, le mécano et le plongeur, à scruter le paysage.

Les bateaux de la réserve et du CAP ne tardent pas à arriver. Armen Dirou et Étienne Feyereisen se branchent sur le canal radio pour faire le point avec Marc Berezay, le patron du canot des sauveteurs, et tout de suite ils tombent d'accord : quelque chose ne va pas, le point de mouillage est étrange. La limite sables roches et les forêts de laminaires sont plus proches des îles, là on n'est vraiment pas sur un spot répertorié. « Peut-être qu'il n'est pas venu plonger », risque Armen sans aller au bout de sa pensée. Et comme les autres le relancent : « Peut-être qu'il est venu en finir. » Étienne pousse un soupir : « Dans ce cas on peut dire qu'il a mis pas mal de chances de son côté… »

Remonté à bord du canot, David raisonne à toute vitesse pour endiguer son stress. Pourquoi est-ce qu'il aurait fait ça ? Ce n'est pas son genre, vraiment. « Et s'il avait cette idée-là, pourquoi est-ce qu'il aurait hissé un pavillon de plongée ? » Marc Berezay approuve : « Admettons qu'il est venu pour une sortie normale. Qu'est-ce qu'il a pu chercher à cet endroit précis ? » David se creuse la tête. Il a pu se dire qu'un jour de grande marée, il serait plus tranquille, tente-t-il, qu'il pourrait observer des choses qu'on ne voit pas d'autres jours, quand il y a plus de monde. Des bancs de poissons rapides chassant dans le courant. Des bancs de bars, par exemple, en train de traquer le lançon, ou des bancs de maquereaux. Et peut-être des phoques, renchérit Étienne, en train de chasser ces poissons, et qui pourraient le laisser approcher, trop occupés par le festin à portée de nageoires pour se méfier de lui.

Armen regarde sa petite troupe, quatre hommes, deux femmes, qui se sont équipés au cas où et attendent un signe de sa part.

Impossible de descendre, là, le courant est trop fort. Il peste contre leur impuissance, reprend le micro et fait ses calculs à voix haute. À supposer que Quentin n'ait rien fait de complètement idiot, et il préfère partir de cette hypothèse, car après tout c'est un très bon professionnel, il a dû planifier une plongée à l'étale de marée haute, donc vers 10 heures, pendant une trentaine de minutes. Armen jette un œil à sa montre. Il est maintenant 13 h 30. « Ce qui veut dire… » essaye-t-il de poursuivre. Sa gorge se noue. Plus de trois heures, pense-t-il, trois putain d'heures…

L'opératrice du CROSS sent le poids du silence et elle prend le relais, dans un crachotement radio qui force tout le monde à tendre l'oreille. S'il est remonté en surface et qu'il a dérivé, il peut déjà être loin : ils vont leur préparer une simulation des courants, à charge pour l'hélico de se déporter pour explorer tout l'ouest, au-delà des Triagoz, dans un rayon de douze milles depuis le point de mouillage. Les secours qui restent sur place, eux, doivent partir du principe que Quentin a pu s'accrocher à une tête de roche ou qu'il a échoué sur une île. « Parce que s'il a eu un problème au fond, de toute façon c'est trop tard, il est sous l'eau, quelque part en dessous de vous, et ce n'est plus un survivant qu'on cherche. » Les gars de la brigade nautique se préparent à intervenir depuis leur base de Lézardrieux et coordonneront une plongée au seul créneau possible, 16 heures, à l'étale de marée basse. En attendant, chaque bateau va explorer une série de carrés d'un mille de large autour du zodiac. La carte de répartition va leur être envoyée d'ici quelques instants, ils peuvent déjà remonter leurs ancres et se préparer à manœuvrer.

« Ainsi soit-il », marmonne David. Sur les bateaux, tout le monde se met en branle : il n'y a pas beaucoup d'espoir, mais si on veut y croire, alors pas une seconde à perdre. À peine s'ils jettent un regard à l'hélicoptère qui négocie son virage vers l'ouest, affolant au passage deux pingouins qui s'envolent dans le sens opposé, battant frénétiquement des ailes en direction de Rouzic et de sa colonie.

À l'abri de la Société nationale de sauvetage en mer, Gustave Rakotomavo et Dieter Lukanow semblent avoir décidé qu'il valait mieux parler pour faire passer le temps. Au moindre instant de silence, de fait, Maya a l'impression qu'elle se dédouble et que son esprit vole ailleurs, au ras des rochers et des vagues. Ici ils ne peuvent rien, à part attendre, et chaque minute est longue. S'efforçant de se concentrer sur la conversation, elle entend Dieter demander à Rakotomavo comment il s'est retrouvé à présider la station de sauvetage.

Rakotomavo parle d'une voix de baryton, en mordillant par intervalles le bout de son cigarillo. Il a fait sa carrière à l'hôpital de Lannion en tant qu'anesthésiste-réanimateur. Un jour, il y a pas loin de trente ans, l'équipe de la station est intervenue aux Sept-Îles, pour un cardiaque. L'homme était vivant quand le canot a accosté à l'île aux Moines, et mort quand ils sont revenus à la côte. Lui a eu vent de cette affaire, et il est allé voir le président de l'époque en lui disant que la prise en charge n'avait pas été bonne, que la procédure à suivre dans le cas d'un cardiaque était passée à l'as. Quand la détresse en mer vient d'un problème de santé, ce n'est pas le tout de récupérer les gens, encore faut-il leur dispenser tout de suite les soins que nécessite leur état. Le président était conscient de cette lacune et lui a proposé de venir les aider là-dessus. « Je suis entré à la station en 1991, et de fil en aiguille… Mais depuis deux ans je coordonne, parce que pour ce qui est d'embarquer, j'ai dépassé la limite d'âge. »

Il passera bientôt la main, mais craint que son successeur n'ait du souci à se faire : le vivier de recrutement de la SNSM, c'étaient les pêcheurs, ou les gars de la marine marchande, et maintenant, sur la côte, plus personne ou presque n'est là-dedans.

Même s'ils sont motivés, les jeunes qui bossent dans les commerces, les restos, les hôtels ne peuvent pas décoller en un claquement de doigts, leurs patrons ne sont pas chauds pour ça, jamais ils ne les encourageront à se former comme sauveteurs... « Si on n'y arrive plus, il faudra que l'État prenne le relais, parce que le sauvetage en mer, c'est une mission régalienne. C'est juste que l'État aime se débarrasser de tout ce qui lui coûte cher – et que donc, pour le moment, il est très content qu'on existe. »

Soudain Maya se lève, elle n'y tient plus, elle attrape des jumelles et elle sort se poser sur un bloc de granit en surplomb de la cale. Au loin, les îles de l'archipel se détachent sur l'horizon, les lignes grises de leurs roches surmontées par le vert vif du couvert végétal. Le point noir qui virevolte, au-dessus, ce doit être l'hélicoptère, qu'elle s'inquiète de voir décrocher vers l'ouest jusqu'à disparaître de sa vue. Elle regarde sa montre, où les secondes passent une à une. 13 h 35. Il faudrait que les heures défilent, pour qu'elle soit enfin rassurée. Non, se reprend-elle, tout le contraire, il faudrait que la montre ralentisse, que chaque seconde dure une minute, pour que les sauveteurs aient le temps de mener toutes leurs recherches avant qu'il soit trop tard.

Dans l'anse la mer bat en retraite, laissant à nu une portion de la cale autour de laquelle quelques promeneurs débutent leur partie de pêche à pied. La plongée de nuit lui revient, ce court moment où elle ne voyait plus la torche de Quentin, où elle ne savait plus comment se repérer et où elle a pris peur, et puis son soulagement quand elle a aperçu le rail de mise à l'eau du canot, qu'elle n'avait plus qu'à suivre pour remonter à la surface. Est-ce que Quentin, si calme sous l'eau, a traversé une telle angoisse ?

Elle s'attarde sur l'archipel, qui n'était jusque-là lié qu'à de bons souvenirs. L'idée la frappe qu'à Rouzic, dans la cabane d'observation, ils ont mangé des œufs durs et des pommes, et succombé d'une certaine manière aux tentations du paradis. La faute est-elle de ce côté-là ? Est-ce que c'est la nuit à Rouzic qui a précipité leur chute en les faisant retomber dans les affres et les doutes ? Elle n'éprouve plus vraiment de colère contre Quentin. Ce qui reste dans l'azur strié de traces d'avion, au-dessus des nuages pommelés qui enrochent les hauteurs du ciel, c'est le sentiment qu'elle aime cet homme comme jamais elle n'a aimé personne, et que l'histoire ne peut pas s'arrêter là.

En mer, depuis les trois bateaux, Marc Berezay, Armen Dirou et Étienne Feyereisen font leur rapport au CROSS. C'est vite vu, à vrai dire, puisqu'ils n'ont rien trouvé. Aucun plongeur flottant grâce à sa stab, aucun élément de matériel ballotté par les vagues. Les embarcations de plaisance qu'ils ont croisées en chemin n'ont rien à signaler. Quant à l'annexe que les sauveteurs ont mise à l'eau pour s'approcher au plus près de Malban, puis de Bono, elle n'a croisé que des huîtriers pie et d'autres limicoles.

Du côté de l'hélicoptère, le bilan est tout aussi décevant. Après une heure de recherches, menées à partir du point le plus éloigné auquel les courants auraient pu déporter Quentin, il doit partir se recharger en fioul à l'aéroport de Lannion. Alors qu'il s'apprête à revenir, le CROSS signale une autre urgence : un voilier en difficulté, à bord duquel un frère et une sœur, adolescents, ont prévenu que leur père avait fait un malaise. L'hélicoptère laisse à terre son plongeur, embarque un des sapeurs-pompiers de la base et file immédiatement sur place. Le mécano dépose le pompier sur le pont, et ils treuillent les ados. Le père est trop fragile pour suivre le même chemin, si bien que le pompier le stabilise, puis prend la barre pour reconduire le bateau à Perros. Ce n'est qu'une fois cette intervention conclue que l'hélicoptère retourne sur la zone de recherches.

Dans l'intervalle, les terres se sont découvertes, l'estran des îles est vaste comme rarement, et Ar Gazec, qui ne s'élevait pas haut tout à l'heure, s'est transformée en une forteresse couverte de goémon noir et ébréchée de partout par la longueur du siège que les marées lui livrent.

Autour de 15 h 40, la brigade nautique arrive sur les lieux. Ce ne sont pas des inconnus. Le capitaine Sylvain Faugeron travaille avec l'équipe de la réserve, il connaît David pour avoir plongé quelquefois avec lui, et mieux encore Armen, qu'il a côtoyé à Antibes, au centre de formation plongée de la gendarmerie, à l'époque où Armen bossait pour le GIGN. Une fois, Faugeron a pris le temps d'expliquer à David ce que faisait sa brigade. « Je vais pas te vendre du rêve », a-t-il commencé. Le travail consiste surtout à rechercher des corps, dans des étangs, dans le lit des fleuves, coincés dans les failles de la côte ou dans l'armature des épaves, et ce, parfois de longues années après que les personnes ont disparu, lorsque quelqu'un avoue un meurtre ou relance une affaire en mettant en lumière l'indice passé inaperçu. Dans ces cas-là, les corps sont dans un sale état, seulement identifiables par leur ADN. « Aucun de nous n'a plus de quarante-cinq ans, tu remarqueras. Et le temps de se former, on commence rarement avant trente. Je crois que c'est bien comme ça : on peut faire ce métier dix ans, après c'est trop pénible, physiquement, moralement, il faut se recycler et aller voir ailleurs. »

Le briefing se fait au mégaphone. Armen, celui qui connaît le mieux le site, explique quel genre de milieu ils vont trouver et à quels points de repère se fier. Puis Sylvain Faugeron rappelle la procédure. Si une palanquée découvre Quentin noyé et qu'il n'y a plus rien à faire, on alerte en faisant tinter les pointeurs sur le métal des bouteilles, et si ça ne suffit pas, on remonte pour indiquer aux collègues en surface sa localisation, mais on ne touche à rien : ce sont les techniciens d'identification qui viendront préserver le corps et le brancarderont vers l'air libre, faute de quoi l'autopsie ne sera pas du tout fiable. En revanche, s'ils voient le moindre signe que Quentin pourrait être en vie, il va de soi qu'ils le ramènent aussitôt, en veillant à ne pas excéder la vitesse de remontée rapide, donc pour rappel douze mètres minute.

David se prépare à se mettre à l'eau avec l'autre plongeur aguerri de l'équipe des sauveteurs, Étienne et Loïc forment leur palanquée habituelle, le CAP et la brigade nautique fournissent chacun trois binômes, si bien qu'ils ne sont pas moins de seize plongeurs à descendre au point de mouillage du zodiac. Ils plongent tête la première et visent tout de suite au plus profond. Pensant à l'ancre comme au centre d'une boussole qui leur serait commune, ils se mettent à travailler en arcs de cercle concentriques : ils palment sur cinq mètres, décrivent un quart de cercle en inspectant tout ce qui les environne, puis s'éloignent de quatre mètres encore et reparcourent leur arc en sens inverse. Malgré l'absence de houle et la lumière qui fuse là-haut, la visibilité ne dépasse pas cinq mètres, et cette technique qu'a recommandée Faugeron est la plus fiable pour ne rien rater.

Au sud, à l'ouest, certains ne flottent qu'au-dessus d'un désert de sable, quelques tacauds qui se promènent, une seiche qui rétropédale à leur approche. Soutenus par le courant, David et son binôme parviennent à palmer, à l'est, jusqu'aux contreforts d'Ar Gazec et en explorent les failles. Le tombant est couvert de gorgones d'un rouge sang. Un peu en dessous d'eux, les tentacules d'un poulpe dépassent d'une cavité, s'ils étaient là pour le plaisir ils l'observeraient un moment, d'autant que ça a l'air d'être un sacré mastard, mais ils lui jettent à peine un regard et ils poussent plus loin, palmant avec vigueur. Au bout de quinze minutes qui filent comme l'éclair, il faut déjà revenir vers le mouillage, la marée remonte, les courants vont reprendre le genre de puissance contre laquelle personne ne lutte. Faugeron a été clair : on se donne à fond, parce qu'il n'y a rien de plus important que la sauvegarde de la vie humaine, mais on ne risque pas la vie de plusieurs plongeurs pour en récupérer un seul, surtout quand le disparu a toutes les chances d'être déjà foutu.

Plus tard, Dieter, Joséphine et Rakotomavo sortent voir si Maya a toujours envie d'être seule. « Vous devriez rentrer, conseille Rakotomavo. Il commence à faire froid, vous allez attraper la mort. » Tout de suite il s'excuse de ce mot malvenu. Maya hausse les épaules. Joséphine tire de son coffre la valise de Maya, en sort un pull qu'elle accepte d'enfiler, puis se met au volant et va chercher de quoi manger. Rakotomavo retourne dans l'abri avec Dieter. Il est nettement moins bavard, soudain, comme rattrapé par la situation. « Ça va être dur, souffle-t-il. Ils se connaissaient depuis longtemps ? » Dieter répond que cela faisait deux ans. « Remarquez, enchaîne l'autre, ça ne veut pas dire grand-chose… »

Maya reprend les jumelles et scrute de nouveau les îles. Vous allez attraper la mort. Elle se rend compte qu'elle a le sentiment inverse. Tant qu'elle surveille la mer, la mort ne peut pas venir, sa tristesse lui fera barrage. Mais si elle ne joue plus les vigies… Joséphine revient. Elles mangent leurs galettes sans dire un mot, puis Joséphine lui tend une cigarette que Maya peine à allumer, même en la protégeant de la main. La brise souffle sur le briquet, souffle sur la flamme d'espoir qui vacille dangereusement. La brise consume la cigarette au moins autant que Maya ne la fume, jusqu'à ce qu'il ne reste plus qu'un mégot. Elle en allume une deuxième, en sachant que ce sera la dernière, et en quelques bouffées celle-ci aussi se trouve réduite en cendres. C'est le crépuscule qui s'annonce, la nuit qui va tout recouvrir de son éteignoir de métal. La fin de cette journée c'est la fin, pense Maya en phrases qui tremblent.

Ils retournent au port où la marée est remontée très haut. Avec l'interruption des recherches, l'escouade a reçu liberté de manœuvre, la brigade nautique est repartie pour Lézardrieux, l'équipe d'Armen pour Trébeurden, mais les bateaux de la réserve et des sauveteurs sont en train d'arriver, ce dernier remorquant le zodiac avec David à bord. La nouvelle de leur échec total, pas de Quentin, pas de traces, ils la leur ont déjà donnée par le canal radio, si bien qu'en débarquant ils économisent leur salive.

À côté de la voiture de Quentin, l'homme en uniforme se présente comme l'adjudant Thierry Dromer, de la brigade territoriale de Perros-Guirec. Il est grand et se tient très droit, avec ce visage ouvert que Maya, quand elle aura affaire à lui, trouvera plus sympathique à chacune de leurs rencontres. Tout proches se tiennent la mère et le père de Quentin, aussi raides et rugueux que les statues des calvaires. Maya voit que François a pleuré et qu'il ne sait pas comment se comporter avec elle. Gaëlle s'avance et lui serre les deux mains, avec une force terrible. Ils n'ont rien à se dire, Maya sent juste que le quai du port est en train de s'ouvrir sous ses pieds.

Lorsque Marc Berezay et Thierry Dromer leur expliquent la suite, elle recule d'instinct de deux pas, comme si c'était dorénavant aux parents de Quentin de se retrouver en première ligne. Les recherches vont reprendre autour de 6 heures. Cette nuit, la mer sera autour de 12 °. « Si votre fils est dans l'eau, même avec sa combi, ses chances sont minces », admet Thierry Dromer. Néanmoins, pour peu que Gaëlle et François le souhaitent, ils vont réengager dès le lever du jour le plus de moyens possible, parce qu'avec les courants est-ouest, le champ de leurs recherches va vite devenir trop vaste. « Oui », murmure Gaëlle : elle aimerait qu'ils continuent, pour retrouver au moins son corps. « Simplement, au bout de quelques heures, souligne Marc Berezay, il faudra s'arrêter, parce que… les moyens engagés, malgré notre bonne volonté, ne serviront plus à rien. » Gaëlle approuve d'un signe de tête.

Marc Berezay tend à Dromer la clé de la voiture récupérée sur le zodiac. Ouvrant la boîte à gants, Dromer met tout de suite la main sur les papiers du véhicule et sur un portefeuille.

Maya voit qu'il s'arrête sur la carte d'identité de Quentin et se demande ce qu'il regarde : la photo prise trois ans avant, avec ce visage sévère qui ne lui ressemble pas, ou la date de naissance, le 8 janvier 1992. Dans le coffre, il y a une gourde, un pull, un set de boules de pétanque et un tuba plein de sable. 4 août 2019, se met-elle à penser, soudain. C'est cela la mention qu'il faudra ajouter, bientôt, sur un autre papier.

Après quoi François Lorssery se racle la gorge et annonce qu'il tient à leur offrir un pot, une bière, un grog, ce qu'ils voudront, après la longue journée en mer. « C'est le moins qu'on puisse faire pour vous remercier tous. » À part Thierry Dromer, qui doit reprendre son service, personne ne se débine. Leur cohorte se met en mouvement et se dirige vers le Bistrot du port. David, Loïc et Dieter discutent à voix basse, Joséphine et Maya se soutiennent par le bras, tandis qu'Étienne ferme la marche, les yeux rivés au sol. Ils entrent en file indienne et se répartissent le long du comptoir, comme s'ils ne voulaient pas s'asseoir, comme si s'asseoir c'était renoncer pour de bon.

François commande une tournée au barman qui sait déjà qu'on ne fête rien. « Vous avez fait vraiment tout ce que vous pouviez, dit-il une fois qu'ils sont servis. Je veux que vous sachiez que Gaëlle et moi, nous vous sommes très reconnaissants. » Il lève son verre, dans le silence si lourd, puis reprend d'une voix qui trébuche : « Mais qu'est-ce que vous voulez ? Qu'est-ce qu'on y peut, à ce que font les enfants ? » Gaëlle le retient par la manche, livide. François se dégage avec douceur. Il veut aller au bout de sa pensée. « C'était un gars très chouette, mon fils, mais aussi un petit con. J'aurais voulu que ça tourne bien, pour lui. Mais ça se termine comme ça, et j'avoue, je lui en veux. Car ce qui s'est passé, c'est d'abord de sa faute. Les petits cons, souvent, font de grosses conneries. »

14. LE BOIS SEC DES INDICES

Cette nuit-là Maya a rêvé de la naissance des océans. Tantôt elle se trouvait dans un amphithéâtre où des chercheurs controversaient sur le sujet, tantôt elle flottait dans le cosmos tandis que des millions d'années défilaient sous ses yeux.

D'abord on avait cru que la terre était née sèche, comme l'est restée la lune, et que c'étaient les météorites, dont la pierre contenait de la vapeur, et les comètes composées de glace qui, en la percutant, avaient apporté l'eau. Puis on avait pensé que l'eau était prisonnière des planétésimaux qui s'étaient agrégés pour constituer la terre et qu'elle s'était dissoute dans le magma de leurs roches en fusion, avant que les volcans la recrachent. Protégée par la bulle qui enveloppait son corps fragile et immortel, Maya voyait cette eau qui s'évaporait lentement, mais que l'atmosphère retenait. Puis elle sentait sur toute sa peau le climat se refroidir, et c'est à ce moment-là que la pluie commençait, changeant les mares en lacs, les lacs en mers, s'abattant de partout, en un gigantesque déluge.

Une voix en elle se demandait si elle serait encore vivante lorsque la science tiendrait une réponse ferme sur ces sujets. Une autre voix lui soufflait que ces hypothèses ne valaient rien, et que c'était à elle d'inventer une nouvelle théorie. Et subitement, l'intuition la frappait. Elle se disait : les océans sont nés des larmes. Ils recueillent l'humidité et le sel de nos corps. Ils sourdent des vieilles douleurs qui nous ravagent. Elle était sur le point de livrer cette évidence non seulement à ses collègues, mais à la foule composite de tous ceux qui vivaient sur terre, humains, animaux, végétaux, quand un rai de soleil a fini par la réveiller.

Son corps recroquevillé, les meubles de la chambre, les larmes baignant ses joues, et sur le vasistas les dernières gouttes de l'averse : elle a mis du temps à comprendre où elle avait dormi. C'était le premier étage de la maison de Toull Bihan, à Trégastel, chez Joséphine qui avait proposé de l'héberger pour qu'elle ne reste pas seule. Elle s'est dit qu'elle avait pleuré à cause de son cauchemar. Puis elle s'est rendu compte que non, c'était un très beau rêve, elle avait vu grandir l'océan, assisté aux prémices de la vie telle qu'il l'abritait, le cauchemar c'était de se réveiller, de sentir la vague du réel qui revenait la chercher pour l'emmener loin du rivage, là où les êtres humains sont si mal adaptés que souvent ils se noient.

Vers l'heure du déjeuner, Maya a reçu un appel de Gustave Rakotomavo. Les recherches du matin s'étaient révélées vaines. L'hélicoptère avait refait une longue exploration en tenant compte de la simulation de dérive, la vedette des sauveteurs et la brigade nautique avaient de nouveau quadrillé la zone de mouillage, et personne n'ayant rien trouvé, le CROSS avait arrêté les recherches à midi. « Maintenant, a soufflé Rakotomavo, il faut espérer un miracle pour le récupérer vivant, ou compter sur la mer pour qu'elle nous rende son corps. »

Un accident stupide, a essayé de se convaincre Maya. Ou bien est-ce qu'il était allé chercher la mort ? À Roscoff, elle avait entendu l'un des plongeurs de la Station parler du fait que c'est comme ça qu'il se suiciderait, s'il apprenait être atteint d'une maladie incurable. Plutôt que de se traîner des mois dans une chambre d'hôpital, choisir une plongée qu'on a toujours eu envie de faire, dire au revoir aux coraux, puis respirer deux bouffées d'un mélange suroxygéné. « Tu meurs d'une crise d'hyperoxie, c'est douloureux mais c'est vite fait, et tu pars en beauté. »

Sans exclure cette hypothèse, elle avait du mal à y croire. Quentin n'aurait pas fait ça un jour où ils devaient se voir. Il aurait anticipé que des moyens colossaux seraient mis en œuvre pour le retrouver, et n'aurait sûrement pas voulu causer tant de dérangement. C'était quelqu'un de modeste, il aurait choisi une manière plus discrète d'en finir. Surtout, elle espérait que plein de choses le retenaient à la vie, des poèmes à écrire, beaucoup de combats à mener, et leur histoire, aussi, malgré les soubresauts. Il répétait souvent qu'il avait de la chance de l'avoir rencontrée, impossible qu'il ait voulu tout envoyer en l'air. Sortant d'une sieste comateuse, elle s'est rendu compte qu'elle n'avait plus qu'une seule idée en tête, résumée en une phrase qui s'est mise à tourner en boucle : l'homme qui venait de disparaître était menacé de mort.

Il fallait qu'elle signale cela à la gendarmerie, qu'elle réunisse des preuves. Gaëlle lui avait laissé les clés du Kangoo et de la maison de Kirio pour qu'elle récupère des affaires. « Bien sûr, avait-elle ajouté, si vous voulez rester, le temps de… » Le temps de quoi, ce n'était pas clair, mais il était sûr que le temps avait son rôle à jouer. Elles s'étaient promis qu'elles prendraient un café, quand elles tiendraient debout. Maya s'était dit que l'heure venue, elle aurait peut-être besoin de ça, ne serait-ce que pour rassembler les pièces du puzzle Quentin Lorssery.

En fin d'après-midi, elle entre dans la maison. Tout est figé. Les objets ne bougent pas. Elle cherche l'ordinateur portable de Quentin, qui n'est pas à sa place habituelle, sur la table du bureau, en dessous de son planisphère. Elle regarde s'il l'a laissé en bas, au salon, puis remonte et ne le trouve pas non plus dans le placard de l'imprimante. Ces endroits logiques épuisés, elle se met à le chercher à des endroits plus incongrus : dans l'armoire des vêtements, sous les piles de livres, dans les tiroirs de la cuisine. À chaque geste elle est plus lente, regarde comment sont disposées les choses avant de se permettre d'y toucher, et elle se surprend même à prendre des photos pour tout remettre comme c'était. En vivant ici quelques semaines, à ses côtés, jamais l'idée ne l'aurait effleurée qu'elle reviendrait dans de pareilles circonstances.

Au bout d'une demi-heure, l'ordinateur reste introuvable. À part cela, tout semble normal. La maison est rangée et prête à l'accueillir. Il y a une corbeille de fruits frais, et même, sur la table basse du salon, un bouquet de fleurs sauvages. Surtout, elle n'a pas trouvé de lettre d'adieu. Gaëlle, par un texto, lui confirme qu'elle n'a pas eu le cœur de passer et qu'elle n'a donc touché à rien.

Maya enfile des gants de ménage et entreprend de fouiller les poubelles. Rien de notable, à part quatre mégots de joints. Ça la fout mal, tout de même, si les gendarmes viennent. Elle pourrait sortir les poubelles, mais ce serait courir le risque de supprimer des preuves, de passer à côté de quelque chose qu'eux seront capables de voir. Alors elle se retrouve à prélever les mégots et à remettre tout le reste, dans un savant désordre. Peut-être qu'elle n'est pas la première à fouiller ces déchets. Si ça se trouve, les résidus de joints ont été placés là par quelqu'un qui voulait discréditer Quentin, car pendant les trois semaines qu'a duré son séjour, elle ne l'a vu fumer que deux fois. Avant de reprendre sa voiture, elle demande à Dieter de lui envoyer les preuves qu'il a conservées, les photos du fou de Bassan, les captures d'écran des menaces proférées sur leurs réseaux sociaux. « Qu'est-ce que tu vas faire de tout ça ? » l'interroge-t-il. Elle sent qu'il est sceptique mais ne lui répond rien. Il faut qu'elle parle de ses doutes, sinon elle va devenir folle.

Ceinte d'une grille de deux mètres de haut, la gendarmerie de Perros-Guirec est un bâtiment récent, à l'architecture discutable, avec des toits d'ardoise dont les pans se brisent selon des angles variés, comme dans un exercice de géométrie. Dès les premières phrases de Maya, le chargé d'accueil comprend que ça va être long et dit qu'elle va être reçue par un officier de police judiciaire. Elle patiente dans le couloir. Comment faire pour être prise au sérieux ? Pour que ses doutes soient convaincants ?

Tout de suite elle reconnaît l'homme qui vient la chercher, l'adjudant Thierry Dromer, entrevu l'avant-veille sur le port de Ploumanac'h. Son bureau est chargé de dossiers. Au mur s'affichent des tableaux blancs couverts de notes que Maya s'empêche de lire pour ne pas passer pour une espionne, et une carte topographique de la région. Dromer lui dit qu'elle a devancé sa démarche, qu'il s'apprêtait à la recontacter. « Ah oui ? demande Maya. Pour savoir quoi ? » « Ce que vous faisiez dimanche, explique Dromer, et pourquoi vous n'avez signalé la disparition que vers midi et demi. » Une question anodine, qui donne néanmoins à Maya le sentiment de faire partie d'une liste de suspects.

Thierry Dromer est brun, cheveux très drus, barbe dense soigneusement taillée, avec dans le visage une forme de stabilité qui doit tenir à l'écartement de ses yeux, ou bien à son nez droit, ou bien à un effet d'optique que provoque l'uniforme. Vas-y, s'encourage Maya, présente ton alibi. Elle raconte qu'elle revenait de Roscoff, où elle a passé deux semaines chez… et là, sa voix se suspend une fraction de seconde – un collègue et ami. Aussitôt elle se dit qu'il a dû percevoir son trouble. Deux compagnons, cela fait désordre. Par respect ou plutôt par crainte instinctive de la norme sociale, voilà qu'elle vient de mentir à un officier de police judiciaire. Elle se demande si elle doit se corriger, mais si elle veut avoir l'air fiable, ce n'est pas une bonne idée. Et comme Dromer ne la questionne pas plus avant, elle préfère enchaîner : elle dit être consciente que l'accident de plongée est la piste la plus probable, mais tout de même, il y a plusieurs éléments qui la troublent. Quentin n'allait pas plonger seul. En apnée, sur la côte, cela pouvait lui arriver, mais pas avec des bouteilles et au large, il avait bien assez d'amis pour prévoir des sorties, en particulier un dimanche. Et puis, d'après les conversations qu'elle a eues avec Armen Dirou et David Sadler, le point de mouillage de son zodiac n'était pas un spot habituel. Or Quentin connaissait la réserve sur le bout des doigts, il la pratiquait de longue date… « J'avoue que j'ai aussi des questions sur les recherches, poursuit Maya. Je ne comprends pas pourquoi l'hélicoptère a cessé d'y participer pendant deux heures. Ou bien pourquoi ils ont plongé si tard, alors que chaque minute comptait… »

Thierry Dromer hoche la tête : « C'est normal que vous pensiez ça. Nous aussi on se dit toujours qu'on aurait pu faire plus. Mais l'hélico, il est parti sauver un père et deux enfants, sur un voilier. On les avait localisés, ç'aurait été une faute de tarder à les récupérer. On a des moyens limités, et très souvent plusieurs problèmes à gérer en même temps, sinon ce serait trop simple… » Et quant à la plongée, plus tôt le courant était trop fort. « Simple décision de sécurité, pour éviter le suraccident. C'est fréquent vous savez. On essaye de sauver quelqu'un et on tue quelqu'un d'autre. »

Est-ce qu'elle est au courant de ce qui s'est passé aux Sables-d'Olonne, en juin ? Un canot de la SNSM est sorti secourir un pêcheur, qui était seul en pleine tempête sur son chalutier. Le canot a été frappé par une vague qui a fait exploser les vitres de la timonerie. Ils étaient sept sur le bateau : sur les quatre sauveteurs projetés à la mer, trois ont regagné la côte mais le dernier y est resté, et deux des trois sauveteurs coincés à bord y sont passés aussi. « On a perdu trois hommes pour en sauver un seul. Je ne porte pas de jugement. C'est clair qu'en pleine tempête, intervenir était vraiment coton. Maintenant si les secours ne sortent que quand c'est pas dangereux, ils ne sont pas très utiles… On parle beaucoup de cette histoire, dans notre milieu, depuis deux mois. Il faut en permanence évaluer les risques. Et les grandes marées, pour plonger, ça n'est pas plus commode que la tempête pour naviguer. »

Thierry Dromer marque un silence. Elle aimerait le voir tripoter un stylo, un trombone, faire preuve d'un peu de nervosité, mais cela n'a pas l'air d'être le genre. « Pour en venir aux éléments que vous soulevez… Est-ce que vous, vous croyez que son geste ait pu avoir une dimension suicidaire ? » Maya déglutit avec peine. Ce n'est pas impossible, car son licenciement lui avait mis un coup, mais il n'a à sa connaissance jamais fait de tentative, et ne lui a pas fait part d'idées de mort. Dans les jours qui ont précédé son retour de Roscoff, il était laconique, ne répondait pas au téléphone et à peine aux textos, mais ça c'était son caractère, ça n'avait rien de très alarmant. Et puis on ne peut pas dire non plus qu'il était dans une mauvaise phase, il venait quand même d'engranger un véritable succès, avec les gens d'Atlantis… Dromer connaît le collectif, mais n'a pas l'air plus au courant que cela. Elle lui raconte brièvement leur combat contre la surpêche et en profite pour en venir au fait. « Ce que je voulais vous dire, surtout, c'est qu'il recevait des menaces. » Dromer relève la tête, cesse de prendre des notes. « Ah », fait-il simplement. Maya embraye, entre dans les détails. Elle est venue avec son ordinateur, elle l'ouvre pour lui montrer les preuves que Dieter lui a fournies. Elle insiste sur les pneus crevés, le soir de la réunion. « On aurait pu y rester, cette nuit-là, et c'était il y a trois semaines… »

Expliquant tout cela, elle parle d'une voix rapide, comme si elle voulait allumer le bois sec des indices avant qu'il n'éteigne ses hypothèses encore fragiles d'un grand vent d'objections.

Mais c'est lorsqu'elle mentionne la disparition de l'ordinateur qu'elle voit une flamme naître dans les yeux de Dromer. « Ça c'est intéressant. Il va plonger, il n'a pas de raison de prendre son ordi… » Est-ce que Maya a constaté des traces d'effraction ? Est-ce que d'autres objets de valeur manquaient ? Elle a fouillé partout dans la maison et n'a rien remarqué de suspect. Et elle a vérifié, il ne l'a prêté à personne, en tout cas pas parmi les membres d'Atlantis ou dans le cercle de ses amis proches. « Vous pensez qu'il pourrait y avoir dans le disque dur des éléments qui mettent en cause Néréos, ou d'autres acteurs de la pêche… et qui n'auraient pas été publiés ? » Maya avoue qu'elle n'en sait rien. C'est tout à fait possible. Quentin restait discret sur son travail militant, même au sein du collectif, et les menaces avaient encore accru son degré de méfiance.

Ils restent là-dessus un moment, puis Dromer lui annonce qu'il viendra faire une visite domiciliaire pour constater le vol. « Vous allez mettre une équipe sur le coup ? » demande Maya. « Non non, pour l'instant ce sera moi. S'il y a besoin de monter en puissance, ne vous inquiétez pas, on sait faire. »

Sur le bureau, le portable sonne. Dromer commence à répondre devant elle, puis son visage se durcit, il disparaît dans le couloir, revient au bout d'une minute. Une urgence à gérer, il va devoir la reconduire. « De toute façon, vous m'avez dit l'essentiel, non ? »

Le lendemain, à 9 heures, Thierry Dromer se gare à cent mètres de la maison de Locquémeau et, tout en s'avançant vers Maya arrivée avant lui, prend malgré le crachin quelques photos des alentours. Très vite il demande où elle s'est garée lorsqu'elle est venue la veille, et en entendant la réponse, à savoir dans l'allée, avec la voiture de Quentin, il laisse échapper un soupir. « Dommage… » Cela va rendre les traces de pneus moins évidentes à décrypter. Il remonte l'allée, s'accroupissant par intervalles pour observer le gravillonnage.

Une fois à l'intérieur, ils passent en revue les pièces. Ce n'est pas une perquisition, il n'est pas censé toucher à quoi que ce soit, mais pointe des meubles ou des recoins et lui demande si elle a bien pensé à fouiller là, et là… À l'aide d'une poudre révélatrice, il cherche des empreintes sur le bureau du premier, puis sur les portes et les fenêtres, qu'il inspecte pour voir si on ne les aurait pas ouvertes en pesant dessus avec un tournevis ou avec un pied-de-biche.

« Bon, constate Dromer en achevant ce relevé, a priori, pas d'effraction. » Il regarde Maya en réfléchissant à haute voix. « Maintenant, la question c'est, est-ce qu'il fermait la porte ? Beaucoup de gens ici laissent tout ouvert, ou glissent la clé sous un pot de fleurs. » Cette confiance excessive envers le genre humain, ajoutée à ces résidences secondaires vides huit mois sur douze, explique le temps démentiel que son escadron perd à plancher sur des cambriolages. Si cela se trouve, quelqu'un a appris la disparition de Quentin et s'est dit que c'était l'occasion de voler dans la maison des objets de valeur. « Vous avez dû croiser Loïc Guidal, de la réserve ? Son père était pêcheur ici, à Locquémeau. Le jour où on l'a enterré, quelqu'un s'est introduit chez lui et a volé son carnet de pêche, avec toutes ses notes sur les zones poissonneuses, et les repères à terre que les marins utilisaient pour naviguer avant les GPS. Pendant l'inhumation ! Je sais pas si vous vous rendez compte… » Maya secoue la tête : « Tout ce que je peux vous dire, c'est… Quentin n'a jamais parlé d'une cachette où il laissait ses clés. Et j'ai trouvé la porte fermée à double tour. »

Deux choses à faire encore avant de quitter les lieux. Tout d'abord le gendarme se met à fouiller les poubelles. Tandis que Maya le regarde, la culpabilité lui accélère le cœur, elle a le temps de se demander si son micmac se repère, si le désordre des déchets va lui paraître artificiel, et sent un soulagement disproportionné l'envahir quand Dromer se redresse sans un mot.

Ensuite il se dirige vers la salle de bains, prélève des cheveux sur le peigne de Quentin et fait glisser sa brosse à dents dans un sachet stérile. « Comme ça, on aura son ADN en base. » La voix de l'adjudant, remarque-t-elle, se fait toujours plus lente lorsqu'il s'apprête à évoquer des choses délicates. « Si son corps finit par s'échouer, même dans des mois, on sera en mesure de l'identifier et de le rendre à la famille. L'expérience prouve que c'est important… » Maya hoche la tête, réprimant un sanglot, mais avant de détourner le regard, elle entrevoit que c'est aussi son cas, qu'il a les yeux humides, de sorte qu'en refermant la maison sous la pluie qui n'a pas cessé, elle se met à penser que cela ne doit pas être si facile, en fait, chaque fois qu'il faut se lever le matin, de s'appeler Thierry Dromer.

Le 8 août elle s'accorde ce luxe dont on jouit rarement dans la gendarmerie, celui de rester dans les draps. Pas trop le choix, de toute façon : les barres de la migraine sont fichées dans son crâne, elles aimantent ses pensées et refusent qu'elles circulent. Même si le temps se maintient à la pluie, la lumière du dehors est encore bien trop vive, et elle garde les volets clos. Elle aimerait dormir pour repousser dans le néant ce temps qui ne sert à rien, mais le sommeil est loin, inatteignable.

Comme chaque jour depuis que Quentin a disparu, Bruno l'appelle. Cette fois, il est plus insistant : « Tu reviens, Maya, ou c'est moi qui te rejoins. » Sa voix sans corps et sans visage n'est pas tellement concrète. Elle laisse ses mots couler, tantôt comme les notes graves d'une mélodie dépourvue de sens, tantôt en comprenant ce dont il est question, mais trop faible pour réagir. Il faudrait lui chuchoter, je te rappellerai quand j'irai mieux. À ceci près qu'elle ne veut pas qu'il rapplique dans le coin : cela fissurerait la paroi qui sépare ses deux vies, elle perdrait aussitôt la légitimité fragile de compagne de leur fils qu'elle a acquise auprès des Lorssery. Alors elle prend sur elle et lui donne rendez-vous le soir à Locquirec, qui est à mi-chemin. Comme la sœur de Quentin est revenue aux côtés de ses parents, Maya ne dispose plus du Kangoo et demande à Joséphine de lui prêter sa voiture. Roulant le long de La Lieue de Grève, où ne miroitent que les algues vertes, elle se dit qu'il y en a marre de dépendre de la gentillesse des uns et des autres, et qu'elle devrait se décider à louer pour retrouver de l'autonomie.

Depuis Locquirec, avec ce ciel qui menace et la mer retirée au loin, la baie de Lannion est mélancolie pure. Bruno la serre dans ses bras, dans une étreinte qui fait sentir à Maya les contours de sa cage thoracique, mais qui lui fait du bien. Ils font le tour de la pointe. Comme elle voudrait donner des gages qu'elle tient le choc, et que les voici derrière le Grand Hôtel des Bains, elle a envie de lancer, un jour ce serait chouette qu'on s'offre une nuit ici. Rien ne sort, elle se censure. Toutes les joies paraissent déplacées, tous les projets d'avenir.

Un grain surgi de nulle part les fait se réfugier dans l'une des brasseries du port. « J'ai de la peine même si je ne le connaissais pas, affirme Bruno. Ce n'est pas mon deuil, d'accord, mais si tu es triste je suis triste. Si c'était quelqu'un que tu aimais, je l'aurais sûrement aimé aussi. » Il a attendu pour dire cela de l'avoir en face d'elle et de pouvoir guetter son visage. Pendant quelques minutes, il dirige la conversation vers des sujets plus anodins, le temps que ces phrases-là aient une chance de s'imprimer en elle, et puis il revient à la charge. Oh, il le fait avec délicatesse, attentionné, irréprochable, et il a certainement raison, mais cela ne suffit pas. « À rester tu te fais du mal. Tu ne peux que déprimer, chaque jour un peu plus. Ça ne change rien que tu restes là. »

Maya entreprend de répondre. Elle dit qu'elle attend de voir si les parents de Quentin organisent une cérémonie. C'est un mensonge, ils ne prévoient rien avant septembre, le temps que leurs proches reviennent de vacances, et dans l'espoir, qui sait, d'avoir un corps à enterrer. Elle hésite à parler à Bruno de son enquête, se censure de nouveau. Elle ne veut pas le faire avant qu'un signe lui soit envoyé, un indice surgi de la mer, glané sur internet, tombant des lèvres d'un témoin, qui lui confirme qu'elle n'a pas perdu toute rigueur de pensée, que l'amour et la tristesse ne l'ont pas rendue complètement idiote. « J'attends que les circonstances du drame se soient éclaircies, murmure-t-elle en sentant combien la formule est vaseuse. Ensuite je te rejoins. Bruno, je ne sais pas comment te dire merci. C'est juste que… Tu sais, ça me fait du bien d'être seule. »

La nuit, de retour à Trégastel, la belle solitude soi-disant désirée fait remonter en flèche l'angoisse. Elle sait que chaque jour qui passe sans qu'elle travaille va lui rendre la vie plus difficile à partir de septembre. Les échéances ne bougeront pas. C'est facile de refouler cette réalité avec la trêve d'août, mais dans trois semaines, quand tout reprendra, est-ce qu'elle sera en état de faire face ? Ici, elle ne pourra jamais s'y remettre. Mais si elle quitte les lieux, qu'elle s'éloigne des Sept-Îles, une intuition obscure lui dit que tout sera perdu.

Le vendredi, Thierry Dromer lui demande de repasser à la gendarmerie pour lui rendre compte de son enquête. C'est gentil de sa part, il est censé maintenir le lien avec la famille et les proches, mais rien ne le contraint à se montrer aussi transparent avec elle. Depuis la visite domiciliaire, il a auditionné pas moins de quinze personnes. Dieter Lukanow et Jérémie Varenne n'en savent apparemment pas plus que Maya sur les menaces visant Quentin. Ils lui ont parlé de coups de fil peu amènes qu'ils ont reçus du comité des pêches ou de l'administration de la région, de pressions insidieuses pour qu'Atlantis arrête de remuer la merde, mais rien qui s'apparente à des menaces de mort. « Ce que je voudrais comprendre, c'est la raison pour laquelle Quentin a plus été ciblé que les autres… »

Il a aussi évoqué le dossier à la brigade de recherche de Lannion, et quand il a lâché le nom de Néréos, par chance, ça a fait tilt. « Est-ce que vous saviez qu'une autre personne, dans cette affaire, a été menacée ? Je veux dire, physiquement ? Noémie Riera. Je ne sais pas si vous la connaissez ? » Noémie a confié à Dromer que Quentin était avec elle, le 31 juillet, quand des pêcheurs sont venus l'intimider devant son domicile. Au ton dont il dit *avec elle*, Maya comprend que ça n'était pas que pour travailler. Une nausée lui monte dans la bouche. Des ex qui couchent ensemble, quoi de moins étonnant ? Mais est-ce qu'ils se voyaient beaucoup, ces derniers jours ? Est-ce que leur relation était en train de renaître ? Elle refoule ces questions, refuse de se montrer jalouse devant Dromer, qui ne s'attarde pas non plus.

Quoi qu'il en soit, les collègues de la police qui sont intervenus ce jour-là ont noté les identités de tous les hommes présents, ce qui a permis à Dromer de les passer en revue. Globalement, c'étaient des pêcheurs de la côte, des caseyeurs et fileyeurs. Aucun d'entre eux ne travaille ni n'a travaillé pour Néréos. Dromer est allé voir les deux hommes qui se sont montrés les plus agressifs. Ils lui ont dit être en colère contre les méthodes de Sea Shepherd, mais ont plaidé le geste d'humeur, des phrases prononcées sous le coup de l'énervement. Par ailleurs, aucun des deux n'était en mer le 4 août, et Noémie Riera n'a pas reçu d'autres menaces depuis. « Là aussi cela pose question… Si les révélations sur Néréos ont eu de l'écho, c'est grâce à Sea Shepherd, pas grâce à Atlantis. Une personne malintentionnée aurait eu plus de raisons de s'en prendre à elle qu'à Quentin… » En somme, qu'il y ait eu une situation inflammable, c'est assez clair, mais rien ne suggère que cela pouvait déraper au point que quelqu'un en vienne à perpétrer un homicide.

L'autre chose pour laquelle il voulait la revoir est tout aussi sensible. Il a passé du temps à Locquémeau pour une enquête de voisinage. Au Café du Port, certains lui ont décrit un Quentin qui payait des tournées comme si ses poches n'avaient pas de fond, bavardait à n'en plus finir avec amis et inconnus et ne se trouvait jamais à court d'arguments pour convaincre l'équipe de repousser l'heure de fermeture. D'autres voisins ont témoigné du fait que ces dernières semaines, il ne sortait pratiquement pas, et que lorsque, par exception, on l'apercevait dans le village, il avait tout sauf l'air de vouloir socialiser. « On m'a donné de Quentin des images... Comment dirais-je ? Diamétralement opposées. Ce que je voulais vous demander, c'est... Est-ce que vous pensez qu'il souffrait d'un trouble bipolaire ? »

Il la fixe dans les yeux, guette sa réaction. Maya bredouille. Elle ne s'attendait pas à ça, il faut le temps que l'hypothèse fasse son chemin dans son esprit. Lentement, Dromer l'étaye. Il a auditionné Étienne Feyereisen, qui a trouvé Quentin dans un état d'excitation tout à fait anormal lors de l'entretien où il lui a demandé de justifier leur nuit sur Rouzic. « C'est pour cela qu'il l'a licencié, plus que pour l'infraction elle-même. Parce que Quentin ce jour-là avait l'air ingérable. Il s'est dit que le maintenir en fonction, ce serait courir un gros risque. » Et force est de constater que ces dernières semaines, Quentin s'est embarqué à deux reprises dans des projets de navigation et de plongée sans se préoccuper avec assez de sérieux de la météo ou des conditions de mer. « Ça pourrait être un autre signe. »

Dromer a interrogé Noémie sur le sujet, et elle lui a appris que Quentin, après son bac, avait fait une lourde dépression qui avait contribué à leur séparation. Ne voulant pas être en reste, Maya le coupe et précise qu'elle est au courant, il lui a raconté cet hiver-là, à Rennes. Un garçon de dix-huit ans qui débarque dans la grande ville, pas tellement doué pour les études, et qui emménage seul dans un studio minable… Beaucoup auraient accusé le coup à sa place. L'exception, de toute manière, ce sont plutôt les jeunes qui se dépêtrent de la vingtaine sans avoir connu de dépression. Dromer lève un sourcil, moyennement convaincu par cette dernière remarque.

« Et il y a son père, relance-t-il. Qu'est-ce que vous diriez, vous, de la santé de François Lorssery ? » Maya s'estime mal placée pour répondre, étant donné qu'elle l'a à peine croisé. « Mais… d'après ce que racontait Quentin… Lui, je pense qu'on peut dire qu'il souffre de dépression. Et il a un problème d'addiction, je crois… Une dépendance à l'alcool. » Dromer se gratte la barbe et hoche doucement la tête. « Et Quentin, vous diriez que non ? » La question colle Maya contre le dossier de son siège. Les mégots de joints dans la poubelle. Cette fois-ci on serait au-delà du mensonge par omission. Elle admet que Quentin buvait parfois, fumait de l'herbe de temps à autre, mais pas plus, une fois encore, que la majorité des gens de son entourage et de sa génération. « D'accord, acquiesce Dromer, mais tout le monde n'est pas plongeur pro. Si vous êtes serveur dans un bar, un peu d'alcool, un peu de fumette, ça passe. Quand vous devez être clean pour plonger et que les autres comptent sur vous, on est devant une tout autre histoire, non ? »

Au portail de la gendarmerie, Maya cligne des yeux. C'est une sorte de soleil qui monte au-devant d'elle – elle se rend compte qu'elle n'a jamais voulu le regarder en face. Une fois garée à Trégastel, elle va marcher sur la Grève rose, jusqu'au rocher de la Baleine sous lequel Quentin lui a dit avoir fumé ses premiers joints. Elle s'assoit là. À gauche c'est l'île au Seigle où ils ont fait l'amour, cette butte couverte de lande et que la marée isole. À sa droite, sur la Grève blanche, elle compte quelques silhouettes sur leurs serviettes là où le sable est sec, quelques promeneurs là où le sable est mouillé, quelques baigneurs dans l'eau, et de rares nageurs plus loin, dont on ne voit que la tête. Tout autour le chaos des rochers, leur masse et leur magnificence. Et surtout le miracle d'un immense nuage qui s'étend haut là où elle est, puis qui s'effile en un triangle dont la pointe plonge dans la mer, séparant d'une strate de gris nuancé le ciel et les eaux lapis-lazuli. Rien de cette splendeur ne compense la colère qu'elle éprouve contre elle-même. Elle s'en veut que ce soit un gendarme qui la dessille ainsi, un homme qui n'a jamais ne serait-ce que croisé Quentin.

Au dîner, elle en discute avec Joséphine. « J'y connais pas grand-chose, concède celle-ci, mais vraiment bipolaire, maniaco-dépressif, je dirais pas. »

Maya passe la nuit à lire là-dessus sur internet. Se penchant sur les tableaux cliniques, elle se convainc que Quentin ne devait pas être atteint d'une des formes les plus sévères de la maladie : elle ne l'a jamais connu délirant, personne ne lui a rapporté l'avoir vu se débattre avec des hallucinations. En revanche, un trouble hypomaniaque, donc un cran moins violent, ce n'est pas à exclure. Mais dans ce cas… La frénésie de ce mec, qui l'avait enchantée et parfois malmenée, est-ce que ce n'était que ça, le symptôme d'une maladie dont il n'avait peut-être pas conscience ? Le téléphone calé dans un repli des draps, elle remonte dans ses photos, jusqu'à une séance de nu qu'ils ont faite ensemble. Le grand sourire éclate de nouveau dans la pénombre de la chambre, au-dessus de son torse aux creux si dessinés. Elle le revoit aux Eaux vives, chauffant tout le monde à blanc contre l'alliance entre les Jarnoux et le groupe Vermeyden. C'est vrai que son militantisme a pu confiner au délire de grandeur, comme s'ils allaient à eux seuls, depuis leur coin de côte, pousser à la faillite les pêcheries qui pillent les mers. Ses quinze idées à la seconde étaient peut-être l'une de ces bénédictions qui se payent d'une part maudite.

En vérité, Maya ne s'était tenue aux côtés de Quentin que par intermittence : il avait pu faire des efforts, en sa présence, pour se montrer sous son meilleur jour, d'autant qu'il complexait de n'être soi-disant pas aussi brillant qu'elle. Il lui avait peut-être pas mal menti, et s'était sans doute copieusement menti à lui-même. Est-ce qu'elle pouvait lui en vouloir ? Tout le monde mentait et se mentait. Fiévreuse, elle a lu que le taux de suicide chez les bipolaires non soignés était quarante fois plus élevé que dans le reste de la population. Si Quentin se trouvait dans une phase hypomaniaque, amplifiée qui plus est par le cannabis, il avait pu se croire de taille à défier les grandes marées.

Jambes engourdies, Maya a marché à la fenêtre derrière laquelle les oiseaux de l'aube chantaient à pleine gorge. Soudain elle a saisi son téléphone et fermé les onglets des sites de psychiatrie. C'était mal de poser un diagnostic de ce genre à la hache. Surtout quand on n'était pas du métier. Surtout quand ça ressemblait à une condamnation par contumace. Elle aussi était victime d'oscillations d'humeur qui la déglinguaient pour des semaines : l'écart entre le normal et le pathologique n'était qu'une question de météorologie intime, en quelque sorte de force du vent et de hauteur des vagues. Alors qu'elle se couchait enfin, elle a fait tout ce qu'elle a pu pour s'accrocher à cette idée – mais dans son cœur, elle n'en savait pas moins que l'hypothèse de Dromer était plus que crédible.

« Vu le dessin d'ensemble, avait prévenu l'adjudant, on va vite être limités si on ne découvre pas de nouveaux éléments. » Lorsque Maya s'est réveillée, tard dans l'après-midi, la phrase a résonné à ses oreilles. Elle s'est demandé si c'était une manière contournée de lui dire qu'il pensait bientôt classer l'affaire. Elle le voyait déjà déclarer au parquet, on n'a pas de corps, pas de suspect, plus d'ordinateur certes, mais pas de traces d'effraction, pas le début d'une piste, et le parquet en face, qui recevait trois cents appels par jour, le parquet au creux de l'été, avec des magistrats en demi-effectifs, lui dire, c'est bon, allez, un jeune homme bipolaire, un accident de plongée, on arrête là, ne perdez pas votre temps.

La conséquence, c'était qu'elle n'avait pas le choix. Il fallait qu'elle mène son enquête pour que l'affaire ne soit pas enterrée. L'autre soir, à Locquirec, Bruno n'était pas parvenu à lui masquer jusqu'au bout son inquiétude et sa réprobation : « Peut-être qu'on le retrouvera, lui avait-il dit en la regardant droit dans les yeux, mais ce n'est pas toi qui le retrouveras. » Eh bien, pour une fois, Bruno se trompait. Sans elle, rien n'avancerait.

Et c'est à partir de ce moment-là, animée par cette conviction, que Maya Ferrer s'est mise à faire des choses déraisonnables, irrationnelles peut-être, mais d'une audace, surtout, dont elle ne se serait pas crue capable.

15. UN ARMATEUR

Cela commence dès le lendemain, sur la plage de Toull Bihan.

Maya et Joséphine sont sorties tôt. Comme souvent, la brume matinale n'empêche pas le soleil de briller mais estompe certains arrière-plans et filtre ses rayons, qui soulignent les rochers d'une lumière poudreuse. Immergées jusqu'à l'abdomen, deux retraitées font du longe-côte, et Maya en les observant se souhaite d'être plus tard une femme de ce genre-là, entrant dans l'eau au saut du lit, histoire de s'éclaircir les idées et de se fouetter les sangs. Aujourd'hui elle n'a même pas l'intention de se tremper les pieds. Le courage ce sera pour plus tard, quand elle se sera débarrassée de ce froid qui s'est bien installé en elle.

Alors qu'une trouée dans la brume de la baie dévoile l'îlot Tanguy et ses arbres tordus par le vent, la seule tête de nageuse qu'on voit ressurgir par intervalles est celle de Joséphine.

Sur la plage, deux enfants fortifient avec leur père un château qu'ils enguirlandent d'algues et blasonnent de littorines jaune vif. Maya n'a pas le souvenir d'avoir joué avec son père, à cet âge-là. Plus tard il lui a appris les dames et la belote, mais la patience d'entrer dans ses jeux de petite fille, de construire avec elle ou d'imaginer avec elle, il ne l'a jamais eue. Distraitement, elle observe le père agenouillé dans le sable, un type pas très grand, en short bleu et polo saumon, puis, comme elle a le sentiment qu'il lui est familier, elle se met à regarder son visage avec plus d'attention, les cheveux châtains coiffés sur le côté, le nez à l'arête fine, sans réussir à résoudre l'énigme.

Joséphine sort de l'eau, ses palmes sous le bras, dézippe le haut de sa combinaison et s'enroule dans une serviette. Le soleil s'est caché, la brume vire à la bruine, ça ne va pas être facile de se réchauffer. Pendant ce temps, la fille, six ans peut-être, revient avec un seau qui n'étanchera pas longtemps la grande soif des douves, tandis que le garçon, plus jeune, est monté sur le rocher auquel le château s'adosse et saute dans les bras de son père avec un rire de pleine confiance. « Oh, dit Joséphine suivant le regard de Maya. Ce sont les petits Jarnoux. Avec leur père, Thomas. » Une fraction de seconde, puis la conférence de presse de Néréos ressurgit, et Maya se rend compte que c'est dans ce coin de sa mémoire que se dissimulait ce visage. L'excitation, la peur se mettent à battre en elle. « Tu me le présenterais ? » demande-t-elle.

Thomas Jarnoux les salue de ses mains encore maculées de sable, présente ses enfants, dont les prénoms échappent à Maya, puis prend des nouvelles des vacances de Joséphine. Elle a prévu d'aller en Corse fin août, plonger dans la réserve de Scandola.

« Tu auras meilleur temps qu'ici. Je sais pas si vous avez vu, plaisante Thomas, mais cet après-midi, ça culmine tout de même à 18 °.

– Je préfère ça aux 46 ° qu'ils ont eu dans l'Hérault, dit Joséphine.

– Ou que 42 ° à Paris », glisse Maya.

Elle se rend compte qu'elle a besoin d'exister aux yeux de Thomas Jarnoux, même si son stress augmente quand il se tourne vers elle. « C'est vrai, reconnaît Thomas. Enfin... Disons que faut aimer la Bretagne... » Pourquoi ce sentiment, pense-t-elle, que ça ne parle pas de la pluie et du beau temps, mais de la vie et de la mort ? Les conversations sur la météo ne sont plus des bavardages, elles se teintent désormais d'angoisse existentielle.

Comme la bruine s'intensifie et que les enfants grelottent, il leur propose de se réfugier chez lui pour prendre le café. Depuis la plage, il suffit de suivre une allée de sable où sèchent des algues brunes et où s'entassent quelques planches de paddle pour franchir la dune et parvenir à la maison. Le portail de bois s'ouvre dans la hauteur d'une haie et donne sur un double escalier, bordé de parterres de fleurs. Les enfants s'époussettent les jambes avant d'entrer par la porte-fenêtre, ce qui n'empêche pas des milliers de grains de sable de crisser sous les pieds quand on marche sur les tommettes du salon.

Maya et Joséphine suivent Thomas dans la cuisine pour préparer le café. Une batterie de vieilles casseroles en cuivre orne tout un pan de mur ; la cuisinière en fonte, dotée de deux grands fours, a l'air d'être flambant neuve. De retour au salon, Maya parcourt les rayonnages, comme à la recherche d'indices. Elle tombe sur des Jules Verne reliés en cuir rouge, sur un volume de dessins à l'encre de Victor Hugo et sur Tristan Corbière, le poète maudit de Roscoff que Quentin lisait aussi. Décorée avec goût mais sans ostentation, la maison paraît faite pour se réunir en famille plutôt que pour recevoir. Maya prend place dans le canapé. Tout est lisse, confortable. La mer est à cent mètres, derrière la fenêtre dont les petits carreaux brillent. Est-ce qu'elle ne vient pas, malgré les apparences, de tomber dans un piège ?

Thomas Jarnoux dit combien il regrette la disparition de Quentin. Joséphine précise que Maya était sa compagne, et Maya a le sentiment qu'elle aurait mieux fait de s'abstenir, parce que les yeux verts de Thomas se fixent aussitôt sur elle. « Oh, fait-il, je ne savais pas, désolé. On s'était perdus de vue, mais j'ai de bons souvenirs de lui. Vous savez, on a passé beaucoup de temps ensemble, plus jeunes. » Maya est au courant, Quentin lui a parlé de Thomas, de leurs parties d'échecs, de leurs conversations sur la littérature : « Vous lui avez fait découvrir beaucoup d'auteurs qui ont compté pour lui. » Thomas s'étonne : « Tiens donc. J'avais oublié ça... Je me rappelle surtout qu'on jouait au volley sur la plage et qu'on déconnait bien. » Il laisse un silence, fait fondre un sucre dans son café. Maya traque chez lui le passage d'une inquiétude même des plus fugaces, mais le visage de Thomas n'exprime que de la tristesse – une tristesse plus marquée, d'ailleurs, que celle qu'on juge bon d'afficher lorsqu'on présente ses condoléances. « Moi j'ai perdu ma sœur, je ne sais pas si on vous a raconté... Aucune histoire ne se ressemble, mais bon... Les gens qu'on perd trop tôt, brutalement... J'ai une petite idée de ce que vous traversez. »

Pénible de devoir contenir son émotion. Heureusement Joséphine rebondit sur Inès. Au printemps, lors de la compétition de saut d'obstacles sur la plage de Perros-Guirec, il y avait une cavalière qui lui ressemblait beaucoup, et dont elle aurait pu avoir l'âge : « J'ai bien pensé à elle... » Thomas s'attarde là-dessus, l'aisance inouïe d'Inès avec les chevaux, cette manière qu'elle avait de se pencher à leur oreille comme si elle parlait leur langage. Le soleil est revenu, dehors, les enfants veulent jouer dans le jardin, le petit s'impatiente de ne pas réussir à mettre ses chaussures, son père se lève pour l'aider, les fait sortir puis se rassoit. Joséphine l'interroge : combien de temps seront-ils encore là ? Une semaine, en ce qui concerne les enfants, avant que leur mère ne les emmène en Drôme provençale. Lui devra retourner à Lorient pour bosser. « Tu as dû suivre, ç'a été sportif, ces derniers temps. » Maya se demande s'il sait que Quentin a été l'instigateur de la campagne contre Néréos. « Enfin, je les rejoindrai quand même, au moins un grand week-end. Je vais pas laisser les ONG me gâcher les vacances. »

Et voilà que Maya se lance, mue par une impulsion : « Mais sur le fond, demande-t-elle, vous pensez que Sea Shepherd a tort ? » Thomas Jarnoux ne s'attendait pas à une approche aussi frontale. Il repose son café sur un coin de la table basse, se renfonce dans son fauteuil. « Tort quand ils disent quoi ? Que l'armement pêche trop ? » Et sans attendre qu'elle développe sa pensée : « C'est sûr qu'on fait de gros tonnages, mais c'est seulement parce que les quotas sont là. Les ministres européens passent deux jours enfermés, en fin d'année, à étudier les recommandations scientifiques, ensuite il y a une fumée blanche qui sort, une décision qui a force de loi, et nous on la respecte. À titre personnel, je trouve ça très sain que les quotas soient sévères. Je demande juste qu'ils ne fluctuent pas trop, parce que ça tue l'investissement. »

Les doigts de Thomas Jarnoux pianotent sur l'accoudoir. Sa voix trahit une impatience que son débit posé n'arrive pas à contenir. « Vous connaissez un autre métier où on apprend le 15 décembre ce qu'on a le droit de faire le 1er janvier ? Il faut la foi du charbonnier, hein. Cette année, on a perdu quarante pour cent de harengs, ça nous a contraints à nous séparer de quasiment tout un équipage… Mais si ça se trouve, dans deux ans, ils nous diront que le quota remonte de cinquante pour cent. Je sais qu'il faut être prudent, mais je ne peux pas croire qu'une population de poissons évolue à ce point, aussi vite. Est-ce que les halieutes pensent qu'on arrête un bateau et qu'on licencie des marins, puis que deux ans après, on peut le remettre à l'eau et retrouver les compétences dont on a besoin à bord ? Y a pas une usine dans le monde qui fonctionne comme ça. Bref… Comme tous les entrepreneurs, on a besoin de visibilité. »

Joséphine a l'air de vouloir réagir, mais Maya sent que Thomas est lancé, qu'il a envie ou peut-être besoin qu'on l'écoute, et d'un geste discret de la main, elle incite son amie à ne pas l'interrompre. « La vérité, poursuit Jarnoux, c'est qu'on paye pour les erreurs du passé, en termes de production et surtout en termes d'image. Parce que je suis bien conscient que dans les années 80, peut-être même encore 90, nous avons fait un peu n'importe quoi. Mais *nous* ça n'est pas Néréos, ou les pêcheurs bretons. Nous c'est toutes les pêcheries européennes. Les anciens voient ça comme l'apogée de Lorient, parce qu'on y débarquait quatre-vingt mille tonnes et que maintenant c'est vingt mille. Sauf qu'heureusement, d'une certaine manière, que ça a dégringolé, on bousillait la ressource… Mon père et mon grand-père, ils ont du mal à comprendre ça. Je me suis engueulé avec eux je sais pas combien de fois, je leur ai dit que ça n'avait rien de déshonorant de reconnaître des erreurs collectives. Aujourd'hui, remarquez, c'est l'inverse : la pêche en France ne pèse plus lourd. Le chiffre d'affaires du secteur, c'est à peu près celui de la filière tomate… »

Maya embraye en lui demandant s'il a toujours bossé là-dedans : « C'était une évidence, pour vous ? Ou plus compliqué que ça ? » Thomas est saisi d'un petit rire, du genre *si vous saviez*. « J'avoue que j'ai trouvé un sens à prolonger l'histoire familiale. » Même si son père avait envie qu'il reprenne, et l'y a incité, il s'est montré très réticent à transmettre son savoir-faire. « Mon père continue de travailler à l'ancienne. Il dicte ses mails à une secrétaire, il est nul en informatique, c'est parfois lunaire, je vous assure. Ce sera plus simple quand il sera vraiment à la retraite et pas juste en retrait, parce que pour ne rien vous cacher il a du mal à lâcher prise. Heureusement, sur les orientations business on est assez d'accord. »

Ils pourraient revenir à la spontanéité d'un dialogue à bâtons rompus. C'est sans compter que Maya a le sentiment qu'une créature a mordu à l'hameçon, dans le trouble de l'eau : il s'agit de mouliner afin qu'elle remonte. Il sera toujours temps de se demander, à tête reposée, qui manipule qui dans cette conversation. « Donc vous ne regrettez pas votre choix ? relance-t-elle. Le métier vous plaît ? » Thomas opine : « Oui, c'est intéressant. Ce qui est passionnant, même, en termes managériaux, c'est que les attentes qu'on a vis-à-vis de la pêche… Comment dire ? Il n'y a peut-être jamais eu autant d'exigence. Avant, ce qu'on demandait à un capitaine, c'était de pêcher beaucoup, le plus vite possible, et que tout le monde rentre indemne. Aujourd'hui c'est plus ça. Il est chef d'entreprise, il doit gérer le recrutement, nous aider à déterminer qui former et quand, et puis contrôler ses dépenses – même si j'aimerais les impliquer plus là-dessus, qu'ils sachent ce que ça coûte de faire tourner un bateau. Par exemple sur le gazole, on est très vigilants : on réduit la vitesse jusqu'aux zones de pêche, et une fois qu'on y est, on va se mettre juste en prise, au premier grade après le point mort, pour maintenir la manœuvrabilité tout en réduisant au maximum la consommation. Ça c'est un truc que nos détracteurs se gardent de dire, tenez : l'empreinte carbone de mes plus gros bateaux, par tonne de poisson pêchée, elle est inférieure de huit fois à celle d'un chalutier de vingt-quatre mètres. Et quant au ligneur de neuf mètres, il va consommer environ trois litres de carburant pour choper un bar d'un kilo. Et quand je vous dis ça, c'est pas pour dénigrer : ce bar de ligne, je suis très content de le trouver le dimanche au marché, pour nourrir ma famille, hein… C'est bien pour ça qu'il faut que la pêche reste plurielle. »

On crie, dans le jardin. Thomas se lève pour voir ce que trafiquent les enfants, Maya et Joséphine le suivent. « Léa ! Corentin ! » Cette fois Maya retient les noms. Ils ont fiché dans le sol trois grands bâtons, près d'une haie de buis, ont jeté par-dessus une couverture pour se fabriquer un royaume et se disputent pour savoir qui y occupera la place d'honneur. « Chacun son tour », suggère Thomas. Parce qu'il est père de deux enfants et qu'il prononce ces phrases dites et redites, parce qu'il est chef d'entreprise, et que ses allures de bourgeois lui donnent un style intemporel, Maya se rend compte qu'elle a tendance à le regarder comme s'il était plus adulte qu'elle, alors qu'il a tout juste franchi le cap de la trentaine et n'a pas un cheveu blanc.

De retour au salon, il reprend le fil de ses pensées, en homme qui aime mener ses démonstrations jusqu'au bout. « Vous savez pourquoi je peux faire mon métier à peu près sereinement, Maya ? Vous savez pourquoi je pense que les ONG se trompent de cible ? Que ce soit avec mes chaluts pélagiques ou mes chaluts de fond, je pêche des populations de poissons qui se portent bien. On vise le rendement maximum durable. Vous voyez ce que c'est ? Le volume optimal de captures qu'on peut prélever chaque année sur une population sans menacer sa reproduction. Et dans le nord-est de l'Atlantique, on ne fait pas que le viser, on s'en approche, si je dis pas de bêtise, pour les deux tiers des espèces. Prenez le bassin méditerranéen, c'est une autre paire de manches : là, la ressource est dans un état déplorable, parce que la Méditerranée, elle est ingouvernable, surtout depuis les révolutions arabes. Si vous avez besoin de causer aux Libyens, vous appelez qui, précisément ? Et je ne parle même pas de ce que font les Chinois et les Thaïlandais dans l'océan Indien ou le Pacifique. Ce qui m'agace en définitive, c'est qu'on critique des gens plutôt vertueux, même si personne n'est parfait, et qu'on ne tape pas sur ceux qui ont des pratiques délirantes...

– Mouais... Ton partenaire néerlandais, provoque Joséphine, il n'est pas spécialement connu pour respecter les règles. Et Néréos ne s'y astreint pas toujours non plus, apparemment. Ce qu'a sorti Sea Shepherd, le témoignage de ce marin, tu ne vas pas me dire que c'est un hasard malencontreux ? »

Thomas Jarnoux soupire, le front plissé de rides. « Eh bien d'abord, je ne suis pas responsable de ce que font les Néerlandais. Eux, c'est eux, nous c'est nous. J'avais besoin d'un investisseur, et je suis le premier à le regretter, mais il n'y a pas grand monde en France qui ait envie de mouiller la chemise en investissant dans la pêche. Quant au fameux « scandale »... Je suis en train de creuser pour comprendre ce qui s'est passé. Je ne dis pas qu'il n'y a pas d'erreurs ou d'infractions, je dis qu'elles sont rares. J'en discutais encore avec Ludovic l'autre jour... » Il s'interrompt, explique pour Maya : « Ludovic Archambault, un de nos amis communs, qui bosse à mes côtés. Il me disait, tu incarnes le patronat, si les gars font des conneries, tu n'es pas le premier à qui ils les rapporteront. Moi ce que je déduis de cet incident, c'est que les gars n'ont pas digéré cette histoire d'obligation de débarquement. D'abord parce que ça n'est entré en vigueur qu'au 1er janvier, ce n'est pas dans leur culture. Et puis aussi, pour être franc, parce qu'ils estiment que c'est n'importe quoi...

– Pourquoi ? demande Maya.

– Typiquement une attente de terriens qui ne connaissent rien à la vie des marins. Malheureusement, il y a plein de raisons de rejeter une part des prises. Parce que les poissons n'atteignent pas la taille minimale, parce qu'ils sont abîmés, ou parce qu'on sait que les quotas sont quasiment atteints... Et ce que je vous dis là est plus valable encore sur des bateaux où le stockage est limité. Ils sont censés faire quoi, les artisans, s'ils se retrouvent avec un pourcentage significatif de captures indésirées ? Ils rentrent débarquer des poissons invendables, et du coup ils renoncent à payer leur équipage ? Dans aucun autre métier on ne demanderait aux gens de faire un truc aussi autodestructeur. Enfin… Le marin en question, Trévennec, là, il aurait pu faire remonter le problème, au lieu de balancer sa soi-disant révélation et de trahir les copains. Ç'aurait été… un chouille plus élégant. »

Maya baisse les yeux. Elle se dit que cette partie de la conversation exaspérera Quentin quand elle la lui rapportera. Puis une nausée lui monte dans la gorge en prenant conscience que jamais elle n'aura l'occasion de lui en rendre compte. Thomas s'est levé, il se tient à la fenêtre avec une nervosité visible et regarde l'éclaircie qui se confirme sur la plage. Le mieux serait de lui demander abruptement s'il sait que Quentin recevait des menaces, puis, comme Thierry Dromer a pu le faire avec elle, de guetter la toute première déformation des traits de son visage. Dommage qu'elle se sente trop vulnérable et mal à l'aise pour ça.

« Et puis le poisson qui est rejeté, reprend Jarnoux avec lenteur, il est mort, d'accord, mais il n'est pas perdu pour tout le monde, hein. On peut dire qu'on fait de la mer une poubelle quand on y balance du plastique ou que des conteneurs se détachent, pas quand c'est de la matière organique. Le poisson va réintégrer la chaîne alimentaire. Nos bateaux, ils sont suivis par des oiseaux, par des dauphins, de temps à autre par des orques. Ils sont pas cons, hein : ils savent qu'il y aura du poisson pour eux, à un moment donné. Il n'y a pas de gâchis dans la mer. »

Entre une femme d'une soixantaine d'années, la mère de Thomas, Agnès, svelte dans son pantalon blanc et vêtue d'un pull à grosses mailles. Le plateau qu'elle porte est chargé d'une pile de crêpes fumantes, de pots de confiture et de pâte à tartiner. Elle vient de faire du thé, aussi, et leur propose cette collation avec un sourire qui ne suffit pas à dissiper ce qu'il y a de mélancolie dans son visage. À l'appel de leur grand-mère, Léa et Corentin reviennent, les joues rosies, ébouriffés.

Tout le monde prend place à la grande table qu'encadrent deux lits-clos en bois massif, reconvertis en armoires dont Agnès et Thomas tirent une vaisselle désuète. Agnès explique que les lits lui viennent de ses grands-parents, qui avaient une ferme près de Belle-Isle-en-Terre. C'est là-dedans qu'on laissait les enfants, pour qu'ils aient chaud la nuit même dans des maisons mal chauffées, et aussi pour que les plus petits ne tombent pas quand on devait les laisser seuls parce qu'on partait aux champs.

Quoique les crêpes soient délicieuses, Maya mange difficilement, avec la sensation de plus en plus aiguë qu'elle pactise avec l'ennemi. Pendant un long moment, elle répond aux questions de Thomas sur son métier à elle, parle de son labo parisien et de la station de Roscoff. Occasion de constater qu'il n'a qu'une idée floue de ce qu'est le plancton, alors que c'est grâce aux producteurs primaires que se nourrissent les poissons que son armement capture. Une fois que les enfants sont ressortis, elle s'arrange assez vite pour rebasculer dans la position de celle qui interroge, car elle ne veut pas partir sans avoir essayé de pousser Jarnoux dans ses retranchements.

« En fait, je comprends, reprend-elle, ce que vous dites sur l'empreinte carbone des bateaux... Sur le fait que les petits ne sont pas plus vertueux de ce point de vue que les gros. Mais le critère dont vous ne parlez pas, et qui me semble quand même majeur, c'est l'emploi. La petite pêche fournit beaucoup plus de travail. On peut avoir cent bateaux qui pêchent mille tonnes et qui débarquent dans une criée française, ou un bateau qui pêche mille tonnes et qui les débarque comme vous, aux Pays-Bas. Socialement, ça n'est pas du tout la même chose.

– Je suis en partie d'accord avec vous. Mais c'est pas vrai de tous nos bateaux. Ce que vous dites, ça ne vaut pas pour les poissons pélagiques, parce que ce sont des espèces faiblement valorisées, que personne ne pêcherait sinon. Moi, je remettrais sur la table mon quota de harengs ou de chinchards, que soi-disant tout le monde m'envie, personne n'en ferait rien, je vous assure. Les pêcheurs artisans essaieraient de les échanger contre des quotas de lottes ou de soles. Entre-temps ils auront détruit une centaine d'emplois. Je suis pas sûr du tout qu'ils en créeront autant...

– Oui enfin... Je ne sais pas pour le hareng, objecte Maya, mais les quotas de maquereaux, les pêcheurs côtiers n'y ont même pas accès. S'ils en faisaient vingt tonnes l'année, ça en ferait vivre certains. Vous vous devez en faire autour de deux cents tonnes la nuit... »

Thomas laisse flotter un sourire équivoque, jusqu'à ce que cela devienne un peu embarrassant. « Vous êtes sacrément renseignée », reprend-il. Puis encore un silence, comme s'il hésitait à lui en faire le reproche, ou peut-être à se montrer plus cassant. « Ce que vous oubliez, c'est qu'ils n'auraient pas les moyens de le commercialiser. Il n'y a pas la filière en aval. Nous on le congèle et on l'exporte, c'est peut-être moins noble, mais au moins, ça correspond à une demande. Les petits vont mal, donc ils se sentent menacés par les gros, mais ce ne sont pas les gros qui tuent les petits. C'est plutôt le durcissement des réglementations, le Brexit ou le prix du gazole. Et Néréos en est victime aussi. La France a perdu un quart de ses droits dans les eaux britanniques, qui représentaient la moitié de la pêche bretonne. Faites le calcul... Si vous avez toujours autant de bateaux actifs, vous allez avoir un énorme problème de rentabilité. De toute façon, il y aura un plan de sortie de flotte dans les années qui viennent, j'en suis à peu près sûr. C'est un secteur très capitalistique, où il est difficile d'entrer parce que le gâteau est déjà divisé selon les antériorités de capture... Il faut pas se faire d'illusions, même si on le déplore, le secteur de la pêche va continuer à se concentrer. »

Maya esquisse une moue, déçue que Jarnoux en revienne à ce genre de rengaines. Comme d'habitude, tout cela est inéluctable, il n'y a pas d'alternative et ce n'est la faute de personne. Elle se dit que cette conversation ne sert à rien, qu'il vaut mieux laisser tomber, mais Joséphine aussi s'est prise au jeu et poursuit l'offensive : « Je suis d'accord avec toi, quand certaines ONG disent *surpêche*, elles mélangent un peu tout, les techniques, les pêcheries et les zones... Elles simplifient pour alerter. Vu la situation globale, ça me paraît de bonne guerre... Donc je veux bien entendre ce que tu dis pour les pélagiques, même si ça me paraît dingue que vous alliez chercher du poisson en mer du Nord pour l'exporter en Afrique... Mais les chaluts qui raclent les fonds, est-ce que ça, ça n'est pas tout bonnement une technique qu'il faudrait interdire ?

– Et voilà les interdictions, ironise Thomas. Avant d'en venir là, il faudrait voir comment diminuer nos impacts. Le problème c'est qu'on est un secteur qui ne rapporte pas assez pour que des investisseurs se motivent à chercher de vraies innovations. Les panneaux des chaluts, ce sont grosso modo les mêmes qu'il y a quarante ans, je reconnais qu'on n'est pas bons là-dessus, il y a eu des progrès mais pas d'innovations de rupture. Après, les fonds qu'on exploite, c'est un petit pourcentage des espaces de vie des poissons. C'est comme sur terre des champs labourés de longue date, où de toute façon tu ne vas pas replanter une forêt sauvage. »

Et par ailleurs, ces chalutiers dont Joséphine aimerait se débarrasser, ils forment l'ossature de la pêche française. Ils induisent quatre emplois à terre pour un emploi en mer, trois mille emplois rien qu'à Lorient. « Si tu interdis ce type de bateaux-là, tu casses les criées bretonnes. Ça veut dire que les services portuaires ferment, et que même les petits, ceux qu'on aime bien, qui ont bonne presse, ne peuvent plus compter dessus, ni pour entretenir leur matériel, ni pour conditionner leur production ou la commercialiser. Je n'exagère pas quand je dis qu'il y a des gens qui veulent la mort de la pêche française. D'ailleurs pourquoi pas, hein, détruire notre industrie pour se donner bonne conscience, ça, ça fait quelques décennies qu'on sait très bien le faire... »

Maya secoue la tête. Chacun vit dans sa bulle, et chacun croit avoir raison. Les pensées de Joséphine ont dû emprunter le même chemin, car elle demande à Thomas s'il a eu l'occasion de faire part de ces arguments à ceux qui le critiquent, pas par médias interposés, mais en les rencontrant. Elle n'a pas achevé sa phrase que Thomas répond déjà : pour lui, c'est peine perdue, on ne peut pas parler avec certaines ONG. « Ils tapent pour le plaisir de taper. La radicalité est le business du moment ! » Après un temps de silence, il les prie de l'excuser s'il s'est montré trop vif. Elles l'auront compris, ces polémiques le blessent plus qu'il ne veut se l'avouer. Il aimerait que ses gars soient fiers de l'entreprise pour laquelle ils travaillent. « Nos marins disent à leurs enfants de ne pas raconter ce qu'ils font, à l'école. Ça fait mal, quand même... Déjà que ce sont des métiers durs, qui n'attirent pas a priori... On finira par ne plus recruter. »

Soudain Maya s'excuse et demande où sont les toilettes. L'un des enfants occupant celles du bas, elle monte à l'étage par l'escalier de chêne. Elle s'agenouille devant la cuvette et se met à vomir à longs traits. Argh... Comme elle déteste ça... Elle vomissait souvent, enfant, dès que les trajets en voiture comportaient trop de virages. Sa mère lui passait des lingettes imprégnées d'eau de Cologne, qu'elle associe depuis à ces malaises et dont elle ne supporte plus l'odeur. Elle tire la chasse d'eau, se regarde dans la glace où son visage est pâle, et c'est là que le doute surgit.

Le plus probable, ce n'est pas que parler avec Thomas Jarnoux lui répugne, ni que le deuil l'ait rendue malade. Le plus probable c'est que... Elle se refuse à dire le mot, même dans sa tête. Son téléphone vibre, elle l'extirpe de sa poche. Il y a écrit *Maman*. Demain ce sera l'Aïd, Djamila veut sûrement lui dire combien elle regrette que Maya ne puisse pas être là. Elle a envie de pleurer et de rire et elle ne décroche pas, parce qu'elle ne saurait pas mentir, surtout pas à sa mère, surtout pas dans ces circonstances, si bien que Djamila sentirait tout de suite qu'elle vient en quelque sorte de prendre sa fille en flagrant délit.

16. CHERCHER L'INTRUS

Un autre monde, alors. Bien que dehors le monde n'ait pas du tout changé, autre rythme du monde et autre monde en elle. Ce n'est pas un ange aux ailes délicates annonçant un miracle du bout de ses doigts fins, mais dans la chambre que Maya occupe chez Joséphine Rozan, trempant dans le verre où elle a recueilli son urine, un bâtonnet de plastique dont le réactif fixe la gonadotropine, puis une croix qui vient barrer le cadran de contrôle, dissipe l'incertitude et murmure *oui* à son oreille.

Des tests, dans sa vie, elle en a fait une dizaine, tant son cycle est imprévisible. Aucun ne s'était révélé positif. Elle se souvient que la première fois, dans la chambre spartiate de son foyer de jeunes filles, elle avait vraiment l'impression d'avoir déconné et foutu en l'air ses études. Devenue vigilante à l'extrême, elle ne s'est plus testée ensuite que par acquit de conscience, sans réelle inquiétude. Et quand, en rêve ou les yeux grands ouverts, elle s'imaginait enceinte, elle ne faisait pas le test seule : il arrivait que le visage du père reste vague, mais ce qui ne l'était pas, c'est que dans ces minutes d'attente il lui tenait la main. Au lieu de quoi, la voilà loin de chez elle, dans une chambre d'amis, clandestine et coupable.

À l'hôpital de Lannion, l'échographiste promène la sonde enduite de gel frais sur son ventre, confirme sans hésitation le résultat, la félicite avec chaleur, puis à observer son visage, marque plus de retenue. « Situation pas évidente ? » hasarde-t-il. Les yeux rivés sur l'embryon dont l'ombre blanche tremblote dans le puits de l'utérus, Maya frissonne tandis qu'il cherche l'angle adéquat pour mesurer, en deux clics de souris, la longueur de la tête aux fesses. D'une voix vacillante, elle lui demande s'il peut déterminer la date de conception. « Autour du 9 juin, explicite-t-il. Autrement dit, le terme sera début mars 2020. » Est-ce que c'est la colère ou la sidération qui lui fait se mordre les lèvres ? Elle n'a pas écouté son corps, alors qu'il n'y a rien qu'elle déteste autant que le déni.

De retour dans la salle d'attente, elle plonge dans son agenda pour savoir ce qu'elle faisait ce jour-là. C'était le week-end de la Pentecôte, elle est venue en Bretagne et a retrouvé Quentin. Lorsque l'échographiste la rejoint pour lui tendre la pochette emplie de ces images qui l'émeuvent et l'accusent, elle se renseigne sur la marge d'incertitude. « Trois-quatre jours, madame. La date du rapport ne correspond pas forcément au moment de la fécondation. C'est pour ça qu'on se base plutôt sur celle des dernières règles… » Maya le remercie avec un sourire blême et tourne les talons. Brusquement elle envie les gens pour lesquels cette incertitude de trois ou quatre jours n'a aucune espèce d'importance. Car dans son cas de figure…

Elle sort du centre hospitalier, reprend sa voiture de location, repasse devant la gare puis se pose sur un banc au bord de la rivière. L'air sent la vase et le sel. Un couple de poules d'eau s'affaire dans les ajoncs. Avec les marges d'erreur, impossible de savoir si le père s'appelle Quentin ou Bruno. La voilà bien punie. L'esprit de liberté qui l'anime depuis qu'elle est adulte, elle va le payer cher.

Sur l'écran de son téléphone, des pages s'ouvrent en rafales, alors, selon l'afflux de ses pensées. Celles sur la croissance de l'embryon exhument des cartons de sa mémoire les cours de biologie qu'elle suivait en licence, dans les locaux de fortune construits sur le campus de Jussieu à l'époque de son désamiantage. Depuis le 9 juin, le temps a continué de filer, de se décomposer en jours et en semaines, tandis que la cellule fécondée dans son ventre vivait une division secrète, au rythme encore plus effréné. À Genève, calcule-t-elle, l'œuf avait déjà nidifié dans la paroi de son utérus et doublait de volume chaque jour : rien d'étonnant à ce qu'elle ait connu des coups de barre aussi monstrueux. Autour de l'anniversaire de Bruno, un cœur s'est mis à battre dans un corps de cinq millimètres. Quand elle a fait avec Quentin l'expédition de Rouzic, l'embryon est venu aussi, il est monté sur le bateau en impeccable clandestin et il a débarqué sur l'île bien plus discrètement qu'eux. Il était loin d'être capable de percevoir la longue conversation que les fous de Bassan ont tenue dans la nuit, mais il avait déjà un visage et des doigts.

S'il est de Quentin, pense-t-elle, je ne peux pas le garder ; je ne peux pas porter l'enfant d'un mort. Mais si elle décide d'avorter, il ne lui reste que deux semaines pour entamer ce qui risque de ressembler à une course contre la montre. Alors elle pianote de nouveau et ouvre d'autres pages, réponses à des questions qu'elle aimerait n'avoir jamais eu besoin de se poser. Elle apprend qu'il est interdit de pratiquer avant la naissance un test de paternité, que c'est puni d'un an de prison et de quinze mille euros d'amende, parce que le législateur ne veut pas que le tout génétique régisse la filiation. Pourtant, elle trouve en une minute des sites qui proposent de passer ce test, pour la bagatelle de mille euros. Cela supposerait que Bruno lui donne un échantillon de salive : pas évident de lui demander ça sans lui annoncer la nouvelle. Et puis, est-ce que Bruno sera prêt à l'élever avec elle, même s'il n'est pas sûr qu'il soit de lui ? Non, non, se reprend-elle : ce n'est pas comme ça qu'il faut qu'elle raisonne. Peu importe qui est le père, la question est de savoir si elle veut un enfant. Elle se l'est beaucoup demandé, il faut trancher, maintenant.

Passant dans le centre de Trégastel, là où les commerces freinent la circulation de la départementale, elle est saisie soudain d'une sensation de faim pour deux. La boulangère lui emballe une part de far aux pruneaux. « Désolée, la carte c'est à partir de cinq euros. Sinon, le distributeur est de l'autre côté de la rue. » Comme la boulangerie est bondée, Maya achète aussi un pain aux céréales. Mordant une première bouchée de far, elle s'arrête tant qu'à faire pour tirer de l'argent. Et à l'instant où les billets sortent du distributeur, voilà que Quentin de nouveau s'impose dans ses pensées. Il n'avait pas de carte de crédit. Quand il avait besoin d'argent, il devait patienter au comptoir de la Poste de Locquémeau, qui n'ouvre plus que le matin, comme la plupart des agences de villages. Ce qui signifie que… Maya appelle Étienne Feyereisen. Le conservateur des Sept-Îles n'a pas beaucoup de temps devant lui, il est en pleine préparation de la réunion publique sur l'extension de la réserve qui aura lieu le lendemain, si elle se sent le courage de venir, d'ailleurs, elle est la bienvenue, mais pour répondre à sa question, oui, il versait à Quentin la moitié de son salaire en liquide, le siège avait accepté ce compromis.

Quand elle raccroche, l'idée brille déjà dans la tête de Maya. Quentin devait conserver de fortes sommes d'argent. Elle aurait donc dû en trouver dans la maison de Locquémeau. En d'autres mots, il n'y a pas que son ordinateur qui se soit volatilisé. Et une idée en entraînant une autre, elle repense aux cahiers où il écrivait ses poèmes, ceux où il les esquissait, celui où il les mettait au propre. Soit ces biens-là ont disparu, volés par un cambrioleur opportuniste ou par un ennemi personnel, soit elle fait confiance à Dromer qui n'a pas repéré de traces d'effraction, et le plus probable, c'est que l'ordinateur, les cahiers et l'argent n'aient pas bougé de la maison. Pourquoi ne les a-t-elle pas trouvés ? Avec la campagne contre Néréos, Quentin devait redouter qu'on vienne fouiller chez lui. Les menaces ont pu lui faire peur, bien plus qu'il n'a assumé de le montrer à Maya, et l'ont sans doute poussé à prendre des précautions dont il n'avait pas l'habitude. L'ordinateur, les cahiers et l'argent : elle a mal cherché, ils sont là, pas simplement rangés, mais cachés quelque part. Il faut fouiller de fond en comble. Elle tape dans ses contacts le nom de Thierry Dromer, mais au moment d'appeler, elle prend conscience que cet ordinateur, elle veut le trouver elle-même : pas forcément le garder, mais être la première en tout cas à découvrir s'il contient d'autres menaces ou recèle un secret.

Pour plus de discrétion, elle attend que la nuit tombe et se gare assez loin de la maison, en face de l'église et du cimetière qui la jouxte. La lune sera pleine dans trois jours, elle s'arrondit au ciel, révélant quasiment tous ses cratères et toutes ses mers, quand elle n'est pas voilée par un amas de nuages. Les graviers de l'allée font trop de bruit sous ses pas. Elle referme la porte à clé, n'allume pas les lumières. Personne ne lui interdit d'être là – ce qui n'empêche pas l'impression que c'est elle la cambrioleuse.

Munie d'une lampe frontale, elle s'efforce de procéder avec autant de minutie que lorsqu'elle travaille à ses recherches. Le rez-de-chaussée, d'abord : elle vide chaque placard de la cuisine, déscratche les coussins du canapé, aux rainures pleines de miettes de pain, de sable et de fibres de tabac. À l'étage, elle soulève le matelas du lit et celui de la banquette du bureau, inspecte les sommiers pour voir s'il n'y a rien de scotché sous les lattes. De l'armoire en bois d'une lourdeur archaïque qui occupait déjà la chambre à l'époque des grands-parents, elle sort tous les vêtements, les secoue, les replie en piles plus nettes. Elle démonte la chasse d'eau des toilettes, descelle au tournevis les bouches d'aération, augmentant la puissance de sa lampe pour qu'aucun recoin d'ombre ne se soustraie à son faisceau. Aucune révélation. Pas la moindre trouvaille. Est-ce elle qui s'y prend mal, ou son intuition de départ qui ne valait pas grand-chose ?

Au bout d'une heure, une terrible fatigue la gagne. Il reste à explorer la remise et le jardin, mais pour cela, mieux vaudrait attendre qu'il fasse jour. Le lit est là, un matelas dur comme elle les aime, elle s'y allonge, tentée de dormir sur place. L'odeur de Quentin imprègne encore les oreillers, pour peu de temps sans doute. Elle ne veut pas du jour où cette odeur sera partie. Où pourrait-elle chercher encore ? À quoi est-ce qu'elle n'a pas pensé ?

Elle ouvre son portable. La lumière bleue l'aidera à se maintenir en éveil. Les images sur lesquelles elle tombe sont celles de dizaines de tortues émergeant d'une frange d'écume sur une plage du Costa Rica. D'après ce que raconte la voix off, elles sont des dizaines de milliers à se rendre sur cette plage, si nombreuses qu'elles montent les unes sur les autres pour se frayer un chemin jusqu'à un emplacement où elles creuseront un nid, pondant toutes la même nuit pour que les œufs éclosent au même moment et que la foule de leurs rejetons déborde les prédateurs. Des milliers de tortues à peine sorties de leur coquille vont mourir dans le bec d'un oiseau. Mais des centaines atteindront le large et commenceront une vie qui, avec un peu de chance, durera plusieurs siècles. Nos océans voient encore nager des tortues qui ont croisé les premiers bateaux à vapeur alors que Darwin était dans le ventre de sa mère. Les folles stratégies de la vie pour survivre, se dit Maya réfrénant un sanglot.

Déjà elle se voit glisser dans le lit et poursuivre le documentaire jusqu'à ce que ses yeux se ferment, lorsqu'elle entend du bruit. Un bruit de pas, indubitable. Il y a quelqu'un au rez-de-chaussée. Maya se lève d'un bond. Quelques longues secondes passent. Les lumières en bas ne s'allument pas. Signe que ce n'est pas l'un des parents ou des amis de Quentin, mais quelqu'un qui se cache, quelqu'un qui croit être seul, et qui deviendra peut-être violent s'il se rend compte qu'il n'en est rien.

Tendant l'oreille, Maya a l'impression que l'intrus fouille lui aussi, et même qu'il déplace des meubles. Si cela se trouve, il est en train de la prendre de vitesse, de voler ce qu'elle est venue chercher. Le bruit s'estompe, puis se rapproche subitement de l'escalier. Il va monter. Elle est perdue. Priant pour qu'il ne l'entende pas, elle ferme la porte et la verrouille. Un flot d'adrénaline lui irrigue le sang pour préparer son corps à fuir ou à combattre. Le sommier n'est pas assez haut pour qu'elle se glisse dessous. Elle ne peut pas sauter par la fenêtre, puisque le bébé est dans son ventre. Reste ce placard, dans le mur, où elle sera coincée, mais prête pour l'embuscade.

À peine a-t-elle gagné cette cachette que la poignée de la chambre s'abaisse, une première fois d'un mouvement naturel, une deuxième fois avec plus d'insistance, puis dix fois d'affilée. L'autre ne s'attendait pas à ça. Est-ce qu'il va défoncer la porte ? Non : les pas s'éloignent. Maya reprend son souffle, se rend compte au passage qu'elle était en apnée et qu'elle a du mal à bouger. Au bout de deux minutes, elle ouvre la porte du placard. Le soulagement commence à poindre quand un cliquetis attire son attention. Une main gantée est en train de briser un carreau de la fenêtre. Les éclats tombent sur le parquet, la main s'engouffre, cherche le loquet. Cette fois la surprise l'emporte, un cri perçant lui sort du ventre. Aussitôt la main disparaît. Elle entend un choc lourd, comme si l'intrus était tombé à terre. Le temps qu'elle arrive à la fenêtre et rallume sa lampe frontale, il s'est déjà relevé, il court, un gros sac à la main, et elle voit sa silhouette sombre se forcer un chemin dans la haie.

Dix minutes s'écoulent. Maya a aussi peur de rester dans cette maison que d'en ressortir au risque de tomber sur l'autre. Puis une sensation faible lui remonte à l'esprit. Dans le placard, les lattes sous ses pieds n'étaient pas tout à fait égales. Poussant le carton empli de raquettes de tennis et de ping-pong qui l'encombre, elle regarde de plus près. C'est vrai que certains clous laissent du jeu. Avec son tournevis, il ne lui faut pas longtemps pour faire levier. Bordel… Mais elle avait raison, en fait. Il y a une cache là-dessous.

Pourtant, lorsqu'elle l'éclaire, la déception revient. L'ordinateur n'y est pas. L'argent non plus. Il n'y a que les cahiers de Quentin. Elle les feuillette en hâte : c'est bien ceux auxquels elle pensait. Son intuition ne l'a pas trompée, mais elle arrive trop tard. Quelqu'un est passé avant elle et avant l'intrus qu'elle a réussi à chasser. Et à ce sujet aussi, le regret la déchire. Elle aurait pu le laisser venir dans la chambre et trouver le moyen de l'assommer, pour obtenir au moins, face à toutes ses questions, la réponse d'un visage. Cette intrusion ne relevait pas que de la malchance, c'était une piste que son manque de sang-froid a gâchée. Au lieu de cela, elle reste avec ses doutes, le cœur malmené par un tremblement d'émotions, les trois cahiers précieusement collés contre le ventre, dans cette nuit où enfin elle ressort, et dont la lune ne tempère plus la noirceur.

Le lendemain, elle a passé l'essentiel de la journée à dormir, ne se levant que pour piller le frigidaire de Joséphine puis pour vomir ce qu'elle avait mangé. C'était le sommeil lourd du deuil, ou un sommeil fait pour que l'embryon se mue peu à peu en fœtus, ou une décompensation pour se remettre de sa frayeur. Elle aurait pu se faire tuer. Il n'était plus envisageable de poursuivre l'enquête seule. Aussi a-t-elle rendu compte de son expédition à Dromer, en prétextant n'être retournée à Locquémeau que pour récupérer ses dernières affaires. Ce faisant, elle n'a pas mentionné les cahiers, de peur que le gendarme l'en prive. Comme quoi il était difficile de dire toute la vérité, à la police, à la justice, à qui que ce soit peut-être. De toute façon, ils n'étaient consacrés qu'au travail d'écriture de Quentin : rien ne nécessitait de les verser au dossier, à moins que quelque chose ne lui ait échappé, un double-fond, des doubles sens, et que la poésie recèle sous ses airs d'innocence un code à décrypter.

Le soir, comme elle se sentait mieux, elle a accompagné Joséphine et Dieter à la réunion lors de laquelle l'extension de la réserve devait être débattue.

Dans la salle du palais des congrès de Perros-Guirec, les baies vitrées ouvraient sur la plage de Trestraou, et bien plus loin, sur les îles de l'archipel qui délimitaient l'horizon. Dieter a salué Étienne Feyereisen, puis a serré la main d'un certain nombre de connaissances, et notamment des gens de Frankiz, soucieux qu'il était de ne pas donner l'impression que la réunion opposait des camps irréconciliables. Prenant place à côté de lui, à quelques sièges de Colette Bourhis et de Noël Le Moal, Maya s'est juré que c'était le dernier risque qu'elle prenait avant de retourner à Roscoff. En réalité, elle était moins venue pour écouter que pour chercher dans l'assistance qui pourrait avoir décidé de s'en prendre à Quentin. Car même s'il n'avait eu besoin de personne pour se tuer en mer, quelqu'un était bien venu clouer un fou de Bassan sur sa porte, quelqu'un avait crevé les pneus de leur voiture le soir de la tempête, et ces menaces avaient amplifié l'anxiété de Quentin, altéré sûrement son jugement à des instants où il aurait dû puiser dans son corps un grand calme lucide, de sorte qu'un coupable, il y en avait forcément un.

Une fois les retardataires arrivés, Étienne a recontextualisé le projet d'extension. Le groupe impliquant les scientifiques, les élus, les usagers et les services de l'État se réunissait depuis un an afin de construire un projet à la fois ambitieux et acceptable par toutes les parties. Travail de longue haleine : on visait l'automne 2021 pour le lancement de l'enquête publique et l'été 2023 pour la parution du décret. L'idée était de porter la superficie des Sept-Îles de deux cent quatre-vingts hectares à pas loin de vingt mille. Étienne a projeté une carte à l'écran. La réserve intégrerait le plateau des Triagoz, à l'ouest, et au sud-est Tomé, l'île la plus proche de Perros. À l'heure actuelle, Tomé était peu colonisée par les oiseaux, car des visons y sévissaient, mais si les opérations programmées parvenaient à les éliminer, elle pourrait aussi attirer l'avifaune nicheuse. « Ce qu'il faut avoir en tête, c'est que ce qu'on voit aux Sept-Îles, c'est la partie visible de l'iceberg. Les fous, les macareux, les phoques, ils dépendent d'un environnement marin beaucoup plus étendu. Pour l'instant on ne protège que leur reproduction et leur repos à terre. Notre but, c'est de protéger aussi une partie de leurs zones d'alimentation et de repos en mer. »

Étienne a bu une gorgée d'eau, rajusté ses lunettes. Maya le sentait tendu et, sachant qu'il s'apprêtait à aborder le sujet le plus conflictuel, elle partageait une part de sa nervosité. « La nouveauté, a poursuivi Étienne, c'est la création d'une zone de quiétude au nord de l'île Rouzic, jusqu'aux hauts-fonds des Vieilles. » Dans ce périmètre, toute activité humaine serait interdite durant la période de nidification des oiseaux, de début avril à fin août, qu'il s'agisse de la pêche, des balades en kayak ou de la plongée sous-marine. Abritée du vent d'est et de la houle, la zone ciblée était celle où les fous de Bassan se posaient en radeaux pour se toiletter, lisser leurs plumes, socialiser. Le trou de Rouzic resterait toutefois ouvert à la navigation, afin de permettre aux visiteurs d'observer la colonie depuis les bateaux de croisière. « On tient à ménager cette possibilité, parce que c'est en accord avec la mission de la réserve, qui est de protéger le milieu, bien sûr, mais aussi de sensibiliser le public aux enjeux de biodiversité. »

La présentation achevée, les gens de Frankiz n'ont pas tardé à monter au créneau. Tanné par le grand air, la ceinture trop serrée sur son chino rouge brique, Noël Le Moal a rappelé que l'association portait les préoccupations des gens du territoire, face à un projet qui semblait conçu hors sol. « On veut que la région soit la plus belle possible, mais entre la zone Natura 2 000 et l'aire marine, le coin est préservé, déjà. Que ce soit la faune ou la flore, en réalité, ça va bien aux Sept-Îles. Les fous de Bassan, par exemple, il faut rappeler qu'il n'y en avait pas avant les années 1930, et maintenant ils sont quarante mille. Et puis… pour ceux qui n'auraient pas cette donnée-là en tête, eh bien, on ne parle pas d'une espèce menacée. Il y en a un million de couples à travers tout l'Atlantique Nord, il n'y a que ça au large de l'Écosse ou sur les côtes du Québec. Pourquoi créer des interdictions qui ne répondent pas à un problème réel ? Ensuite, il ne faut pas venir se plaindre que les gens aient une mauvaise image de l'écologie. »

Une rumeur approbatrice a parcouru la salle. Tandis que Le Moal se rasseyait, Maya a pensé qu'il n'était pas aussi brutal que ce qu'on lui avait dit. Est-ce qu'il faisait plus attention quand il s'exprimait en public ? Ou bien Quentin avait-il noirci le portrait qu'il lui en avait fait pour le disqualifier d'office ?

Dieter a demandé la parole. Il s'est levé lui aussi pour que sa voix porte mieux et a rappelé en quelques phrases son parcours d'ornithologue. Des colonies de fous de Bassan, il n'y en avait qu'une cinquantaine dans le monde. Les chiffres donnés par Noël Le Moal étaient justes, mais que se passerait-il si les riverains de chacune de ces colonies décidaient qu'il n'y avait pas besoin de faire des efforts pour leur garantir de bonnes conditions d'existence ? « Le statut de conservation des fous, c'est *quasi menacé*. Et il n'y a pas qu'eux. On a la chance d'avoir une cinquantaine de couples de pingouins et de guillemots, deux cents couples de macareux. À ce niveau d'effectifs, ça reste des populations très fragiles, pour des espèces qui, elles, sont en danger critique. Vous avez dit, Noël, que les fous sont de plus en plus nombreux, mais pour les macareux, qui sont le symbole du territoire, la dynamique est strictement inverse : il y avait neuf colonies en Bretagne au début du siècle dernier, la chasse les a décimés, les marées noires les ont liquidés par centaines, et les Sept-Îles, c'est leur dernier bastion. » Pour revenir aux fous, il était assez hasardeux de prétendre qu'ils se portaient bien. Les dernières études du CNRS prouvaient qu'ils subissaient un stress alimentaire, parce que la qualité nutritive de leurs proies, et notamment des maquereaux, ne cessait de diminuer. Consacrant plus d'efforts à la recherche de nourriture, les adultes délaissaient les nids. « L'année dernière, le taux des jeunes qui ont réussi leur envol était de dix-neuf pour cent. Ce n'est pas ça, je suis désolé, une colonie qui va bien. »

De l'autre côté de la salle, un pêcheur artisan est intervenu à son tour. Il parlait avec hâte, d'une voix trop éclatante, peut-être pour surmonter sa gêne. Ce que prouvaient ces études, à ses yeux, c'était d'abord que les scientifiques marchaient main dans la main avec la Ligue pour la protection des oiseaux pour s'approprier la réserve. « Il y en a marre de ces terriens qui confisquent l'espace marin. La mer est à tout le monde. » Il s'est plaint de la paperasserie sous quoi on les faisait crouler, et puis de l'abondance des phoques : « Qu'est-ce que vous voulez que je vous dise ? Quand j'ai commencé le métier, ils ne nous gênaient pas. Là c'est monté en flèche ! Ils tapent dans nos filets, ils nous bouffent nos lottes. Ça représente des milliers d'euros de chiffre en moins, alors que vous savez qu'on a toutes les difficultés du monde à maintenir à flot nos bateaux… »

Étienne a orienté le micro vers Loïc Guidal pour qu'il réagisse, sûrement, s'est dit Maya, parce que contrairement à lui il venait d'une famille de pêcheurs de la côte : « On ne va pas nier le problème, a tout de suite admis Loïc. Cette déprédation, elle existe. Et on se doute que c'est frustrant de relever des filets avec du poisson abîmé. Après, ça n'arrive pas à chaque sortie, quand même. » Les Sept-Îles voyaient naître les deux tiers des phoques gris français : s'il y avait un seul endroit du territoire où il fallait les protéger, c'était ici. « En face, les Britanniques arrivent à vivre avec leurs cent cinquante mille phoques, nous on en a un peu plus de mille, et on serait pas capables de cohabiter ? » Loïc a jeté un œil à la représentante de la Direction régionale de l'environnement, qui griffonnait sur son calepin, à ses côtés, puis il a poursuivi : il comprenait très bien qu'on critique l'opacité de la politique commune décidée à Bruxelles, ou le chacun pour soi des Anglais, ou la valse de ministres si éphémères qu'ils n'avaient pas le temps de s'approprier les enjeux, mais les phoques de l'archipel, eux, ne pouvaient rien à tout ça et ne méritaient pas qu'on les prenne pour boucs émissaires.

Lourde de morale, l'expression a lancé un début de tumulte. Maya ne savait pas si Loïc l'avait fait exprès ou si ses mots avaient dépassé sa pensée. Les opposants étaient heurtés qu'il les remette en cause, comme Quentin à sa place aurait été tenté de le faire, mais ils auraient pu s'indigner aussi des manières diplomates d'Étienne et décider de ne voir dans un langage plus lisse que de l'hypocrisie. Tordant le cou, Maya essayait d'évaluer qui était assez en colère pour avoir pu se laisser emporter par l'envie d'en découdre. Elle passait en revue les visages, attendant que quelqu'un fuie son regard, ou au contraire trahisse en le soutenant une seconde de trop un trouble ou un ressentiment.

Le calme à peu près restauré, Colette Bourhis est revenue sur les positions de Frankiz. Très droite pour ses soixante-quinze ans, elle s'était apprêtée avec soin, le fard à paupières assorti à son cardigan de laine bleu pâle, mais parlait de la voix éraillée de quelqu'un qui a trop fumé ou bien qui a été malade, de quelqu'un qui sauve les apparences tout en se sentant rongée de l'intérieur.

À Frankiz, ils étaient d'accord pour accepter une extension de la réserve, à la condition expresse qu'on puisse y circuler librement. Interdire les scooters des mers ou le ski nautique, cela relevait du bon sens, il y avait peu d'enjeux parce qu'on n'était pas en Méditerranée, mais justement, on ne voulait pas que le coin se mette à ressembler aux littoraux les plus défigurés, et mieux valait de ce point de vue prévenir que guérir. En revanche les gens du pays devaient pouvoir profiter sans restriction de la réserve. « On a autant de droits sur les Sept-Îles que les fous et les phoques. C'est bien que les humains respectent les animaux, mais qu'ils se retrouvent avec moins de droits que les animaux, ce serait quand même un comble. » Par conséquent, les membres de Frankiz s'opposaient à la zone de quiétude. La Ligue pour la protection des oiseaux ne pouvait pas confisquer le patrimoine commun, avec qui plus est une justification douteuse, car les bateaux ne dérangeaient en rien les fous, qui savaient n'avoir rien à redouter d'eux. « Au contraire, est intervenu un pêcheur, ils nous recherchent. Ils savent qu'on est une source de nourriture, ils n'arrêtent pas d'aller et venir dans le sillage des bateaux. »

Si les cent mille touristes qui embarquaient sur les vedettes étaient tolérés, a repris Colette Bourhis, il n'y avait aucune raison pour que la centaine de pêcheurs et de plaisanciers pratiquant l'archipel soient exclus de ce qui était pour eux un coin de pêche traditionnel. « D'accord, le tourisme c'est sacro-saint, c'est le secteur qui emploie... Mais on est nombreux à trouver que cette réalité-là, elle n'est pas très satisfaisante. Les touristes, on peut les apprécier, mais on est tout de même contents quand ils repartent, parce qu'en haute saison, ces jours-ci par exemple, le sentier des douaniers c'est une procession de fourmis, moi je ne sors plus de chez moi... » Maya n'a pas pu s'empêcher de pouffer devant cette exagération. Bourhis l'a regardée de haut en bas, avec des yeux hostiles.

À la tribune, Étienne a entrepris de répondre. D'abord, les limites de la zone de quiétude n'étaient pas gravées dans le marbre : on pourrait la redessiner, y ménager des passes pour la navigation, la faire évoluer y compris après l'extension, en fonction des données sur le comportement des oiseaux qu'on collecterait sur le terrain. Le but n'était pas d'imposer plus de restrictions que nécessaire, mais de faire en sorte, c'était fondamental, que l'aire marine respecte sur le long terme ses objectifs de conservation. S'il était prévu que cette zone rouvre dès le 1er septembre, par exemple, c'était pour ne pas affecter la cueillette des ormeaux, qui représentait un autre enjeu : preuve que le gestionnaire était prêt à des compromis pour concilier l'ensemble des usages. Quant aux interdictions, Frankiz minimisait les impacts qu'on pouvait redouter. Il n'y avait pas que le ski nautique ou les sorties des kayakeurs… L'objectif était surtout de prévenir tout projet d'exploitation minière, ou d'éoliennes au large, ou de câblage sous-marin. « En baie de Lannion, sans la mobilisation dans laquelle vous vous impliquez pour certains depuis plus de dix ans, l'extraction de sable serait déjà lancée… On n'est pas passés loin, et ça n'est pas gagné encore. »

Noël Le Moal l'a coupé : c'était un exemple parlant des faux-semblants qu'ils dénonçaient. La dune sous-marine servait de nurserie pour des espèces dont dépendaient beaucoup de prédateurs, les bars, les turbots, les lieus jaunes, mais précisément, en l'état du projet, il n'était pas prévu que la réserve la protège. « Alors qu'intégrer les Triagoz, franchement… qu'est-ce que vous craignez ? De septembre à avril, y a tellement de houle là-bas que personne n'y tient cinq minutes, c'est pas l'homme qui va polluer ce coin-là… » Aux applaudissements qui ont suivi, Maya a eu le sentiment qu'il venait de marquer un point. Quoi qu'il en soit, a poursuivi le président de Frankiz, l'association veillerait à ce que les candidats aux municipales s'engagent sur l'extension lors de la prochaine campagne, et elle déterminerait ses consignes de vote selon leurs réponses à ce sujet : « Parce que ce qui est en jeu, c'est la défense du territoire, et c'est surtout le respect de la volonté de la population locale. »

La réunion a duré encore une demi-heure. Maya ne voulait pas partir avant la fin. Petite fille, a-t-elle songé, l'océan lui semblait un espace infini, où chacun pouvait naviguer à ses risques et périls mais selon son désir, et de ce point de vue elle comprenait la liberté que revendiquait Frankiz. Pourtant ce qu'elle avait découvert en travaillant sur le sujet, c'était à quel point les mers, près des côtes surtout, étaient des territoires cartographiés, où les libertés que s'autorisaient à prendre les uns pouvaient compromettre sans même qu'ils s'en rendent compte la survie des autres, où les intérêts des humains et des autres animaux entraient dans des contradictions sanglantes, et que les humains eux-mêmes se disputaient aussi âprement que dans les familles paysannes un lopin de terre fertile, de sorte que pour protéger le milieu, il fallait prendre en compte l'ensemble des intérêts particuliers et tous les attachements, comme le faisait Étienne, mais aussi savoir quelle vision on voulait transcrire dans le réel, pour combattre pied à pied, et avancer.

Quand l'assistance s'est dispersée, Maya a décliné l'invitation de Dieter et de Joséphine à aller boire un verre. Elle a suivi Noël Le Moal et Colette Bourhis, quelques mètres en retrait, mais assez proche pour entendre sur le parking le groupe dont ils formaient le centre se donner rendez-vous au Bar de la Clarté. Se fiant à son intuition, elle les a suivis en voiture, est remontée sur le plateau, vers les carrières de granit, s'est garée sur la place de cet ancien bourg rattrapé par la croissance de la ville et a franchi la porte du bar qui faisait face à la chapelle et qui vendait aussi la presse, du tabac et l'espoir aussi illusoire que coriace de gagner au loto.

La salle, pleine aux deux tiers, avait un petit air de quartier général. La bande de Frankiz occupait le comptoir et deux des tables principales. Trop intimidée pour les rejoindre, Maya s'est faufilée jusqu'à une table située à l'écart, sous un écran qui diffusait un match de foot auquel presque personne ne prêtait attention. Le patron saluait avec l'accent anglais et prenait les commandes de tête. Sur le point de demander un demi de blonde pour imiter les autres, elle a balbutié avant de se rabattre sur une limonade, en assumant de passer pour une pisse-froid. Au pire, elle leur dirait qu'elle ne buvait jamais. Et s'ils venaient lui reprocher de les espionner, elle prétendrait qu'ils l'avaient convaincue et qu'elle envisageait de soutenir Frankiz.

En ne comptant que ceux qui sortaient de la réunion, ils étaient une quinzaine, pêcheurs pros aux corps plus marqués, retraités hommes et femmes d'allure assez bourgeoise, à la fois excités et frustrés de l'affrontement sans vainqueur qui venait d'avoir lieu. Maintenant que les oreilles officielles étaient loin, ils surveillaient moins leur langage, et les critiques fusaient. Ces gars de la LPO étaient des militants, pas des scientifiques : ils n'avaient pas le quart des compétences pour produire des études correctes à l'appui de leur projet fumeux. Terrible, tout de même, qu'une réserve marine pareille soit gérée par des piafologues si hostiles aux pêcheurs… Et pas un pour sauver les autres : la dame de la Direction de l'environnement, dans son tailleur-pantalon, s'y connaissait encore moins bien. Ceux-là, dès qu'on les cuisinait, on se rendait compte qu'ils ignoraient qu'un filet de plaisancier ne mesurait pas des kilomètres comme les filets des pros, ou qu'ils étaient incapables de distinguer un lieu jaune d'un bar, non pas au goût, mais même sur les étals, tant qu'il n'y avait pas d'étiquettes.

Assise sur la banquette de la plus grande tablée, Colette Bourhis se laissait bercer par le brouhaha, les yeux creusés, avec toujours cet air détruit de l'intérieur. Maya ne voulait pas croiser son regard, sûre de se faire débusquer. Au prochain débat, il faudrait faire gaffe à ne surtout pas dire qu'on voulait continuer à profiter de la réserve, parce qu'on se ferait aussitôt taxer de *profiteurs*. La vérité, c'est qu'il y avait un paquet de pognon en jeu, des millions qui tomberaient de Bruxelles, droit dans la poche du gestionnaire. Alors ça ferait les délices de Feyereisen, il aurait des bateaux plus grands et des stagiaires plus belles, on ne pouvait pas, remarque, lui reprocher d'aspirer à ça, mais qui l'aurait dans l'os ? On ne peut pas faire confiance à ces enragés-là : donnez-leur le petit doigt, ils vous boufferont le bras, un jour ils interdiront tout.

À cet instant, un homme a surgi dans son dos et s'est penché vers elle. « Je sais qui vous êtes », a-t-il glissé d'un souffle. Maya a sursauté. S'excusant de l'avoir effrayée, l'homme a demandé s'il pouvait s'asseoir avec elle. « Je m'appelle Philippe Gerkens », a-t-il ajouté d'une voix douce, comme si ce nom inconnu devait la rassurer. Avec sa chevelure blanche abondante et ses sourcils broussailleux, il pouvait avoir la fin de la soixantaine. Le visage était calme, Maya a acquiescé sans prononcer un mot. « Vous êtes la compagne de ce pauvre garçon qui s'est noyé, n'est-ce pas ? » Gerkens a bu une gorgée de bière. On aurait dit qu'il regardait la limonade de Maya, elle avait peur qu'il sache en lisant les bulles fines qui remontaient le long du verre qu'elle était enceinte de l'enfant du pauvre garçon noyé, qu'il apprenne cela avant Bruno, avant sa mère, alors que cet homme, en vérité, elle ne l'avait jamais vu. « J'ai quelque chose à vous dire, a enchaîné Philippe Gerkens. Mais pas ici. »

Ils sont sortis, se sont éloignés de la terrasse, ont contourné la place pour se retrouver devant le portail de la chapelle

Notre-Dame. Le ciel était clouté d'étoiles. Il a tiré de sa doudoune sans manches un étui en métal, lui a proposé une cigarette tout en prenant appui sur le mur de l'enceinte de la chapelle, au granit rongé de lichens gris. Elle a refusé d'un geste. Entre deux bouffées, il s'est mis à raconter qu'il habitait Perros depuis sa retraite et qu'il était mordu de voile, membre de l'amicale des plaisanciers, embarquant dès que les conditions le permettaient pour une virée à Bréhat, à Guernesey, ou lorsqu'il avait plus de temps jusqu'aux îles Scilly, au large des Cornouailles. Enfin, ça n'était pas le sujet. Il s'est penché vers elle en voûtant son grand corps et a baissé sa voix jusqu'au ton du mystère. « J'étais en mer le matin du 4 août, a murmuré Philippe Gerkens. Je veux dire, vers les Sept-Îles. »

Il fréquentait le coin depuis assez longtemps pour ne pas avoir peur de sortir un jour de grande marée, même seul à bord comme ce matin-là. Et peu après 10 heures, alors qu'il avait mis cap au nord-est pour faire le tour de Rouzic, et qu'il naviguait au large de Bono, il a repéré un zodiac vide. Maya a retenu sa respiration. Il ne passait plus un filet d'air dans sa trachée. D'ailleurs l'air alentour aussi paraissait s'être figé, et seules bougeaient encore les lèvres de Philippe Gerkens et la fumée de sa cigarette qui s'enroulait au-dessus d'eux en arabesques imprévisibles. « J'ai jeté un œil aux jumelles. Le drapeau de plongeur était hissé, mais il n'y avait personne en surface, je me rappelle avoir pensé que ça n'était pas prudent. »

Alors qu'il hésitait à s'approcher, il a vu un voilier se dérouter, mettre le cap sur l'embarcation et accoster le zodiac. Une silhouette est passée du voilier au semi-rigide, puis au bout d'une minute, est remontée sur le voilier et a redémarré, en remorquant le zodiac. Les deux bateaux ont parcouru peut-être un demi-mille, l'un dans le sillage de l'autre. Ce qui a frappé Gerkens, ensuite, c'est que la manœuvre s'est répétée : l'homme a sauté avec aisance sur le zodiac, certainement pour en mouiller l'ancre, puis a regagné le poste de pilotage du voilier et a fini par s'éloigner. « C'était bizarre, ce manège, vu le drapeau de plongée, mais bon… Je me suis dit que le zodiac devait être l'annexe du bateau, que le barreur l'avait repositionnée pour la récupérer plus tard… que les deux bateaux devaient naviguer ensemble – et j'ai tracé ma route… »

À son retour de Bréhat, deux jours plus tard, il a appris ce qui était arrivé à Quentin Lorssery. Alors il a repensé à ce qu'il avait vu, et la scène à la réflexion lui a paru suspecte. « Vous savez où mouillait le zodiac avant d'être déplacé ? » a demandé Maya d'une voix blanche. « Eh bien, je dirais au sud de l'anse de Bono, à peut-être huit cents mètres de la plage. » Maya a senti le sang lui picoter les doigts, comme s'il se remettait enfin à couler dans ses veines. Pourquoi n'était-il pas allé raconter cela à la gendarmerie ? Gerkens a jeté son mégot d'une pichenette et l'a écrasé de la pointe de sa chaussure. « Je sais pas trop, a-t-il dit en baissant les yeux. Ça n'était pas grand-chose. Ou au contraire, peut-être… Peut-être que je me suis dit que ça n'était pas mes affaires. Peut-être que j'ai eu peur. On a facilement peur, en fait… C'est quand je vous ai vue, tout à l'heure, si triste avec votre limonade, que j'ai su brusquement qu'il fallait que je vous le dise. »

Maya l'a remercié d'un clignement des yeux. Est-ce qu'il serait prêt à répéter ce témoignage au directeur d'enquête ? C'était quelqu'un de confiance, Thierry Dromer, ils pourraient aller le voir ensemble. Philippe Gerkens s'est accordé quelques secondes de réflexion, puis il a acquiescé d'un bref signe de tête. « Je suis ami avec le gars qui tient le Bistrot du port, à Ploumanac'h. Il m'a dit que François Lorssery pensait tout bêtement que son fils avait fait une connerie. Ce n'est pas impossible. L'ennui c'est que… comment dirais-je ?… d'après ce que j'ai vu… ce n'est pas impossible qu'on l'y ait bien aidé. »

Au-dessus de leurs têtes, un Christ moussu, au visage mangé par les pluies, se fondait dans la pierre de sa croix. Un jour, il aurait tellement plu que ce Christ disparaîtrait, qu'il ne subsisterait plus qu'une croix rongée par les embruns. Puis la croix elle-même s'éroderait, tout le granit de la côte céderait à l'obstination de l'eau, et le vent se chargerait de pousser jusqu'au rivage les fragments rose-rouge du feldspath, les grains noirs du mica, le quartz translucide, et ce qu'il en resterait se changerait en sable grossier, puis en sable de plus en plus fin, et ce sable serait aspiré par le jeu des marées qui lui feraient gagner le large, jusqu'à peut-être qu'il se dépose, un jour bien plus lointain, au fond de l'océan, le plus discrètement du monde et sans aucun témoin.

17. CRÉATURE DE MARÉE BASSE

Lorsque Maya lui a parlé, le lendemain de son retour à Roscoff, Bruno s'est senti renvoyé une trentaine d'années en arrière, au moment où il était devenu père, et dont il gardait à la fois une joie profonde et une blessure. Cet automne-là, les promenades qu'il faisait avec Nancy dans les rues de Boston les faisaient passer devant des maisons qui s'apprêtaient pour Halloween, avec leurs rampes enrubannées de toiles d'araignée et leurs lampions où les sorcières dansaient leur sabbat de crépuscule. Nancy était en fin de grossesse, médicalement tout allait bien, mais il avait le sentiment qu'il ne la reconnaissait plus. Quand le froid les poussait à regagner leur petit appartement, non loin de l'université Harvard où il travaillait, elle s'endormait en un clin d'œil, sur le canapé plus souvent que dans leur chambre, et il avait alors, à lire en la regardant, des heures douces et sereines. Mais au creux noir de la nuit, elle se réveillait en sursaut et le tirait du sommeil. Bruno tentait de la rassurer avec les mots et les gestes les plus simples dont il était capable. Souvent, c'était en vain : la fatigue de Nancy se muait en une colère qui n'épargnait personne, ni ses parents ni ses amis, mais qui avait aussi de plus en plus tendance à se retourner contre lui.

June était née peu après la chute du mur de Berlin, et à l'approche des fêtes, Bruno avait nourri l'espoir que l'épreuve soit derrière eux : passé le chamboulement de la grossesse, sa fille allait grandir dans un foyer aimant. Pourtant, il s'était bientôt rendu compte que la maternité mettait Nancy dans un état de tension permanente. Seule à savoir ce qui était bon pour sa fille, elle entendait décider de tout. En général, Bruno se pliait à ses désirs, conscient qu'il lui fallait prendre soin de la mère autant que du bébé. N'arrivant pas à confier June, Nancy rédigeait désormais ses articles à la maison et portait la petite en écharpe pour assister aux conférences de rédaction. Sa volonté de ne rien lâcher était compréhensible, mais la dureté dont elle faisait preuve envers elle-même devenait préoccupante.

Après six mois à ce régime, Bruno lui avait suggéré d'arrêter l'allaitement : il avait besoin de se construire sa place, et il était urgent que de son côté elle retrouve des nuits moins hachées. Nancy avait reçu cette demande comme une ingérence effroyable. Ils ne faisaient plus rien ensemble, elle ne voyait quasiment plus personne, mais elle était heureuse, affirmait-elle, et ne supportait pas qu'il cherche à la contrôler de la sorte. Bruno avait fait un bébé par amour, en rêvant d'une famille unie. Jamais il n'aurait imaginé que la mère le priverait de sa fille et la fille de sa femme.

D'autres mois encore avaient filé, sans amélioration, et il avait dû se faire à l'idée que la Nancy qu'il aimait ne reviendrait jamais. Ils s'étaient séparés. Il lui avait laissé la garde, parce qu'elle lui avait signifié, par avocats interposés, qu'il était hors de question qu'il en soit autrement. L'année suivante, il avait vu sa fille un week-end sur deux, avec la sensation de n'avoir droit qu'aux miettes. Puis Harvard avait décidé de ne pas renouveler son contrat. Il avait cherché une autre solution pour rester à Boston, avant que ses parents ne lui fassent entendre qu'il y était trop isolé, et que s'acharner ne l'aiderait pas à aller mieux. Finalement, il avait mis un terme à ses années de vie en Nouvelle-Angleterre et il s'était assis dans l'avion du retour, le front écrasé contre le hublot, médusé que le cours des choses ait pu lui échapper à ce point, et plus incertain que jamais de voir s'instaurer un jour un peu de paix sur terre ou dans son cœur.

« Je serais heureux qu'on le garde », a soufflé Bruno à Maya. « Ça n'était pas notre projet, mais… je sais pas, c'est la vie. » Ils étaient assis sur la plage, adossés au parapet de pierre pour se protéger du vent. « Après, je comprendrais que tu ne veuilles pas. Si c'est le cas je te soutiendrai, je serai avec toi du mieux que je le pourrai. » Maya aurait très mal vécu qu'il cherche à peser sur son choix alors que tout se passait dans son corps. Qu'il lui fasse comprendre néanmoins que la décision lui revenait, qu'il la laisse se débattre avec le dilemme, ce n'était pas plus confortable. De toute façon, les femmes ont le mauvais rôle, pensait-elle. Pressentant sûrement l'objection, Bruno a rectifié : « On décidera ensemble, mais je crois que ça doit partir de toi. »

Et il lui a beaucoup parlé, ce soir-là et le jour suivant. Il avait été coupé de June, il avait raté son enfance. Leur relation d'aujourd'hui était belle, plus paisible d'ailleurs que celle qu'elle entretenait avec sa mère, mais cela ne rattraperait jamais le fait de n'avoir pas partagé de quotidien. Même s'il n'était pas le père biologique, l'enfant à naître pourrait être le sien. Il était persuadé que la parentalité n'était pas une question d'ADN, mais de souci qu'on a pour l'autre, ne serait-ce que parce que la chimie des corps voulait que le temps et le soin se transforment en amour. Il savait que ce serait plus simple si l'enfant lui ressemblait, mais cette appréhension, il n'en a pas fait part à Maya, pas plus qu'il ne lui a évoqué les nuits terribles de Boston. C'était plus que jamais l'heure de surveiller ses mots, de ne pas avoir la candeur de croire que l'honnêteté consiste à livrer sans filtre à la personne avec laquelle on vit les pensées chaotiques qui se battent en nous et nous tiraillent.

« Bien sûr, a-t-il murmuré, j'ai peur qu'il perde son père jeune… de ne pas le voir grandir… » Maya, assez remuée, a eu envie de le rassurer là-dessus : il était en très bonne santé, avec une génétique comme la plupart des gens en rêvent, des parents morts à près de quatre-vingt-dix ans sans avoir affronté de maladies majeures. « Si quelqu'un comme toi l'accompagne ses trente premières années, je peux te dire que ç'aura été un enfant très chanceux. »

Ne rien faire, donc laisser faire, laisser cet embryon développer des organes et la force d'un être en puissance. Jour après jour, Maya n'a pu que constater qu'elle n'engageait aucune démarche. Depuis sa terminale, elle avait gobé chaque soir sa pilule, d'un geste auquel elle ne pensait plus, mais qui année après année, en répétant *pas tout de suite*, manifestait avec une évidence croissante qu'elle ne voulait pas d'enfant. Dorénavant c'était l'inverse : par procrastination, par crainte du parcours douloureux de l'avortement, ou parce que le désir s'imposait, elle ne prenait aucune mesure pour mettre un terme à sa grossesse. Par instants, elle trouvait étrange que quelqu'un d'aussi énergique qu'elle, qui s'était arrachée à son milieu et avait conquis sa position de haute lutte, laisse une inertie envoûtante décider à sa place de la suite de sa vie. Peut-être, justement, était-elle fatiguée de se battre. Alors que tant de choses, même parmi les plus simples, exigeaient une lutte permanente, peut-être y avait-il une douceur bienvenue pour une fois à se laisser porter.

Elle était quasiment à la fin du premier trimestre et l'avait traversé presque sans y prendre garde. Maintenant qu'elle savait, pourtant, tous les symptômes refoulés lui tombaient dessus pêle-mêle. Elle se levait cinq fois par nuit pour aller aux toilettes. Dans la journée, ses jambes se dérobaient et elle devait s'asseoir sous peine de s'écrouler. Si elle gardait l'enfant, il lui faudrait sans doute renoncer à ses fonctions à l'IPBES, car travailler soirs et week-ends risquait de virer à la torture. Un enfant l'obligerait à réviser ses ambitions. Elle s'angoisserait moins pour l'équilibre d'une société industrielle de toute façon mal barrée, et se trouverait sollicitée par le présent, convoquée par la faim, les poussées de fièvre, l'envie de jouer ou la curiosité d'un être humain dont le rire éclipserait une partie de ses préoccupations. Elle se sentirait minuscule avec lui, démunie avec lui mais adulte compétente pour répondre à la plupart de ses besoins. Rendre cet enfant heureux s'avérerait peut-être plus facile, qui sait, que convaincre les décideurs, aux quatre coins du monde, de mettre un coup d'arrêt à la destruction de l'océan.

Comme elle ne voulait pas que la conversation ne tourne qu'autour de son ventre, Maya a aussi raconté à Bruno les sentiments ambigus que lui avaient laissés sa rencontre avec Thomas Jarnoux et le débat sur les Sept-Îles.

« Jarnoux, j'ai l'impression qu'il t'a un peu embobinée, s'est-il permis de la taquiner. Tu aurais dû lui faire jurer qu'il ne sous-déclare pas ses prises, car d'après mes infos tous les gros armements le font… » D'accord, les petits pélagiques, maquereaux, harengs, c'était de la protéine animale peu transformée, plus saine pour la santé humaine et celle des écosystèmes que la viande des porcs ou des poulets confinés dans leurs fermes-usines, ou que les thons et saumons aux chairs plus polluées, mais sans leurs quotas trop élevés et les subventions massives qu'ils captaient, les chalutiers du style de *L'Endurance* auraient eu beaucoup de mal à dégager des bénéfices. Et pour ce qui était des chalutiers de fond, ils avaient encore moins d'arguments à faire jouer en leur faveur : « Ils prétendent qu'ils labourent toujours les mêmes zones, comme si on parlait de champs de patates. Ça n'est pas vrai. Là où les habitats des poissons sont détruits, par définition, il n'y a plus de poissons non plus. » En fait ils exploitaient, sans doute pas des zones toujours nouvelles, mais du moins les portions préservées de secteurs de pêche plus vastes qu'ils fréquentaient déjà. La carte des fonds marins, c'était de la dentelle : le sédiment pouvait être bousillé ici par le passage des engins, et presque intact à quatre cents mètres de là. « Ce serait intéressant qu'ils répondent aux critiques autrement que par des stratégies de victimisation. Parce qu'ils répètent sur tous les toits que les écologistes veulent leur mort... Sauf qu'à creuser, leur faillite structurelle, c'est eux qui la préparent, en faisant perdurer des pratiques insoutenables... »

Bruno se montrait assez perplexe aussi sur l'extension de la réserve. Oh, il ne disait pas que c'était une mauvaise chose, ce serait très joli quand les ministres viendraient l'inaugurer, mais il avait le sentiment, à l'instar des membres de Frankiz, que la zone était déjà préservée des nuisances les plus dommageables et en particulier de l'impact de la surpêche. Pour jouer les bonnes élèves, se profiler comme une nation exemplaire, la France était en train de créer plein d'aires marines protégées. Le problème, c'est que lorsqu'on ne se contentait pas d'écouter les discours, mais qu'on se penchait sur les dossiers, on se rendait compte que la plupart de ces aires n'étaient protégées que sur le papier, puisque le statut n'impliquait pas de restrictions sérieuses et qu'on ne mettait pas les moyens pour s'assurer que les interdits étaient bien respectés. Maya ne voyait pas trop, de fait, comment l'équipe d'Étienne, même avec des effectifs plus fournis, serait en mesure de contrôler toute l'année ce qui se passait en mer dans un périmètre soixante-dix fois plus étendu que celui qu'elle gérait déjà.

« Je suis retombé là-dessus pas plus tard que la semaine dernière, a embrayé Bruno : dans la zone Atlantique, Manche, mer du Nord, ils revendiquent quarante pour cent d'aires marines, mais la protection intégrale et haute, sans pression de pêche, elle couvre moins de un pour cent... L'État se fout de notre gueule. Tu sais ce qu'ils sont en train de faire, quand on y réfléchit ? Ils créent des réserves si vastes qu'on ne pourra rien y interdire, parce que couper les flottes de pêche de coins qu'elles exploitent autant susciterait aussitôt une levée de boucliers. » Maya a acquiescé : il y avait malheureusement de bonnes raisons de craindre de la part des politiques ce genre d'hypocrisies.

Aux yeux de Bruno, mieux auraient valu de loin des aires marines de taille plus modeste, mais appliquant des niveaux de protection élevés. « C'est ça qui serait efficace, y compris pour la pêche. Tu vois, si on créait de vrais sanctuaires pour la faune marine, au bout d'une décennie, on sentirait les bénéfices, les captures augmenteraient dans les zones voisines, car le milieu dans son ensemble serait plus prolifique. » Comme Guillaume Piriou le répétait, la pêche était une activité de capture du vivant, pas de production à proprement parler : de ce fait, c'était l'un des rares secteurs dont les professionnels pouvaient bien mieux gagner leur vie s'ils se mettaient d'accord pour diminuer leur temps de travail… Bien sûr, il y avait un effort d'amorçage : mais exploiter une ressource qu'on aurait d'abord pris soin de laisser se régénérer, en aidant les pêcheurs à surmonter la transition par des subventions mieux ciblées, demanderait moins d'efforts que s'acharner à pêcher une ressource surexploitée.

« On va pouvoir survivre en mangeant moins de poisson et sans pêcheries industrielles, hein, on le faisait encore il y a deux générations… En revanche on ne survivra pas si l'océan nous lâche et qu'on ne peut plus compter dessus pour réguler le climat. À un moment, il va falloir choisir. Et au vu des services que l'océan nous rend, je ne trouve pas que le dilemme soit si insurmontable, à condition de raisonner plus loin que le bout de son nez ou que le terme d'un mandat… »

Dans d'autres circonstances, Maya aurait jugé précieux que Bruno lui expose ainsi son avis. En l'occurrence, il l'agaçait dès qu'il se mettait à lui expliquer des choses que pour la plupart elle savait très bien. Elle était consciente d'avoir de la chance qu'il soit là, solide comme un rocher de la côte, et magnanime, et capable de prendre du recul. Et pourtant elle lui en voulait aussi de cette solidité, et que ce ne soit pas lui qui se coltine ce corps en vrac, et plus confusément, même si cette pensée-là relevait du scandale pur, qu'il soit encore vivant alors que Quentin était mort.

Dans ces cas-là, moins pour le fuir que parce qu'elle se jugeait indigne, elle avait besoin de sortir, de chercher l'ivresse dans le paysage jusqu'à se sentir pétrie par les mains musculeuses du vent.

Pour changer de Roscoff et ne pas croiser de têtes connues, elle prenait la voiture et rejoignait en dix minutes Santec et le Dossen, dont la plage orientée vers l'ouest s'étalait sur un kilomètre de long. Marchant des heures sur ce coin de côte, Maya devenait peu à peu une créature de marées basses. Elle ne les trouvait plus tristes, ou plus exactement, elle se mettait à aimer la liberté et la mélancolie que son cœur brassait à ces heures-là. Quand l'eau montait jusqu'à hauteur de digue, partout sur le littoral, le sentier se réduisait à une trace balisée, dont on n'avait pas le droit de dévier depuis qu'on avait entrepris de protéger les dunes et de restaurer les landes. Lorsque au contraire la mer baissait, l'estran entier s'ouvrait à la promenade, elle pouvait décider à sa guise dans quel sens se diriger, et sur quelle surface ferme, instable ou inondée elle avait envie de poser le pied. Les bouées jaunes délimitant les espaces de baignade et de surf s'échouaient au bout de leurs cordes. Un petit garçon attrapait une laminaire arrachée, la traînait dans son dos et striait le sable de coups de balai dignes d'un apprenti sorcier. Bientôt, les promeneurs que Maya croisait n'étaient plus que des silhouettes croquées de quelques traits de crayon, flanquées parfois de l'ombre plus vive d'un chien s'affairant autour d'elles.

Elle avançait avec lenteur, avide de déchiffrer l'estran. Bosselée par les courants, la plage était aussi ridée de dunes minuscules, et piquetée de toutes parts par les tortillons que rejetaient les vers arénicoles. Des ruisselets d'eau coulaient entre les touffes d'algues brunes, ralentissant jusqu'à stagner lorsque la pente était faible. Elle aurait pu passer des heures à écouter leur glouglou apaisant. Quand on s'agenouillait, les rochers même les plus modestes se transformaient en sommets absolument considérables. Une fois, elle a repéré quatre diptères qui tournoyaient dans une mare, elle ne savait pas trop s'ils étaient en train de jouer, de se battre ou de se noyer. Allaient-ils être capables de s'en sortir, ou était-elle témoin de leurs derniers soubresauts avant une mort stupide ?

Droit devant la cale se dressait l'île de Sieck, un éperon granitique d'une vingtaine d'hectares, couvert d'une terre sableuse, qu'on arrivait tout de même à cultiver à condition de ceindre les champs de haies. L'île était accessible à marée basse, en faire le tour prenait une heure. Dès qu'elle a découvert les lieux, le Dossen et le modeste îlot de Sieck sont devenus le but récurrent de ses promenades, qu'elle vivait dans l'exaltation, mais dont elle garderait plus tard un souvenir maudit.

Le sentier se dessinait entre les herbes ployées par le vent. Derrière des bosquets d'épineux où piaillaient les passereaux, on découvrait une maison dont ne subsistaient que quelques murs, tandis que plus loin une autre ruine donnait sur une plage dont la jetée en mauvais état risquait elle aussi l'éboulement. D'après ce qu'avait lu Maya, les archives de l'Ancien Régime gardaient trace des conflits entre les îliens et les villageois de la côte, qui débarquaient y récolter du goémon en se moquant de piétiner les cultures. Plus tard, les crevettes de la baie avaient attiré les sardines, et à leur suite les fileyeurs de Douarnenez, qui pour se donner une chance de pêcher à foison dormaient sur leurs bateaux. Une conserverie avait été créée sur l'île, la grand-mère de Guillaume Piriou y avait été ouvrière. Les Allemands y avaient installé une garnison, puis ils avaient dynamité l'usine et les maisons du port, précipitant le départ des derniers habitants. La paix était revenue, mais pas les gens de Sieck : il ne restait plus sur l'île qu'une ferme et une maison occupée seulement aux beaux jours.

Quand la journée était clémente, elle trouvait un coin abrité, se calait entre les rochers et sortait de son sac à dos les cahiers de Quentin. Elle s'était rendu compte qu'elle jugeait sacrilège de les lire dans la maison de Bruno. La première fois qu'elle les avait ouverts, à Trégastel, elle avait lu leur contenu en diagonale et avait vite compris qu'il n'y avait pas de révélation inouïe à en attendre. Ce n'était pas le carnet de bord d'un militant, et ces écrits ne ressemblaient pas non plus à un journal intime : Quentin ne racontait pas sa vie, Quentin ne parlait pas d'elle. La déception encaissée, elle avait pris conscience que le projet dont il lui avait parlé quelques fois était plus avancé et nettement plus ambitieux qu'il n'avait bien voulu le lui avouer.

Le premier cahier ne contenait pas de poèmes, mais rassemblait des notes sur les mondes animaux. Quentin voulait inventer une langue qui collerait à leurs manières d'être, et qui, réciproquement, laisserait les animaux entrer dans le langage humain et le modifier de l'intérieur. *Où sont les mots-nageoires, les mots qui battent des ailes ?* Bien sûr, écrivait-il, il s'agissait d'un rêve, mais s'il existait un espace où il n'était pas interdit de tenter l'impossible, c'était à l'évidence celui de l'écriture poétique.

Dans le deuxième cahier, Quentin se révélait lecteur assidu d'autres poètes. Il évoquait beaucoup Francis Ponge qui, dans les marges de sa vie de bureau, avait tourné son attention vers les objets et vers les animaux pour sortir du manège des sentiments et des idées. Au large, observait Ponge, la mer était toute simple et se répétait flot à flot : il lui fallait venir à la rencontre du littoral, de la découpure précise de ses rochers et de ses plages pour véritablement trouver à qui parler. Quentin aimait les textes où Ponge louait le talent qu'ont les mollusques pour fuir les importuns. *Le poète est l'animal qui se fabrique une coquille de mots*, avait-il retenu.

Ailleurs il lisait Walt Whitman cherchant un souffle à la mesure des fleuves et des montagnes du continent américain, et puis Emily Dickinson recluse dans sa maison d'Amherst, s'occupant de son jardin en compagnie des araignées, des insectes et des merles. Plus loin il copiait des passages d'un entretien où Igor Mumsen expliquait que c'était la marche qui l'avait aidé à apprivoiser la nature. Arpentant le massif des Corbières depuis des décennies, le poète octogénaire en connaissait si finement certains sentiers qu'il avait vu chaque arbre grandir et chaque rocher s'éroder.

Puis Quentin prenait de la distance. Malgré l'affection qu'il lui vouait, il jugeait la prose de Ponge trop corsetée. Whitman se laissait emporter par des bourrasques d'immodestie. Dickinson lui paraissait chercher le visage de Dieu à travers le contact avec ses créatures, et il ne voulait pas exclure les humains de la représentation comme le faisait Mumsen. *Les animaux tels qu'en eux-mêmes, mais politiques, parce qu'ils le sont. Si je leur prête des intentions humaines, avoir l'honnêteté de le dire. Quand je vais au-delà de ce qu'on sait d'eux, ne risquer que des hypothèses. Avancer comme je m'approche d'eux : à pas comptés, à très lents coups de palmes, pour ne pas les faire fuir.*

Parfois, Maya relevait la tête. Elle écaillait un œuf ou se coupait un morceau de comté. Ou bien c'était le vol d'un oiseau qui la distrayait de sa lecture, par exemple deux aigrettes garzettes, venues se poser en contrebas pour chercher des proies dans les algues, et qui lui faisaient regretter d'avoir oublié ses jumelles.

Le troisième cahier était le plus fascinant : les poèmes de Quentin s'y esquissaient dans des pages froissées, où des fragments de vers disparaissaient sous les ratures, tandis qu'un réseau de flèches intercalait d'autres mots, l'ensemble témoignant d'une frénésie de papier étonnante pour un type qui avait grandi à l'ère des ordinateurs. Écrivant en vers libres, sans aller à la ligne, Quentin évoquait le monde qu'il connaissait, les caprices de la géologie qui avaient sculpté les granits, les congres qui vous glissaient des mains lors des parties de pêche à pied, ou ce que Dieter lui avait raconté des dégâts que les grands corbeaux causaient aux colonies d'oiseaux marins sur les pointes du Finistère.

Il écrivait : *allez, dis-moi un peu – que vas-tu faire de tes pensées, sous l'eau ? – l'air est précieux, tu le sens – pour les êtres creux de poitrine – tu n'es rien sans la terre – mais les terriens – c'est manifeste – sont gens calamiteux.* Il écrivait : *simplement l'épaisseur de la combinaison – six millimètres entre ta peau et l'eau – un embout de plastique entre ta bouche et l'eau – c'est l'air à l'intérieur et l'eau à l'extérieur – vases à ne pas faire communiquer – l'eau peut vite te remplir, tu sais* – et Maya frémissait devant cette prémonition.

Entre deux esquisses, Quentin ménageait des pages blanches pour poursuivre le travail. Il n'écrivait pas les poèmes les uns après les autres, mais travaillait en permanence à tous, de cette écriture qui paraissait douée de la même ardeur chaotique que sa parole pour convaincre ou ses mains pour la caresser.

Puis est venu le jour où elle a achevé sa lecture du troisième cahier. C'était encore sur Sieck. Au sommet de ces journées d'été, le monde avait deux faces. Du côté du soleil qui tapait sur son front, la mer et le sable mouillé de l'estran formaient un grand miroir tout occupé à réverbérer la lumière. Dans le contre-jour, les langues rocheuses que la marée basse mettait à nu se découpaient en ombres noires, tandis que les collines laissaient se chevaucher leurs nuances d'argent. Vers le nord au contraire, soleil chauffant le dos, la nature faisait vivre toutes ses nuances de bleu : un bleu profond et vibrant sur la mer, des touches mauves sur l'île de Batz, des teintes plus claires vers les hauts-fonds et dans de vastes zones du ciel.

Maya a attaqué le dernier poème, qu'elle avait gardé en réserve parce qu'il était le plus long et le plus balafré de ratures. Quentin y lançait sur les océans un navire qui mettait le siège devant Troie avec l'armée des Grecs, mais qui, quelques strophes plus loin, cinglait vers les Célèbes pour chercher des épices, remplissait ses cales de morue sur les bancs de Terre-Neuve, avant de devenir, en un prodige de longévité, un porte-conteneurs fréquentant le détroit de Malacca et le canal de Suez, le tout sans changer d'équipage. Là encore, certaines phrases troublaient Maya qui se les récitait à mi-voix : *retenir le harpon – l'envie furieuse de se mettre en chasse – la promesse de la graisse et de l'huile – chercher de la lumière ailleurs – autrement – autre part – ceux qui assassinent regretteront – écoutez voir – les hommes qui tuent seront tués*. Elle se disait, donc ce sont ces choses-là que Quentin avait en tête, ce genre de mots et d'images ?

Plus le navire se chargeait d'histoire et plus il échappait aux règles qui régissent l'existence des hommes : *tous les ports les refusent – ils n'aborderont nulle part – des hommes au chaud dans leurs bureaux – les mettent en quarantaine – par peur qu'ils ne répandent – malédiction ou maladie – il faut que tout ça reste à bord – que le navire se change en cimetière flottant – les cadavres sur le pont mangés par les oiseaux – sans que des fantômes s'en détachent – jusqu'à ce qu'il ne subsiste plus que des squelettes de carbone – accoudés sur le bastingage – et guettant l'horizon.*

Elle était scientifique, pas très grande lectrice, mal placée pour se faire une idée de ce que valait ce travail. D'instinct elle se disait que bien qu'il ait travaillé dans son coin, Quentin aurait pu devenir un bon poète, si ce n'était que sa trajectoire avait été coupée trop tôt, à un âge où seuls les génies laissent une œuvre. D'abord l'écriture en secret, ensuite la mort précoce : personne ne l'avait lu de son vivant et personne ne le lirait plus tard. Pourtant, ce que Maya savait, c'est que certains de ces poèmes la faisaient frissonner des pieds jusqu'à la tête, et qu'elle parcourrait l'arborescence de leurs variantes fragiles jusqu'à ce qu'ils soient gravés dans sa mémoire. Et c'était le cas de celui-ci, *alors le vieux navire*, qu'elle a lu et relu, à ce point happée qu'elle ne s'est pas rendu compte que plus aucun pas de promeneur ne retentissait dans son dos et qu'elle était seule sur l'île.

L'horloge l'a reprise soudain, l'écoulement du temps. Elle s'est levée, a fourré les cahiers dans son sac avec des gestes aussi hagards que si elle s'éveillait d'une sieste et a regagné le sentier. Un instant elle a hésité : prendre par le nord ou par le sud ? Les deux se valaient, puisqu'elle était dans un coin de l'île opposé à la cale qui ramenait sur la plage. Quoi qu'il en soit, elle ne pouvait pas se permettre de tergiverser. Elle a choisi le nord et couru sur le sentier, son sac battant dans le dos, attentive à ne pas trébucher sur les pierres qui le jonchaient. Dans le pré, le cheval auquel elle avait tendu quelquefois des touffes grasses l'a regardée passer sans manifester d'émotion. Elle a cherché un rythme, essayant d'expirer chaque fois que ses pieds frappaient le sol pour amortir les chocs, mais son cœur s'affolait trop vite, comme un petit animal piégé dans sa poitrine.

Lorsqu'elle est arrivée à la cale, le bas de la rampe avait déjà disparu sous les eaux. Les touffes d'algues saisies par le flux tanguaient comme des embarcations prêtes pour une danse étrange, et même en cherchant un détour, il ne restait aucun chemin pour passer à pied sec. Maya a regardé la marée qui montait, les vaguelettes qui se nappaient les unes les autres jusqu'à créer de la profondeur. Est-ce qu'il était vraiment trop tard ? À vue de nez, elle n'avait que deux cents mètres à parcourir dans l'eau pour rejoindre la plage, ce ne serait pas pire que de franchir une rivière à gué. Est-ce qu'elle devait enlever ses chaussures ? Elle savait qu'il y avait, entre l'île et le Dossen, des zones de sable et d'autres de cailloux, mais ne parvenait pas à se rappeler où passaient les frontières. Fébrile, elle a déchaussé ses baskets, mis la main sur son téléphone et fourré le tout dans son sac. Et dix secondes plus tard, sans qu'elle ait eu le temps de se rendre compte de ce qu'elle faisait, elle avançait dans l'eau, qui était toute douce d'avoir été chauffée par un soleil si éclatant.

De l'eau jusqu'aux chevilles, puis jusqu'à mi-mollets, et maintenant aux genoux. Jusqu'où l'eau allait-elle monter ? Elle a couru sur quelques mètres, et son pantalon de toile éclaboussé de partout s'est collé à sa peau. Dès qu'il y a eu de la profondeur, la sensation de tiédeur s'est dissipée et le froid lui a mordu les cuisses et l'entrejambe. Bientôt, courir a demandé plus d'efforts : les vaguelettes inoffensives formaient ensemble une masse obtuse, et cette masse lui résistait. Est-ce qu'il fallait se mettre à nager ? Pas la meilleure idée. Même si elle parvenait à rejoindre la plage, les cahiers de Quentin seraient foutus, le papier aurait régressé à son état de pâte informe et les poèmes auraient tous disparu. Et même sans se préoccuper de garder trace d'un mort, le flot n'était pas si tranquille et le courant traître qui pesait sur ses hanches risquait de l'emporter.

Chaque seconde qu'elle perdait à revoir sa tactique, l'eau continuait de monter. Il était temps de se rendre compte que l'océan ne savait pas qu'il existait sur terre quelqu'un du nom de Maya Ferrer, mais qu'il n'avait pas besoin de la connaître pour l'aspirer et l'engloutir, sans aucune intention ni la moindre méchanceté. « Je n'ai pas le droit de me noyer », a-t-elle murmuré avec des lèvres craquelées de sel. Alors elle a rebroussé chemin. Le rivage de Sieck qu'elle fuyait est devenu le but à atteindre. Sous ses pieds nus, qu'elle enfonçait dans le sable pour garder l'équilibre, elle a senti le sol qui remontait un peu.

À cinq mètres de l'île, de l'eau jusqu'au diaphragme, elle a ôté les bretelles de son sac et l'a lancé vers le rivage, où elle a eu le soulagement de le voir atterrir. Puis elle a plongé dans le flot en ne pensant plus à rien, s'est fendue d'une série de brasses et a finalement réussi à remettre pied sur la cale. D'un pas qui vacillait, elle a gagné la partie de l'île qui n'était jamais immergée. Elle a sorti une serviette, s'est séché les cheveux et les jambes, a remis ses baskets. Les cahiers paraissaient humides mais n'avaient pas pris l'eau, et même s'il déclinait, le soleil était encore là pour lui remonter le moral.

Après avoir repris son souffle, elle a marché vers les maisons. La plus proche de l'ancien port était cernée de plantes succulentes qu'on appelait selon les coins des griffes de sorcière, des figues marines ou des doigts de fée. Elle a toqué, regardé par une des fenêtres, mais aucune fée ni aucune sorcière ne l'attendait aux fourneaux de la cuisine. Dans la deuxième maison, celle à laquelle appartenaient les chevaux, idem, les habitants devaient être partis pour la soirée sur le continent. Sur la plage du port, elle a repéré une barque, avant de se rendre compte qu'il n'y avait pas de rame et que la chaîne de métal qui la retenait à terre était fixée par un cadenas. Ayant épuisé tous les recours, elle a appelé Bruno avec un peu de honte. En lui faisant part de sa mésaventure, elle ne lui a pas dit qu'elle avait tenté de traverser. Elle savait qu'elle n'était pas passée loin de faire une énorme erreur. Cela venait vite, en fait. On ne réfléchissait pas, ou pas assez, et quand on se concentrait et qu'on raisonnait mieux, trop tard, on n'était plus maître du tout de la situation.

Le lendemain, alors qu'elle remerciait de nouveau le mari de Viviane Laubier de l'avoir récupérée avec son canot de pêche, le nom de Thierry Dromer s'est affiché en double appel. Dès qu'elle a compris qu'il souhaitait lui rendre compte des avancées de l'enquête, elle a marqué qu'elle préférait le voir. Deux heures après, elle était à Perros, à la gendarmerie.

Le jour où elle lui avait rapporté ce qu'avait vu Philippe Gerkens, l'adjudant l'avait incitée à ne pas s'attarder dans le coin : les nouveaux éléments apportés par ce témoignage et l'intrusion nocturne dans la maison de Locquémeau laissaient à penser que le danger rôdait encore. Elle s'était dit à ce moment-là qu'il n'avait pas envie de l'avoir dans les pattes, qu'il devait appréhender qu'elle lui mette la pression, comme si l'affaire Lorssery était la seule ou la plus importante qu'il ait à affronter. Au moins, elle ne craignait plus qu'il lui reproche de délirer par tristesse. Grâce aux découvertes qu'elle avait faites, la disparition de Quentin le travaillait lui aussi. Les pêcheurs venus menacer Noémie Riera, l'ordinateur qu'on ne trouvait pas, et désormais ce voilier accostant le zodiac pour le changer de mouillage, cela commençait à faire beaucoup : il y avait un fil à tirer. Maya avait même senti dans son regard de l'admiration pour son courage. Et en repartant pour Roscoff, elle s'était convaincue que l'enquête ne pouvait pas rester entre ses mains, qu'il fallait que chacun joue son rôle, et puis qu'il était temps, surtout, qu'elle s'occupe des vivants.

Aux plis mauvais du visage de Dromer, elle a tout de suite compris qu'il n'était pas satisfait de lui-même. Pourtant, ces derniers jours, il s'était démené. Après avoir recueilli le témoignage de Gerkens, il avait travaillé en concertation avec la brigade de recherche de Lannion. Gerkens était sûr de ce qu'il avait vu, mais il avait assisté à la scène de trop loin pour s'estimer capable d'identifier le voilier – un monocoque blanc qui devait faire entre douze et quinze mètres, donc un bateau qui ressemblait au sien et, malencontreusement, à la plupart de ceux qui cabotaient le long de la côte. Les gars de la brigade de recherche avaient dissuadé Dromer de chercher des empreintes sur le zodiac : l'embarcation n'avait pas été préservée par des mesures de police technique lors de son remorquage, elle avait passé plusieurs jours dans le port de Ploumanac'h, il était évident que les relevés ne donneraient rien.

En revanche, Dromer avait repris avec Gerkens la trajectoire de son voilier pour tenter de déterminer avec le plus de précision possible où le zodiac était mouillé avant que le voilier ne l'accoste. Et à partir du point identifié au sud de Bono, la brigade nautique avait organisé plusieurs nouvelles plongées, en ratissant le périmètre. « Et ils ont trouvé quelque chose, a murmuré Dromer. Une ceinture de plombs, avec trois kilos de lest. On l'a montrée aux gens du CAP, ils pensent qu'il y a de fortes chances que ce soit celle de Quentin. » Il avait donc eu un problème, sous l'eau ou en surface, et avait dû la détacher pour être plus libre de ses mouvements. « Mais toujours pas de corps, j'imagine ? » s'est étranglée Maya. Dromer a secoué la tête : « Et aucune autre trace… »

Grâce à ces éléments, Dromer avait obtenu du parquet l'ouverture d'une information judiciaire. « Le magistrat à qui j'avais eu affaire lors de la première phase de recherches était parti en vacances entre deux, il a fallu que je réexplique tout à celui qui est de service… Mais je vous passe les détails : j'ai réussi. » Dans la foulée, il avait adressé une requête au CROSS pour qu'ils lui envoient une liste des embarcations géolocalisées dans la zone ce jour-là, et il avait passé du temps à la capitainerie du port, à étudier la liste des bateaux sortis de Perros ou de Ploumanac'h. Il avait fait revenir Philippe Gerkens et ils avaient arpenté les quais, observé chaque voilier pour voir si un détail ressurgissait dans la mémoire du plaisancier, un ornement ou un motif sur la coque ou les voiles, mais Gerkens était la prudence faite homme et ne voulait pas porter d'accusation sans certitude catégorique. « Nous allons continuer de plancher sur ces données, a affirmé Dromer. On a lancé il y a trois jours un appel à témoins. Il finira peut-être par en sortir quelque chose. »

Quant à l'individu qui s'était introduit dans la maison de Kirio alors que Maya s'y trouvait le 12 août, les nouveaux relevés d'empreintes ne permettaient pas non plus de l'identifier : sur le mur qu'il avait escaladé et sur les montants de la fenêtre de la chambre, il n'y avait aucune empreinte lisible, sans doute parce qu'il portait des gants, et à l'intérieur de la maison, la cellule technique n'avait trouvé que celles de Maya, de François et Gaëlle Lorssery, de Jérémie Varenne, et bien sûr de Quentin lui-même.

Dromer a rebouché le stylo avec lequel il avait griffonné pendant qu'ils discutaient un croquis de voilier. « Affaire à suivre, a-t-il conclu. Je vais veiller à ce que le dossier reste actif. C'est juste que pour monter en gamme et déployer de plus gros moyens… Comment dire… Je pense que vos soupçons sont légitimes : quelque chose cloche, dans cette affaire. Mais à ce stade, on n'a tout de même pas grand-chose de probant… »

Lorsque Dromer l'a raccompagnée au portail, elle lui en a voulu de ne pas paraître plus tourmenté. Elle voyait bien que si l'enquête s'enlisait, il ne mettrait pas longtemps à s'en accommoder. Malgré sa bonne volonté, il avait l'air d'être de ceux qui ne cherchent pas à résister aux *c'est comme ça* et aux *on n'y peut rien* de l'existence humaine. Bien sûr, le jugement de Maya était biaisé : un adjudant de gendarmerie ne pouvait pas se permettre de laisser transparaître ses inquiétudes métaphysiques. Mais il était aussi possible qu'on ne devienne pas officier de police judiciaire si on portait au cœur un besoin de révolte contre l'ordre des choses.

Roulant sur la route de Roscoff, elle a pensé que de son côté, sans certitude, elle ne s'en sortirait pas. Et tandis que la côte défilait sous ses yeux, l'angoisse l'a de nouveau saisie, brouillant les lignes des forêts et redoublant jusqu'à la confusion le scintillement des plages : elle était convaincue que la disparition de Quentin n'était ni un simple accident, ni un suicide. Quelqu'un l'avait tué. Seulement, au rythme où l'enquête progressait, on ne saurait jamais qui. Malgré les efforts qu'elle avait déployés depuis des semaines, le jour du meurtre s'éloignait, et ce serait bientôt un de ces dossiers qui prennent la poussière dans le sous-sol des archives, un de ces homicides auxquels les enquêteurs repensent avec mauvaise conscience, mais qui ne s'élucident pas, parce que le lieu du crime avait été choisi avec intelligence, que la mer est trop vaste pour qu'on sache ce qui s'y trame, parce que les moyens de l'océan pour effacer les preuves étaient d'une tout autre puissance que ceux de la justice pour les recueillir et en induire la vérité.

Et le jeudi 22 août, la voilà de nouveau sur la plage du Dossen.

En ce milieu d'après-midi, les lieux sont quasiment déserts : rincés par les averses, les promeneurs sont rentrés chez eux. L'étale de basse mer est dans une demi-heure, la plage s'est élargie et n'existe que pour elle. Elle marche dans le vent piquant, qui semble là pour annoncer que l'automne est à l'affût. Le ciel est empli de nuages qui s'étagent très haut. Le soleil n'est pas loin derrière, mais il ne perce que de temps en temps, comme un œil de cyclope qui aurait du mal à garder ouverte sa paupière et qui clignerait souvent. Ce n'est pas lui qui est capricieux, se dit-elle, lui brille avec constance ; ce n'est pas de sa faute si les nuages s'interposent ; beaucoup d'obstacles s'interposent aussi entre nous et la joie – est-elle en train de penser quand la douleur la prend.

Les premières secondes, c'est une sorte de crampe au ventre, qui lui serre l'estomac et raccourcit son souffle. Elle ralentit, cherche des inspirations profondes, porte son poing là où cela fait mal. La douleur ne fait que croître, et bientôt elle la plie en deux, la force à s'immobiliser et à s'assoir à même le sable. C'est du ventre que la douleur vient. Un moment cela lui rappelle la colique néphrétique qui l'avait foudroyée quelques semaines avant de remettre sa thèse, cette sensation odieuse que le sang ne circulait plus. Est-ce que c'est cette horreur qui lui tombe à nouveau dessus, un autre calcul obstruant ses voies urinaires ? Pas sûr. La douleur est encore pire. Une lame sabre sans discernement dans le taillis de ses viscères, et le cri qu'elle pousse ne soulage rien. Puis elle voit qu'une tache commence à s'étendre sur la toile de son pantalon. Elle ouvre le bouton, le dézippe, glisse les doigts vers son sexe. Quand elle les retire, ils sont couverts de sang. Oh non, pas ça. S'il te plaît, non, pas ça.

Elle regarde derrière elle : elle est peut-être à un kilomètre du parking en surplomb de la cale où elle a garé sa voiture. Elle se relève et se met en marche, les yeux rivés vers le but à atteindre, en essayant de ne penser qu'à sa respiration, de ne plus avoir de corps, de n'être plus qu'un souffle. Impossible, injouable : la douleur est plus forte que sa volonté, elle la rattrape au bout de vingt pas et la fait retomber à terre. Elle s'allonge sur le dos, les cheveux dans le sable. La contraction qui la parcourt lui arrache un autre cri, mais il n'y a personne pour lui venir en aide.

Maya dégage ses baskets de deux coups de talon, descend son pantalon jusqu'en bas des mollets, se redresse avec peine pour lui faire passer le coude des pieds. À travers le tissu de sa culotte, l'hémorragie se poursuit, un sang qui colle aux doigts, rouge sombre et grumeleux. Elle sent qu'elle est en train de partir, que la douleur va faire disjoncter son cerveau. Tout a disparu autour d'elle, même le temps s'est perdu. Quand elle recouvre ses esprits, après quelques minutes, trop tard, son ventre a fini le travail. Elle tâtonne entre ses jambes, suit le cordon ombilical. Si petit, si léger. Le fœtus est à peine plus haut que la phalange de son pouce avec quoi elle le débarbouille. Tordant le cou, elle aperçoit la tête beaucoup plus large que le reste du corps, l'esquisse des oreilles, l'insensée miniature des orteils et des doigts, puis son regard se brouille. Il faudrait s'évanouir pour de bon, maintenant – c'est ce qu'elle aurait de mieux à faire.

Soudain une présence, un autre bruit que celui du vent. Elle se force à rouvrir les yeux. Un goéland vient de se poser à quelques mètres d'elle. Les ailes d'un gris argent, il regarde ce qui se passe, hésite à s'approcher. Il a tout vu, tremble Maya, il m'a repérée depuis longtemps, aucun de mes mouvements ne lui a échappé… Plus haut, par une trouée, le soleil aussi la scrute, et son œil est mauvais. Le goéland argenté s'avance, il a très bien compris que la situation était anormale. Épouvantée, Maya bloque sur la tache rouge qui orne la mandibule inférieure de son bec, elle la fixe comme si elle était un oisillon de sa couvée, encore aveugle, qui voudrait tapoter cette tache pour qu'il régurgite la becquée.

Elle agite les bras en criant, il bat en retraite de quelques pas mais refuse de partir. Un goéland marin atterrit à son tour, plus lourdement, dans un froissement de ses ailes noires. « Allez-vous en ! » hurle-t-elle. Les oiseaux font semblant de ne pas comprendre ce langage. Ils sont curieux, ils ont l'instinct des prédateurs, ils n'y peuvent rien si le sang les attire. Les cris de plus en plus inarticulés qui sortent de la gorge de Maya n'ont pas le pouvoir de leur faire peur. Dodelinant de la tête, se balançant d'une patte sur l'autre, ils restent un peu à distance, comme si son corps était le centre d'un cercle qu'un interdit flottant dans l'air les empêchait malgré tout de franchir. S'ils osent lui disputer le petit, ils vont trouver à qui parler. Une main au bas de son ventre, serrant sans l'écraser l'humain embryonnaire, elle se redresse et s'apprête à défendre son enfant avec des griffes de mère.

Derrière elle retentissent des pas précipités : une autre voix relaie ses cris, et les deux goélands s'envolent. Ils abandonnent le terrain, se perdent dans les nuages. « Mais qu'est-ce qui vous arrive ? » demande la femme qui les a chassés. Elle se penche vers Maya dont la tête est retombée dans le feutrage mou du sable, elle voit le sang qui est partout, sur les bras et le ventre, les cuisses, les vêtements, et comprend de quoi il retourne. Alors elle s'agenouille, soulève Maya en faisant passer les bras sous ses épaules et la serre fort contre elle. « Ça va aller, la berce-t-elle, ça va aller. » Mensonge, évidemment, mais c'est sans doute ce qu'il faut dire, ce qu'elle a besoin d'entendre.

Quand l'étreinte se relâche, Maya voit de près le visage de la femme, les rides soucieuses qui se creusent entre ses yeux vert bronze, le teint bruni par l'été mais moins mat que le sien. Elle porte en bandoulière un appareil photo assez volumineux et a plus ou moins le même âge qu'elle. « Un couteau, enchaîne Maya. Dans mon sac… » Elle bascule sur le côté pour que l'autre lui en retire les bretelles, elle la sent qui fouille le sac et en extirpe aussi sa gourde et sa serviette. « Vous voulez le faire ? » demande la femme. Maya secoue la tête. Le soleil sort de la nuée tandis que la femme déplie le couteau, coupe le cordon, le noue, nettoie avec douceur l'entrejambe de Maya, puis emmaillote le fœtus dans la serviette et remet le tout dans le sac. « J'ai ma voiture, je vous emmène à l'hôpital », annonce-t-elle en l'aidant à renfiler son pantalon et ses baskets. Et quand Maya objecte que ce n'est pas nécessaire, qu'elle peut appeler son compagnon, la femme répond que ce n'est pas prudent, l'hémorragie continue peut-être, il y a les risques d'infection, pas une seconde à perdre.

L'une appuyée sur l'autre, elles mettent quinze minutes à parcourir les huit cents mètres qui les séparent de la cale. « Je m'appelle Cora », glisse la femme, et Maya en retour chuchote son prénom, soulagée de renouer avec cet usage minimal de la société humaine. Lorsqu'elles arrivent à la voiture, Maya s'effondre sur le siège passager. Elles se concertent sur la marche à suivre, concluent que le temps qu'une ambulance ou que les pompiers arrivent, elles seront déjà à mi-distance des urgences de

Morlaix. Alors Cora démarre, concentrée sur la route, essayant de conduire sans heurts. Elles roulent vers le sud-est à travers les cultures, les champs de choux, de pommes de terre et de carottes des sables, tandis que le soleil maintenant énucléé se désintéresse d'elles pour incliner vers l'ouest. Maya n'a pas le courage d'appeler Bruno : annoncer la nouvelle c'est revivre l'événement, écrire même quelques mots le rendra plus réel.

« Je parle ou je me tais ? » finit par s'enquérir Cora en lui jetant un coup d'œil. Percluse de douleur, Maya ferme les yeux. « Ça vous est déjà arrivé ? demande-t-elle en se mordant les lèvres. Vous avez des enfants ? » Le temps se suspend dans l'habitacle. « J'en ai un », finit par répondre Cora. Puis elle laisse retomber le silence, et quand Maya rouvre les paupières et se tourne vers elle, elle voit que des larmes coulent sur les joues de la conductrice. Cora les essuie d'un geste sec, dit qu'elle s'en veut, que c'est le monde à l'envers, bredouille des excuses. « C'est juste que ça me touche, ce qui vous arrive. Je suis si désolée pour vous… » Maya acquiesce et pose une main sur son épaule. Alors que la route s'élève vers le pont de la Corde, puis franchit la Penzé, son regard dérive vers les bateaux qui ont basculé sur le flanc, dans les vasières de la rivière, en attendant que la marée remonte. Le visage vers la vitre, elle murmure encore : « Moi je crois que je n'en aurai pas. »

À l'accueil de l'hôpital, Cora prononce pour elle les mots dont elle n'est pas capable. Maya n'a plus tellement conscience des silhouettes qui l'entourent et qui l'allongent sur un brancard. Bientôt elle n'aura plus à se soucier de rien. Avant cela, elle charge Cora de prévenir Bruno, lui dicte son numéro, le seul avec celui de sa mère qu'elle sache encore par cœur. « Oh, et n'oubliez pas de me laisser le vôtre », ajoute-t-elle en lui tendant son téléphone. Le brancardier la pousse vers les ascenseurs, Cora suit le mouvement.

Au service d'obstétrique, on n'a pas d'autre choix que de les faire patienter. Dans la salle d'attente, des femmes en fin de grossesse discutent avec leurs compagnons. « Parlez-moi... » dit Maya en essayant de garder les yeux tournés vers le plafond. D'une voix mal assurée, sa sauveteuse raconte qu'elle vit en banlieue parisienne, qu'elle est venue sur la côte pour faire de la photographie, car elle expose parfois. « Mon nom c'est Cora Salme. » Apparaît enfin un interne en blouse verte sans manches, qui s'excuse de demander à Maya encore un effort d'attention, puis l'interroge en aparté sur ses antécédents avant de lui expliquer comment les choses vont se passer. « Il y a une chambre de libre, dit-il. Je vous emmène. »

Maya dit au revoir et voit la main de Cora, doigt après doigt, qui se détache de la sienne. Au bout d'un long couloir, la chambre est d'une blancheur immaculée et amnésique. Tandis que l'interne et l'aide-soignante lui ôtent ses vêtements et lui enfilent une blouse, et que son regard s'attarde sur le sac à dos que l'un d'eux en entrant a posé sur le fauteuil, le bête sac à dos noir qui l'a accompagnée partout le long du littoral, les mots de la médecine résonnent plus clairs en elle, *aspiration*, *curetage*, et leur laideur d'un coup lui fend le cœur en deux. Les sanglots percent enfin, et roulant sur ses joues, le long de son cou et de sa clavicule, les larmes lui annoncent qu'il ne lui restera plus rien de Quentin Lorssery, rien qui croisse au creux de son ventre, personne qui grandisse à ses côtés dans le trouble des airs de famille, seulement des choses qui ne se verront pas à l'échographie de contrôle, un visage et une voix, des gestes et une allure, une histoire qu'on se raconte, l'amour et les souvenirs.

18. LA PROIE ET LE PRÉDATEUR

Le jour où Quentin meurt ne dit pas dès le matin qu'il est le jour de sa mort. Cette fois-ci il n'y a pas de menace, pas de mauvais augure. La mort s'est annoncée, déjà, peut-être qu'elle n'a pas envie de se répéter, qu'elle désire préserver un peu du secret qui l'entoure – car après tout nous ne sommes pas censés pouvoir l'anticiper : la vie est ainsi faite que nous ne savons ni le jour ni l'heure.

Quentin s'est réveillé avant le lever du soleil. La journée s'annonçait splendide, un de ces dimanches d'été, s'est-il efforcé de croire, où les problèmes se mettent aisément entre parenthèses, même s'il est impossible de les oublier. *La terre hospitalière*, a-t-il griffonné dans sa tête, *la brise qui soudain n'est là – que pour accompagner les oiseaux – en jouant dans les arbres.* Aujourd'hui je retrouve Maya, s'est-il réjoui alors que sur la cuisinière, un suc brûlant dégorgeait par saccades de la cheminée de sa cafetière à l'italienne.

La veille, il était allé faire des courses pour remplir enfin le frigo. Il s'était promené sur la pointe du Dourven, avait cueilli des fleurs, puis consacré une heure à faire le ménage, passé l'aspirateur, le chiffon sur les meubles et les vitres, afin que les idées noires demeurent invisibles quand Maya franchirait le seuil. Il s'était préparé un dîner léger et avait réussi à se coucher vers 23 heures, sans avoir fumé, en se demandant à quoi ressemblerait sa vie s'il était toujours animé de cette volonté d'être frais et dispos. Tant que tu as des gens auxquels tu tiens assez pour désirer leur faire bonne impression, tu n'es pas complètement perdu, mon gars. Contrôlé par le regard des autres, soutenu par l'amour des autres, tu finiras peut-être par arriver à quelque chose…

Plus que cinq heures à attendre avant de serrer Maya dans ses bras. Pourtant il se sentait fragile, craignait de faire des conneries dans ce laps de temps encore trop long. Franchement, il aurait mieux valu qu'il lui épargne le train et la récupère à Roscoff. Si son existence ne posait pas de problème à Bruno, pourquoi fallait-il à tout prix éviter qu'ils se croisent ? Ils auraient des choses à se dire, pourtant – peut-être même qu'ils s'entendraient bien. Aucun des deux ne prétendait accaparer le temps de Maya ou revendiquer sur sa personne des droits de propriétaire. Si elle refusait cette perspective, c'est que sa liberté amoureuse devait en fait relever même à ses yeux du bricolage précaire.

Déjà le soleil chauffait sur ses bras et son crâne. Dommage de ne pas plonger par une journée pareille… Remontant s'habiller, il s'est rendu compte qu'il ne s'était pas encore remis de son rêve de la nuit. Il avait revécu la scène de son licenciement, Étienne debout devant son bureau, le réprimandant avec un ton d'emphase qui n'était pas celui qu'il avait employé dans la réalité. Il s'était vu pousser avec fracas les portes battantes du centre de soins, attraper un tuyau, ouvrir à fond le robinet sous le regard effaré des soigneurs et asperger le guillemot et le pingouin flottant dans les piscines, comme si les oiseaux de Rouzic l'avaient dénoncé en personne et qu'il avait le droit de se venger d'eux.

Quand il était employé aux Sept-Îles, il ne rêvait jamais de son métier. C'était maintenant que la réserve était redevenue inatteignable que les cauchemars se multipliaient. Au début, l'épisode lui revenait par à-coups, comme un événement qu'on aimerait effacer, si seulement il était possible de rembobiner le cours du temps d'une simple pression du doigt. Depuis peu, il a commencé à admettre que c'était une page indélébile de son histoire, qu'il aurait vécu cela, ce passage de quelques mois dans une institution où il se serait aisément vu rester dix ou quinze ans. Peut-être pourrait-il trouver à s'embaucher à la station de Roscoff ou à celle de Concarneau, en espérant que son esclandre face à Feyereisen ne leur soit pas encore revenu aux oreilles. Et s'il s'avère qu'il est grillé et ne trouve pas de poste de ce genre, eh bien, peut-être cela le décidera-t-il à quitter la région.

Quel que soit son amour de la côte, sortir de son petit pays lui serait bénéfique. Il y a quelque chose d'étrange à vivre à dix minutes de la maison de ses parents lorsqu'on s'entend si mal. Sous ses allures bravaches, il est cet animal qui n'a pas su trouver son propre territoire, voire un oisillon impotent qui n'a pas quitté le nid. Et puis Maya a raison sur une chose : il est plus militant qu'il n'est plongeur scientifique. Le devoir de neutralité ne va pas avec son caractère et l'aurait mis sans cesse en porte-à-faux. Mais où aller, alors ? Assumer d'en passer par Paris, peut-être, pour se créer le réseau qui lui manque et se rapprocher d'elle. Reste à savoir de quoi il vivrait. D'après Noémie, Sea Shepherd n'a pas les moyens de recruter, et lorsqu'il a regardé la liste des postes à pourvoir sur les sites du WWF ou de Greenpeace, il a vite pris peur devant les diplômes exigés.

Et par ailleurs, comment ferait-il, à Paris, pour ne pas perdre l'océan ? À ne plonger qu'en vacances, il risque d'étouffer. La solution, en ce cas, serait peut-être de mettre les voiles pour de bon. Aller voir les récifs d'Indonésie, de Polynésie ou de la Grande Barrière avant que le réchauffement ne tue tous les coraux… Sauf que ce serait se couper de l'action, devenir une espèce de touriste. Mieux vaudrait accepter que la plongée soit sa bouffée de calme entre deux phases de travail, et décrocher un poste où la colère qui l'anime trouve son utilité, car même s'il préférerait qu'il en soit autrement, elle reste sa source d'énergie la moins intermittente.

Quoi qu'il en soit, s'est dit Quentin alors qu'il arrosait les légumes de sa serre, les Sept-Îles ne lui étaient pas interdites. S'être fait dégager de l'équipe, cela n'équivalait pas à être *persona non grata* au sein de la réserve, il avait bien le droit d'y aller si cela lui chantait. Il a jeté un œil aux conditions du jour, très peu de vent, quasiment pas de houle, et il s'est rendu compte que l'envie de plonger le démangeait, bien plus puissante et ravageuse que ces dernières semaines l'envie de jeux vidéo ou d'herbe.

Il a hésité à textoter David, mais si celui-ci ne lui avait rien dit, c'est qu'il ne devait pas être dispo. Et puis, ce flux de pensées matinal avait son agrément, il sentait que cela pouvait le faire avancer, malgré les apories, et il n'avait pas forcément envie de l'interrompre par de la conversation. Une fois que Maya serait là, rêvasser serait moins commode, elle aurait l'impression s'il restait dans sa bulle qu'il lui faisait la gueule.

Le train arrivait à midi. Almanach des marées en main, il a mis au point son planning. Même en poussant jusqu'aux Sept-Îles pour se donner une chance de voir la faune en chasse, il pouvait plonger de 10 heures à 10 h 30 et être de retour à la côte autour de 11 heures, ce qui lui laisserait largement le temps de rejoindre la gare.

Sur le chemin de l'archipel, une gaze blanche embuait l'atmosphère et atténuait le bleu du ciel. Quelques voiles avaient beau scander le paysage, il n'y avait pas grand monde, et au bout de quelques minutes cette solitude lui est entrée dans la poitrine et s'y est transmuée en une sorte d'extase invincible, comme si les lieux étaient à lui et que tous les raisonnables du monde se révéleraient impuissants à lui en enlever la jouissance.

À l'approche des îles, il a fait un tour d'horizon pour choisir un mouillage. Il a d'abord envisagé le plateau des Dervini, un peu plus près de la côte : son sable très coquillageux, si lourd qu'on tenait bien au fond, si blanc qu'on se serait parfois cru dans une mer tropicale, abritait beaucoup de lançons, et il pouvait donc attirer leurs prédateurs en chasse. Cela étant, il y aurait moins de houle plus à l'ouest, là où le profil de l'île aux Moines cassait la force du vent. Voyant qu'une constellation d'oiseaux tournoyait à bâbord, vers les têtes de roche isolées qui percent la mer devant Bono, il a viré de ce côté-là.

Sa combinaison enfilée, et alors qu'il passait le harnais de sa stab, il a vu venir un voilier qui paraissait avoir mis le cap sur la plage de Bono. Il a suspendu son mouvement et a pris le temps de l'observer, qui s'avançait dans un silence, les voiles mollement gonflées par le souffle léger du vent. La silhouette de l'homme à la barre, vêtu d'un blouson couleur crème et coiffé d'une casquette bleue, lui était familière. Comme la distance rétrécissait et que le visage se précisait, Quentin a reconnu les traits de Ludovic Archambault. Un frisson a couru le long de son échine. La dernière fois qu'il l'avait vu, c'était lors de la manifestation de Lorient, alors que Ludovic se tenait en retrait, un talkie-walkie à la bouche, regardant depuis le bastingage de *L'Endurance* leur protestation impuissante dégénérer en rixe, soufflant des consignes peut-être, mais déterminé à ne pas se mêler au désordre du quai, à ne pas donner de coups et à ne pas en prendre.

Depuis le début de l'été, Quentin ne l'avait pas croisé, mais sa présence dans le coin n'avait rien de surprenant : il revenait de temps à autre voir sa mère et ses amis, et il avait toujours aimé faire de la voile. Plus jeune, il ne manquait pas une occasion de s'agréger aux sorties sur le voilier des Jarnoux. Il avait pu s'acheter le sien, maintenant, un monocoque qui lui avait sûrement coûté une somme à six chiffres hors de portée de la bourse de Quentin. On pouvait encore gagner de l'argent à la pêche, si on ne s'embarrassait pas d'avoir des convictions. Quentin s'est demandé si Ludovic allait approcher, engager la conversation au nom de leurs souvenirs de jeunesse ou de leur amitié perdue. Il n'en avait aucune envie, d'autant qu'il ne pouvait pas se permettre de rater l'étale de marée haute, le seul moment où une plongée serait jouable avant que les courants ne reprennent. Par chance, Ludovic s'est contenté de le saluer de loin, d'un geste de la main, avec sur son visage un sourire que Quentin n'a pas pu s'empêcher de juger hypocrite. Il l'a regardé s'éloigner et cingler plus à l'est. Après quoi, frottant de salive l'intérieur de son masque puis se penchant pour le rincer, il s'est rendu compte que ce hasard le mettait mal à l'aise. Il n'aimait pas l'idée d'avoir été surpris, comme s'il ne pouvait dorénavant rien faire en mer sans que cela se sache. Puis il s'est raisonné et il a décidé qu'il n'était pas question que Ludovic lui gâche la fête. C'était son heure à lui – l'heure d'entrer dans le silence et d'explorer le secret.

La descente s'est faite toute seule. Revoilà l'eau qui le soulage de sa vie ordinaire. La visibilité n'est pas géniale, la force de la marée montante a agité la colonne d'eau, mais comme il n'a presque pas plu, ces derniers jours, le sédiment ne flotte pas non plus partout en suspension – il ne pouvait guère s'attendre à mieux. Avant de s'éloigner du mouillage, il tourne sur lui-même, prend des repères, puis palme vers la roche que dissimulent, à cette distance, les ombres grises des laminaires. Le soleil jette dans l'épaisseur des flots les rayons d'une lumière qui oscille et qui danse, plus belle encore que celle qui traverse les vitraux des églises.

Bientôt, Quentin croise un banc de bars, aussi compact qu'il l'espérait. Concentrés sur leur chasse, sidérants de vitesse, ils en ont après les lançons : leurs corps-fusées poursuivent en une série de virages synchrones les minces corps serpentins, dans un ballet d'écailles dont les reflets vrillent les yeux. Sans crier gare, un fou de Bassan perce l'eau en flèche effervescente, creuse son sillage de bulles, sème bec grand ouvert la pagaille dans le banc qui aussitôt se troue, pour se reformer l'instant d'après, sûrement pas indemne, mais plus resserré et solidaire encore.

Quand ce spectacle s'est éloigné, que prédateurs et proies sont partis poursuivre leur combat hors de son champ de vision, Quentin palme vers la tête de roche. Il sonde depuis cinq minutes le fouillis des laminaires lorsqu'une altération du mouvement de l'eau qui l'entoure lui signale une présence. Souvent il se demande qui, sous l'eau, le voit sans être vu, ou quelles rencontres il rate à une demi-seconde près, parce qu'il ne regarde pas dans la bonne direction. Cette fois, la sensation ne trompe pas : un jeune phoque se tient dans son dos et l'observe de ses grands yeux. Malgré l'adrénaline, Quentin essaye de respirer encore plus posément qu'il n'en a l'habitude. Il se rappelle la rencontre de juin, dont il a fait redéfiler quelques photos la veille, et tout de suite il a l'intuition que c'est le juvénile qu'il connaît, même si, en un mois et demi, son pelage s'est maculé de taches d'un gris plus sombre. Il imagine ce que cela fait de n'avoir pas toujours la même peau, de perdre non seulement des milliers de cellules, mais une fourrure entière, qui définit tout le corps.

Le phoque le regarde un moment, puis il glisse en dessous de lui, cherche ses palmes et en mordille le bout. Ben alors, bonhomme ? Tu veux jouer ? Ou me dire quelque chose ? Le phoque remue l'une après l'autre ses nageoires postérieures, dans un mouvement léger qui suffit à le propulser à plusieurs mètres de là, mais lorsque la densité de l'eau estompe ses formes, il se retourne et fixe de nouveau Quentin, comme s'il lui demandait de le rejoindre. Et quand Quentin s'approche, il recommence le même manège, l'entraîne plus loin le long de la masse des rochers, avec dans l'attitude quelque chose d'insistant qui ne relève pas du jeu, mais plutôt de la nervosité de celui qui est pris dans une forme d'urgence.

Quentin hésite à suivre. L'ordinateur à son poignet indique qu'il est à vingt-deux mètres, dans l'eau depuis quinze minutes, le manomètre qu'il lui reste cent vingt bars. Est-ce qu'il pourrait s'agir d'un piège que l'animal lui tend ? Les sirènes aussi disent *suis-moi* dans les livres de son enfance, elles ont ces yeux humides, ce sourire enjôleur, leurs formes rebondies sont à portée de mains, les marins sautent par-dessus bord alors qu'ils ne savent pas nager, les plongeurs oublient de regarder combien d'air il leur reste, et ce n'est qu'une fois au fond que la sirène tend ses lèvres, que l'étreinte se resserre, irrésistible, qu'on sent la douceur de sa peau, mais aussi que ses doigts sont griffus, et qu'on ouvre la bouche pour saisir tout de même la chance inouïe de ce baiser, et que sans attendre une seconde, toute l'eau s'y engouffre. Si cela se trouve, ce phoque si amical n'existe même pas, c'est une vision de son cerveau qui, à force de souffrir, préfère lui montrer ce qu'il désire plutôt que la réalité. Et pourtant Quentin suit, palme un peu plus vers l'est, le regard tantôt sur le phoque et tantôt attentif à la forme des rochers, car s'il a résolu de faire confiance à son guide en dépit de ses étranges manières, il a conscience qu'il doit pouvoir revenir sans se perdre jusqu'au point de mouillage.

Une faille large d'un mètre s'ouvre dans la tête de roche, et soudain ils ne sont plus seuls : du trouble de l'eau surgit un deuxième phoque au corps bien plus massif que celui du juvénile. Quentin se raidit, donne des coups de palme désordonnés. La voilà, l'embuscade… Comme fuir ne sert à rien, il se ressaisit, s'accroche au stipe d'une laminaire, fait face au nouvel animal. Le pelage est clair, le museau rectiligne, ce doit être la mère, comme en juin. Incroyable que ces deux-là opèrent toujours groupés, plus de dix mois après la naissance. Et elle, alors, qu'est-ce qu'elle lui veut ? Passé la réaction d'effroi, son attitude n'est pas menaçante, Quentin sent juste chez elle la même fébrilité que celle que manifeste le petit. Lentement elle sort son corps de l'ombre de la faille et se positionne à sa hauteur. Le juvénile s'est arrêté à côté d'eux, cela lui tient à cœur d'être témoin de la rencontre qu'il a su provoquer, mais Quentin n'a plus qu'une conscience diffuse de sa présence, car c'est la mère qui le sollicite, maintenant. Le noir de ses iris envahit les globes de ses yeux et ne laisse subsister qu'une mince lunule blanche, sur leurs bords extérieurs. Elle le regarde, et ce regard est assez long pour que Quentin se dise qu'il ne rêve pas, qu'il n'est pas atteint de narcose, mais a décidément affaire à une tentative de communication. Alors il sonde, il creuse, il tombe dans le gouffre des pupilles, qui semblent lui raconter une histoire de colère et de détresse. Jusqu'à ce qu'après l'avoir tenu ainsi au bout de son regard, la phoque s'élève au-dessus de lui avec une lenteur majestueuse. Qu'est-ce que tu fais ? Pourquoi est-ce que tu me quittes déjà ? Il n'a plus les idées très claires, et il faut que le juvénile pose le museau sur les nageoires inférieures de sa mère pour que Quentin aperçoive enfin l'hameçon.

Les humains forgent le métal et le plantent dans les chairs animales. Le métal est au bout de leurs lances, de leurs couteaux et de leurs harpons, il traîne au bout de leurs lignes de pêche, en pointes presque invisibles sous la succulence des appâts. Quentin se verticalise, expire pour se stabiliser, puis éclaire la nageoire sans trop se rapprocher. L'hameçon mesure au moins huit centimètres et s'est fiché non pas dans la palmure, mais dans la chair d'un des doigts. Comment est-ce qu'elle a fait son compte ? La mère et le juvénile ont dû tomber au hasard de leur chasse sur une palangre à lottes, l'appétit les a aveuglés, ils n'ont pas résisté à cette tentation. En fait, les phoques ne lui tendaient pas d'embuscade, ce sont eux qui ont eu la faiblesse de tomber dans un piège, qui ne leur était d'ailleurs pas destiné. Et le jeune est malin, il sait que c'est la faute des hommes, et que c'est à un humain, par conséquent, qu'il revient de régler le problème.

Quentin remonte d'un ou deux mètres pour chercher le regard de la mère. Ce n'est pas moi qui t'ai fait ça, essaye-t-il de lui dire. Elle en a conscience, semble-t-il. Malgré la douleur de la blessure, elle n'est pas dans le reproche. Ce qu'elle lui dit depuis tout à l'heure, c'est *j'ai mal*, c'est *aide-moi*. Du pouce et de l'index de la main droite, il forme le cercle qui signifie *ok* en langage de plongeur, et l'accompagne tant qu'à faire de hochements de tête vigoureux. Il redescend vers la nageoire, l'examine de plus près. La pointe transperce le pelage, mais l'ardillon qui y crée un retour, évitant que le poisson ne se débarrasse de l'hameçon, va l'empêcher de le retirer sans faire souffrir la phoque. Dommage qu'il n'ait pas de pince pour essayer de briser cette pointe… Avec des gestes précautionneux, il dégaine le couteau qu'il porte à la ceinture, étale la grosse nageoire dans la paume de sa main, attend de voir si la femelle lui autorise ce geste, puis, comme elle ne bouge pas, approche la lame et appuie pour écraser l'ardillon. Chirurgien des grandes marées, pense-t-il en rangeant le couteau – on aura donc tout vu.

Comme il craint de se couper avec la barbe de l'hameçon, il l'attrape par l'œillet et commence à l'extraire, millimètre par millimètre. La phoque remue et lui complique la tâche, il interrompt son geste, lâche prise. Elle s'éloigne, dépitée, puis se rend compte qu'elle n'est pas tirée d'affaire, et revient vers lui, impressionnante de courage, pour se soumettre à la suite de l'opération. Une fois qu'il a entre les doigts la courbure de la pointe, il sent que l'ardillon, même écrasé, résiste, et choisit d'abréger en tirant un coup sec. La femelle meurtrie balance sa queue à la volée : Quentin se prend le choc qui lui arrache le détendeur de la mâchoire et emplit son masque d'eau.

Les yeux fermés, s'efforçant de ne pas s'affoler, il lance son bras dans son dos, ramène l'embout et le remet en bouche, puis se rend compte qu'il est abîmé, que l'air ne circule plus, et attrape d'un réflexe son détendeur de secours. Tête en arrière, il souffle dans son masque pour en évacuer l'eau, puis il rouvre les yeux. La mère est toujours face à lui, déployant sa gueule béante. Pas de morsure, supplie-t-il, je ne vais plus te faire mal. Au bout de longues secondes, la phoque referme la gueule. Le tonnerre quitte ses yeux où perce une lueur plus tendre de soulagement. C'est le moment de s'éclipser, peut-être. Quentin regarde ses paramètres, vingt-huit minutes sous l'eau, plus que quatre-vingts bars, oh oh, largement temps de regagner le mouillage, oui. Il fait signe aux deux phoques qu'il doit faire demi-tour et leur dit au revoir de la main, continuant de leur parler comme s'ils appartenaient à la même palanquée. À observer l'oscillation des algues, il voit que le courant reprend et va le ramener vers l'ouest. Malgré les imprévus, son plan de plongée n'était pas si mauvais.

Tout en s'efforçant de rester près de la tête de roche, il commence à remonter afin de consommer moins d'air. En dessous de lui, il voit passer les phoques qui lui barrent subitement la route, allongés sur le dos, visages tournés vers lui. L'angoisse est derrière eux et on dirait qu'ils veulent le remercier en lui faisant la fête de cette manière maladroite. Pas la peine, essaye-t-il, content d'avoir pu vous aider, mais faut que je trace, maintenant. Il tente de les ignorer, mais le juvénile prend son élan et le pousse de la tête, à hauteur de poitrine, assez fort pour que ses bouteilles cognent contre la paroi. Quentin respire trop vite, trop fort, il n'est plus loin de l'essoufflement. Croisant les bras en une sorte de stop, il demande au jeune d'arrêter. On n'est pas faits pour vivre ensemble, les gars. Je tiens pas trente minutes en apnée, moi. Les phoques ne l'entendent pas de cette oreille, ils continuent de l'escorter, et Quentin pense que s'il n'était pas seul, ou si le coefficient de marée était moins fort, il pourrait se réjouir de cette compagnie insolite, filmer les arabesques de leur ballet plein de grâce, tandis que là, il n'y a plus que du stress, car les deux mammifères sont en train de le mettre en danger. Alors de nouveau il leur fait signe qu'il doit remonter, et d'un geste du bras soudain plus impérieux, tente de les chasser comme on en donne l'ordre à un chien, allez, foutez-moi le camp. Cette fois, les phoques comprennent, ils se consultent du regard, battent des nageoires avant, peut-être pour approuver, ou bien pour applaudir, puis retournent se cacher dans la forêt des laminaires.

C'est bon, pense Quentin : il ne reste plus qu'à retrouver le bateau. Tandis qu'il palme avec régularité, veillant à ce que le mouvement parte des hanches mais sans accélérer, car chaque effort pompe l'air et que le courant fait le gros du travail à sa place, l'euphorie l'envahit : dingue cette rencontre, quand même, et qu'ils aient eu besoin de lui le jour où il cherchait à les revoir.

Au bout de dix minutes, il est de retour à l'endroit où il a commencé à explorer le rocher et oblique vers les sables, en longeant les sillons que la marée y dessine. La visibilité s'est un peu dégradée. Il balaye le paysage des yeux, et comme il ne retrouve ni l'ancre ni le bout, l'inquiétude se ravive. Il quadrille la zone, revenant vers les roches qui lui servent de boussole, repartant vers les sables – mais rien. Comment est-ce qu'il a pu s'égarer à ce point ? Cette aiguille festonnée d'algues rouges, où se cramponnent deux oursins-ballons, il en avait mémorisé la silhouette, pourtant, il s'était dit que c'était un repère immanquable. Quarante-quatre minutes, quarante bars, bordel, il est sur la réserve… Tant pis : il faut remonter, il trouvera le bateau en surface, d'autant que ce dernier ne peut pas être loin. Il insuffle un pschitt d'air dans son gilet et s'élève aussi vite que la prudence l'y autorise vers l'éclat diffus du soleil. Quand il ne reste plus que six mètres au-dessus de lui, il déplie son parachute, gonfle d'air le cylindre orangé, puis le laisse percer la surface et tire fort sur la corde pour le maintenir bien droit. Si cela pouvait signaler sa présence à quelques frères humains naviguant dans le coin, ce serait pas mal tout de même. Et deux minutes plus tard, gilet gonflé à bloc, c'est à son tour de retrouver l'air libre, l'air illimité de l'océan, qu'il ne viendrait à l'idée de personne de mesurer en litres ou en bars.

Quand son cœur s'est un peu calmé, il opère un tour à trois cent soixante degrés, en se hissant à coups de palmes au-dessus des tremblements de la houle. Aucun zodiac, dans aucune direction. Comment est-ce possible ? Il est sûr d'être au bon endroit. D'ailleurs, la tête de roche qu'il a explorée se dresse vers l'est à la bonne distance. Est-ce que l'ancre a chassé et le bateau dérivé ? Quentin se maudit entre ses dents. Stupide d'être sorti seul. Il aurait dû appeler la bande : Joséphine en binôme pour ne pas avoir de problème au fond, David sur le bateau, et à cette heure il serait en train de monter à bord. Et qu'est-ce qu'il s'est mêlé d'aller aider les phoques, aussi ? Connerie sur connerie. On n'approche pas des animaux sauvages.

De nouveau il se tourne vers chaque point cardinal et scrute l'horizon à s'en brûler les yeux. La mer est une plaine d'eaux désertes – même les oiseaux l'ont délaissée. Il porte son sifflet aux lèvres, y souffle de toutes ses forces. On est dimanche, il devrait y avoir au moins un groupe de plaisanciers ou de pêcheurs à pied en balade dans l'archipel. L'idée devrait le rassurer, l'aider à prendre patience, mais pourtant c'est à ce moment-là que la panique l'envahit. Elle serre ses jambes, puis ses poumons, puis sa tête dans un étau. Le voilier de Ludovic vogue dans son esprit. Il était là, il y a une heure, en cabotage autour des îles, c'est lui, ça ne peut être que lui qui a déplacé le bateau. Mais tu sais quoi ? Tu mérites ce qui t'arrive, espèce de minable. On te signale qu'on veut ta mort, une fois, deux fois, et toi, ce que tu trouves de plus malin à faire, c'est de leur servir sur un plateau l'occasion qu'ils guettaient, une manière d'en finir sans laisser aucune trace.

Alors l'eau devient froide. La respiration ne passe plus. Les vagues se referment en piège infranchissable. Le ciel est aux oiseaux, la mer aux phoques et aux poissons, qu'est-ce qu'un humain vient y chercher ? La punition de son arrogance, peut-être. Ou la certitude trop tardive qu'il tient malgré tout à la vie. Je ne veux pas, dit l'accablement de Quentin. Il faut qu'il nage. Aller vers la tête de roche, ce serait risquer de se faire drosser par une vague, mais le rivage de Bono, en revanche, n'est pas si loin. Il doit se rappeler qu'il est un nageur aguerri, capable de parcourir un kilomètre en quinze minutes à peine. Il fourre son parachute dans une poche de son gilet, détache sa ceinture de lest, qui coule immédiatement, s'allonge sur le dos, les bras le long du corps, et se met à palmer.

L'important, ce n'est pas d'aller vite, mais de respirer en profondeur et de maintenir le rythme. Il compte ses mouvements de jambes, et chaque fois qu'il arrive à cent, s'accorde une pause, se tourne et lève la tête pour vérifier s'il est dans la bonne direction. L'île est encore très loin, on ne dirait même pas qu'elle se rapproche. Sa bouteille l'alourdit, sous l'eau on l'oublie vite mais en surface elle pèse. Les mammifères marins aussi doivent prendre cruellement conscience de leur poids quand ils échouent sur le rivage. Il hésite à plonger de nouveau pour moins subir la houle. Sauf que ce n'est pas une bonne idée de consumer l'air qu'il lui reste. Et puis, aussi pataud qu'il soit, à la surface il est visible, il peut actionner son sifflet, quelqu'un pourrait l'apercevoir et le récupérer.

À la pression sur son flanc, Quentin sent que le courant monte en puissance : il faut qu'il se rapproche assez de l'archipel avant qu'il ne forcisse, sinon il sera balayé vers le large et perdu pour de bon. Pourquoi est-ce que cette île, entre ses cils, tremble comme un mauvais rêve ? Il a beau pousser sur ses muscles endoloris jusqu'à ce que pointent des crampes, l'impression qui domine est qu'il ne fait que ralentir. Je n'y crois plus, soupire la fatigue de Quentin. Peut-être qu'il est temps de se laisser aller. Peut-être que s'acharner à repousser la mort est une grossière erreur. Des pensées erratiques lui traversent l'esprit. Il voit Agathe faire dîner ses poupées assises à la table de bois, dans le jardin de Locquémeau. Il voit le scooter qui lui faisait tellement envie, chez ce concessionnaire, et que ses parents lui ont refusé après la mort de Maxime. Et bien que ce genre d'images inopinées surgissent souvent chez lui, cette fois elles sont le signe que c'est bientôt la fin.

Dorénavant, plus le droit de s'arrêter : le reflux de la marée est un compte à rebours. Comme chiffrer ses mouvements, d'ailleurs, devient trop stressant, il essaye de canaliser autrement ses pensées. Il fait apparaître Maya, assise sur le plat-bord du bateau lors de son stage au CAP, frigorifiée après une demi-heure sous l'eau, et se réchauffant les mains autour du thermos de thé qu'elle boit à petites gorgées. Et de retour au port, Maya soulevant les blocs et les déposant dans le camion. Et les pieds bruns de Maya meurtris par les aspérités de la cale. Et son regard chargé d'attente, dans le silence, le soir où il l'a embrassée.

Quelque chose est en train de changer dans la teneur de l'air. Un vent léger souffle du sud-ouest, compense le courant et oriente les vagues vers l'une des pointes de Bono. La distance qui le sépare de l'île n'est plus si terrifiante, il lui arrive de s'éloigner autant de la côte quand il part nager depuis Kirio. D'instinct, Quentin s'adapte : dans les moments de reflux, il palme juste ce qu'il faut pour ne pas être aspiré, et lorsqu'une vague l'emmène, il se laisse flotter pour reprendre des forces. Au bout de dix minutes, les roches de Bono percent la surface autour de lui. Dès qu'il a suffisamment pied, il déchausse ses palmes. Une dernière vague le contraint encore à plier le genou, le poids du bloc s'abat brutalement sur son dos, il a toutes les peines du monde à se dépêtrer de son gilet, mais bientôt il est hors d'atteinte, la marée ne va faire que baisser, l'eau ne l'attrapera plus.

Quentin retire son masque, grimpe sur un rocher et se tourne vers la côte. Le zodiac n'est en vue nulle part. Pourtant, il n'a pas pu se volatiliser, ou dériver autant à l'étale de marée haute. Un sabotage, donc, plus de doute. Vers le sud-est se détache la silhouette d'un bateau aux voiles noircies par le contre-jour. Sauveteur potentiel, mais meurtrier peut-être. L'ennemi est encore là, il rôde dans les parages. Quentin cherche une cachette à l'abri des rochers, y rassemble son matériel. Dans un dernier réflexe, il ferme son arrivée d'air pour éviter que sa bouteille se vide. Puis il s'agenouille dans un tas d'algues humides, et sent que la tête lui tourne, et s'évanouit.

Le bruit qui le ramène est celui d'un hélicoptère, le vrombissement des pales percé de cris d'oiseaux. Le temps qu'il reprenne conscience de la situation, qu'il redresse son corps perclus de crampes et émerge de sa cachette, l'engin rapetisse déjà à vue d'œil. Quentin s'avance sur l'estran et contourne les escarpements de la pointe sud-est de Bono. Là-bas, en direction de Malban, croisent plusieurs bateaux dont il observe les bordées pendant quelques minutes. Autant qu'il puisse en juger, ils quadrillent la zone. Il pense, c'est moi qu'on cherche, mais on me cherche au mauvais endroit. 13 h 30 à sa montre. Il devrait récupérer son parachute, le gonfler avec ce qu'il lui reste d'air puis marcher jusqu'à la grande plage et l'agiter bien haut. Personne n'a le droit de débarquer sur cette île, l'hélicoptère le repérera à son prochain passage.

Alors qu'il redescend vers sa cachette, il perçoit une voix qui répète son prénom. Quentin ? Il s'assoit et écoute, jusqu'à se rendre compte que c'est sa voix à lui qui sort de sa gorge sèche. Glissant une main sous sa combinaison, il essaye de sentir la pulsation de son cœur. Il pense, c'est moi qu'on cherche, et on ne me cherchera pas longtemps. Maya doit être morte de stress, et ses parents, et ses amis : il faut qu'il se signale pour dissiper leur inquiétude. En ce cas, pourquoi ne se lève-t-il pas ? On dirait que la peur est de retour et qu'elle l'empêche de se mouvoir, plus forte encore que lorsqu'il se battait contre le courant. Quentin ? répète la voix. Elle le convoque avec insistance, comme si le Quentin en question n'écoutait vraiment pas, ou qu'il était absent, ou plus en état de répondre. Bien sûr, il a donné des preuves, ces derniers temps, qu'il est doué pour l'autodestruction, mais à ce point, cela l'étonne. La soif dévorante, la fatigue, ces gens qui se décarcassent pour lui venir en aide, et il va rester là ? Il a fait le plus difficile, et il va se laisser crever ? En dépit de tout, il essaye de réfléchir, mais ses pensées tournent au ralenti. Peut-être que c'est le corps qui ne peut plus faire ce que l'esprit veut. Puis il se dit non, trop simple : c'est le corps qui révèle à l'esprit une volonté cachée, un désir trop perturbant pour que l'esprit accepte de le voir. Peut-être qu'il ne veut pas être secouru.

Car que se passera-t-il ? Après le soulagement, les embrassades ? La vie d'avant reprendra. Tout le monde lui reprochera de s'être mis en danger. L'équipe de la réserve, les camarades plongeurs, ses parents et Maya, ils ne feront que l'accabler. Tu te rends compte de ce que t'as fait ? T'es complètement malade ou quoi ? Son père le traitera en moins que rien. Sa mère n'osera pas s'opposer à son père. Maya reverra leur voiture dérapant sur le talus, puis le zodiac manquant de s'éventrer sur les rochers de Rouzic. Elle n'aura plus confiance dans ce type qui la met en danger. L'amour ne peut pas tout. Bien sûr qu'il est toxique, bien sûr qu'elle le quittera. Sur la côte, personne ne lui donnera de travail, personne n'acceptera plus de plonger avec lui. Il subira tout ça et ne pourra même pas leur en vouloir : il ferait pareil à leur place. Et s'il s'excuse, s'explique, raconte que ce n'est pas sa faute, qu'il a pris des risques maîtrisés, mais qu'il ne pouvait pas prévoir qu'on viendrait voler son bateau et le condamner à la noyade, quelles sont les chances pour qu'on le croie ? S'il accuse Ludovic mais que Ludovic dément ? Il a fait trop de conneries pour qu'on le juge encore fiable – trop de mal aux autres pour qu'ils l'aiment encore.

Au-dessus de sa tête, le rocher s'incline en un dévers qui le protège du soleil. Il repère deux ormeaux accrochés aux parois, les détache avec son couteau et les ouvre avec précaution. Versant leur jus dans le sable, il attend que les mollusques sécrètent leur deuxième eau, celle qui est moins salée, avant de mâcher longuement leur chair. Lorsqu'il remue les flaques d'eau à ses pieds, des crabes juvéniles courent se réfugier sous les algues. Il est loin d'être le seul à se cacher sous les rochers. Ce n'est pas seulement que la vie d'avant était insupportable, c'est que ceux qui ont voulu le tuer ont réussi leur coup : il sent bien qu'il est mort. Demain, des gens diront, Quentin Lorssery s'est noyé. Pourtant, s'il écoute ce que raconte son corps, cette immobilité, cette solitude et ce silence ne sont pas si écrasants. Il y a peut-être moyen de creuser pour y trouver de la puissance. Celui qui a coulé, celui dont le cadavre va se gonfler d'eau et être dépiauté par les animaux de l'océan, c'est le Quentin qui écoutait les reproches et qui les transformait en honte, voire en haine de soi. Qu'il soit resté au fond, celui-là, ce n'est peut-être pas plus mal. Car les défunts ont ce grand avantage qu'on n'attend plus rien d'eux. La mort qui l'enveloppe, qui l'enserre de ses bras avec une force à couper le souffle, n'est pas venue pour l'empêcher de vivre, mais pour l'emmener plus loin, ailleurs, dans des endroits où seul il n'aurait pas osé aller, pour qu'il quitte son ancienne peau en se frottant sur les rochers, qu'il se mette à l'eau quand la marée remontera, et qu'il soit enfin libre.

19. LA VIE FURTIVE

Le soir venu, Quentin estime qu'il ne risque plus rien à sortir de sa cachette. Le soleil s'est abîmé dans des amas de nuages, il les a infusés de son sang pendant quelques minutes, puis la mer et le ciel se sont peu à peu confondus et sont devenus la nuit. Le corps roué de coups, il marche vers les hauteurs de l'île, alourdi par le poids de sa bouteille et les bras encombrés de ses palmes. Même si la lune et les étoiles ne font parvenir jusqu'à lui qu'une lumière affaiblie, il ne veut pas user la batterie de sa lampe conçue pour fonctionner sous l'eau. Dans les chaos rocheux, il cherche les pierres larges, car ses chaussons de plongée ne le protègent qu'à moitié des arêtes des cailloux. Plus haut, la lande érafle de ses épines l'épaisseur de sa combinaison. Il finit par aboutir aux vestiges du corps de garde, un édicule qui servait aux soldats à l'époque où une batterie pointait la gueule de ses canons vers les navires anglais. Adossé à un mur qui s'éboule, il regarde vers le nord, vers le fracas des vagues roulant dans les ténèbres. Je vais tirer à boulets rouges sur le premier bateau qui passera, imagine-t-il avec un rire dont la violence le surprend.

Au cours de l'après-midi, il a assez dormi pour se sentir désormais alerte. À combien de reprises l'hélico est-il repassé ? Quentin aurait du mal à le dire, il a perdu le compte. À un moment, il est retourné en titubant jeter un œil au ballet des bateaux qui quadrillaient encore le sud de Malban, trop loin de toute façon pour qu'il soit en mesure de signaler sa présence. Face aux efforts de la flottille, Quentin a eu un sourire triste. Les recherches étaient sûrement intenses pour ceux qui les menaient, mais elles restaient discrètes à l'échelle de l'archipel et n'en troublaient pas la quiétude. Il est retourné à son abri et n'est plus ressorti. De temps à autre, la voix des objections se faisait encore entendre, même si aucun mot ne franchissait la barrière de ses lèvres. Tu sais que tu vas avoir faim, cette nuit, que tu vas avoir froid ? Rien n'y faisait : ses pensées dérivaient, il écoutait de moins en moins. Une joie presque enfantine montait en lui, à savoir qu'on le cherchait et à ne pas se montrer. Sauf que les enfants font du bruit, se disait-il, lorsqu'on les cherche, ils ne peuvent pas s'empêcher de remuer et de rire. En fait, les enfants se cachent pour qu'on les trouve, parce qu'ils ne risquent rien. Il n'y a que les adultes qui se cachent réellement.

Toute présence humaine a maintenant disparu, Quentin a l'île pour lui. Il n'y a plus pour le voir que les oiseaux marins, des goélands bien moins nombreux que les fous à Rouzic, mais qui ne se privent pas de lui crier dessus quand il approche de leurs nids. C'est la deuxième nuit qu'il passe dans l'archipel, et de nouveau, il n'a pas le droit d'être là. Seulement, cette fois-ci, il se le jure, personne n'en saura rien.

Tout à l'heure, il a rêvé qu'une main le secouait et que la silhouette de Ludovic l'écrasait de son ombre, une ironie aux lèvres, de l'air de dire, comme on se retrouve. Quand il y pense, même s'ils ont été amis, s'il l'a vraiment aimé, quelque chose chez Ludovic a toujours instillé en lui une forme de malaise. Il le revoit au collège, assis au fond de la classe et répondant aux profs qu'il ne pouvait pas saquer avec une insolence qui sidérait tout le monde. Quentin ne comprenait pas ce que les filles trouvaient à ce mec vanneur, au nez trop fort, aux cheveux gras, mais il devait bien constater que Ludovic les émoustillait, même si leur attirance pouvait être contrariée par des mouvements de répulsion. En vérité, il n'était pas le dernier à se laisser embarquer quand Ludovic jouait les meneurs : les heures de colle les avaient rapprochés.

Puis Ludovic avait intégré l'internat du lycée maritime situé à Paimpol. Quentin et lui ne se voyaient plus au quotidien, mais échangeaient beaucoup. Le week-end Ludovic revenait et, au fil des mois, la bande avait été frappée par le changement qui s'opérait en lui. Laissant tomber ses t-shirts trop grands floqués de logos de groupes de rock, il taillait ses cheveux si courts qu'on ne remarquait plus que ses pommettes et la ligne de sa mâchoire. Quentin se rappelle un de leurs débats, après il ne sait plus quelles émeutes en banlieue parisienne, parties comme souvent de gamins morts à moto dans une collision avec des policiers. Ludovic répétait comprendre ceux qui assumaient de tirer à balles réelles sur ces racailles qui pillaient un salon de coiffure ou un concessionnaire auto, et qui se foutaient que leur rage complètement vaine fasse perdre leurs économies à des gens qui travaillaient dur. Quentin voyait surtout là-dedans de l'autodestruction, et trouvait très étrange qu'il n'ait pas d'empathie pour les conditions dans lesquelles vivaient les jeunes de ces quartiers.

« Imagine, l'alpaguait Ludovic, c'est le resto où bosse ta mère qu'ils s'amusent à cramer, imagine elle pointe au chômage… Tu leur chercherais des excuses, aux mecs qui ont fait ça, t'aurais pas juste envie de leur péter la gueule ? » Perméable aux idées qui n'avaient fait que monter depuis, Ludovic militait pour que soient rétablis l'ordre et l'autorité, et en même temps, il était le premier à se torcher dès le jeudi soir et à se lancer dans des virées susceptibles de tourner au grand n'importe quoi. En réalité, il ressemblait un peu, dans ce déploiement d'énergie sombre, à ce que Quentin allait lui-même devenir deux ou trois ans plus tard, et peut-être sentait-il déjà cette ressemblance paradoxale, peut-être était-ce cela qui le troublait à ce point.

Vers minuit et demi, une averse plus franche est tombée, Quentin a tendu son gilet pour qu'il s'imprègne d'eau, puis l'a pressé contre ses lèvres. Ce n'était pas ce qu'on appelle boire, mais il allait devoir s'en contenter. Une heure plus tard, secondé par la lune qui sortait des nuages, il a cherché le dolmen dont lui avait parlé Étienne. Il lui a fallu vingt minutes pour le localiser : une galerie menait à une chambre circulaire, sans pierre de couverture ; on distinguait encore, aux alentours, les restes du tumulus qui avait abrité l'ensemble. Quentin s'est souvenu que ce mégalithe avait environ six mille ans, et que les archéologues avaient retrouvé sur le site des tessons de poterie et des traces de charbon de bois. Il s'est couché sur le dos dans la chambre centrale, à la place des morts, ému de se glisser dans la peau des humains qui avaient fréquenté cette île dans des temps reculés et de leur parler à mi-voix. Le niveau de l'océan devait être dix mètres plus bas, Bono était plus vaste, reliée à d'autres éperons de l'archipel, mais pas à la terre ferme, de sorte que les humains qui avaient bâti ce dolmen avaient dû venir en naviguant. Le courage qu'il fallait, il y a six mille ans, pour se lancer en pleine mer… Ces marins méritaient de l'estime et de la compassion, même si Quentin se doutait qu'ils n'étaient pas des anges et qu'ils devaient aussi, à leurs heures, en passer par des envies de meurtre.

Est-ce que c'est l'œuvre de Ludovic, le fou de Bassan à sa porte ? Est-ce que c'est Thomas qui donne ses ordres à Ludovic, Thomas qui a fini par mettre un contrat sur sa tête ? On ne peut pas dire que Quentin les ait suivis de près, ces dernières années. Ils se sont salués quelques fois sur les quais de Perros, ont bavardé sans s'attarder sur le marché ou dans les cafés de Lannion. C'est dans son fil d'actu que Quentin a appris que deux ans après être sorti du lycée, Ludovic avait décroché un brevet de lieutenant de pêche et qu'il rejoignait Néréos. Cette année-là, Quentin l'a recroisé dans un bar. Ludovic draguait des filles qu'il ne connaissait pas, il était volubile, captivant, quoique s'écoutant parler. Il racontait combien il aimait la traque du poisson, compulser les cahiers de pêche des saisons précédentes pour détecter des régularités, jouer avec l'inclinaison du sonar pour évaluer la taille des bancs avant de mettre à l'eau le chalut. Il était fier de débuter dans un armement qui avait une histoire et une force de frappe. La pêche côtière, c'était décoratif, mais il n'y croyait plus. Tant qu'ils s'en tiraient seuls, on pouvait se réjouir de l'existence des artisans, mais quant à demander à l'État de les porter à bout de bras, c'était une autre affaire. On ne pouvait pas sans cesse chouiner, il fallait aussi accepter que la sélection naturelle fasse le tri parmi ses créations. Thomas n'aurait jamais tenu un discours aussi schématique, mais Ludovic devait considérer que s'embarrasser de nuances, c'était ne pas parler vrai. Ce soir-là, Quentin lui était rentré dedans. Il avait même pris un malin plaisir à finir la soirée avec la fille sur laquelle Ludovic avait jeté son dévolu. « Oh, mec, tu peux y aller, lui avait lancé son ami, elle n'arrive pas à la cheville d'Inès… »

Est-ce qu'ils lui en veulent encore, dix ans après, de la mort de la sœur de Thomas ? Ou bien est-ce que c'est la manière dont il s'est acharné à leur faire honte de ce qu'ils sont devenus qui a fini par les rendre fous ?

Vers 4 h 30, Quentin s'est réveillé d'entre les morts, il s'est soufflé, lève-toi et marche, a descendu l'escarpement sur lequel se dressait le dolmen et a mis à profit la marée basse pour gagner l'île aux Moines à pied sec. Il a cherché un moment une planque d'où observer la cale de débarquement des navettes et l'anse où venaient mouiller la plupart des bateaux. Il supposait que les recherches allaient reprendre, au moins pour quelques heures, et de fait, au lever du soleil, il a aperçu l'hélicoptère qui a tournoyé au-dessus de l'île, peut-être cinq minutes, puis a décroché plus à l'ouest. Voilà, a-t-il pensé, à partir de cet instant c'est mon cadavre qu'on cherche, ce n'est plus vraiment moi.

Dans trois heures les passagers de la première navette allaient envahir l'île, et sûrement ils s'étonneraient de croiser un homme en tenue de plongée, ils ne pourraient pas s'empêcher de noter son air naufragé, ahuri, de sorte que même sans le vouloir, ces gens seraient des chasseurs et il serait leur proie. Il devait prendre les devants et inventer sa fuite. Il ne suffisait pas de revenir à la côte : il fallait le faire sans être vu, se montrer aussi doué pour la disparition que ce coccolithophore sur lequel travaillait Maya, car être vu c'était risquer d'être réinfecté par le virus de la honte, alors que n'être ni remarqué ni reconnu, c'était faire échouer pour de bon le stratagème de l'ennemi et redevenir maître du jeu.

Une heure plus tard, la chance lui a souri. Un catamaran a jeté l'ancre à cent mètres de la cale. Les quatre passagers ont embarqué dans un petit pneumatique et ont mis pied à terre. À en juger par la composition du groupe, deux couples de sexagénaires, il était peu probable qu'il reste quelqu'un à bord. Quentin a attendu qu'ils partent vers l'ancien fort en longeant le nord de l'île, puis il a remis son gilet, s'est glissé vers la cale, a enfilé ses palmes et disparu dans l'eau.

Une fois à l'échelle du bateau, il a hésité à grimper. Connaissant ce genre de voiliers, il voyait mal quelle cachette serait assez grande pour l'accueillir avec tout son barda. Il a envisagé de se débarrasser de la bouteille, mais elle pouvait encore lui être utile. À l'arrière du catamaran, des panneaux solaires formaient une sorte de coffrage soudé aux coques par des tubes d'acier. Pas trop de raisons pour que le pilote fouraille là-dessous. Le voilier était assez lourd pour que le poids de Quentin n'engendre pas de différence notable, et il aurait des prises pour garder la tête hors de l'eau. En quelques secondes, il s'est hissé sous les panneaux et a replié ses coudes et ses genoux autour des armatures de métal.

Leur tour de l'île fini, les autres sont remontés à bord. Alors que le catamaran levait l'ancre, la panique a soudain inondé son esprit : et s'ils partaient au large, pour une expédition, qui sait, de plusieurs jours ? Monter en clandestin sur le premier bateau venu sans connaître sa feuille de route, cela ressemblait plutôt à un suicide qu'à une tentative réfléchie d'évasion.

Mais non : cette fois il n'était pas maudit, le catamaran a mis le cap sur Perros, et quand il a viré pour doubler la pointe du Château, Quentin s'est dit que le port de plaisance était le dernier lieu de la ville où il devait mettre les pieds, et il s'est laissé choir à l'eau. Il a cherché de la profondeur le temps que le bateau s'éloigne, puis a nagé avec une joie croissante, terre, terre ! le kilomètre qui le séparait encore de la grande plage.

Du côté de la gare maritime, des files de visiteurs attendaient d'embarquer pour leur promenade dans l'archipel. Les cours de voile battaient leur plein. Quentin a longé d'une démarche qu'il voulait affairée les locaux du centre nautique et, voyant que l'un des vestiaires était vide, il s'y est engouffré. Passant en revue les vêtements aux patères, il a identifié ceux dont la taille lui correspondait le mieux, avec l'impression de choisir sa victime. S'extirpant de sa combinaison, il a revêtu le t-shirt, le pantalon, enfilé les baskets et le coupe-vent d'un autre, sans parvenir à réprimer le tremblement qui courait le long de ses jambes. Il a fourré son matériel, bouteille comprise, dans un gros sac de sport, puis a marché en direction du boulevard Thalassa, s'attendant à ce qu'une voix l'alpague, « Hé, vous ! Oui, vous, là-bas ! » et le fasse basculer du côté de ces individus suspects qu'on se hâte de signaler à la police, mais il ne s'est rien produit de tel.

Arrivant au parking en retrait du casino, Quentin a entendu un couple de trentenaires qui se concertait avant de remonter en voiture pour décider par où poursuivre leurs visites, et des lèvres de la femme, une rousse potelée, il a saisi au vol le nom de Tonquédec. Mû par une impulsion, il a misé sur eux et les a abordés avec un large sourire, il allait par-là justement, rejoindre des amis pour pêcher dans le Léguer, le château était un bel endroit, c'était à voir, vraiment, et si jamais ils pouvaient l'emmener, comme il avait raté le départ de son groupe, ils lui rendraient vraiment service. Le couple a accepté, ils lui ont fait quitter la ville où il risquait à tout instant de tomber sur une connaissance, et au bout d'une demi-heure, durant laquelle Quentin a entretenu une conversation suffisante pour qu'ils se rappellent de lui comme d'un type qui n'avait rien de louche, sans pour autant leur raconter quoi que ce soit de saillant sur son compte, il les a quittés devant la rampe de la forteresse et s'est enfoncé en forêt.

Il n'avait pas menti – il savait qu'il fallait mentir le moins possible, de toute façon : du haut des murailles du château, on ne voyait que des arbres, et des feuillus surtout, leur épaisseur tranquille, leurs trouées d'ombres. À consulter une carte, on s'avisait que la forêt ne faisait que border la rivière, mais lorsqu'on était pris dedans, l'impression venait vite qu'il serait facile de s'y perdre.

La maison de Locquémeau était à cinq heures de marche. Il aurait pu rentrer chez lui. Il sentait déjà, confusément, que ce n'était pas dans ses projets.

Afin de s'alléger, il a creusé une tombe pour sa bouteille, en espérant qu'on ne la retrouverait jamais, ou bien quand plus personne ne songerait à relier cette découverte étrange à sa disparition. Le soir il a disposé des branches contre le tronc d'un arbre pour se faire une cabane. Penché au-dessus du petit bois qu'il avait ramassé, il a frappé cent fois une pierre contre son couteau pour que jaillisse une étincelle. Le feu consumait les brindilles, gagnait les rameaux les plus secs, mais ne suffisait pas à enflammer les branches. De toute façon, il n'avait rien à cuire. Pendant la journée, il s'était nourri de mûres acides, de myrtilles qui ne s'étaient pas assez gorgées de soleil, de feuilles à l'odeur de menthe qu'il pensait être du lierre terrestre. Au cours de sa cueillette, il était tombé sur d'autres baies qu'il ne connaissait pas : il les frottait contre sa peau pour voir si elles le démangeaient, puis les mâchaient longuement, et si aucun signal ne montait de son ventre pour l'informer que la plante allait l'empoisonner, il les avalait pour tenter d'estomper la faim sans fond qui le minait.

Le deuxième jour, il a épié des pêcheurs à la mouche qui campaient en forêt. La nuit venue, il leur a volé un briquet, une canne à pêche et une boîte de leurres. Il a fui plus au sud, cherché des coins moins denses, que les pêcheurs ne fréquentaient pas. Entrant dans l'eau jusqu'à la taille, il se faisait oublier jusqu'à ce que les poissons se croient autorisés à se remettre en chasse. Aux cercles concentriques que dessinaient leurs gobages, il savait où lancer, à la surface de quel trou d'eau faire affleurer sa nymphe. Malgré tout il manquait de pratique, et au début il n'a rien pris – puis seulement des chabots bons à cuire en matelote, qu'il a rôtis tant bien que mal et dont il a mâché longtemps la chair bourrée d'arêtes. Ensuite le coup de main est revenu, le balancier métronomique, un œil plus aiguisé pour repérer les caches, et il a réussi à capturer ses premières truites farios. Dans le lit de cette rivière que les saumons remontaient plus en amont encore, on se devait de relâcher ses proies. C'était sans compter qu'il entrait dans le monde de la survie : de même que pour assurer sa fuite il avait assumé de voler, il a regardé les truites s'asphyxier sur la berge, son cœur battant au rythme de leurs branchies impuissantes.

Il vivait avec le soleil, avec la pluie. La nuit, alors que les animaux faisaient craquer l'ombre des broussailles, il pensait à la bande de la Baleine, et surtout à Inès Jarnoux. Elle revenait, légère comme les fantômes, peut-être parce qu'ils s'étaient baignés une fois tous les deux, non loin de là, dans la rivière. Elle montait à un arbre, cheveux dénoués, se suspendait à une branche et sautait dans l'eau brune. Elle en ressortait les pieds couverts de vase, une feuille morte collée à la cuisse, et il regardait les gouttes s'évaporer sur les poils de ses avant-bras. Ils devaient avoir quinze ans, lui n'était en tout cas pas encore avec Noémie. Inès sortait d'une rupture avec un garçon de son lycée et elle avait élu Quentin pour confident. Agacée de souffrir pour une histoire qui ne valait pas la peine, elle concluait que les mecs de son âge étaient trop immatures. Il prenait la remarque pour lui et n'osait pas la contredire. En fait, il ignorait s'il devait lui être reconnaissant de sa confiance ou protester contre les limites du rôle auquel elle l'assignait. Stupéfait de découvrir la cruauté que pouvaient atteindre les tensions érotiques, et incapable de deviner si son attirance était réciproque, il reculait devant la phrase d'aveu qui le mêlerait au rang des prétendants, par peur de ne pas réussir ensuite à en sortir, et aussi de tout gâcher. Comment pouvait-il être sûr, s'il ne tentait pas sa chance ? Mais est-ce que ce n'était pas plutôt à elle de lui adresser un signe ? Engourdi de bonheur, malheureux comme les pierres, il se rassurait comme il pouvait, se répétait qu'ils avaient le temps : ils étaient tellement jeunes. Elle est peut-être morte. Ces moments-là sont pour toujours.

La sixième nuit, il a essuyé de gros orages. Le lendemain il n'a rien pêché : les truites étaient sûrement de sortie pour capturer les proies que charriaient les eaux boueuses, mais lui n'était pas habitué à de telles conditions et ne savait plus quelles zones cibler. Ses affaires ne séchaient plus, une toux grasse hachait ses silences. L'heure était peut-être venue que l'ermitage prenne fin.

Une semaine s'était écoulée depuis qu'il s'était noyé aux abords des Sept-Îles. Aux rares instants où il parvenait à maintenir un flux de pensées cohérent, il tentait de se convaincre qu'il n'était pas une proie fuyant ses prédateurs, pas une algue se cachant dans l'eau pour échapper à un virus, mais encore un amant, un fils – et que ce qu'il faisait était envers ses proches d'une cruauté monstrueuse. S'ils l'apprenaient un jour, ils auraient beaucoup de mal à le lui pardonner. Mais s'il ressurgissait et venait leur expliquer qu'il ne savait pas ce qui l'avait pris, cette réapparition serait plus irréversible que sa disparition. Elle saperait, surtout, le plan qui émergeait en lui, un plan atroce mais qui avait le mérite de ne pas être humiliant : il voulait se venger, et il était hors de question de mêler Maya ou ses parents à cela, pas plus que de les laisser le retenir. Il avait le droit de disposer de sa vie, quitte à la sacrifier. Il serait temps de décider ensuite s'il valait mieux reprendre le cours de son existence ou repartir de zéro. Quoi qu'il en soit, pour avancer, il voyait mal comment il pouvait éviter de repasser chez lui.

Alors, le 12 août, en fin d'après-midi, il s'est mis en marche en direction de Locquémeau. Il a progressé à couvert aussi longtemps que possible, puis a quitté la vallée du Léguer et obliqué à travers champs. S'épuisant en détours, il a évité les villages et jusqu'aux plus petits hameaux, a essayé de trouver des chemins agricoles déserts, en se couchant dans les fossés quand un tracteur crépusculaire se signalait de loin. Ils étaient quelques-uns, témoins de son passage, une corneille aux ailes abîmées, des mulots et des campagnols, mais ils ne le dénonceraient pas.

Il a marché comme cela peut-être vingt-cinq kilomètres, sans presser le pas, conscient qu'il serait trop périlleux de s'aventurer dans le village tant qu'il ne ferait pas nuit noire.

Ni mouvement ni lumière : tout se taisait, autour de la maison. Les réverbères et les fenêtres des voisins n'étaient pas assez proches pour éclairer l'allée. Sous les cailloux, dans l'un des parterres d'agapanthes, il a remis la main sur le porte-cigarettes où il rangeait ses clés de secours.

Au salon, le bouquet cueilli pour Maya avait fané mais n'avait pas été jeté. À ce détail près, tout paraissait étonnamment plus net, autant qu'il pouvait en juger dans le noir, que lorsqu'il avait quitté les lieux. Il a décalé le canapé, a fait glisser son doigt sur les joints du carrelage, jusqu'à trouver les deux carreaux qu'il devait desceller à l'aide de son couteau. L'ordinateur contenait toute sa vie, ses photos sous-marines, de vieilles correspondances qu'il avait archivées, ses données de veille sur la pêche, les textes sur lesquels il s'était acharné – il était malgré tout content de ne pas devoir l'abandonner. L'argent n'avait pour lui que sa valeur d'échange, mais il ne pouvait pas faire sans et ne cracherait pas dessus.

Dans la foulée, il s'est demandé quelles autres choses pouvaient lui être utiles. Côté cuisine, il a pris des couverts et une boîte hermétique, mais ni sa gourde ni son couteau de poche, car il ne possédait ces objets qu'en un seul exemplaire. De même, s'il récupérait des vêtements ou de meilleures chaussures, quelqu'un risquait de le remarquer. À partir du moment où il emportait avec lui les trois enveloppes emplies de grosses coupures, le matériel se rachèterait, le plus important était de ne pas éveiller les soupçons.

Ah si, tout de même : il y avait les cahiers. Il était loin d'avoir tout mis au propre sur son ordinateur, et sa mémoire était trop défaillante pour qu'il reconstitue de tête ses poèmes. Il a gravi l'escalier à tâtons, et c'est là que les choses ont pris une tournure imprévue. Son insistance n'y changeait rien : la chambre était fermée à clé. Qui avait pu avoir l'idée idiote de la verrouiller ?

La serrure n'était pas solide, il aurait pu défoncer la porte de l'épaule ou avec un outil quelconque, mais cela susciterait forcément, dès que ses parents repasseraient, un tas de questions qui le mettraient en danger. Est-ce qu'il fallait renoncer, partir sans les cahiers ? Quelque chose en lui résistait : il ne pouvait pas s'y résoudre.

Quentin est sorti de la maison et s'est dirigé vers la remise. Il a fourré dans son sac un bout de bâche, une corde, une lampe et des gants, en se disant qu'au milieu de ce capharnaüm leur absence ne détonnerait pas. Puis il a contourné le bâtiment et observé la façade côté jardin. La fenêtre de sa chambre s'ouvrait à trois mètres de hauteur. Un volet que le vent malmène et qui brise un carreau : voilà, ça c'était une histoire crédible, et sur laquelle les autres s'attarderaient moins que sur l'énigme d'une porte forcée. Il a cherché une pierre en bordure du jardin, puis a escaladé le mur en deux temps trois mouvements. S'assurant d'une main au tuyau de la gouttière, il a brisé la vitre et cherché le loquet, en prenant garde à ne pas se couper, lorsqu'un cri effrayant a retenti à l'intérieur de la chambre. La panique l'a saisi, il est retombé à terre. Qu'est-ce que ?... Il a réussi à se relever, sonné mais pas K.-O. Une voix de femme, aurait-on dit. Il lui avait fait peur autant que lui avait eu peur. Mais qui ? Maya était sûrement repartie à Paris ou Roscoff. Sa mère, peut-être ? Sa sœur, venue la soutenir, et qui logeait chez lui ? Si c'était l'une d'elles, est-ce qu'il ne valait pas mieux se signaler, dire qu'il était en vie ? Il a récupéré son sac et a couru jusqu'à la haie, les jambes flageolantes, pour se mettre à l'abri le temps de réfléchir. Cela pouvait aussi être une complice de ses adversaires, venue fouiller la maison maintenant que son propriétaire avait été éliminé. Aucun moyen d'être sûr. Mais tout de même : revoir Maya, respirer l'odeur de sa peau, se blottir contre elle et lâcher prise... Au creux de sa poitrine, son cœur cognait, terrible. Il ne pouvait pas prendre le risque de vérifier. Face à cette présence qui pouvait être hostile, c'était lui qui devenait l'intrus dans sa propre maison, le voleur dans la nuit. Les morts n'ont pas le droit de hanter comme ils veulent les endroits où ils ont vécu. Ces pensées ont fusé en lui, dans un vacarme de sang. Il n'avait plus le choix. Les cahiers resteraient là-haut, dans leur cachette, ses poèmes seraient perdus.

Ce n'est qu'une fois loin du village, à peu près assuré de n'être pas poursuivi, qu'il a repris son souffle. Une chouette hululait dans un arbre. Les herbes hautes trempaient le bas de son pantalon. Il s'est rendu compte qu'il venait peut-être de voir sa maison pour la dernière fois. Les gens de Néréos, décidément, lui auraient fait tout perdre. Il s'est assis sur un talus et il a accepté de pleurer un moment. Quel nom portait la force qui le poussait ? Est-ce qu'il faisait fausse route ? Les étoiles n'étaient pas si loin, il a relié leurs points du regard et elles sont descendues à lui pour le saisir par la main. La fraîcheur du vent de nuit lui fouettait le visage. Il a repris sa marche, et vers l'aube la tristesse a un peu reflué. Une deuxième vie commençait. Il était l'animal furtif qu'on entend mais qu'on ne voit pas, l'animal qui s'approche sans qu'on le sente venir. Si je n'existe plus, a-t-il pensé soudain, face au soleil dont les premiers rayons tiraient la campagne de la pénombre, si je suis invisible, alors, tout est permis.

20. EN TROIS SYLLABES

Un homme en suit un autre, dans une rue de Lorient. On est en fin d'après-midi, le 16 août 2019, la bruine sature l'air de la ville et floute tous les contours. Devant, l'homme qui ne sait pas qu'on le suit marche mains dans les poches, le long des maisons mitoyennes à un ou deux étages. Celui qui l'a pris en filature jette des coups d'œil aux alentours, regarde s'il y a d'autres passants sur les trottoirs, ou des gens aux fenêtres, comme s'il craignait d'être lui-même observé, et lorsque surgit l'occasion d'une rue vraiment déserte, il accélère le pas et s'approche de sa cible : « Clément ? »

L'intéressé se retourne. Bien que la voix lui soit familière, Clément Trévennec ne reconnaît pas tout de suite l'homme qui lui fait face, avec son paquetage sur le dos, ses vêtements collés au corps et ces yeux de dément au-dessus d'une barbe hirsute. Ce n'est personne de sa connaissance. Quoique… Le prénom qui monte lui noue la gorge, car c'est un prénom impossible, celui de l'ami à cause duquel il a depuis dix jours le cœur si esquinté. « C'est moi », dit l'inconnu. Alors pourquoi pas, après tout ? Si cela se trouve, les revenants existent et les morts se promènent en ville, les traits ensevelis dans l'ombre de leurs capuches. Clément souffle d'une voix éteinte : « Quentin ? »

L'une des manières qu'a Clément Trévennec d'écouter, c'est de s'ouvrir une bière, d'en prendre quelques gorgées, puis de décoller l'étiquette en s'aidant de l'ongle de son pouce, avec une prodigieuse minutie, pour ne laisser sur la bouteille aucune effilochure de papier. Ils sont assis à la table de la cuisine, dans cette petite maison devant laquelle Quentin a fait le guet une partie de la journée. Au ton de sidération qu'emploie Clément pour réagir à son récit, Quentin comprend que son secret sera au chaud, qu'il a choisi un allié fiable. Au fil des quatre jours de marche qu'il lui a fallu pour traverser la région du nord au sud, il a retourné le problème en tous sens, tandis que la pluie tambourinait sur sa bâche accrochée aux fourches basses des arbres, et il s'est rendu compte qu'il n'y arriverait pas seul. À l'époque où ils enchaînaient les raves dans les monts d'Arrée, Clément était déjà celui auquel il faisait confiance pour gérer ses descentes. Sitôt mis au courant de la situation, il a dit qu'il l'hébergerait. Ils seront tranquilles, Ninon est partie en tournée avec sa troupe de théâtre, Clément ne l'a pas suivie car il accompagne ces temps-ci son père à l'hôpital, à cause de sa chimio. Une nuit sous un vrai toit, murmure Quentin en mesurant l'effet étrange que l'idée produit sur lui.

Plus tard, devant un riz pilaf et des sardines grillées, Clément a voulu vérifier que Quentin était sûr de ce qu'il faisait : « Tu peux pas savoir dans quel état j'étais, ces derniers jours. Ta copine, ta famille, ils doivent douiller sévère… » Quentin a cherché à plonger dans le fond de son regard : « Tu crois que j'y pense pas ? » Il ne savait pas expliquer. Comprendre ce par quoi il était passé quand on avait jamais failli mourir était peut-être impossible. « Ils ont brisé quelque chose en moi. Je peux pas ressurgir tant que je suis pas sûr d'être en sécurité. » Il se doutait que pour ses proches, ce devait être horrible. « Mais si je m'arrête à ça, j'ai l'impression d'être piégé, de n'avoir plus aucun choix devant moi. »

Pendant que Clément se douchait, Quentin s'est attardé devant les photos du salon : la première prise sur une plage, Clément en short, Ninon craquante en robe d'été, et un selfie à moitié flou fait au cours d'une manif, tous deux en gilets jaunes dans la foule hivernale des autres Gilets jaunes. Tout ce qu'on fait ensemble quand on est amoureux... L'envie d'imprimer des photos de ce genre ne l'avait jamais traversé, lui – les rares où on le voyait avec Maya ne quittaient pas la mémoire de son ordinateur. En fait, a-t-il pensé soudain, ça fait longtemps que je me cache.

Avant de se coucher, ils ont traîné dans le couloir, la bouche pâteuse de bière et les paupières tombantes. « Tu sais ce qui serait bien ? » a demandé Quentin. Clément a levé un sourcil pour le relancer à moindre coût. « Ce qui serait justice ? a poursuivi Quentin. C'est qu'eux aussi commencent à avoir peur. » La tête sur l'oreiller, harcelé par sa toux qui l'empêchait de dormir, il a ressassé la chose pour s'en convaincre mieux : il fallait qu'ils tombent, cette fois. Il devait trouver la faille et leur faire vraiment mal.

Sauf que le lendemain, Quentin s'est rendu compte que dans cette ville qui abritait le siège de Néréos, et où vivaient Ludovic et Thomas, il était réticent à mettre le pied dehors. Même si la reconstruction d'après-guerre avait créé un urbanisme qui faisait passer sans cesse de rues faites pour les piétons à de larges boulevards, il ne pouvait se résoudre à traverser le centre avec cette impression que n'importe quel passant allait le dénoncer. Pourtant il ne voulait plus être une créature tremblante, ni quelqu'un qui fuyait.

Quand Clément est rentré, il l'a interrogé sur le port de pêche et les locaux de Néréos. Comment étaient-ils surveillés ? Est-ce qu'il y avait des caméras ? Clément a fouillé sa mémoire. L'entrée du port était filmée, comme la criée et les quais de débarque.

Pour le siège de l'armement Jarnoux, il en était moins sûr : « Tu sais que dans les métropoles chinoises, la moyenne est d'une caméra pour cinq personnes ? Derrière tu mets de l'intelligence artificielle, de la reconnaissance faciale, on ne passera plus inaperçu nulle part. » Quentin a acquiescé, le front plissé de rides. Il ne voyait pas trop comment contourner cet obstacle. Clément a levé l'index et l'a entraîné à l'étage. Dans leur chambre, Ninon avait déployé sur une coiffeuse son matériel de maquillage, ses fonds de teint, ses fards et les autres accessoires qu'elle utilisait au théâtre. « Je sais pas dans quelle mesure ça peut te dépanner », a commenté Clément. Prenant place dans le fauteuil, Quentin a questionné le miroir. Qu'est-ce qui fait en fin de compte une personne humaine ? Un nom auquel répondre ; un visage sur des papiers ; des souvenirs, surtout – mais les souvenirs ne se voient pas, on ne les tamponne pas aux frontières, et puis ils peuvent s'inventer, avec de la rigueur et de l'imagination. Un visage et un nom se changent moins facilement. Toute la soirée, il a fait des essais pour se rendre méconnaissable. Il a gardé sa barbe et rasé ses cheveux. Le lendemain, Clément lui a acheté de quoi se faire une teinture, des lentilles de couleur, plusieurs paires de lunettes. Ce n'était pas parfait – Ninon aurait fait mieux – mais faute d'anneau magique pour se volatiliser, cela ferait l'affaire.

Le lundi matin, casquette vissée sur le crâne, Quentin gagne l'enceinte du port de pêche de Keroman. Il longe les magasins des mareyeurs, les boutiques qui vendent de la peinture pour les coques, et vérifie son reflet dans la vitrine d'un caviste dont les affaires ne doivent pas tourner mal. Au bout des quais, c'est le terre-plein où se déploient les chantiers navals, avec les hangars de menuiserie, de chaudronnerie, et d'autres boîtes qui fabriquent des gréements ou entretiennent les moteurs. Tout le monde dans la région est fier de Keroman. En ce qui concerne la pêche, Quentin ne trouve pas qu'il y ait de quoi fanfaronner : à côté des bateaux qui débarquent du poisson frais ou les langoustines des vasières, il y a beaucoup de boîtes qui traitent des produits venus d'ailleurs, qui se spécialisent dans le filetage de poisson bas de gamme, ou qui balancent des tonnes de colorants dans des milliers de tonnes de crevettes pour les rendre présentables.

Le siège de Néréos est un bâtiment d'un étage, aux façades blanches salies par les traînées que la pluie laisse sous les gouttières. Il mériterait un ravalement, même si avec l'humidité tout serait à refaire dans moins d'une décennie. Une baraque à frites s'est installée de l'autre côté de la chaussée, Quentin s'y commande un sandwich pour repérer les lieux. À l'angle du premier étage, le balcon correspond sûrement aux bureaux de la direction. Le personnel badge devant la porte à double battant de l'entrée principale, mais certains, pour gagner du temps, passent par le portail, à l'arrière, qui donne sur les espaces de livraison. Son sandwich fini, il file, par crainte d'attirer l'attention. Quelques heures plus tard il revient au volant de la petite Peugeot de Ninon, et il planque plus longuement. La première fois qu'il voit sortir Thomas, et dans la foulée Ludovic, il en a le cœur si serré que son atroce toux le reprend.

Les jours qui suivent, il va et vient au port et note leurs habitudes. Thomas arrive à pied, étonnamment, aux environs de 8 heures, et reste jusqu'à 19 heures ou 20 heures. Faut-il en induire que sa femme et ses enfants sont encore en vacances ? Franchement ce serait une bonne nouvelle. Le midi il va déjeuner dans l'un des restaurants de l'avenue de la Perrière, qui longe l'est du port. Les équipes de Néréos y forment parfois de grandes tablées, mais Thomas en profite pour se caler des tête-à-tête, avec sa responsable des ressources humaines, dont Quentin reconnaît le visage figurant sur le site, ou avec Ludovic, qui n'a lui dans l'organigramme aucun titre officiel. Lorsqu'ils vont aux Frangins, Ludovic et Thomas occupent toujours la même table, contre le mur tapissé de jute verte. Tout en prenant le café, ils font une partie d'échecs, cinq minutes chacun à l'horloge, pour se fouetter les neurones avant de retrouver le travail. De l'endroit où il est assis, Quentin ne peut pas lire la position, mais il a l'impression que Ludovic a le dessus et que le jeu de Thomas est moins tranchant qu'avant.

Au troisième déjeuner de ce genre auquel Quentin assiste, il rassemble son courage et se pose non loin d'eux, près de la baie vitrée, en gardant son bonnet de docker et des lunettes de soleil. Le bruit du service et des autres conversations ne lui permet de capter que des bribes. Ils parlent d'un chalutier qui a défoncé ses panneaux sur un terrain accidenté et qui, avec les temps de réparation que la fin août allonge, va perdre dix jours de pêche. Ils parlent des sardines, dont les déplacements sont si imprévisibles que les scientifiques ne savent pas dire à Jarnoux s'il travaille sur le même stock que celui qu'exploitent dans leurs eaux les Anglais et les Irlandais. Enfin, après que la serveuse a déposé devant eux des îles flottantes pour le dessert : « Et le corps, demande Thomas, on a fini par le retrouver ? » Ludovic fait signe que non. « C'est bizarre tout de même. » « Pas si bizarre, conteste Ludovic. C'étaient les grandes marées. » Thomas fait tourner dans sa bouche une gorgée de vin blanc et poursuit d'une voix basse : « C'est malheureux quand même qu'il ait… » Mais la suite de sa phrase se fond dans le brouhaha. Qu'il ait quoi ? se demande Quentin dont les genoux tremblotent. Qu'il ait plongé tout seul ? Qu'il ait fallu en venir à cette extrémité ? Qu'il ait fini de cette manière-là ? Trop tard, les mots cruciaux se sont perdus, Ludovic entre-temps a changé de sujet, peut-être qu'il ne reste plus rien à dire sur cette sombre affaire, et l'envie le démange de les rejoindre à leur table, désolé de vous couper, j'ai entendu que vous parliez de moi, est-ce que, tant qu'on y est, vous pourriez me confirmer que vous avez bien voulu me tuer ?

Le soir, Thomas marche jusqu'à l'arrêt du bateau-bus et c'est lui, dans un premier temps, que Quentin décide de suivre. La navette passe entre le port de pêche et l'île Saint-Michel puis traverse la rade plein sud. Amorti par le boulot ou trop habitué au trajet, Thomas prend place dans la cabine, les yeux sur sa tablette. Quentin s'efforce de ne pas rester rivé sur lui, de promener aussi son regard sur les autres passagers et le paysage derrière les vitres. Pourtant, il ne peut pas s'empêcher de se demander ce que Thomas lit, se frottant les tempes comme il le faisait plus jeune. Il aimerait savoir si c'est la presse, un document de travail, des mails ou un roman, il rêverait que ce soit un recueil de poèmes mais ne se fait pas d'illusions, la poésie, les gens sérieux la tuent pour devenir adultes, ils n'ont, sauf exception, plus l'opiniâtreté ou la tendresse d'en lire dès lors qu'ils se trouvent accaparés par la conduite de leurs affaires.

Le bateau accoste à la pointe de Port-Louis, non loin de la citadelle. De là, Thomas marche encore dix minutes, par des rues peu passantes, jusqu'à une grande maison néobretonne, aux façades parées de granit, et qu'un jardin planté de fleurs éblouissantes et protégé par une haie touffue sépare du boulevard. De l'autre côté de la chaussée, les anciens remparts de la ville se prolongent jusqu'à une tour de pierre, flanquée de plages qui donnent sur une baie fermée par la ligne de terre basse de la presqu'île de Gâvres. Sympathique cadre de vie. À vue de nez la maison est six fois plus grande que celle de Locquémeau. Certains héritent de tout, de l'intelligence, de l'argent, de la robustesse qu'il faut pour enchaîner de longues études et un début de carrière, ils se mettent en couple sans effort, avec la bonne personne, ils habitent où ils veulent, ont le nombre d'enfants qu'ils veulent, et ils pourront refaire leur vie ailleurs sans tellement s'appauvrir si par hasard un jour ce qu'ils ont construit les lasse.

Le lendemain soir, c'est Ludovic que Quentin suit en voiture, attentif à ne pas le perdre dans la circulation tout en restant à bonne distance, jusqu'à une maison située sur les berges du Blavet, moins impressionnante que celle des Jarnoux, mais sans comparaison avec la bicoque où Ludovic vivait ado, avec sa mère, après le divorce de ses parents.

Voilà le tableau, conclut Quentin au terme de ces filatures. Maintenant qu'ils se sont débarrassés de lui, ils font leur boulot sereinement avant de rentrer dans leurs jolies maisons. Il a beau refuser de se laisser contaminer par le ressentiment, les pensées qui le taraudent sont de plus en plus mesquines. Voilà à quoi ressemble, se dit-il, la vie de ceux qui n'ont pas la prétention de lutter contre le courant. Il aurait pu faire la même chose, se conformer aux critères mainstream de la réussite sociale, s'il avait eu le courage de changer ses désirs plutôt que l'ordre du monde, ou plus trivialement, s'il avait travaillé au lieu de passer son temps à faire des bulles sous l'eau et à regarder se disperser les volutes de ses joints. Pauvre Quentin, soupirent ses ennemis, cela ne tenait qu'à toi. Il doit puiser dans ses réserves pour se répéter qu'il n'aimerait pas avoir leur vie, et que s'il se venge, ce ne sera pas par jalousie mais par esprit de justice.

En lui s'aiguise, pourtant, une volonté noire. Le soir il est seul depuis que Clément est parti retrouver Ninon dans le Cantal. Lorsqu'il lui a remis les clés, Quentin s'est demandé, à voir son regard plein de trouble, s'il ne partait pas d'abord pour ne pas être complice de ce qui pourrait suivre. Maintenant, il a tout le loisir de regarder ses pensées qui serpentent sur les murs de la maison, se coulent dans les fissures pour grimper jusqu'aux luminaires, clignotent là par intermittence puis lui retombent de tout leur poids dans le crâne. Il ne mange pas, ne boit pas d'alcool, il voudrait devenir une lame de couteau. Saboter un de leurs chalutiers, oui, cela aurait du sens. *L'Endurance* ces jours-ci pêche à l'ouest de l'Irlande, il pourrait attendre son retour, ou jeter son dévolu sur un bateau à gros tonnage du même acabit, mais qui n'aurait pas, lui, défrayé la chronique. Ou alors l'incendie, s'exalte-t-il, la beauté âpre de l'incendie, cramer le siège de l'armement, créer plusieurs départs de feu à des endroits choisis, que les flammes s'emparent des couloirs en suivant les traînées d'essence, qu'elles entrent sans frapper et s'attaquent aux bureaux, aux secrets de papier des armoires, au silicone des disques durs, avec une telle voracité qu'il ne restera plus grand-chose quand les pompiers débarqueront.

Quentin ouvre la fenêtre en espérant de la nuit un apaisement ou un conseil. Non, non, opérations de trop grande envergure pour les préparer seul et pour tout maîtriser, il pourrait y avoir des victimes, des gens qui ne lui ont rien fait, et même s'il parvient à ses fins, l'enquête lancée mobilisera des moyens démentiels, on remontera jusqu'à lui, il sera le terroriste dont tous les réacs rêvent, celui dont la dérive révèle la haine inaltérable que cachent les beaux discours écologistes. Et puis le coup porté ne serait pas fatal : rien n'est mieux assuré que ne le sont les bateaux, et il apprendrait en prison, ou terré dans une planque, que Néréos a investi dans un navire encore plus efficace, ou que le ministre de la Mer va faire le déplacement pour inaugurer le nouveau siège avec les honneurs.

En fait, se dit Quentin nuit après nuit, alors que les heures passent sans que le sommeil le libère de l'enfer de ses pensées, tout le système est conçu pour que les Jarnoux et leurs semblables étranglent les subalternes sans que cette mort à petit feu porte le nom de meurtre, tout est organisé pour que les faillites et les rachats et les plans de sortie de flotte soient aussi impeccablement légaux que l'asphyxie à bord de millions de poissons, tandis que les actions que des gens comme lui peuvent monter pour entraver leur politique sont condamnées à rester dérisoires, d'ordre strictement symbolique – ou pour qu'elles ne le soient pas, requièrent de se mettre en tort et en danger. Ils ont des gens payés pour convaincre ceux qui font les lois et soigner leur réputation lorsque leurs adversaires l'écornent. Ils écrasent ceux qu'ils ont besoin d'écraser tout en conservant les mains propres, c'est ce qu'a toujours permis l'argent, être violent sans se couvrir ni de sang ni de honte, être trop haut pour se faire éclabousser, et de ce point de vue il est même étonnant qu'un ambitieux comme Ludovic se soit complu à un assassinat. En mer, ce jour-là, la tentation du crime parfait l'a peut-être saisi au cœur, au mépris de toute prudence. En dépit de l'orgueil rageur qu'il a mis dans son ascension, il a pu conserver le réflexe d'agir par lui-même, même quand il est question de faire un sale boulot – ou alors c'est Thomas qui ne l'a placé là que pour avoir à sa disposition un homme de confiance, qui lui doive presque tout et se charge des basses œuvres.

Mais est-ce qu'ils ont mauvaise conscience, au moins ? Lorsque l'aube pointe derrière le store bringuebalant de sa chambre, Quentin se rend compte que c'est la question qui l'obsède. Est-ce que leur conscience les travaille ? Ou est-ce qu'à force de ne plus embarquer, de ne plus patauger dans la bouillie d'organes des animaux qu'on éviscère, ils se sont laissé gagner par l'illusion commode que la propreté de leurs mains est aussi une propreté morale ? Les humains aiment avoir le sentiment qu'ils ne font pas le mal, et se montrent toujours doués pour justifier leurs crimes. Il se doute que Thomas Jarnoux n'est pas un homme méchant, il n'y a pas de raison qu'il ne soit pas resté le garçon sympathique et curieux que Quentin a connu, mais c'est tout de même, quel que soit le raffinement de ses justifications, quelqu'un qui agit mal, qui ne peut pas l'ignorer, puisque, ces derniers temps, on le lui rappelle à grand bruit, et qui refuse pourtant de se remettre en cause. Il y en a des milliers, des décideurs comme lui, se congratulant de leurs bénéfices et des emplois qu'ils créent. On leur pardonne leurs fraudes puisque tout le monde fait pareil. On excuse leurs accès de violence, car les affaires sont les affaires. Il ne leur arrive jamais rien, quasiment jamais rien – bien sûr qu'ils continuent. Et Quentin laminé de fatigue ne sait plus si c'est parce qu'il est faible qu'il a toujours envisagé les compromis comme des compromissions, ou si c'est au contraire que dès le départ, il était plus fort qu'eux, un être humain d'une autre trempe.

Quoi qu'il en soit, il va jouer leur jeu, avec leurs armes, maintenant. Il ne se laissera pas freiner par des scrupules. Il faut qu'il ait le courage de les tuer, de les tuer tous les deux ou de tuer l'un des deux. Que pour une fois, c'est simple, il y ait un châtiment. Mais pour passer à l'acte, il a besoin d'une chose rare : rien de moins qu'une certitude. Car si l'ancre a chassé, si Ludovic à la barre de son voilier a poursuivi son chemin sans toucher au zodiac, c'est lui qui se rendrait coupable d'une injustice terrible. Et il a beau ne plus tellement se sentir lié à la personne qu'était de son vivant l'homme appelé Quentin Lorssery, il sait qu'il reste crucial pour lui de pouvoir se tenir face à une glace, de reconnaître pour sien le visage qui s'y reflète et de se pardonner.

La nuit suivante, il attend assis dans le sable, devant la mer, à Larmor-Plage. Tout ou presque est noir dans son dos, l'éclairage de la ville s'est éteint depuis longtemps et seules quelques lampes brillent encore aux fenêtres des villas. Quentin écoute la respiration de la rade assoupie. Les feux des bateaux de pêche en train de rentrer à Lorient jettent dans l'eau des rais de lumière auxquels la houle donne un léger tremblé. La criée va s'ouvrir à 3 heures du matin, les côtiers ont transmis le détail de leurs captures et rappliquent pour les débarquer avant qu'elles ne soient mises en vente selon l'ordre fixé par l'algorithme. Comme on lui a demandé de ne pas être aux aguets, il s'efforce de ne regarder que la mer et les faisceaux, au loin, des phares de l'île de Groix.

Soudain quelqu'un est là, une femme au corps très vif : dissimulée par la capuche de son ciré, elle dépose devant lui un sac étanche de marin, qui paraît presque vide. Quentin voudrait la regarder. Se retenir de le faire est assez douloureux. « Taisez-vous et écoutez-moi, glisse-t-elle. Je ne veux rien savoir. C'est tentant de parler, c'est humain. Ne le faites pas. Moins il y aura de gens au courant, plus vous serez en sécurité. Et ça inclut les proches. Si les choses tournent mal, ce sont les proches qu'ils cuisineront. » Elle dit cela avec autorité, d'une voix qui sonne si jeune.

Aidé de sa lampe, Quentin passe en revue le contenu du sac. Il ouvre le faux passeport et retrouve son visage avec un autre nom, qu'il a choisi mais qui pourtant le choque comme une erreur flagrante sur la personne. « Vous n'aurez pas de problème, précise la femme. C'est du travail de pro. » Au fond du sac, sa main sent le métal et le poids du pistolet. Il est tenté de lui confier qu'il ne s'en servira pas, mais il préfère ne pas faire de promesses qu'il aurait du mal à tenir, et le laisse à sa place. Il en extirpe en revanche de minuscules boîtiers noirs qu'il pose au creux de sa paume. « Très simple d'usage, vous verrez », commente encore la femme. À son tour il lui tend l'enveloppe et lui laisse compter les billets, la moitié du pécule qu'il a récupéré chez lui, de l'argent gagné honnêtement et qu'il espère de tout cœur être en train de bien dépenser.

Tandis que le clocher sonne la demie de 3 heures et que de premières gouttes tombent, ils se font tout de même face une seconde en silence : elle dérobe ses yeux et il ne peut voir que ses lèvres, une bouche sombre qui en guise d'adieu murmure « Courage à vous ». Dans des circonstances différentes, ils auraient peut-être eu d'autres choses à se dire, mais ce n'était pas le deal et la voilà qui lui tourne le dos, qui s'éloigne et devient encore bien moins réelle, chacun repartant de son côté, du pas des promeneurs insomniaques, jusqu'à s'effacer dans la nuit.

Des jours qu'il réfléchit à l'endroit le plus adéquat pour placer ces micros. Peu après leur heure d'ouverture, il pousse la porte des Frangins, se détend en constatant que la table où Thomas et Ludovic ont leurs habitudes est libre, et tandis que la serveuse s'active dans un nuage de vapeur devant le percolateur, il colle en dessous de la table un premier boîtier noir. Impossible de savoir s'ils reviendront bientôt déjeuner là, mais c'est ici que son nom est apparu dans la conversation, ça ne coûte rien d'essayer. Le moyen le plus sûr d'avancer, toutefois, reste de mettre sur écoute le bureau de Jarnoux. Le lendemain, faute d'être en mesure de déléguer cette mission, Quentin se secoue et prend son risque : il arrive au port à 6 heures, et lorsque l'équipe de ménage et les premiers livreurs entrent par le portail à l'arrière du siège de Néréos, il s'engouffre dans leur dos, sa casquette sur le crâne, chargé de deux colis au cas où on lui poserait des questions.

Dans les couloirs et les escaliers qu'il emprunte, pas de caméras en vue. Le temps que les femmes de ménage ouvrent les bureaux de la direction, il se réfugie aux toilettes, et dès que retentit le vrombissement des aspirateurs, il enfile des gants en nitrile et les asperge d'un produit censé éliminer toute trace de son ADN. Il passe une tête dans le couloir, localise le bureau de Jarnoux, et apercevant le chariot de ménage arrêté deux portes plus loin, il en franchit le seuil. Le bureau est en bois massif, une table de réunion voisine la machine à café, tandis qu'une gigantesque marine éclaire l'un des murs de lueurs qui percent la pénombre.

Pas question de s'attarder : il s'approche du bureau et y pose ses colis. Il s'apprête à tirer le micro de sa poche lorsqu'une toux violente lui monte dans la poitrine. Ne pas la laisser sortir, surtout : cela reviendrait à disperser aux quatre coins de la pièce des cartes de visite. Plaquant son coude devant sa bouche, il parvient tant bien que mal à réprimer la quinte. Puis il se penche vers le bureau, colle le micro en dessous du plateau et ressort sans hâte apparente, ses colis sous le bras, la dopamine inondant son cerveau d'un chant muet de victoire.

Désormais, sans quitter la maison de Clément à deux kilomètres de là, il pouvait entendre depuis son ordinateur l'essentiel de ce qui se passait dans le bureau de Jarnoux. Jouant avec les fréquences pour tempérer les bruits de fond, il retrouvait la voix de Thomas, cette voix familière, comme ressurgie de son adolescence, et avait l'impression étrange de renouer avec lui.

Sans cesse sollicité, Thomas orchestrait les activités de l'armement dans ce qu'elles avaient de plus divers. Sa secrétaire le consultait pour mettre au point son agenda. On venait le voir pour organiser la visite médicale des équipages ou finaliser l'achat de matériel contre les incendies. Il échangeait au téléphone avec un député européen de la Commission pêche, puis avec le dirigeant de son groupement de producteurs afin de pousser ses billes dans les négociations sur les quotas qui allaient se conclure en décembre. On lui soumettait des plannings d'embarquement et des plans de congés de fin d'année, ou encore les CV de chefs mécaniciens, il fallait en recruter trois et il s'agissait d'y mettre les moyens, quatre mille brut au bas mot, car les bons candidats se faisaient rares. En visioconférence avec les gens de Vermeyden, il se risquait à quelques phrases dans un néerlandais aux sonorités étonnantes avant de basculer vers un globish plus sobre. Parfois, plus rarement que Quentin ne l'aurait imaginé, il travaillait seul, en silence, et à d'autres moments s'absentait de son bureau, échappant aux filets de l'apprenti espion.

Quentin parcourait les enregistrements en avance rapide et effaçait ceux qui ne lui servaient à rien. Comme il supportait mal l'immobilité que l'exercice lui imposait, il se prenait à songer à ces milliers d'humains dont c'était devenu le métier d'écouter ce que se racontaient les autres. Un beau métier passion qu'on devait au XXᵉ siècle. Certains avaient continué malgré les changements de régime et la mort des dictateurs, ils y avaient laissé leur santé, une grande partie de leur pouvoir d'empathie et de leurs illusions. D'ici vingt ans, l'intelligence artificielle extrairait comme une grande les données pertinentes, repérerait la révélation attendue dans le fatras du bavardage, et c'en serait terminé de ces longues heures d'ennui.

Pour finir sa patience s'est vue récompensée. Une fin d'après-midi, Ludovic est entré dans le bureau de Thomas et lui a appris qu'une enquête était en cours, et qu'il existait donc une affaire Lorssery. Comment elle avait pu se déclencher, cela lui échappait… « Un type qui plonge seul dans ces conditions… Tellement évident que c'est un accident. Je comprends pas pourquoi ils cherchent autre chose. » En face Thomas se taisait. Quentin, cabré, guettait sa réaction. D'après les informations de Ludovic, un adjudant de gendarmerie était venu par deux fois au moins à la capitainerie de Perros. « Ils ont l'air de chercher un bateau… De savoir qu'un voilier a pu être impliqué… Cela étant, je te rassure : ils ne savent pas que c'est le mien. » Pavé balancé dans la mare : Thomas a perdu tout son flegme et lancé une bordée de « Putain ! » sur trois ou quatre tons. « Tu t'étais signalé à la capitainerie au moment de sortir du port ? » a-t-il fini par demander. Ludovic a répondu que non, il ne prenait la peine de le faire que lorsqu'il partait plusieurs jours. Un long silence s'est installé, aussi pénible pour les deux hommes que gratifiant pour celui qui les écoutait à distance.

Cherchant à anticiper le cours que suivaient les pensées de Thomas, Ludovic s'est lancé dans un remue-méninges. La mémoire de leurs téléphones devait conserver la trace de deux appels, passés ce matin-là de son portable vers celui de Thomas, l'un autour de 10 heures, puis l'autre une demi-heure plus tard, pour dire que c'était fait, mais ils se parlaient tous les jours, comme de proches collaborateurs, y compris le dimanche, de sorte que ces appels pourraient se justifier. « Et le GPS du voilier ? » a enchaîné Thomas. La voix de Ludovic s'est estompée, Quentin en a induit qu'il s'était mis à arpenter le bureau pour contrôler ses nerfs. « Je le mets pas pour les petites sorties, a argué Ludovic. Donc… si jamais ils remontent à moi, ils pourront pas me soupçonner de l'avoir déconnecté. » Sans émettre de commentaire, Thomas a pianoté une minute sur son clavier : « Voyons… » Bien ce qu'il pensait : la trace avait quand même pu être enregistrée. Sur réquisition d'un juge, le fabricant pouvait être contraint d'exhumer de l'appareil les données de géolocalisation. « Pas sûr qu'on en arrive là… » Mais si c'était le cas, on verrait le voilier tournicoter pour accoster le zodiac, puis se déplacer huit cents mètres plus loin et tourner en rond de nouveau pour le laisser à son deuxième point de mouillage – autrement dit une trace extrêmement embarrassante.

Le regard suspendu aux ondes d'un blanc fantomatique que dessinaient les voix sur l'écran, Quentin a eu la sensation de voir sa tête émerger de l'eau, tandis que Ludovic s'y enfonçait en agitant les bras. Car Jarnoux désormais ne retenait plus sa colère : « Tu parles d'une idée ! On s'est compliqué la vie, avec ton truc, pour pas grand-chose… » Ludovic a plaidé sa cause : « Il en serait pas resté là. Si tu crois que c'était un mec inoffensif, tu te trompes… Il avait la haine contre nous. Et pour des raisons, comme tu sais, qui ne sont pas liées qu'à la pêche… » Thomas a affirmé que cela ne changeait pas la donne : ils allaient tout le temps être sous le feu des critiques, dorénavant, il fallait s'habituer à poursuivre le boulot en dépit des attaques de ceux qui leur voulaient du mal pour un motif ou un autre. « Toi aussi, tu t'es laissé aller à une rancœur personnelle. C'est pas parce que c'était tentant que tu devais craquer… » Ludovic a encaissé le coup, puis monté le ton à son tour : « Non mais… Excuse-moi… Je t'ai laissé trancher. Tu m'as *dit* d'y aller. » Du tac au tac, Thomas a rétorqué : « On peut pas dire ça, non. » Suite à quoi Ludovic a accentué le moindre de ses mots : « Si, Thomas. Bien sûr que si. Ne la joue pas comme ça. »

Après un long silence, Jarnoux a paru se décider pour la désescalade : peu importait, au fond. Ils avaient eu tort tous les deux. Et Quentin aussitôt a pensé que le tort dans son esprit n'était pas d'avoir tenté le coup, mais bien d'avoir échoué à ne pas éveiller les soupçons. « Au pire je dirai que Quentin était encore sur son bateau, a réembrayé Ludovic. Que je l'ai escorté jusqu'au spot qui l'intéressait, histoire de bavarder et… » Thomas lui a hurlé dessus : « Arrête, bordel ! On ne sait pas ce qu'ils savent ! On ne sait pas qui a vu quoi ! Et s'ils te chopent, crois-moi, ils se garderont de te le dire, jusqu'à ce que tu leur sortes des trucs incohérents par rapport à ce qu'ils ont déjà… » Avant tout, il fallait que Ludovic change de GPS, en s'achetant un traceur qui venait d'être mis sur le marché, pour qu'il puisse justifier le timing de cette acquisition en racontant qu'il avait eu envie de s'autoriser ce caprice. Et puis il devait se préparer à raconter ce qu'il avait fait ce jour-là, mais sans se ruer sur la première fausse bonne idée, en y réfléchissant avec méthode, peut-être même, à voir, en consultant un avocat. « À partir de maintenant, tu ne bouges pas le petit doigt sans me prévenir », l'a sermonné Thomas. Et Ludovic en face ne se hasardait plus à produire des excuses, il était redevenu l'insolent qu'on engueule et auquel on déroule, depuis une insupportable position de surplomb, le catalogue de ses conneries.

De la joie pure dans les artères. Une fois le fichier sauvegardé, Quentin a senti un sourire lui fendre le visage. Il avait de quoi les faire tomber. Descendu au salon, il a versé une ration de whisky dans deux verres différents, les a entrechoqués dans un fracas de cristal, puis a savouré cet alcool une lampée après l'autre, le temps de s'imprégner de la réalité de ce qui lui arrivait.

Maintenant il suffisait de se créer une adresse sur un ordinateur public et de rédiger un mail à l'intention de la brigade de recherche : *Dans le dossier de la disparition de Quentin Lorssery, vous devriez récupérer d'urgence la trace du voilier de Ludovic Archambault. Les ordres viennent de Thomas Jarnoux. Les preuves sont en pièce jointe.* Sobre, factuel. Un courrier dont la rédaction serait bouclée en cinq minutes.

Pourtant, une heure après, Quentin s'accrochait aux accoudoirs de son fauteuil pour ne pas y sombrer. La joie était déjà partie. Aussi légitime soit-elle, cette dénonciation demandait du courage. Une fois le courrier envoyé, plus de retour en arrière. Est-ce que ce n'était pas fade, en fait ? Est-ce que c'était vraiment ce qu'il avait de mieux à faire ? Avec ces preuves en stock, il avait les moyens de les faire chanter : voleter autour d'eux en froissant ses ailes de corbeau jusqu'à leur faire perdre le sommeil, les faire payer, littéralement, exiger des sommes telles qu'ils seraient poussés à la ruine et que lui aurait de quoi se construire une vie nouvelle. Cela supposait néanmoins une certaine logistique : il faudrait trouver un endroit où leur demander de déposer l'argent, et une façon de le récupérer en étant sûr de ne pas se faire prendre. Car s'il réclamait une somme capable de les foutre à genoux, est-ce qu'ils ne mettraient pas des gens à sa poursuite ? Il y avait, en y réfléchissant, trop de complications, trop d'inconnues. Les faire cracher leur fric, ç'aurait été plaisant, mais ce n'était pas une manière d'en finir avec eux.

En ce cas, ce mail aux gendarmes, et ne plus s'en mêler. Ils feraient leur travail de police judiciaire, puis la justice prendrait le relais. L'instruction serait longue, mais elle aboutirait d'ici quelques années à un procès d'assises. Il irait prendre place dans le box des parties civiles, puis viendrait à la barre pour raconter devant la cour son étrange journée du 4 août 2019, son trauma qui avec un peu de chance lui paraîtrait déjà très loin, et puis il pourrait écouter, sans un sourire, en se contentant de regarder Thomas et Ludovic se tasser sur leurs chaises, la diffusion par haut-parleurs de cette conversation accablante.

Encore un trait de whisky et Quentin a secoué la tête. Pas ça, non. S'il était officiel qu'il avait survécu, la peine qu'ils encourraient serait beaucoup moins lourde. Et à bien y penser, comment être sûr d'avance que le verdict lui conviendrait ? Il n'avait pas assez confiance pour cela dans la justice de son pays. Le juge ne retiendrait peut-être que l'homicide involontaire, ou pire, la simple mise en danger de la vie d'autrui, car après tout, de menace en menace, personne n'avait jamais porté la main sur lui. Thomas s'offrirait les services d'un très bon cabinet, son avocat plaiderait que l'enregistrement ne reflétait en rien l'échange qui avait eu lieu le jour des faits entre son client et monsieur Archambault, il fragiliserait chaque élément de preuve jusqu'à instiller le doute dans la tête des magistrats. Le conseil de Ludovic reviendrait à de multiples reprises, par des biais différents, à ce constat crucial : déplacer un bateau, ce n'est pas donner la mort. Ludovic prétendrait qu'il avait voulu montrer à Quentin que plonger ce jour-là était très imprudent, il concéderait qu'il avait des griefs à son encontre, et qu'il avait voulu lui donner une leçon, mais au grand jamais le tuer – car enfin, quel intérêt aurait-il eu à cela ? On ne savait pas comment le procès pouvait tourner, il ne suffirait peut-être pas à démontrer qu'il y avait eu, dans leur esprit, l'intention de donner la mort.

Quentin est remonté prendre son ordinateur et a requis les lumières d'un moteur de recherche. Pire encore que ce qu'il escomptait… Pour homicide involontaire, même aggravé, Ludovic écoperait de dix ans ; il se tiendrait à carreau, bénéficierait d'une révision de peine, serait dehors au bout de cinq. Thomas, lui, ne serait condamné à rien, ou uniquement à du sursis. Et pendant ces longues années, Quentin devrait attendre de savoir quel sort la justice allait leur réserver, et il n'exercerait sur le verdict aucune espèce d'influence. Pourtant il a tout fait depuis des jours pour les piéger, et il a le sentiment que vraiment, il les tient.

Alors tuer, on y revient. Qu'est-ce que ça a de si scandaleux ? S'il ne s'était pas battu comme un diable, lui, pour gagner le rivage de Bono, en quelques heures il était mort. Tournant en rond dans la maison de Clément, dont il a fermé les volets pour qu'aucun voisin ne l'épie, il sent que son cœur résiste encore à cette idée épouvantable. Parfois, il rêve de se présenter au siège de Néréos, de demander à être reçu par le PDG, non, il n'a pas rendez-vous, et non, il ne peut pas leur dire qui il faut annoncer – et il se voit se tenir devant Thomas et Ludovic, ils blêmissent à vue d'œil comme s'ils faisaient face à un spectre, et il s'entend souffler, c'est bon, on peut parler, maintenant ?

Il n'ignore pas que c'est un fantasme. Lui, ils ne lui ont pas dit un mot. Ludovic à la barre l'a salué de la main, puis a fait en sorte qu'il se noie. La longue confrontation où on donne à l'ennemi une chance de se justifier, donc de jouer la montre, de reprendre l'ascendant et même de prendre la fuite, c'est bon pour le cinéma. S'il se décide, il faudra qu'il agisse, sûrement pas qu'il leur laisse le temps de s'expliquer. Il lui faut juste conjurer la solide affection qu'ils lui inspirent encore. Balayer l'objection selon laquelle faire comme l'ennemi c'est se mettre à lui ressembler. Une justice idéale vaudrait mieux que la vengeance, mais ce n'est pas le cas de cette justice qui fout en taule en une semaine les casseurs de fin de manif et prend toujours quinze ans pour instruire les crimes des cols blancs, au point qu'il ne saurait pas citer un seul homme d'affaires ou un seul politique qui ait eu à purger une peine de prison ferme.

Reste à savoir comment s'y prendre – et cela dépend aussi, bien sûr, de ce qu'il vise. Si le but est que le milieu de la pêche industrielle prenne peur, il faudrait que ce soit un meurtre politique, revendiqué comme tel, assez spectaculaire pour marquer les esprits : que parmi les pairs de Jarnoux, ils se demandent qui sera visé ensuite, que l'angoisse les torture comme elle l'a torturé. Le problème, c'est qu'une fois que ce sera fait, il veut être tranquille. Un meurtre trop évident lui fermerait cet horizon : il se retrouverait traqué, sa vengeance lui gâcherait le restant de ses jours. Trois semaines qu'il parvient à faire de sa disparition une sorte de petit chef-d'œuvre, ce serait dommage de ruiner ses efforts. Tant pis pour l'onde de choc : il faut que son crime soit parfait. C'est son tour d'inventer une mort qui ait tout l'air d'un accident.

Raison de plus pour choisir : c'est Ludovic ou c'est Thomas. Frapper les deux serait trop suspect. Ludovic l'a noyé, mais c'était Thomas le donneur d'ordres, quelles que soient les excuses derrière lesquelles il se réfugie. Surtout, ce n'est pas Ludovic qui s'est laissé acheter par ces ordures de Vermeyden. Ce n'est pas Ludovic qui a décidé que même ses plus gros chalutiers pêcheraient près du trait de côte. Ludovic ne va pas à Paris pour rencontrer le ministre ou à Bruxelles pour faire pression sur la Commission pêche. Alors que le stress lui enflamme les lombaires, Quentin n'a plus que deux mots en tête, qui reviennent le hanter : menu fretin. Ludovic Archambault, c'est du menu fretin. S'en prendre à lui, ce serait lui donner raison, rabattre leur conflit sur une simple affaire personnelle, se contenter d'aggraver jusqu'à l'irréparable la brouille qui a suivi la mort de Maxime et d'Inès. Or si l'heure est venue de tuer, il ne le fait pas pour lui-même : il tue pour l'océan.

Donc ce sera Thomas, une mort pour Thomas, qui ressemble à un accident, mais qui ne lui laisse aucune chance – car on y survit trop souvent, aux meurtres mal conçus, il en est la preuve vivante. Trop de monde dans les rues de Lorient ou sur les quais du port. Mieux vaut le suivre jusqu'à Port-Louis, les rues sont calmes là-bas, et si le moment propice ne se présente pas sur le trajet, s'introduire dans la maison. À cet égard, il ne faut plus tarder : dans quelques jours, sa femme et ses enfants seront de retour, et ce plan tombera à l'eau. Bon, mais une fois dans les lieux, quoi ? L'assommer dans sa salle de bains et le noyer dans sa baignoire ? Ou le laisser s'endormir et l'étouffer avec un oreiller ? Imaginées ainsi, ces scènes semblent grotesques. Et puis comment fait-on cela sans qu'aucune marque trahisse une mort violente à l'autopsie, sachant tous les moyens dont disposent désormais la police scientifique et la médecine légale ? La vie de tueur est difficile, quand on n'a pas la vocation. Il sait qu'il ne réussira qu'en soignant chaque détail, mais d'un autre côté, s'il continue d'attendre, il restera cet homme terré dans une maison vide, épuisant son épargne, un homme qui ne parle plus à personne et qui n'en finit plus de s'enfoncer dans l'abîme.

Deux jours encore de préparatifs, et le 30 août il est prêt. Le matin il range la maison, nettoie son matériel et boucle son paquetage. La veille, il a été récupérer sans rencontrer d'obstacle les micros posés aux Frangins et dans les locaux de Néréos. Aujourd'hui pas question d'être aperçu en ville, même si marcher lui ferait du bien. À défaut il enchaîne les exercices de gymnastique, avant de rester prostré sur le tapis du salon.

Tu sais, Quentin ? Qu'est-ce que je suis censé savoir ? Il n'est pas trop tard, tu peux encore tout arrêter. Il suffirait de trouver un covoiturage pour Lannion, il y sera le soir, un coup de stop et le voilà à Locquémeau, il se dirige son barda aux épaules vers la maison des parents, toque doucement à la porte. Mieux vaudrait prévenir par téléphone, pour ne pas changer d'avis en route et pour leur épargner le choc. Il invoquera le besoin de prendre du recul, cela se comprend, tout de même, qui n'a jamais été tenté de se lancer dans une fugue ? Ou la vérité nue : ils ont failli me tuer et ils ne doivent pas savoir que je suis encore vivant. D'accord – mais entre-temps, pourquoi a-t-il choisi de leur faire tant de mal ? Passé le moment de sidération, leur colère prendra le dessus. Maya ne voudra plus entendre parler de lui. « Essaye de réparer les choses », lui a-t-elle demandé sur le quai de la gare. Il ne voit plus le chemin. Sur toute la côte, il passera pour un taré, le gars si pervers et imbu de lui-même qu'il a fait semblant de mourir. Il voit son père qui crie, les artères de son cou qui se gonflent, et en face un garçon qui ravale ses réponses et ne peut que s'écraser. Au bout de ces journées d'excitation lugubre, il déteste les horreurs qui lui fusent dans la tête, mais se hait encore plus d'être si indécis. Ce n'est pas vrai qu'il est encore temps. Il n'a jamais été si tard.

En fin d'après-midi, il gagne le port en voiture et guette depuis l'habitacle le moment où Thomas Jarnoux sortira de l'armement. On a beau être un vendredi, l'attente se prolonge. Aux environs de 19 heures, les lumières du bureau de Thomas s'allument, et la respiration de Quentin retrouve de l'amplitude : il ne l'a pas raté. Peut-être qu'il met les bouchées doubles avant que s'ouvre le week-end. À 20 h 30 les fenêtres s'éteignent, et une minute après, Jarnoux est dehors, seul, silhouette presque insignifiante devant le bâtiment que son père a fait construire, sans rien, à part la coupe soignée de sa parka bleu marine, qui trahisse l'homme de pouvoir, à tirer de lentes bouffées de sa vapoteuse en regardant le ciel qu'ont envahi de grands nuages gris plomb. Toi qui as tellement travaillé, pense Quentin, et qui ne sais pas que c'était ton dernier jour de travail. Lorsque Thomas s'éloigne à pied, Quentin le dépasse en voiture, se gare à l'extérieur de la zone portuaire, devant la maison squattée, aux rideaux de fer couverts de graffs, de la rue du Bout-du-Monde. Après quoi il prend le temps de remuer ses jambes engourdies par trois heures et demie de guet, enfile son ciré alourdi par l'arsenal qu'il dissimule, passe les bretelles de son sac à dos et se dirige vers l'arrêt du bateau-bus.

Sur le caillebotis du quai, quelques personnes patientent, certaines la nuque fléchie vers leurs portables, d'autres assises sur les bancs de l'abri pour oublier les piques du vent presque automnal qui s'est mis à souffler. Quentin les compte, il est le onzième, puis arrive cette femme qui descend de son vélo et rajuste sa jupe, avant que Thomas ne les rejoigne, sa vapoteuse toujours en main, un foulard noué autour du cou, tiens tiens, voici le treizième passager. Bien que son arrivée soit prévue d'ici cinq minutes, la navette qui revient de Port-Louis n'est pas encore en vue. Histoire de contenir sa fébrilité, il se détourne de sa cible et contemple, derrière les grilles, l'énorme pétrolier amarré au ponton le plus proche. Même si l'inscription est hachée par les lumières du mât-radar, on devine le *no smoking* qui vient rappeler, sur le château arrière, qu'il pourrait suffire d'un mégot pour que la cargaison s'enflamme et que le navire explose. Monstrueuse créature, et monstrueux surtout, se dit Quentin dans un vertige, que plus rien dans le monde ne tourne si on se prive du feu que porte au ventre cet animal-là.

Doublant la pointe de l'île Saint-Michel, la navette pique vers eux. Quentin s'approche du ponton. Un coup de vent menace sa casquette qu'il renfonce d'un geste machinal avant de rabattre sa capuche. Le pistolet se tient tranquille dans sa poche droite. À l'opposé, sur son flanc gauche, il sent peser la masse de la batte de baseball, dont il a noué la dragonne à un passant cousu en dessous de son aisselle. Le pilote a arrêté les gaz, l'équipier arrime le bateau, ouvre la porte de coupée et laisse descendre les rares personnes qui font encore, à cette heure-ci, le trajet direction Lorient.

S'étant donné pour règle de précéder Jarnoux chaque fois que la chose est jouable, Quentin monte parmi les premiers et prend place dans la cabine. Quoique la batte qu'il a achetée soit conçue pour des mains d'enfant, il a peur qu'elle dessine une bosse oblongue suspecte sous le pan de son ciré. Thomas ne s'assoit pas, il traverse la cabine et sort sur le pont arrière. Une fois tout le monde installé, quand la navette manœuvre pour se décoller de la cale, Quentin se rend compte que personne n'a imité Thomas et d'instinct il se lève, sort à son tour, s'accoude au bastingage, à une distance prudente de son ancien ami, et s'absorbe comme lui dans l'observation de la ville qu'ils laissent derrière eux. Tandis que les vibrations du pont leur remontent dans les os, et que les cercles de fumée que Thomas crache par intervalles se perdent dans le vent, les silos à grain dont les tours surplombent le port de commerce s'éloignent et rapetissent. Bientôt la navette longe la base des sous-marins allemands et son colossal blockhaus de béton. Quentin connaît l'histoire du site, puisque le père de Dieter, qui selon son fils n'était pas un nazi, a fait partie des hommes de la Wehrmacht piégés à la fin de l'été 1944 dans la poche de Lorient. En route vers Paris après l'atroce bataille des plages de Normandie, les Alliés ne voulaient pas sacrifier plus de troupes en lançant un assaut frontal, de sorte qu'ils ont laissé l'armée allemande résister là dix mois, jusqu'à la capitulation.

S'il fallait parler à Thomas, se dit Quentin, comme discutent des inconnus qui font un bout de trajet ensemble, il lui raconterait cela, cette période incongrue dans la vie de Karl Lukanow, lequel, parce qu'il était en charge du ravitaillement, avait dû piller en hâte les fermes environnantes pour créer sur le terrain d'une base aérienne un élevage de bovins comptant des milliers de têtes, d'énormes poulaillers, des surfaces maraîchères, et puis évidemment, comme le rappelait Dieter plissant ses yeux rieurs, une distillerie pour célébrer l'apocalypse la conscience dûment inondée par des flots de calva. Nos problèmes et nos haines, à côté de ça, aurait conclu Quentin… Mais Thomas ne parlait pas, il ne se tournait pas vers lui, il était pris dans le flux inconnaissable de ses pensées, et Quentin trouvait juste au fond de respecter ce silence, de ne rien ajouter au vacarme du moteur et au clapot des flots contre la coque, et qu'ensemble ils partagent, même s'il était le seul à le savoir, un dernier moment de calme, à se taire dans la nuit, en regardant la poupe fendre les eaux de la rade.

Et puis il a senti que l'heure était venue. Bien sûr, ce n'étaient pas les circonstances idéales, puisqu'ils étaient loin d'être seuls et que l'équipier avait peut-être compté, au moins machinalement, le nombre de passagers. Mais autant que Quentin pouvait en juger, il vaquait désormais à ses affaires sur le pont avant, tandis que le pilote, à l'intérieur de la passerelle, regardait vers la proue. De toute façon, il avait fait son deuil, il n'y aurait jamais de moment parfait. Ce qui comptait, c'est que soudain il se sentait capable de cet acte qui ne lui ressemblait pas, et cette énergie-là était éminemment fragile, elle pouvait disparaître d'un instant à l'autre et ne laisser derrière elle qu'un homme anéanti. Thomas Jarnoux, de son plein gré, s'était isolé là pour respirer l'air de la nuit et regarder la mer – quel signe plus propice pouvait-il exiger ? Alors il a dézippé son ciré, et en y plongeant la main droite, a dénoué la dragonne de la batte. Il a jeté un ultime coup d'œil en direction de la cabine, où tous les passagers restaient sagement assis dans le sens de la marche, puis a reculé d'un pas pour prendre son élan, a resserré ses mains autour du manche de frêne, a levé haut la batte au-dessus de son épaule droite, s'est approché de Thomas et d'un geste puissant, bien plus déterminé qu'il ne s'y serait lui-même attendu, l'a frappé en pleine nuque pour lui péter les cervicales. Rappelle-toi que tu vas mourir : la tête de Thomas a valsé vers l'avant, puis vers l'arrière, puis de nouveau vers l'avant, et sans attendre qu'il ait le réflexe de se raccrocher au bastingage, Quentin a soulevé ses jambes qui se désarticulaient et l'a balancé par-dessus bord, tandis que la mer, le grondement du moteur et le vent qui cinglait se coalisaient pour étouffer son cri.

Une fois tombé dans l'eau, dans le sillage de la navette, entre deux crêtes d'écume, le corps est remonté à la surface mais ne s'est pas débattu. Le bateau s'éloignait vite, c'est vrai, mais l'impression qu'a eue Quentin, quand, après avoir essuyé le bout de la batte maculé de sang contre la doublure de son ciré et l'avoir renouée à sa place, il a reporté son regard vers les flots, c'est que le corps ne bougeait pas, que l'opération avait duré moins de cinq secondes et que l'ami n'avait pas souffert. En inspectant le pont, que ne souillait aucune goutte de sang, il a repéré la vapoteuse tombée dans la bataille et l'a poussée à l'eau, du bout du pied, pour qu'elle rejoigne son maître. Thomas Jarnoux maintenant faisait partie de ces choses qui flottent, qui n'ont plus de volonté propre, qui dérivent au gré des courants, comme le fait le plancton depuis des milliards d'années.

À l'approche de Port-Louis, le bateau a ralenti et s'est rangé le long du ponton de bois. Quentin a débarqué avec les autres et a grimpé vers les petites rues pour ne pas rester le long du quai. Il avait devant lui pas moins de quatre heures de marche pour contourner la rade et regagner Lorient. Malgré la batte qui oscillait contre son flanc comme un objet désagréable, malgré ses mains qui, peut-être parce qu'elles étaient désormais désœuvrées, s'étaient mises à trembler, il était soulagé d'avoir créé de l'irrémédiable et fini de gâcher sa vie. Au-dessus de sa tête, la nuit s'annonçait sans étoiles, et peut-être sans limites. Il n'y avait, pour percer les nuages, que le sourire d'un croissant de lune. Et puis, chose curieuse, même une fois sur l'avenue, puis sur les bas-côtés de routes secondaires qui ne longeaient pas la rade, il a continué d'entendre le bruit de l'océan, très net, qui le poursuivait, les vagues qui clapotaient et murmuraient trois syllabes douces, celles du mot assassin, comme une ritournelle, Quentin Lorssery, assassin, ou bien comme une berceuse que sa mère lui aurait chantée, Quentin joli, petit Quentin, assassin, assassin.

21. LE CORPS QU'ON TROUVE

Est-ce qu'il fallait prendre ce train, ou rester à Paris ? Perchée sur le marchepied de son wagon, après s'être frayé un chemin dans la foule de la gare, Maya a hésité. Elle est redescendue, a tiré sa valise jusqu'à un coin moins encombré du quai et a fermé les yeux pour tenter de faire le vide.

Quand Gaëlle Lorssery lui avait annoncé que la cérémonie pour Quentin aurait lieu le samedi 5 octobre, au cimetière de Locquémeau, puis aux Eaux vives pour le buffet, quelque chose dans sa voix semblait tenir pour acquis que Maya accepterait de venir. Cette reconnaissance du rôle qu'elle avait joué dans la vie de Quentin aurait pu l'apaiser. Au contraire, depuis ce coup de fil, elle avait la tête pleine d'angoisses et de souvenirs funestes. Elle se rappelait les billets pour le Maroc achetés en catastrophe à moins d'un mois de son bac, le corps menu de sa grand-mère enveloppé d'un drap blanc et les regards circonspects qu'elle échangeait avec ses frères tandis que l'imam demandait à Allah de prendre pitié de la défunte, de lui accorder une meilleure famille et de lui épargner les supplices de l'enfer. Elle revoyait le cimetière du Père-Lachaise où avaient été déposés les restes du père de Bruno, puis le même columbarium, huit mois plus tard, pour rouvrir cette case perdue parmi des milliers d'autres et y placer aussi l'urne contenant les cendres de sa mère. Même connaissant peu les Sibir, ce double deuil l'avait secouée, car cela la jetait toujours dans un grand désarroi de voir Bruno en larmes.

Cette fois-ci, il n'y aurait ni corps dans un linceul, ni cendres dans une urne. Gaëlle lui avait dit qu'avec François, ils ne voulaient plus attendre. Le procès-verbal de disparition leur avait permis d'obtenir du tribunal un jugement de décès, retranscrit à l'état civil. En cas de disparition à terre, le décès n'était établi qu'au bout de dix ans, mais disparaître au large était une autre affaire. Les Lorssery vivaient dans un village de marins, ils savaient depuis toujours qu'il arrivait à l'océan d'attraper l'un des membres de cette communauté arc-boutée à ce repli de la côte et d'oublier de rendre sa dépouille.

« Même sans voir le corps, avait soufflé la psy de Maya : se réunir pour ce rituel, cela pourrait vous aider à entrer dans une autre phase. » Ballottée par la foule du quai, elle s'est souvenue qu'elle avait résolu de faire confiance aux gens qui lui voulaient du bien autant qu'à son propre jugement. Elle est montée à la dernière seconde, a calé sa valise sur le porte-bagages, puis s'est emmitouflée dans son écharpe et a attendu de voir, derrière la vitre, la ville céder la place aux champs et aux talus en haut desquels les arbres commençaient à se parer des couleurs de l'automne.

La psy avait peut-être un nom, mais Maya se refusait obstinément à le retenir. Elle préférait penser qu'elle n'existait que dans ce minuscule cabinet de la rue de Paradis, un rez-de-chaussée dont la fenêtre donnait sur une cour fleurie de fuchsias. Une fois, se rendant à leur séance, elle l'avait aperçue non loin d'elle dans le métro, et elle l'avait laissé reprendre de l'avance tant l'idée de devoir engager la conversation l'avait paralysée. Le mois d'arrêt qu'elle s'était vu prescrire avait posé moins de problèmes qu'elle ne l'anticipait. Certains collègues lui avaient envoyé des mails qui l'avaient touchée, tandis que du côté de l'IPBES, la défaillance d'une coordinatrice de chapitre faisait bien sûr partie des cas de figure prévus : Ruben lui avait dit de prendre le temps dont elle avait besoin, et la tenait informée assez régulièrement pour que Maya ne se sente pas hors jeu.

La psy lui avait fait une ordonnance d'antidépresseurs, puis quinze jours plus tard, comme ils accentuaient ses migraines, avait prescrit un autre traitement qu'elle tolérait mieux. Surtout, de sa voix éraillée, elle avait mis des mots limpides sur ce qui lui était arrivé. Sans preuve de vie ou de mort, Maya avait dû se débattre avec une perte ambiguë. Elle avait enquêté sur la disparition pour retrouver le sentiment qu'elle était capable d'agir, et cela l'avait sans doute aidée. Mais au moment où elle aurait pu accepter que croire en la mort de Quentin ne signifiait pas le trahir, le voilier s'était mis à croiser dans les eaux de sa conscience, avec ce témoignage qui s'était révélé tout sauf providentiel, puisqu'il avait transformé son enquête en une histoire sans fin. Si elle n'avait pas rencontré Philippe Gerkens, elle aurait rejoint les Lorssery dans ce monde au fond confortable où Quentin était seul coupable de ce qui lui était arrivé. On ne pouvait pas en vouloir à François et Gaëlle d'entériner le décès si cela les aidait, mais Maya faisait un choix tout aussi légitime en préférant ne pas trancher : « Vous avez le droit de vous dire que sa mort est très probable, mais pas certaine, et que s'il est mort, il a pu être tué comme victime d'un accident. » Quoi qu'il en soit, son deuil avait été gelé, et il avait fallu la perte du fœtus pour que son corps l'autorise enfin à s'effondrer.

À l'hôpital de Morlaix, le lendemain du curetage, le médecin avait ressenti le besoin de lui rappeler les risques de fausse couche chez les femmes de plus de quarante ans. Ce quinquagénaire bellâtre ne semblait même pas au courant qu'on redoublait par la violence de certains mots la violence d'une expérience. Le docteur avait eu de la chance : trop affaiblie pour l'incendier, elle s'était contentée d'enfiler son manteau et de claquer la porte. La salle d'attente où Bruno faisait les cent pas était pleine de futures mères, venues pour une échographie ou parce qu'elles ressentaient de premières contractions. On avait beau manquer d'argent public, est-ce que ç'aurait été trop réclamer que de créer des accueils distincts pour les interruptions de grossesse et pour les accouchements ?

Pour son malheur, même Bruno n'avait pas pu s'empêcher de lui demander si elle avait *fait* quelque chose qui aurait pu provoquer l'accident. La très vieille habitude de se sentir coupable était remontée, alors, et elle avait repensé à ce jour où elle avait tenté de traverser les eaux séparant l'île de Sieck de la plage du Dossen. Mais justement : cet après-midi-là, elle avait rebroussé chemin, pris la bonne décision pour préserver le bébé. Peu après, errant une nuit sur internet, elle était tombée sur un article décrivant les échanges de cellules qui s'opéraient au cours de la grossesse entre les femmes et leurs enfants. Maya savait que des cellules d'origine fœtale subsistaient dans le corps des mères, parfois leur vie durant. Mais lorsqu'elle avait lu que d'après des découvertes récentes, ces cellules buissonnières étaient encore bien plus nombreuses dans le cas d'un avortement, une paix étrange s'était mêlée à ses sanglots : c'était comme si l'enfant vivait encore en elle. Comme si, avant de retourner à la matière, il lui avait légué des milliers de cellules qui aideraient son cœur à continuer de battre.

« Le destin a prévu d'autres choses pour toi, avait insisté Djamila. D'autres choses qui seront belles. » Les jours où elle avait séjourné à Aulnay, elle s'était laissé cajoler. Contrairement à elle, sa mère n'éprouvait pas de difficulté à vivre dans un monde où elle ne maîtrisait rien : il lui paraissait dans l'ordre des choses que Dieu tire les ficelles. Comme face à la psy, Maya avait hoché la tête, mais si elle se résignait à la perte de l'enfant, elle se débattait encore furieusement contre la mort de

Quentin, puisque ce qui l'avait convaincue de monter dans ce train, c'était l'idée qu'elle devait se rendre à Locquémeau, au cas où lors de la cérémonie, il se passerait quelque chose – une sorte de miracle, qui sait, ou de résurrection.

Le lendemain, quand elle est entrée dans le cimetière en compagnie de Joséphine qui l'hébergeait de nouveau, Gaëlle est venue la saluer et lui a présenté la sœur de Quentin. Puis les autres sont arrivés, les amis avec qui Quentin plongeait, notamment Armen et David, ses collègues Étienne et Loïc, beaucoup d'habitants du village, de militants d'Atlantis comme Dieter et Sonia, la famille Varenne autour de Jérémie, et puis cette jeune femme qui devait être Noémie Riera, et dont le regard aigu s'est attardé sur elle.

En attendant que la cérémonie ne débute, Maya a observé le clocher de l'église, sa balustrade ornée de chimères et l'escalier qui des siècles durant avait permis d'accéder au beffroi pour en sonner les cloches. Même si Quentin était athée, ses parents avaient obtenu de le célébrer dans ce cimetière chrétien, car c'était là que reposaient les morts de la famille. Lorsque Maya a lu les noms qui se trouvaient gravés sur la tombe, le fossé des générations lui a sauté aux yeux. Quentin aurait bien dû savoir, pourtant, qu'il était interdit de griller la politesse à ses parents ou de mourir trois ans après sa grand-mère.

Ceint de son écharpe tricolore, l'adjoint au maire s'est chargé du discours. Il y était question d'une tristesse insondable, de se serrer les coudes face à l'adversité et d'un jeune homme brillant tel un phare dans la nuit. Les discours officiels sont souvent maladroits, mais aux oreilles de Maya chaque phrase sonnait faux – et lorsqu'elle a senti que personne d'autre n'avait prévu de prendre la parole et qu'on risquait d'en rester là, elle a regretté d'être trop émue pour se lancer. Elle s'était posé la question en faisant sa valise la veille : à défaut de trouver les mots adéquats, elle avait hésité à copier un texte de Quentin, pour que ses proches apprennent quel poète il était. Si elle avait renoncé après avoir de nouveau compulsé les cahiers, c'est qu'elle n'était pas sûre qu'il l'aurait voulu. Après tout, il devait avoir ses raisons pour avoir maintenu cette pratique clandestine.

Heureusement Jérémie a avancé d'un pas : toussant pour s'éclaircir la gorge, il a rappelé qu'il avait enterré son frère dans ce même cimetière, et qu'il disait maintenant adieu à un de ses meilleurs amis, et qu'il ne souhaitait ça à personne. Il a parlé de Quentin dans l'enfance, de leurs parties de pêche à pied sur la grève du port, à surveiller le moment où la marée recouvrait la tour cassée, car c'était le signal qu'il était temps de regagner les quais. Il s'est souvenu des mercredis avec la grand-mère de Quentin, qui les promenait le long du ruisseau sur la route de Trédrez : au printemps, ils cueillaient des jonquilles, plongeaient leurs épuisettes dans les étangs pour attraper quelques têtards. Et puis les longs trajets, à braver vent et pluie pour atteindre Lannion à vélo, quand personne n'était disponible pour les y emmener. Et leurs soirées sur la plage de Kirio, les poissons que Quentin pêchait en apnée et qu'ils faisaient griller au centre de leurs feux de camp. « C'était mon pote, a soufflé Jérémie. Et même lorsqu'on se voyait moins, qu'on se croisait à peine, au café ou au port, je savais qu'il serait là quand j'aurais besoin de lui. » Ce n'était pas un hasard si Maxime et Quentin étaient partis trop tôt. Il n'entrait pas là-dedans qu'une question de malchance. C'est que c'étaient des écorchés vifs, des types pas bien faits pour ce que ce monde avait de violent et de sale.

Les uns après les autres, ils se sont avancés, ont déposé un bouquet de fleurs, un coquillage, fait un signe de croix ou effleuré la tombe de la main. François a calé près de la stèle une plaque en granit rose où il était écrit *À notre fils chéri*. Sa sœur Agathe en avait apporté une autre, gravée d'un vers de René Char : *Avec ceux que nous aimons, nous avons cessé de parler, et ce n'est pas le silence.* Posant sa tête sur l'épaule de Dieter, Maya s'est dit que Quentin aurait dû assister à son propre enterrement pour constater à quel point ses proches l'avaient aimé. Elle ne pensait pas qu'il en ait eu conscience.

Une fois le buffet en place sur les tables des Eaux vives, tout le monde a constaté que Gaëlle avait cuisiné pour cent : les terrines de poisson, les salades rutilantes, les tartes étaient toutes faites maison. Apparemment, elle ne se consacrait qu'à cela, depuis cinq jours, se démenant pour que la réception fasse honneur à son fils et que la tristesse soit atténuée par une force de vie dont l'appétit serait le premier signe palpable.

Lorsque les invités ont levé leurs verres à la mémoire de Quentin, Maya a remarqué que François trinquait à l'eau. Plus tard, elle a entendu Gaëlle en parler à Lucile Varenne : « Il n'a pas vu de médecin, rien, il y va à la volonté. » En fait, le chagrin de François était si grand que pour l'éponger, il aurait dû s'alcooliser à en mourir – mais cette issue, il ne se l'autoriserait pas, car sa femme et sa fille avaient assez morflé. Gaëlle se doutait de l'effort que cela représentait pour lui, le corps entier qui hurle, à certaines heures, pour qu'on lui donne sa dose. François dans ces cas-là sortait marcher longtemps, mais ne sentait pas l'alcool quand il rentrait. Un soir elle a osé : « Je suis contente pour toi. » Tout de suite il a compris de quoi elle voulait parler et l'a prise dans ses bras : « Je suis pas sûr de tenir, tu sais. C'est juste que dans ma tête… j'ai promis à Quentin. »

Le lendemain, comme la journée s'annonçait belle, Maya a voulu se promener et a cherché un coin où Joséphine pourrait la déposer en se rendant au marché de Lannion. Elle a choisi le sentier côtier au sud-est de Trébeurden, reliant des plages de sable qui lui avaient souvent fait de l'œil lorsqu'elle se baignait à Kirio, de l'autre côté de l'estuaire du Léguer. Désert à cette heure matinale, le chemin surplombait la mer de trente mètres, se faufilant entre les fougères que l'automne roussissait, puis passant dans un bois de pins contre les troncs desquels les gamins adossaient leurs cabanes de branchages.

Arrivée en surplomb de la vallée de Goas Lagorn, elle a aperçu une masse sombre qui de loin se confondait avec les rochers hérissant par endroits la plage. Un instant elle s'est dit que c'était un corps humain, celui de Quentin que l'océan lui rendait après lui avoir fait connaître toutes sortes d'avanies. Même s'il s'agissait d'un cadavre méconnaissable, elle désirait toujours être celle qui le trouverait.

Elle a pressé le pas dans la descente et a débouché sur la plage à l'endroit où se jetait le ruisseau. Même à l'œil nu, maintenant, ce n'était plus un homme, ni un rocher, ni un tronc d'arbre, mais une petite baleine. Comment avait-elle pu échouer dans ce fond de baie ? Maya s'est approchée jusqu'à n'être plus séparée de l'animal que par deux longueurs de bras. Son dos était d'un gris foncé, des sillons longitudinaux couraient sur sa mâchoire et se prolongeaient vers son ventre, dont l'éclat blanc brillait là où il était moins enfoncé dans le sable. Près de la commissure de son énorme bouche, les paupières de l'œil restaient closes. Maya a reconnu un rorqual commun – elle n'en avait jamais vu d'aussi près.

Soudain, elle a senti que l'évent du cétacé s'ouvrait pour aspirer de l'air, tandis que sa nageoire caudale soulevait l'eau de la flaque où elle trempait. Maya a reculé précipitamment. Tête tournée vers la baie, l'animal était en détresse, mais il n'était pas mort. Il avait senti sa présence, une ombre penchée sur lui, et il appelait au secours. La mer était très basse encore, elle ne l'atteindrait pas avant trois ou quatre heures. Dégainant son portable, Maya a prévenu tous ceux auxquels elle a pensé, l'équipe des Sept-Îles, les pompiers et les sauveteurs. « Tiens le coup », a-t-elle dit au rorqual.

Une demi-heure plus tard, une voiture de pompiers s'est garée au-dessus de la plage. Étienne Feyereisen était retenu à Rennes jusqu'en début de soirée, mais il avait transmis l'alerte à Loïc Guidal, détenteur de la carte qui donnait le droit de manipuler des mammifères marins. Loïc n'a pas tardé à arriver, avec son crâne rasé et sa tête de boxeur que venait fendre un sourire d'une gentillesse désarmante. À tourner autour du rorqual, il n'a pas repéré de traces d'une capture accidentelle ou de blessure liée à une collision. Il était surpris de ce qu'il voyait : autant les échouages de dauphins qui chassaient dans le sillage des chalutiers étaient banals, autant les rorquals s'observaient rarement sur ces côtes de la Manche. Avec ses treize mètres, il s'agissait d'un animal adolescent, encore inexpérimenté.

Maya a demandé ce qui pouvait l'avoir conduit à se perdre. « Pas commode de savoir », a soupiré Loïc. La séparation entre le jeune et sa mère avait pu être trop précoce, peut-être parce que la mère avait été victime de prédation ou était morte de maladie. Ou cela pouvait être la pollution sonore : ces cétacés communiquaient à basse fréquence, par des mugissements se propageant à des centaines de kilomètres. Les nuisances liées à des activités humaines avaient pu empêcher ce jeune de recevoir certains signaux et le déboussoler. En tout cas, si sa faiblesse relevait d'une intoxication chimique qui dégradait le fonctionnement de ses sonars, il s'échouerait de nouveau quand bien même ils réussiraient à le reconduire au large.

À l'écouter qui déclinait ces hypothèses, Maya a deviné que Loïc éprouvait la même ambivalence qu'elle : il était fasciné de se trouver là, tout proche d'un cétacé aussi majestueux, mais aussi triste d'avance, car les chances que le rorqual avait de s'en sortir paraissaient vraiment minces.

Alors que les promeneurs se faisaient plus nombreux sur le sentier et la plage, les pompiers ont installé un cordon de sécurité à cent mètres de la baleine pour les tenir à distance. La femme qui l'a bientôt franchi, accompagnée du maire de la commune, travaillait pour l'Office français de la biodiversité et s'appelait Alma Seyvoz. Loïc lui a laissé prendre en charge les opérations, même si Maya a senti que c'était de mauvais gré. Alma Seyvoz a demandé à ceux qui n'étaient pas munis de casques et de masques de rester loin de la baleine. Gustave Rakotomavo lui avait promis que le canot des sauveteurs serait sur place avant la marée haute pour tenter de renflouer le rorqual.

Ce compte à rebours lancé, Maya a regardé le flux qui montait, avec une impatience qui faisait courir sur ses jambes des picotements nerveux. Bientôt l'eau a baigné le ventre de l'animal, sans être assez puissante pour le soulager de son poids. Plus longtemps il resterait à terre, plus il y avait de risques qu'il écrase ses organes et qu'il meure étouffé. Quand on avait en tête la vitesse qu'une baleine de son espèce atteignait à la nage, c'était terrible de le voir jeté hors de son élément. Un peu avant midi, les pompiers ont entrepris de glisser des sangles sous sa nageoire et sa mâchoire. Loïc a proposé de pelleter pour le désensabler, mais Seyvoz s'y est opposée : s'approcher à ce point était trop dangereux, un coup de caudale pouvait laisser de très mauvais souvenirs…

Au pic de la marée, sous les yeux de la petite foule qui se tenait derrière le cordon de rubalise, les sauveteurs ont accroché le bout des sangles à leur treuil, avant que David Sadler n'actionne doucement le moteur pour que le canot exerce sa force de traction. Le rorqual a avancé de quelques centimètres, sa caudale s'agitant dans l'eau en battements laborieux, sans qu'il réussisse à se dégager de la plage. Glissant contre sa peau, les sangles l'écorchaient, et au bout de dix minutes Alma Seyvoz, talkie-walkie en main, a demandé à David de couper le moteur : on arrêtait les frais. « Couru d'avance ! s'est récrié Loïc. Le sable fait ventouse. Si on creuse pas autour de lui, on lui donne aucune chance. » Seyvoz s'est éloignée pour appeler un expert du réseau national d'échouage, puis est revenue en se mordant les lèvres. « Je suis désolée… On va pas y arriver. Il est trop affaibli, et le coeff de marée n'aide pas… Mieux vaudrait qu'on prépare une sédation profonde, pour qu'il ne souffre pas trop. »

Il y a eu un silence. Maya a senti que la mort commençait à planer au-dessus de la plage. Loïc s'agaçait dans son coin mais rechignait à s'opposer frontalement à Seyvoz. Ignorant les relations entre leurs institutions et leur passif personnel, Maya se rendait seulement compte que le rorqual risquait d'en être une victime collatérale. Aussi, sans être sûre de ce qu'elle faisait, elle s'est éloignée et a demandé à Dieter de lui envoyer le numéro de Noémie Riera. Aussitôt alertée, Noémie a pris sa voiture, et une vingtaine de minutes plus tard, elle s'est présentée à l'entrée du périmètre de sécurité. Alma Seyvoz a laissé échapper un soupir : « Sea Shepherd… Il nous manquait plus que ça. » Elle est allée voir Noémie et lui a signifié qu'ils n'avaient pas besoin de renfort : l'animal était pris en charge. Noémie a eu beau lui faire remarquer qu'elle avait la carte verte, à l'instar de Guidal, Alma Seyvoz a campé sur sa position et tourné les talons.

Maya a laissé passer un moment, puis a franchi le cordon pour discuter en aparté avec l'ex de Quentin. « Merci de m'avoir prévenue, lui a dit Noémie. Ils ont toujours peur qu'on se comporte comme des chiens dans un jeu de quilles, mais d'expérience, ces opérations se passent mieux quand on est là aussi. » Est-ce que Maya voulait l'accompagner ? Il fallait faire du porte-à-porte dans les maisons avoisinantes, on allait avoir besoin de seaux, de pelles, et surtout de draps de lit. Son ton vibrait d'une telle assurance que Maya lui a emboîté le pas. « Ça me rend malade… a repris Noémie. Ils ne font même pas la base ! Loïc pourtant, il sait que ce rorqual, il a la peau fragile. Il faut le protéger du soleil, sinon il sera foutu. »

Les riverains se sont prêtés au jeu. Certains ont même proposé de les raccompagner à la plage pour porter le matériel qu'elles avaient collecté. « Si on n'obtient pas d'autorisation, a soufflé Noémie sur le chemin du retour, je force le passage. » La voyant prête à du grabuge, Maya s'est demandé si elle n'avait pas commis une erreur en la sollicitant. Pour ne pas envenimer les choses, elle a défendu le point de vue de Seyvoz : que le respect de la sécurité et des règles sanitaires soit le plus important pour elle, cela pouvait s'entendre, car l'OFB serait tenue pour responsable s'il y avait un accident. Mais Noémie n'y croyait qu'à moitié : « S'il n'y avait que ça, je pourrais comprendre... Mais je crois que ce qu'elle veut, elle, c'est de la donnée. » La crainte première de Seyvoz était de perdre le cadavre. Car si le rorqual renfloué allait mourir plus loin, l'agence ne pourrait pas faire d'autopsie pour comprendre ce qui lui était arrivé et abonder ses statistiques sur les causes des échouages. « Ce rorqual, il est plus utile à la connaissance mort que vivant, tu vois... La science ça s'embarrasse jamais de tuer, si tuer permet d'étudier, non ? »

Jugulant ses réflexes corporatistes, Maya s'est efforcée de ne pas se raidir. Une minute plus tard, Noémie enchaînait en disant qu'il serait utile de trouver un nom à ce cétacé, afin que le public sente l'enjeu qu'il y avait à défendre une vie individuelle – et qu'il n'était pas juste une case dans un tableur, pas juste un représentant de son espèce parmi des milliers d'autres. Maya n'était pas pour. Jamais on n'aurait fait cela pour des animaux plus modestes. « C'est peut-être parce que moi, j'étudie le plancton, mais je t'avoue que ça me gêne qu'on starifie certaines espèces, parce que c'est ça qui fait qu'on néglige les autres... » Noémie a marqué un temps d'arrêt. « Je vois ce que tu veux dire, et au fond je suis d'accord, mais là il y a urgence. Le plancton c'est pas le sujet, pardon. On a besoin d'un rapport de forces. » Ses yeux ont parcouru la ligne d'horizon, d'un coin de la baie à l'autre, avant de se fixer en direction de Locquémeau. « On va l'appeler Kirio », a-t-elle murmuré.

Revenant sur la plage, elle a récupéré auprès de Loïc et de Maya leurs photos du rorqual, les a postées sur les boucles de l'organisation, puis a appelé la présidente de Sea Shepherd pour qu'elle sollicite la préfecture et le ministère. Pendant deux heures, il ne s'est plus rien passé ou presque : Alma Seyvoz préparait la venue d'un vétérinaire, le soleil à son zénith cognait sur la baleine et la marée baissait. Finalement le préfet a donné son feu vert pour une intervention incluant Sea Shepherd. Les photos de Kirio reprises sur les réseaux avaient fait leur effet. Passé le sursaut de joie, Noémie a glissé à Maya qu'il ne fallait pas être dupe : ce n'était pas de la grandeur d'âme, ils ne voulaient simplement pas avoir le mauvais rôle. Si Sea Shepherd ne sauvait pas le rorqual, l'échec leur serait en partie attribué, alors que si les autorités les avaient empêchés d'agir, la faute n'aurait rejailli que sur elles. « On se bouge maintenant ! » Soulevant son tas de draps, Maya l'a regardée passer le cordon avec ses seaux et pelles, suivie de deux volontaires. Non seulement elle comprenait quel charme Quentin avait pu lui trouver, mais la pensée l'a traversée qu'avec cet esprit de combattante, Noémie était bien plus compatible qu'elle avec son caractère.

Le prochain pic de marée était à une heure du matin : cela laissait dix heures pour creuser un chenal. À peine aux côtés du rorqual, Noémie a compté ses respirations : même s'il paraissait amorphe, son souffle s'élevait dans les airs à intervalles réguliers. Aux marges de son évent, on n'observait ni mucus ni l'odeur nauséabonde qui auraient pu trahir une infection. Forte de ces constats, elle s'est plantée devant Alma Seyvoz : « Rien ne justifie une euthanasie à ce stade. » Seyvoz a affiché une moue réprobatrice : « À mon avis, ce que vous allez faire, c'est prolonger son agonie. Mais puisque le préfet valide... Si ça marche je serai la première à applaudir. Et si ça marche pas, on se réjouira au moins que ça vous ait fait de la pub... » Noémie n'a pas relevé. Avec son aide et celle de Loïc, Maya est descendue tremper les draps dans l'eau, puis en a recouvert toute la peau du rorqual. Alors qu'elle ajustait le tissu sur sa mâchoire, il a ouvert un œil : son iris noir était vitreux, elle a mouillé sa paume et l'a appuyée sur son crâne. Est-ce qu'il percevait cette caresse ? Est-ce que ce soutien le soulageait un peu ? Quand elle ne pianotait pas sur son portable, Alma Seyvoz les observait, avec ce que Maya a fini par interpréter comme une forme d'envie. Si son respect des procédures ne s'était pas teinté d'une peur de l'animal, elle serait certainement venue leur prêter main-forte.

Les heures ont défilé pendant qu'avec Loïc et les deux volontaires, elles creusaient le chenal, qui n'a d'abord eu l'air que d'une flaque rectangulaire piteuse, puis a peu à peu pris l'aspect d'un couloir de nage. Quand ils ou elles n'en pouvaient plus de creuser, ils descendaient remplir leurs seaux, cherchant l'eau de plus en plus loin pour remonter arroser le rorqual et que les draps couvrant sa peau soient constamment humides. Maya s'était débarrassée de son coupe-vent, puis de son pull, tant le travail lui donnait chaud. Alors qu'elle faisait une pause, elle a reçu un message de Bruno qu'elle avait averti de la situation : *Incroyable, ce que tu fais ! Quoi qu'il arrive, ça vaut mille fois la peine d'essayer.* Il lui disait aussi qu'elle lui manquait, et qu'il avait besoin de la serrer dans ses bras.

Bruno savait qu'il n'avait pas réagi comme elle était en droit de l'attendre après la perte du fœtus. Avec plus de recul, Maya comprenait qu'il avait été dépassé par les événements. Il s'était vraiment projeté, l'espace de quelques semaines, dans l'attente de cet enfant – et comme une tristesse débordante était forcément maladroite, elle ne lui en voulait plus. Ses pouces couverts de sable crissant sur son écran, elle lui a répondu : *T'avoir à mes côtés, c'est la chance de ma vie.* Et elle a ajouté : *Je t'aime.*

Au milieu de l'après-midi, Maya et Noémie se sont rendu compte que leur chantier ne progressait pas assez vite. Le chenal devait être profond pour que la marée montante l'envahisse au plus tôt, et elles allaient avoir besoin de moyens de plus grande envergure. Joint au téléphone par Loïc, le maire de Trébeurden a promis de faire de son mieux pour envoyer une tractopelle. Cela supposait de trouver quelqu'un qui soit habilité à conduire l'engin, puis de l'acheminer par camion, sachant qu'on était un dimanche... Noémie s'étranglait en pensant que ces démarches auraient pu être lancées dès 10 heures du matin. Si le rorqual mourait, la faute en incomberait aussi aux responsables du temps perdu.

Une fois sur la plage, l'homme de la tractopelle, qui prenait sa mission à cœur, s'est mis à excaver la partie basse de l'estran, assez loin du rorqual pour ne pas accroître son stress, tandis que devant ses mâchoires, le reste de l'équipe continuait vaille que vaille de pelleter à la main.

Le soleil s'est couché à l'étale de marée basse. À l'approche du dîner, la plupart des curieux étaient rentrés chez eux, et les pompiers qui sécurisaient le périmètre ont passé le relais aux gendarmes. Dans la fraîcheur du crépuscule, Maya a repéré Thierry Dromer qui s'avançait vers eux avec des thermos et un sac rempli de sandwichs. Quand elle a expliqué les raisons de sa présence, il n'a pas résisté à l'envie de la taquiner : « Au fond, vous êtes toujours celle qui donne l'alerte. »

Après avoir fait le point sur la situation et installé quatre spots électriques pour éclairer leur théâtre d'opérations, il lui a proposé qu'ils aillent faire quelques pas. Assez vite il s'est excusé de ne plus lui avoir donné de nouvelles de l'enquête. C'était aussi, comme elle pouvait l'imaginer, qu'il n'y avait pas eu d'évolution majeure. Il avait pourtant continué à exploiter la piste du voilier. Le parquet l'avait autorisé à géolocaliser l'ensemble des bateaux dont la capitainerie de Perros pourrait fournir la liste. Bien entendu, l'association des plaisanciers avait peu apprécié ce flicage. Certains, d'ailleurs liés à Frankiz, avaient cru bon de protester auprès du maire, qui avait demandé à Dromer de les embêter le moins possible. « Je peux vous jurer que je n'en ai pas tenu compte. » Il avait procédé à plus d'une centaine de vérifications, qui toutes s'étaient révélées vaines. Cela ne remettait pas en cause la version de Gerkens, car l'exercice butait sur trop de limites : certains bateaux n'étaient pas équipés d'un GPS mais d'un simple compas magnétique ; certains des plaisanciers n'étaient à Perros qu'en transit, et il s'était avéré injouable d'obtenir à distance qu'ils lui fassent parvenir leur trace satellitaire. Quoi qu'il en soit, il devait reconnaître qu'il n'était pas plus avancé que fin août.

Tandis qu'ils progressaient vers l'éboulis rocheux qui bornait le sud de la plage, Maya a repéré du mouvement au bord de l'eau. De loin et à l'œil nu, c'étaient des centaines de points sombres qui couraient en tous sens sur le sable mouillé. Sans se concerter, ils ont tous deux orienté leur promenade dans cette direction. Vus de plus près, les points se sont épanouis en autant d'oiseaux limicoles rondelets, qui se déplaçaient en bandes, sur leurs courtes pattes noires, parfaitement coordonnés. Le crépuscule se reflétait en irisations infinies dans la pellicule d'eau qui recouvrait l'estran. À la limite des vagues, surtout, là où venaient mourir les dernières lueurs du soleil, la plage était repeinte en grands aplats pastel, et elle se transformait à chacun de leurs pas, l'orange virant au rose et le violet au mauve avec l'arrivée de la nuit. Les pieds protégés par ses bottes de la nappe d'eau montante, Maya avait la sensation de marcher sur des nuages aux contours flous, qui avaient au-dessus d'eux, flottant parfois très haut, des jumeaux plus précis, comme si le ciel était une photographie et la plage un tableau.

Becs noirs, plumage gris clair, ventre d'un blanc immaculé, les oiseaux suivaient le rythme des vagues avec une agilité affolante, cherchant dans le sol, dès que l'eau se retirait, des proies qu'ils étaient seuls à voir. « Je n'en ai jamais vu autant ! », s'est exclamé Dromer. Maya lui a demandé s'il savait quelle espèce c'était. Il n'en avait aucune idée. Aux jumelles elle a constaté que chaque oiseau imitait les mouvements de ses voisins, si bien qu'il ne leur fallait qu'une seconde pour que la troupe, comme mue par une réaction en chaîne, s'envole au-dessus des flots ou revienne se poser à la frange des vagues. Ils étaient peut-être un millier, trottant sur une largeur d'environ deux cents mètres, leurs silhouettes dodues redoublées elles aussi par leurs reflets instables sur le miroir de l'estran. Pendant que Dromer les admirait en silence, Maya a filmé leurs envolées synchrones et leurs atterrissages, puis elle a envoyé cette vidéo à Dieter, qui lui a dit que cette chorégraphie-là était la signature inimitable des bécasseaux sanderling.

S'arrachant au spectacle, ils ont fait demi-tour. Elle regardait Dromer se gratter la barbe, deux pas devant elle, et elle a hésité à lui parler de la mort de Thomas Jarnoux. Elle était étonnée, en fait, qu'il ne l'ait pas lui-même entreprise sur le sujet. Est-ce qu'il était possible qu'il ne soit pas au courant ? En ce qui la concernait, elle avait appris la nouvelle début septembre, par l'intermédiaire de Joséphine. Elle se promenait au Jardin des Plantes, au milieu des enfants ramassant des marrons à peine tombés de leurs bogues, et avait dû trouver un banc tant ses jambes flageolaient. Elle s'était retrouvée à regarder la conférence du procureur de Lorient, affirmant sur les marches du parquet que la piste de l'homicide n'était ni exclue ni privilégiée. La fracture des cervicales que l'examen médico-légal avait révélée pouvait aussi bien être liée à un coup porté par un tiers qu'à un choc que le corps aurait subi lors de sa chute par-dessus bord. L'enquête était confiée à la police judiciaire de

Lorient, qui serait appuyée autant que de besoin par la brigade de recherche de Rennes.

Le lendemain, lisant la presse régionale, elle avait pris conscience que les Jarnoux avaient désormais perdu leurs deux enfants, et elle avait revu le visage d'Agnès lui racontant l'histoire de sa famille au-dessus d'une pile de crêpes. En arrivant à Trégastel, le vendredi, elle avait même pensé toquer à la maison de Toull Bihan pour leur faire ses condoléances, mais Joséphine lui avait dit que la villa était fermée. Les Jarnoux passeraient l'automne à Port-Louis, Agnès parce qu'elle allait aider sa belle-fille à s'occuper des enfants, Jean-Pierre parce qu'il reprenait du service à la direction de sa flotte.

Puisque Dromer ne lui parlait pas de cette nouvelle affaire, est-ce qu'elle devait l'aider à faire le rapprochement ? Si on admettait que Thomas n'était pas tombé par hasard dans la rade de Lorient, cela voulait dire qu'il y avait autour de Néréos un climat de violence, et en ce cas, cela valait la peine de signaler la disparition de Quentin à la brigade de recherche de Rennes, qui disposerait de moyens bien supérieurs à l'équipe de Dromer.

La veille au soir, Joséphine n'avait pas pu s'empêcher elle aussi de mettre en lien les deux morts, et de faire l'hypothèse que celle de Quentin n'avait aucun rapport avec son activisme, et celle de Thomas rien à voir avec ses fonctions de dirigeant. Peut-être quelqu'un en voulait-il à la bande de la Baleine, peut-être quelqu'un avait-il de bonnes raisons de vouloir la décimer. Voyant comme il était douloureux pour Maya de revenir sur le sujet, Joséphine s'était ensuite confondue en excuses. Deux amis de jeunesse qui mouraient à trois semaines d'écart, dans de telles circonstances, cela avait de quoi vous faire perdre la tête…

Mais voilà que Maya et Dromer approchaient de la zone où le rorqual était échoué, et elle a ravalé toutes les questions qui lui brûlaient les lèvres. Un instinct lui soufflait qu'il n'en sortirait rien de bon. Tenter d'en savoir toujours plus ne lui avait pas réussi, ces derniers temps. Qu'est-ce qu'avait dit la psy, déjà ? Admettre qu'il existait des questions sans réponse. Apprendre à vivre avec le doute.

À minuit la marée a commencé à emplir le chenal. Le bateau des sauveteurs est revenu, Étienne est arrivé avec celui de la réserve. Le vent s'était levé et les vagues se brisaient de plus en plus près du rorqual. Loïc avait retiré les draps qui le couvraient et lui avait expliqué, avec les limites de son langage d'humain, pourquoi il était nécessaire de lui remettre les sangles. Les flots allaient monter pendant une heure encore, mais de l'eau s'est engouffrée sous le ventre de la baleine qui aussitôt a remué. Tout le monde s'est mis en position et a suivi les instructions de Noémie qui, à chaque nouvelle vague, indiquait le moment opportun pour tirer sur les sangles. Sous la traction conjointe de leurs bras et du canot, Kirio a avancé d'un petit mètre, puis de deux ou trois mètres. Maya serrait les dents et essayait d'anticiper, autant que la nuit le lui permettait, la force et la hauteur de la prochaine vague.

Au sixième coup, le rorqual a senti que le moment était venu, que cette vague-là pouvait le soulager enfin. Sa queue inerte depuis des heures s'est agitée avec une force colossale, envoyant des trombes d'eau en l'air. Les mains brûlées par la corde des sangles, Maya est tombée sur les fesses tandis que le rorqual glissait vers l'eau de la baie. Une sidération a figé toute leur troupe, le temps que son dos gris disparaisse. Ils étaient là, affalés sur le sable, épuisés et trempés, dans la nuit seulement trouée par l'éclat jaune des spots, et ils avaient à peine conscience de ce qui venait de se passer, ils n'osaient pas y croire. Lorsque le canot a signalé qu'il s'était mis à nager, des applaudissements ont retenti. Les larmes d'Alma Seyvoz étaient noircies de maquillage. Maya et Noémie se sont sautées dans les bras.

Être de nouveau à l'eau, pourtant, ne revenait pas à être sauvé. Sur ordre de la préfecture, il a été demandé au semi-rigide des Sept-Îles, au canot des sauveteurs et aux gendarmes nautiques d'accompagner le cétacé vers la sortie de la baie. Loïc a accepté que Maya et Noémie embarquent avec lui. Ils ont couru à sa voiture, roulé jusqu'au port le plus proche, à l'embouchure du Léguer, et ont grimpé sur le bateau où Étienne les attendait, le visage éclairé du plus large sourire que Maya lui ait jamais vu.

Une fois dans la baie, à regarder les trois embarcations qui suivaient le rorqual à distance, Maya s'est rendu compte que les mêmes personnes, ou presque, avaient pris part aux recherches pour secourir Quentin, et elle a eu la certitude que cette fois aussi ils ne se montreraient avares ni de leur temps ni de leur énergie, et resteraient sur le pont aussi longtemps qu'il le faudrait. Par intervalles, ceux qui, sur l'un des trois bateaux, étaient chargés de surveiller les environs aux jumelles infrarouges signalaient la remontée soudaine du mammifère. Après l'angoisse de ces heures d'échouage, il avait de quoi se sentir perdu. La Manche lui tendait les bras à la sortie de la baie, et de là il pourrait, en quelques heures, s'il retrouvait son sens de l'orientation, gagner les fonds de l'Atlantique. Pendant un long moment, il a nagé en ligne droite dans la bonne direction, et les trois équipages ont commencé à échanger à la radio des messages pleins d'espoir. Mais plus tard il a décrit un grand cercle qui l'a ramené vers le fond de baie, et qui l'aurait de nouveau condamné à s'échouer si les bateaux ne lui avaient pas barré le passage. « Allez, Kirio », l'implorait Noémie. « Trouve ton chemin », priait Maya. Pendant une partie de la nuit, il a évolué en cercles, alors que leur semi-rigide essayait chaque fois de l'éloigner des zones à risques et de lui indiquer le large. Sur le coup de 5 heures, enfin, il a dû sentir un courant qui l'embarquait vers le nord-ouest, et il a pris de la vitesse, et ils ont cessé de voir sa nageoire transpercer la surface.

Il faudrait laisser passer quelques semaines pour affirmer qu'il s'en était sorti. Souvent, les miracles n'étaient qu'apparents. Avec un peu de malchance, Maya tomberait dans dix jours sur l'annonce de sa mort, trois lignes et une photo sur les réseaux, avant une autopsie et un équarrissage. Pourtant, l'idée qu'elle préférait garder en tête, au terme de la nuit qu'elle venait de traverser, c'était que pour une fois, les hommes l'auraient aidé et pas empêché de vivre. Sans doute ne saurait-elle jamais s'il avait survécu, et combien de mois ou d'années, et pour migrer sous quelles latitudes. Ce qu'elle pouvait lui souhaiter de mieux, donc aussi se souhaiter de mieux, c'était de ne plus jamais en avoir de nouvelles.

22. DU BOUT DU MONDE

Trois ans se sont écoulés, trois ans qui ont compté dans l'histoire que les humains partagent avec les autres animaux.

À l'orée de l'hiver, Maya a entendu parler de ceux qui étaient encagés sur le marché en plein air de la ville de Wuhan. Parmi les blaireaux-furets, les civettes et les pangolins qui y étaient vendus vivants, certains avaient sûrement croisé la trajectoire de chauve-souris rhinolophes et servi d'hôtes, malgré eux, au nouveau coronavirus qui était parvenu, dans le désordre de la foule se pressant dans les travées, à infecter un premier corps humain.

L'épidémie a déferlé en vagues successives. Maya a passé le printemps enfermée chez Bruno, à envier par la fenêtre l'azur très pur du ciel. Sortant chaque jour marcher une heure dans le périmètre autorisé, elle tournait autour des grilles closes du Jardin des Plantes. Les soigneurs continuaient de se relayer auprès des pensionnaires de la ménagerie. Un jour, l'un d'eux lui a appris que faute de voir défiler les visiteurs comme ils y étaient habitués, beaucoup d'animaux s'ennuyaient.

À l'automne, sans attendre le résultat des élections de novembre, June et son compagnon ont décidé de s'installer à Paris. Ils ne supportaient plus l'atmosphère qui régnait aux États-Unis. Convaincu que ce pays tournait mal, Bruno était heureux de les accueillir. Maya leur a prêté la rue Rossini le temps qu'ils trouvent de quoi se loger, et quelques mois plus tard,

June a donné naissance à son premier enfant. Bruno a ralenti sa cadence de travail pour faire connaissance avec sa petite-fille. Maya trouvait étrange de se dire que la situation faisait d'elle une grand-mère par alliance, mais elle aimait le voir s'occuper de Swann, et elle avait plaisir à prendre aussi sa part.

Puis les voyages qu'impliquait son métier sont redevenus possibles. Elle est partie pour Buenos Aires afin de mettre au point la version définitive de son rapport sur l'océan. Au terme de ce séjour, tout était prêt pour que le résumé à l'intention des décideurs soit débattu lors d'une ultime session qui rassemblerait cette fois des experts de la négociation. Avec Ruben, ils se doutaient que leur travail serait surtout lu par des militants, ou par les collaborateurs les moins surmenés de politiques déjà sensibles à ces enjeux. Au moins, elle avait achevé ce qu'elle avait à faire.

Et comme elle se trouvait à l'autre bout du monde, elle a sauté sur l'occasion de se joindre à l'expédition consacrée au plancton qui se menait à bord de la goélette *Tara*. Durant un mois, elle a suivi un bloom de coccolithophores qui remontait les côtes de l'Argentine. Cabotant le long de la Terre de Feu, elle a passé des heures à admirer la cordillère des Andes, dont les flancs escarpés versaient dans l'océan, et a photographié ses fjords et ses glaciers scintillant à l'aurore pour envoyer quelques images à ses parents, qui jamais de leur vie ne voyageraient aussi loin.

Pendant ce temps, Bruno préparait le sommet qui a vu se réunir à Brest des dizaines de chefs d'État, de dirigeants d'ONG et de grandes entreprises. Le gouvernement y a annoncé une extension considérable de la réserve des Terres australes. C'était une bonne nouvelle pour les manchots, les albatros et les éléphants de mer qui habitaient ces îles, mais aux yeux de Bruno, cela prolongeait une politique construite sur des faux-semblants – comme s'il n'était possible de préserver la nature que là où il n'y avait pas d'hommes, donc beaucoup moins de conflits à résoudre.

L'été 2022, Maya et Bruno sont retournés à Roscoff. Ils voulaient randonner dans les monts d'Arrée, mais à la mi-juillet, après une sécheresse sans précédent, des incendies ont ravagé le massif, brûlant plus de deux mille hectares. Lorsqu'ils ont pu se rendre sur place, la lande calcinée autour de la chapelle Saint-Michel de Brasparts avait l'allure exacte d'un paysage d'apocalypse. Maya s'est rappelé que trois ans avant, elle était convaincue que les pluies venues de l'Atlantique protégeraient la Bretagne des feux démesurés qui sévissaient ailleurs. Le danger se rapprochait plus vite qu'elle ne s'y serait attendue : un jour pas si lointain, il n'y aurait peut-être plus de refuge nulle part.

Et puis un soir, elle a flâné dans Brest et est entrée par hasard à La Petite Poésie, un bar situé sous les arcades de la place de la Liberté. Elle s'est frayé un chemin jusqu'au comptoir, a commandé une pinte, puis a vu qu'au fond de la salle, des gens se succédaient sur une estrade pour lire des textes qu'ils avaient écrits, ou des textes qu'ils aimaient. Buvant quelques gorgées de sa bière pour ne pas en renverser, elle a repéré une chaise dans la pénombre et s'est posée pour écouter.

Une jeune femme brune aux tempes rasées lisait un de ses poèmes, d'une voix monocorde et pourtant percutante. C'était l'histoire d'un homme assis sur un rocher, en haut d'une montagne, et tellement absorbé par le paysage qu'il ne sentait pas le froid qui changeait son visage en masque, et qui paralysait ses jambes, et qui le tuait.

D'autres lectures se sont enchaînées. L'écoute de Maya oscillait, elle regrettait de ne pas avoir les textes sous les yeux pour suivre plus facilement. En fin de soirée, un homme d'allure fragile, voûté, le front sillonné de rides profondes, est monté prendre son tour, et dès l'entame du poème qu'il avait choisi, elle a senti le battement de son cœur se rappeler à elle : « *alors le vieux navire – surgit des brumes de la mémoire – relève l'ancre qui pèse au fond de notre esprit – appareille sans foule, sans mouchoirs ni adieux – les vents sont favorables – bientôt la flotte accoste pour assiéger la ville – et on pourrait dresser la liste des bateaux – des combats – des héros – mais lorsqu'il en repart – après avoir tué ceux qui la défendaient – après l'avoir pillée, livrée aux flammes, rasée – le vieux navire se retrouve seul – sur la surface opaque des eaux – comme si la colère d'un dieu – commençait à le poursuivre.* »

Tremblant de tout son corps, elle a écouté jusqu'au bout, et lorsque l'homme est descendu de l'estrade, elle s'est levée pour lui parler, l'a entraîné vers le comptoir et lui a demandé de qui était ce poème. Surpris par la fébrilité qu'il devait sentir chez elle, l'homme lui a tendu le recueil sans un mot. Elle l'a feuilleté de part en part et a reconnu, au milieu de poèmes qu'elle ne connaissait pas, la plupart de ceux qui étaient esquissés dans les cahiers de Quentin. Le livre n'était pas épais. Il s'appelait *Vies océanes*, et il était signé du nom de Tristan Saltari.

Le lendemain elle s'est rendue à Rennes pour enquêter chez Armillaire, qui avait fait paraître le recueil au printemps. Elle les avait appelés, personne n'avait répondu. Marchant dans la vieille ville, elle s'est retrouvée dans une rue peu passante, bordée de bâtisses en pierre de taille. En s'approchant, elle s'est rendu compte que l'adresse correspondait à un atelier d'horloger, même si une plaque discrète signalait que c'était aussi le siège de la maison d'édition. Les boiseries sombres étaient ornées d'horloges anciennes, dont les cadrans luisaient. Une odeur envoûtante de bois ciré et d'huile lui est montée au nez. On l'a informée qu'Irène Tallarmin était en rendez-vous, mais qu'elle serait de retour au début de l'après-midi.

Maya a patienté non loin, dans un café. Au cours de ses recherches, elle n'avait pas trouvé de photos de Tristan Saltari, et seulement quelques recensions du livre, d'ailleurs enthousiastes, sur les sites que fréquentaient les passionnés de poésie.

« Je risque de ne pas pouvoir vous aider, lui a dit Irène Tallarmin quand elle l'a reçue dans son bureau. Je ne sais quasiment rien sur Tristan Saltari. » C'était une femme dans sa cinquantaine, au port de tête souverain. Aux murs, les lithographies d'art se mêlaient aux couvertures de la trentaine de livres qu'elle avait publiés. D'après ce que Saltari lui avait dit, il ne vivait pas en France. Elle ne l'avait jamais rencontré. Le tirage du livre s'écoulait doucement. « C'est souterrain, la poésie. Presque invisible. Mais j'espère qu'il continuera, car à mon sens il a le feu. »

Maya a estimé que le plus convaincant serait de dire la vérité : elle connaissait l'auteur de ces poèmes. C'était un ami proche, mort dans des circonstances dramatiques, et qui avait laissé entre ses mains les esquisses de cette œuvre. Selon toute apparence, une autre copie avait dû circuler, et elle voulait savoir qui les avait repris et amplifiés. Irène Tallarmin s'est levée, et le regard dans le vague, elle s'est tenue à la porte-fenêtre donnant sur une cour aux pavés inégaux, où se prélassait un chat. Elle ne pouvait pas accéder à la demande de Maya. Elle ne communiquait pas les coordonnées de ses auteurs. « D'autant que c'est quelqu'un qui a l'air de tenir à sa discrétion, voyez… »

De la pièce d'à côté leur parvenait le bruit des aiguilles scandant les secondes. Maya n'aurait pas pu cohabiter avec ce tic-tac lancinant. Avec peu de mots, elle a tenté de faire céder l'éditrice en marquant à quel point c'était crucial pour elle. « Et puis s'il ne veut pas répondre, il ne répondra pas. » Irène Tallarmin s'est retournée. Elle a regardé le visage de Maya, où devait se lire un terrible combat d'émotions. Et après avoir hésité un long moment encore, elle a fouillé dans la mémoire de son ordinateur et lui a dicté le mail par lequel le manuscrit lui était parvenu.

Le soir, Maya est rentrée à Roscoff. Elle a gravi les escaliers jusqu'à son bureau en soupente, et dans le cercle de lumière parcimonieux d'une lampe, elle s'est mise à écrire. La démarche était délicate, et là aussi, chaque mot comptait. Bientôt il s'est avéré qu'il y aurait deux lettres en une. La première s'adressait à une personne inconnue et lui demandait, sans l'effrayer, sans l'accuser, comment elle avait pu entrer en possession de ces textes. L'autre était pour Quentin. D'emblée, elle lui jurait qu'elle ne lui demandait rien et qu'elle ne révélerait rien. Seulement, si c'était lui, elle avait besoin de le savoir. Au bout d'une heure, elle a ouvert la fenêtre pour laisser entrer le vent du large. Elle a suivi quelques minutes le ballet des goélands qui tournoyaient autour du phare, puis elle s'est relue à voix haute, doutant de la moindre de ses tournures.

La nuit est passée là-dessus, et le lendemain, avant de partir à la recherche des trésors de la marée basse, elle a envoyé cette lettre, en se disant qu'elle aurait tout tenté.

Magie des câbles sous-marins reliant les continents : il a fallu moins d'une seconde pour que cette bouteille à la mer parvienne à l'autre bout du monde. À cette latitude proche de l'équateur, le soleil se couchait tôt quelle que soit la saison. Quentin avait en tête les soirées infinies qui marquaient en Bretagne l'apogée de l'été, et il était toujours surpris que la nuit s'impose si vite. Il avait terminé de regonfler les bouteilles, et les tympans vibrant encore du bruit du compresseur, il faisait de l'inventaire quand il a vu ce nom, Maya Ferrer, s'afficher en haut de ses mails. La nuque ruisselant de sueur, il a fermé les yeux pour s'assurer que sa vue ne l'avait pas trompé. Lorsqu'il les a rouverts, le message était toujours là.

Quentin n'a pas cliqué tout de suite. Il a salué les collègues qui faisaient la fermeture, puis a longé à pied le sentier qui surplombait les plages. Des enfants en t-shirt se pressaient dans l'eau pour accueillir une pirogue revenant de la pêche. Sous les pales des ventilateurs, les terrasses s'emplissaient de petits groupes d'amis venus prendre l'apéro. Il a gravi les marches qui menaient à sa maison perchée entre les frangipaniers, a rempli un verre au tonnelet qui lui servait de réserve d'eau, puis s'est posé à la table du balcon.

Avant même qu'il ait achevé sa lecture, les larmes ont dévalé ses joues. Les mots de Maya incisaient une zone de son cœur qui s'était endurcie, mais qui n'avait jamais cicatrisé. Sa première vie qu'une force qu'il ne comprenait pas lui-même l'avait incité à détruire n'avait pas pour autant disparu de sa mémoire. Et en imaginant Maya qui lisait ses poèmes devant les eaux bleu-vert de la Manche, l'idée l'a traversé que malgré la discrétion de cette publication, une part de lui-même avait espéré qu'elle tomberait dessus. Dès qu'il avait été convaincu par ce qu'il avait écrit, il n'avait plus été question de garder ces textes pour lui. Et à défaut de risquer un retour au pays natal, il les avait envoyés, eux, comme des ambassadeurs, eux qui parlaient de la plongée dans les forêts de laminaires et des rochers de granit rose, pour qu'en regagnant le littoral qui les avait inspirés, ils prennent un sens plus ferme. Bien sûr, ce choix battait en brèche la discipline qu'il avait maintenue jusque-là. Il en était conscient et avait persisté. À croire qu'un instinct en lui se révoltait contre l'idée de disparaître pour de bon.

De l'autre côté de la baie, il a vu s'allumer les lumières de Sabang. Est-ce qu'il devait répondre à cette lettre ? Les moustiques tournoyaient autour de sa lanterne, et lorsqu'ils se posaient sur lui, il ne les chassait pas. Assez vite il a su qu'en tout état de cause, il ne lui révélerait pas où il était. Pourtant, il aurait eu beaucoup à raconter. En un peu moins de trois ans, il s'était attaché aux collines de Pulau Weh. Il aimait se dire qu'il habitait sur l'île la plus occidentale des milliers d'îles petites et grandes qui composaient l'Indonésie. Et lorsqu'il débarquait du ferry qui l'amenait au port de Banda Aceh, cela l'émouvait de penser qu'il avait élu domicile juste à côté de cette ville anéantie par le tsunami de décembre 2004. Même si l'agglomération avait été reconstruite, on repérait ici ou là des signes du désastre, comme cette barge électrique immense que la mer avait propulsée des kilomètres à l'intérieur des terres. Peu après son arrivée, il était allé voir le musée dédié à la catastrophe. Il avait gravi à pas lents la rampe obscure le long de laquelle on entendait le bruit de l'eau qui menaçait de partout, et des voix angoissées. Sur les parois de la tour s'élevant vers un puits de lumière étaient gravés les noms des milliers de gens qui n'avaient pas pu fuir le déferlement de la vague. Et quand son regard s'était fixé sur une vitrine qui exposait des pendules et réveils tous arrêtés par le tsunami à 8 h 38, Quentin avait senti que sa fuite s'achèverait là, à la pointe nord de Sumatra, parmi les fantômes des noyés.

Autour de lui, des oiseaux dont il ne connaissait parfois encore ni les chants ni les noms froissaient le feuillage des arbres. S'il se décidait à répondre, il pourrait rassurer Maya en lui confirmant qu'il était vivant, mais pas qu'il allait bien. Pendant la pandémie, lorsqu'il avait été contraint de sortir du territoire et de se rendre au consulat de Singapour pour renouveler son visa, les médecins de l'hôpital n'avaient pas émis de doutes sur le fait qu'il était malade. Un traitement atténuerait sa bipolarité, écrêterait la hauteur des vagues, l'aiderait à souffrir moins des creux, mais il allait surtout devoir apprendre à vivre avec. Quand il avait retraversé le détroit, les voyageurs avaient fui l'île et le club était à l'arrêt. Ses amis indonésiens étaient surpris de le voir rester et lui avaient souvent demandé pourquoi il ne rejoignait pas sa famille, avant de comprendre que cette question ne lui causait que de la peine. Ensemble, ils avaient travaillé à collecter les déchets qui polluaient les plages et à restaurer le littoral. Plongeant deux fois par jour pour bouturer des branches de corail sur les récifs abîmés, Quentin avait eu le temps de réfléchir et s'était rendu compte que ce qui le préoccupait le plus, c'était l'idée que sa maladie se mette à lui servir d'excuse. Tout en lui se révoltait contre cette possibilité. Il avait beau savoir qu'il n'avait pas agi dans un état de conscience normal au cours des semaines qui avaient séparé la nuit de Bono et la nuit de Lorient, il se serait haï de chercher à se disculper. Si la vengeance dont l'audace l'avait brièvement réjoui avait été conçue de façon aussi calamiteuse, il en était seul responsable. Jamais il ne vivrait avec la tranquillité de conscience qu'il prêtait aux animaux. Il ne surnagerait au contraire qu'au prix d'efforts abrutissants. Pieds et poings liés à sa victime, il en traînerait le cadavre où qu'il aille, sur tous les rivages du monde.

Cela non plus, il ne pouvait pas être question de le raconter à Maya. Il n'avait pas le droit de l'entraîner vers ces profondeurs. Peut-être que la seule chose qu'elle avait besoin de savoir, c'était pourquoi il lui avait imposé cette épreuve. Plusieurs jours durant, il a remué dans son esprit un fatras d'objections. Finalement, un soir, il s'est installé sur sa terrasse avec du thé fumant, un stylo et des feuilles, et à son tour, cherchant des phrases qui soient le plus sincères possible sans en révéler trop, il a tenté d'écrire.

Maya était encore à Roscoff quand elle a reçu la réponse. Elle attendait depuis dix jours et ne l'espérait plus. Partie nager sur une des plages donnant sur l'anse à l'ouest de la ville, elle venait de se sécher et d'enfiler un pull quand elle a vu tomber le mail de Tristan Saltari. Une seconde elle a cru qu'il était vide et qu'on se moquait d'elle, avant de se rendre compte qu'il y avait une pièce jointe. La lettre courait sur deux pages. Dès la première ligne, elle a su qu'elle était de lui. Alors elle a torsadé ses cheveux qui gouttaient sur l'écran, et elle a pris son souffle.

Quentin disait avoir souvent pensé à lui écrire. Il avait repoussé, cent fois. Plus le temps passait, plus il était convaincu qu'il était préférable qu'il s'abstienne : elle devait être en train de l'oublier, et c'était mieux ainsi. Maya lui demandait ce qui s'était produit ce jour-là ? Il n'avait pas le droit de le lui raconter, mais ce qu'il pouvait lui dire, c'est qu'il avait failli mourir. La mort était passée si près qu'il n'en était pas revenu. Reprendre sa vie d'avant lui avait été impossible. Elle se dirait, sûrement, qu'il n'avait songé qu'à lui – et c'était vrai : on ne pense pas aux autres comme il faudrait, quand on sauve sa peau. Au bout de quelques semaines, il s'était dit que puisqu'il était mort aux yeux de tous, il ne pouvait plus être question de revenir en arrière. La lettre de Maya le poussait à se remettre en cause et à envisager l'histoire tout autrement, mais sur le coup il avait jugé qu'une fois encaissé le deuil, ils seraient mieux sans lui. Il ne pensait pas, honnêtement, être quelqu'un de bien. Et contrairement à ce qu'il avait pu croire pendant quelques années, il n'était pas non plus quelqu'un qui savait se battre. Il aurait préféré – cela lui aurait donné plus d'estime pour lui-même – mais il n'avait pas les épaules.

Le clapotis de la marée arrivait aux pieds de Maya. Elle a rassemblé ses affaires et est remontée plus haut pour aller au bout de sa lecture. Il était douloureux pour elle de voir que Quentin ne déviait pas de sa ligne noire et se considérait à trente ans comme un homme fini. *Je suis désolé de ne pas pouvoir t'en dire plus*, poursuivait-il. Il était parti vivre ailleurs et ne se sentait pas prêt à revenir. Un jour peut-être – mais en ce cas, un jour lointain. Il n'était pas à plaindre. Il nageait et plongeait encore. Il habitait au bord de la mer, et lui souhaitait d'arriver à en faire autant, puisqu'elle en rêvait depuis toujours. Les paupières brûlées par le sel, Maya a eu un pincement à l'estomac en constatant qu'elle arrivait au dernier paragraphe : *Je sais que je suis impardonnable*, reconnaissait Quentin. *Il y a une chose seulement que j'ai besoin que tu saches : ce que j'ai fait, ce n'était pas faute d'amour. Je t'ai aimée dès le jour de notre rencontre sur ce bateau, alors que je t'expliquais les exercices qu'on allait faire sous l'eau et que tu me regardais sans écouter grand-chose. L'amour que j'ai pour toi ne s'est jamais éteint. Et si j'ai voulu te répondre, ce n'est pas pour te rendre triste avec ces nouvelles, comme avant avec mon silence : c'est que je voulais que tu en sois sûre. Tu mérites les joies que je n'aurais pas pu te donner. J'espère que dans ce monde terrible, où presque rien ne va, la vie sera douce avec toi.*

La lettre s'achevait sur ces mots. Elle n'appelait pas de réponse, elle n'ouvrait pas la possibilité de poser d'autres questions – et le premier élan de Maya a été d'en vouloir à Quentin autant qu'il le craignait. Elle ignorait quelles épreuves il avait traversées, mais sa manière de se déprécier lui paraissait encore une façon de se chercher des excuses. Quoi qu'il en soit, ce n'était pas à lui de décider si elle serait en état ou non de lui pardonner.

Puis le temps a coulé et elle s'est rendu compte que recevoir cette lettre lui avait fait du bien. Les efforts acharnés qu'elle avait déployés trouvaient leur récompense : elle en avait fini avec l'incertitude, elle l'avait retrouvé. En vérité, elle préférait lui en vouloir plutôt que regretter un mort. Même si le plus probable était qu'elle ne le revoie jamais, elle était apaisée de savoir cet homme en vie à l'un ou l'autre bout du monde.

Les derniers jours de ce nouvel été à Roscoff, elle a buté deux fois, en marchant sur la grève, sur les cadavres de fous de Bassan. Elle a envoyé les photos à Dieter et Étienne, et celui-ci l'a rappelée le premier, et il lui a appris que les oiseaux mouraient. Une maladie les touchait à leur tour. On avait commencé à l'observer en mer du Nord, chez les sternes caugek, ces petits oiseaux blancs à la tête noire ébouriffée. En général, la grippe aviaire refluait comme les grippes saisonnières, au rythme auquel l'hiver acceptait de battre en retraite. Cette fois, le virus était encore là au printemps, alors que les oiseaux se rassemblaient pour nidifier, formant des groupes si denses que cela ne pouvait que favoriser la prolifération. On l'avait détecté en 1996, en Chine, où les marchés de volailles vivantes et les élevages intensifs faisaient des foyers tout trouvés pour que le virus évolue. D'après Étienne, il circulait en France depuis une quinzaine d'années, mais jamais on ne l'avait vu prendre une ampleur pareille.

Bientôt le virus avait atteint Rouzic, essaimant sur le plateau, autour de la cabane où Maya et Quentin s'étaient réfugiés pour une nuit, puis se propageant sur les pentes de l'île. Les fous se mettaient à trembler. Que ce soit dans l'eau ou le ciel, leurs mouvements si justes se déréglaient soudain. Leur tête enflait, ils respiraient difficilement, étaient pris de diarrhée, et quelques jours après, la mort les emportait. Les pêcheurs ne les voyaient plus rentrer de mer au-dessus de leurs bateaux, et ils découvraient à l'inverse leurs corps gonflés comme des outres en relevant leurs filets.

Étienne avait aussi reçu de nombreuses alertes selon lesquelles les fous se hasardaient à l'intérieur des terres. Atteints de troubles neuronaux, ils se posaient dans les jardins, tantôt apathiques et tantôt agressifs quand on s'approchait d'eux. Ils atterrissaient sur les routes, avec leurs longues ailes maladroites, et n'essayaient même pas de s'envoler lorsque des voitures arrivaient. Et si les conducteurs se donnaient la peine de freiner, s'arrêtaient, klaxonnaient, ils ouvraient le bec ou les fixaient d'un œil perçant, sans conscience du danger.

Dès les premiers signalements, la préfecture avait interdit de les toucher, par crainte qu'ils ne contaminent d'autres espèces, ou pire, qu'ils ne transmettent la maladie aux hommes. Étienne a avoué à Maya que la période était rude pour les collègues du centre de soins. Une fois, ils avaient vu un fou se poser près de la station et tourner sur lui-même, déboussolé : il avait erré à petits pas tout l'après-midi, puis il s'était couché près des anciennes carrières de granit et avait agonisé là, sans qu'ils puissent rien tenter pour atténuer sa détresse.

Fin août, accompagné de quelques-uns des chercheurs qui connaissaient le mieux l'espèce, Étienne a malgré tout débarqué sur Rouzic. Avant de poser pied sur l'île, ils ont tous revêtu une combinaison intégrale, des lunettes et des masques. La contagion battait son plein, ils ont découvert un charnier. Le cœur au bord des lèvres, s'aspergeant sans cesse de biocide, ils ont pesé certains oiseaux, les ont bagués et équipés de balises pour avoir plus tard une idée de leur taux de survie. Ces opérations achevées, ils ont fait des prélèvements dans le cloaque des oiseaux afin d'identifier la souche du virus, distincte de celle qui affectait les goélands, les canards sauvages ou les volailles des élevages.

Un dimanche mi-septembre, alors que Maya revenue à Paris suivait la situation de loin, l'équipe de la réserve et les gens d'Atlantis ont pris l'initiative d'une marche publique. Ils ont arpenté le sentier des douaniers non loin de l'Île-Grande, et au terme du parcours, se sont répartis sur l'estran pour former tous ensemble, filmés par l'œil d'un drone, les lettres du mot FOUS. Ce jour-là, les rares oiseaux planant au-dessus de la plage n'ont bien sûr pas compris que les manifestants parlaient d'eux, mais dans l'esprit d'Étienne et de Dieter, c'était une manière de montrer qu'il ne pouvait plus être question de se préoccuper seulement de la mort des hommes, et que la mort des animaux comptait également, si bien que les centaines de personnes debout sur ce coin de côte et les oiseaux luttant pour leur survie sur les pentes de l'île se répondaient malgré tout, dans les bourrasques du vent, en poussant leurs cris d'inquiétude.

Un hiver encore est passé. Fin mars 2023, Dieter est venu à Paris pour consulter un cardiologue. Ils sont allés marcher sur les quais de Seine, descendant la rive droite vers l'aval du fleuve. Même si elle savait à quel point Dieter en aurait été soulagé, Maya ne lui a rien dit des nouvelles reçues de Quentin. Quant à lui, il est resté évasif sur ses problèmes de santé, mais lui a raconté l'évolution de la grippe aviaire. Les fous étaient partis de l'archipel début octobre, plus tôt que d'ordinaire. Avant cela, le virus avait gagné la majorité des colonies qu'ils occupaient sur les deux bords de l'Atlantique. Mais l'événement, a confié Dieter à Maya, c'est qu'ils venaient de revenir.

Or cela ne s'était pas passé comme d'habitude. On avait commencé par en apercevoir ici ou là, en mer, puis de plus en plus près des Sept-Îles, mais ils ne s'étaient pas installés sur Rouzic. Ils avaient volé au-dessus de l'île en gardant leurs distances, comme si le souvenir du champ de cadavres qu'ils avaient fui suscitait en eux trop d'effroi. Dieter avait eu le temps de penser que la colonie était devenue dans leur esprit un lieu de malédiction et qu'ils ne se poseraient jamais. Pourtant, après avoir examiné scrupuleusement les alentours, et trois semaines plus tard qu'à l'accoutumée, vers le 20 février, ils avaient atterri.

Étienne et Loïc avaient pu relancer leur cycle d'observations. Sur la centaine de nids qui leur servaient de points de référence, une cinquantaine étaient restés vacants, une grosse trentaine n'étaient occupés que par un seul animal, quinze seulement avaient été investis par un couple. Le virus avait privé la colonie de plus de la moitié de ses oiseaux. Le plus étrange, a précisé Dieter, c'est que parmi ceux qui avaient été infectés et avaient survécu, un certain nombre, au lieu de leur iris bleu pâle, avaient désormais l'iris noir. C'étaient les anticorps qui engendraient cette incroyable anomalie. Et si on recensait des couples aux iris clairs, ou des couples formés d'un fou aux iris bleus et d'un fou aux iris noirs, les rescapés, quant à eux, évitaient manifestement de se remettre ensemble. Dieter n'en tirait aucune conclusion. Il observait, seulement.

Sous le ciel d'équinoxe, ils continuaient tous deux de déambuler le long de la Seine. Maya s'est dit qu'un jour, elle prendrait le temps de descendre le fleuve en bateau, pour mieux sentir par quelle série de méandres il rejoignait son estuaire. À mesure que Dieter déroulait son récit, elle se prenait à espérer que son disparu aussi se résoudrait à revenir sur le territoire qui l'avait vu naître et grandir. Peut-être survolerait-il avec méfiance l'archipel où la mort l'avait frôlé de son aile, mais il serait beau qu'à l'instar des fous, il se risque malgré tout à atterrir. Non pour reprendre le fil de leur histoire, qui s'était rompu net, mais pour qu'elle puisse, une fois encore au moins, regarder son visage ou entendre sa voix.

En attendant, les oiseaux affirmaient par leur retour sur l'île qu'ils ne souhaitaient pas faire une telle affaire de la maladie et de la disparition. Ils avaient survécu, pour cette fois, à l'extinction qui les menaçait. Ils en gardaient ces yeux, très noirs mais grands ouverts. Et Maya savait qu'elle aussi se battrait jusqu'au bout : même les cils emmêlés de fatigue ou de tristesse, où que s'accroche son regard, tout près, très loin, à travers l'optique imparable d'un microscope ou de jumelles, elle regarderait avec une curiosité intacte les choses que le monde lui donnerait encore à voir, et continuerait de vivre au rythme du mystère et de l'émerveillement.

TABLE

RÉALISATION : NORD COMPO À VILLENEUVE-D'ASCQ
IMPRESSION : IMPRIMERIE NORMANDIE ROTO
DÉPÔT LÉGAL : AOÛT 2025. N° 157210 (2501560)
IMPRIMÉ EN FRANCE